當代中文課程

A Course in Contemporary Chinese

Textbook 課本

(6)

國立臺灣師範大學國語教學中心 策劃
Mandarin Training Center National Taiwan Normal University

主編／鄧守信　編寫教師／王文娟、洪秀蓉、陳靜子

Foreword

　　本中心自 1967 年開始編製教材,迄今編寫五十餘本,廣為台灣各語言中心使用。原使用之主教材《實用視聽華語》編輯至今近二十年,實須因應外在環境的變遷、教學法及教學媒體的創新與進步而新編教材,故籌畫編寫此系列教材《當代中文課程》。

　　本系列教材共六冊,最突出、不同於其他教材的地方是,將理論研究與實務教學的成果完美的結合在教材中。主編鄧守信博士本身是著名的語言學家,並有多年在美國實際教授外國學生學習漢語的課堂授課經驗,對於漢語語言以及華語教學語法的研究都有獨到之處。這套教材所採用的詞類系統能有效防堵學習者產生的偏誤;語法點的呈現則是一次只講一個語言形式,先說明功能,再擴展句式,最後提醒學習者使用時應注意的地方。與一般教材將類似形式放在一起,重形式操練,少功能介紹的方式不可同日而語。

　　這套教材預計今年(2018)底即將完成六冊的出版工作。從 2012 年籌劃至今,這一路來除了特別要感謝主編的勞心勞力外,還要感謝我們 18 位極富教學經驗的第一線教師願意在繁忙的教學之餘,積極參與這套教材的編寫工作。每冊初稿完成,為了廣納各方意見,我們很幸運地邀請到美國的 Claudia Ross 教授、白建華教授及陳雅芬教授,擔任顧問;臺灣的葉德明教授、美國的姚道中教授、儲誠志教授及大陸的劉珣教授,擔任教材審查委員。每冊教材平均在本中心及臺灣其他語言中心,進行一年的試用;經過顧問的悉心指導、審查委員的仔細批閱,並集結授課教師及學生提出的寶貴意見,再由編寫教師做了多次修訂,才定稿付梓。對於在這整個過程中,努力不懈的編輯團隊—我們的執行編輯張莉萍副研究員、張黛琪老師及教材研發組成員蔡如珮、張雯雯,我要致上最高的謝意。

　　最後,特別感謝聯經出版事業股份有限公司,願意投注最大的心力,以專業的製作出版能力,協助我們將這套教材以最佳品質問世。我們希望,《當代中文課程》不只是提供學生們一套實用有效的教材,亦讓教師得到愉快充實的教學經驗。歡迎海內外教師在使用後,給予我們更多的指教與建議,讓我們不斷進步,也才能為華語文教學做出更大的貢獻。

臺灣師範大學國語教學中心主任

沈永正

謹誌於 2018 年 5 月 4 日

The Mandarin Training Center at National Taiwan Normal University has produced teaching materials since 1967, including over 50 publications used in language centers all across Taiwan. Our core teaching series Practical Audio-Visual Chinese has been in circulation for almost 20 years; however, in order to adapt to the changing cultural landscape and to advances in pedagogy and educational media, we are publishing a new learning series, A Course in Contemporary Chinese.

This exceptional six-volume series distinguishes itself from other teaching materials through its seamless integration of theoretical research findings and practical teaching expertise. The development of this new material has been led by Chief Editor Dr. Shou-hsin Teng, an esteemed linguist with many years of classroom experience in the United States teaching Chinese to foreign students, and whose research demonstrates unique insight into pedagogical grammar and the Chinese language.

Equipped with a unique parts-of-speech framework, this series will effectively prevent students from producing errors in communication. Whereas other teaching materials often present several related grammatical constructions at the same time and put emphasis on repetitive drills without clearly explaining the unique grammatical function of each construction, the grammar sections of our series present one construction at a time. The description of its function is followed by example sentences and notes on the usage of each structure.

We hope that all six volumes of this series will be in publication before the end of 2018. I would like to express my deep gratitude to Chief Editor Teng, who has been dedicated to this project since initial preparations began in 2012, and to our team of eighteen seasoned educators who found the time outside of their busy teaching schedules to enthusiastically participate in the writing and editing process. The series has benefited from the invaluable feedback provided by our consultants in the United States, Professors Claudia Ross, Jian-hua Bai, and Yea-fen Chen, and review committee: Professors Teh-ming Ye (Taiwan), Tao-chung Yao (US), Cheng-zhi Chu (US), and Xun Liu (China).

Each volume of the series has already been in trial use at MTC and other language centers throughout Taiwan for roughly one year. Incorporating a wealth of feedback, from the thoughtful guidance of our consultants to the meticulous evaluations of our review committee to observations from instructors and students, the series has undergone multiple revisions before being sent to the press in its final form. Over the course of this entire process, our editorial team has worked tirelessly and I would like to express my sincere gratitude to them: Associate Research Fellow Liping Chang, Tai-chi Chang, and Ru-pei Cai and Wen-wen Chang from the MTC division of teaching material development.

Lastly, I would like to thank Linking Publishing Company for their professionalism and whole-hearted commitment to ensuring that this series be published with the greatest possible quality. It is our hope that A Course in Contemporary Chinese will not only serve as an effective, useful resource for students, but also will facilitate an enjoyable, enriching teaching experience for instructors. We invite instructors in Taiwan and abroad who use this series in class to send us comments and/or suggestions so that we can continue to improve the Course and thus make an even greater contribution to the teaching of Chinese as a foreign language.

Yung-cheng Shen

May 4th, 2018
Director, Mandarin Training Center
National Taiwan Normal University

From the Editor's Desk

Finally, after more than two years, volume one of our six-volume project is seeing the light of day. The language used in *A Course in Contemporary Chinese* is up to date, and though there persists a deep 'generation gap' between it and my own brand of Chinese, this is as it should be. In addition to myself, our project team has consisted of 18 veteran MTC teachers and the entire staff of the MTC Section of Instructional Materials, plus the MTC Deputy Director.

The field of L2 Chinese in Taiwan seems to have adopted the world-famous 'one child policy'. The complete set of currently used textbooks was born a generation ago, and until now has been without predecessor. We are happy to fill this vacancy, and with the title 'number two', yet we also aspire to have it be number two in name alone. After a generation, we present a slightly disciplined contemporary language as observed in Taiwan, we employ Hanyu Pinyin without having to justify it cautiously and timidly, we are proud to present a brand-new system of Chinese parts of speech that will hopefully eliminate many instances of error, we have devised two kinds of exercises in our series, one basically structural and the other entirely task-based, each serving its own intended function, and finally we have included in each lesson a special aspect of Chinese culture. Moreover, all this is done in full color, the first time ever in the field of L2 Chinese in Taiwan. The settings for our current series is in Taipei, Taiwan, with events taking place near the National Taiwan Normal University. The six volumes progress from basic colloquial to semi-formal and finally to authentic conversations or narratives. The glossary in vocabulary and grammar is in basically semi-literal English, not free translation, as we wish to guide the readers/learners along the Chinese 'ways of thinking', but rest assured that no pidgin English has been used.

I am a functional, not structural, linguist, and users of our new textbooks will find our approaches and explanations more down to earth. Both teachers and learners will find that the content resonates with their own experiences and feelings. Rote learning plays but a tiny part of our learning experiences. In a functional frame, the role of the speaker often seen as prominent. This is natural, as numerous adverbs in Chinese, as they are traditionally referred to, do not in fact modify verb phrases at all. They relate to the speaker.

We, the field of Chinese as a second language, know a lot about how to teach, especially when it comes to Chinese characters. Most L2 Chinese teachers world-wide are ethnically Chinese, and teach characters just as they were taught in childhood. Truth is, we know next to nothing how adult students/learners actually learn characters, and other elements of the Chinese language. While we have nothing new in this series of textbooks that contributes to the teaching of Chinese characters, I tried to tightly integrate teaching and learning through our presentation of vocabulary items and grammatical structures. Underneath such methodologies is my personal conviction, and at times both instructors' and learners' patience is requested. I welcome communication with all users of our new textbooks, whether instructors or students/learners.

Shou-hsin Teng

About This Series

Series Introduction

This six-volume series is a comprehensive learning material that focuses on spoken language in the first three volumes and written language in the latter three volumes. Volume One aims to strengthen daily conversation and applications; Volume Two contains short essays as supplementary readings; Volume Three introduces beginning-level written language and discourse, in addition to extended dialogues. Volume Four uses discourse to solidify the learner's written language and ability in reading authentic materials; Volumes Five and Six are arranged in topics such as society, technology, economics, politics, culture, and environment to help the learner expand their language utilizations in different domains.

Each volume includes a textbook, a student workbook, and a teacher's manual. In addition, Volume One and Two include a practice book for characters.

Level of Students

A Course in Contemporary Chinese 《當代中文課程》 is suitable for learners of Chinese in Taiwan, as well as for high school or college level Chinese language courses overseas. Volumes One to Six cover levels A1 to C1 in the CEFR, or Novice to Superior levels in ACTFL Guidelines.

Overview

- The series adopts communicative language teaching and task-based learning to boost the learner's Chinese ability.
- Each lesson has learning objectives and self-evaluation to give the learner a clear record of tasks completed.
- Lessons are authentic daily situations to help the learner learn in natural contexts.
- Lexical items and syntactic structures are presented and explained in functional, not structural, perspectives.
- Syntactic, i.e. grammatical, explanation includes functions, structures, pragmatics, and drills to guide the learner to proper usage.
- Classroom activities have specific learning objectives, activities, or tasks to help fortify learning while having fun.
- The "Bits of Chinese Culture" section of the lesson has authentic photographs to give the learner a deeper look at local Taiwanese culture.
- Online access provides supplementary materials for teachers & students.

目次 Contents

Contents

An Introduction to the Chinese Language

China is a multi-ethnic society, and when people in general study Chinese, 'Chinese' usually refers to the Beijing variety of the language as spoken by the Han people in China, also known as Mandarin Chinese or simply Mandarin. It is the official language of China, known mostly domestically as the Putonghua, the lingua franca, or Hanyu, the Han language. In Taiwan, Guoyu refers to the national/official language, and Huayu to either Mandarin Chinese as spoken by Chinese descendants residing overseas, or to Mandarin when taught to non-Chinese learners. The following pages present an outline of the features and properties of Chinese. For further details, readers are advised to consult various and rich on-line resources.

Language Kinship

Languages in the world are grouped together on the basis of language affiliation, called language-family. Chinese, or rather Hanyu, is a member of the Sino-Tibetan family, which covers most of China today, plus parts of Southeast Asia. Therefore, Tibetan, Burmese, and Thai are genetically related to Hanyu.

Hanyu is spoken in about 75% of the present Chinese territory, by about 75% of the total Chinese population, and it covers 7 major dialects, including the better known Cantonese, Hokkienese, Hakka and Shanghainese.

Historically, Chinese has interacted highly actively with neighboring but unaffiliated languages, such as Japanese, Korean and Vietnamese. The interactions took place in such areas as vocabulary items, phonological structures, a few grammatical features and most importantly the writing script.

Typological Features of Chinese

Languages in the world are also grouped together on the basis of language characteristics, called language typology. Chinese has the following typological traits, which highlight the dissimilarities between Chinese and English.

A. Chinese is a non-tense language. Tense is a grammatical device such that the verb changes according to the time of the event in relation to the time of utterance. Thus 'He talks nonsense' refers to his habit, while 'He talked nonsense' refers to a time in the past when he behaved that way, but he does not necessarily do that all the time. 'Talked' then is a verb in the past tense. Chinese does not operate with this device but marks the time of events with time expressions such as 'today' or 'tomorrow' in the sentence. The verb remains the same regardless of time of happening. This type of language is labeled as an atensal language, while English and most European languages are tensal languages. Knowing this particular trait can help European learners of Chinese avoid mistakes to do with verbs in Chinese. Thus, in responding to 'What did you do in China last year?' Chinese is 'I teach English (last year)'; and to 'What are you doing now in Japan?' Chinese is again 'I teach English (now)'.

B. Nouns in Chinese are not directly countable. Nouns in English are either countable, e.g., 2 candies, or non-countable, e.g., *2 salts, while all nouns in Chinese are non-countable. When they are to be counted, a measure, or called classifier, must be used between a noun and a number, e.g., 2-piece-candy. Thus, Chinese is a classifier language. Only non-countable nouns in English are used with measures, e.g., a drop of water.

Therefore it is imperative to learn nouns in Chinese together with their associated measures/classifiers. There are only about 30 high-frequency measures/classifiers in Chinese to be mastered at the initial stage of learning.

C. Chinese is a Topic-Prominent language. Sentences in Chinese quite often begin with somebody or something that is being talked about, rather than the subject of the verb in the sentence. This item is called a topic in linguistics. Most Asian languages employ topic, while most European languages employ subject. The following bad English sentences, sequenced below per frequency of usage, illustrate the topic structures in Chinese.

*Senator Kennedy, people in Europe also respected.

*Seafood, Taiwanese people love lobsters best.

*President Obama, he attended Harvard University.

Because of this feature, Chinese people tend to speak 'broken' English, whereas English speakers tend to sound 'complete', if bland and alien, when they talk in Chinese. Through practice and through keen observations of what motivates the use of a topic in Chinese, this feature of Chinese can be acquired eventually.

D. Chinese tends to drop things in the sentence. The 'broken' tendencies mentioned above also include not using nouns in a sentence where English counterparts are 'complete'. This tendency is called dropping, as illustrated below through bad English sentences.

Are you coming tomorrow? ----- *Come!

What did you buy? ----- *Buy some jeans.

*This bicycle, who rides? ----- *My old professor rides.

The 1st example drops everything except the verb, the 2nd drops the subject, and the 3rd drops the object. Dropping happens when what is dropped is easily recoverable or identifiable from the contexts or circumstances. Not doing this, Europeans are often commented upon that their sentences in Chinese are too often inundated with unwanted pronouns!!

Phonological Characteristics of Chinese

Phonology refers to the system of sound, the pronunciation, of a language. To untrained ears, Chinese language sounds unfamiliar, sort of alien in a way. This is due to the fact that Chinese sound system contains some elements that are not part of the sound systems of European languages, though commonly found on the Asian continent. These features will be explained below.

On the whole, the Chinese sound system is not really very complicated. It has 7 vowels, 5 of which are found in English (i, e, a, o, u), plus 2 which are not (-e, ü); and it has 21 consonants, 15 of which are quite common, plus 6 which are less common (zh, ch, sh, r, z, c). And Chinese has a fairly simple syllable shape, i.e., consonant + vowel plus possible nasals (n or ng). What is most striking to English speakers is that every syllable in Chinese has a 'tone', as will be detailed directly below. But, a word on the sound representation, the pinyin system, first.

A. Hanyu Pinyin. Hanyu Pinyin is a variety of Romanization systems that attempt to represent the sound of Chinese through the use of Roman letters (abc…). Since the end of the 19th century, there have been about half a dozen Chinese Romanization systems, including the Wade-Giles, Guoyu Luomazi, Yale, Hanyu Pinyin, Lin Yutang, and Zhuyin Fuhao Di'ershi, not to mention the German system, the French system etc. Thanks to the consensus of media worldwide, and through the support of the UN, Hanyu Pinyin has become the standard worldwide. Taiwan is probably the only place in the world that does not support nor employ Hanyu Pinyin. Instead, it uses non-Roman symbols to represent the sound, called Zhuyin Fuhao, alias BoPoMoFo (cf. the symbols employed in this volume). Officially, that is. Hanyu Pinyin represents the Chinese sound as follows.

b, p, m, f   d, t, n, l   g, k, h   j, q, x   zh, ch, sh, r   z, c, s

a, o, -e, e   ai, ei, ao, ou   an, en, ang, eng   er (-r), i, u, ü

B. Chinese is a tonal language. A tone refers to the voice pitch contour. Pitch contours are used in many languages, including English, but for different functions in different languages. English uses them to indicate the speaker's viewpoints, e.g., 'well' in different contours may indicate impatience, surprise, doubt etc. Chinese, on the other hand, uses contours to refer to different meanings, words. Pitch contours with different linguistic functions are not transferable from one language to another. Therefore, it would be futile trying to learn Chinese tones by looking for or identifying their contour counterparts in English.

Mandarin Chinese has 4 distinct tones, the fewest among all Han dialects, i.e., level, rising, dipping and falling, marked ─ ╱ ╲ ╲, and it has only one tone-change rule, i.e., ╲ ╲ → ╱ ╲, though the conditions for this change are fairly complicated. In addition to the four tones, Mandarin also has one neutral(ized) tone, i.e., ·, pronounced short/unstressed, which is derived, historically if not synchronically, from the 4 tones; hence the term neutralized. Again, the conditions and environments for the neutralization are highly complex and cannot be explored in this space.

C. Syllable final –r effect (vowel retroflexivisation). The northern variety of Hanyu, esp. in Beijing, is known for its richness in the –r effect at the end of a syllable. For example, 'flower' is 'huā' in southern China but 'huār' in Beijing. Given the prominence of the city Beijing, this sound feature tends to be defined as standard nationwide; but that –r effect is rarely attempted in the south. There do not seem to be rigorous rules governing what can and what cannot take the –r effect. It is thus advised that learners of Chinese resort to rote learning in this case, as probably even native speakers of northern Chinese do.

D. Syllables in Chinese do not 'connect'. 'Connect' here refers to the merging of the tail of a syllable with the head of a subsequent syllable, e.g., English pronounces 'at' + 'all' as 'at+tall', 'did' +'you' as 'did+dyou' and 'that'+'is' as 'that+th'is'. On the other hand, syllables in Chinese are isolated from each other and do not connect in this way. Fortunately, this is not a serious problem for English language learners, as the syllable structures in Chinese are rather limited, and there are not many candidates for this merging. We noted above that Chinese syllables take the form of CV plus possible 'n' and 'ng'. CV does not give rise to connecting, not even in English; so be extra cautious when a syllable ends with 'n' or 'g' and a subsequent syllable begins with a V, e.g., MǐnÀo 'Fujian Province and Macao'. Nobody would understand 'min+nao'!!

E. Retroflexive consonants. 'Retroflexive' refers to consonants that are pronounced with the tip of the tongue curled up (-flexive) backwards (retro-). There are altogether 4 such consonants, i.e., zh, ch, sh, and r. The pronunciation of these consonants reveals the geographical origin of native Chinese speakers. Southerners do not have them, merging them with z, c, and s, as is commonly observed in Taiwan. Curling up of the tongue comes in various degrees. Local Beijing dialect is well known for its prominent curling. Imagine curling up the tongue at the beginning of a syllable and curling it up again for the –r effect!! ! Try 'zhèr-over here', 'zhuōr-table' and 'shuǐr-water'.

On Chinese Grammar

'Grammar' refers to the ways and rules of how words are organized into a string that is a sentence in a language. Given the fact that all languages have sentences, and at the same time non-sentences, all languages including Chinese have grammar. In this section, the most salient and important features and issues of Chinese grammar will be presented, but a summary of basic structures, as referenced against English, is given first.

A. Similarities in Chinese and English.

	English	Chinese
SVO	They sell coffee.	Tāmen mài kāfēi.
AuxV+Verb	You may sit down!	Nǐ kěyǐ zuòxià ō!
Adj+Noun	sour grapes	suān pútáo
Prep+its Noun	at home	zài jiā
Num+Meas+Noun	a piece of cake	yí kuài dàngāo
Demons+Noun	those students	nàxiē xuéshēng

B. Dissimilar structures.

	English	Chinese
RelClause: Noun	the book that you bought	nǐ mǎi de shū
VPhrase: PrepPhrase	to eat at home	zài jiā chīfàn
Verb: Adverbial	Eat slowly!	Mànmār chī!

Set: Subset	6th Sept, 1967	1967 nián 9 yuè 6 hào
	Taipei, Taiwan	Táiwān Táiběi
	3 of my friends…	wǒ de péngyǒu, yǒu sān ge…

C. Modifier precedes modified (MPM). This is one of the most important grammatical principles in Chinese. We see it operating actively in the charts given above, so that adjectives come before nouns they modify, relative clauses also come before the nouns they modify, possessives come before nouns (tāde diànnǎo 'his computer'), auxiliary verbs come before verbs, adverbial phrases before verbs, prepositional phrases come before verbs etc. This principle operates almost without exceptions in Chinese, while in English modifiers sometimes precede and some other times follow the modified.

D. Principle of Temporal Sequence (PTS). Components of a sentence in Chinese are lined up in accordance with the sequence of time. This principle operates especially when there is a series of verbs contained within a sentence, or when there is a sentential conjunction. First compare the sequence of 'units' of an event in English and that in its Chinese counterpart.

Event: David /went to New York/ by train /from Boston/ to see his sister.

English: 1   2   3   4   5

Chinese: 1   4   2   3   5

Now in real life, David got on a train, the train departed from Boston, it arrived in New York, and finally he visited his sister. This sequence of units is 'natural' time, and the Chinese sentence 'Dàwèi zuò huǒchē cóng Bōshìdùn dào Niǔyuē qù kàn tā de jiějie' follows it, but not English. In other words, Chinese complies strictly with PTS.

When sentences are conjoined, English has various possibilities in organizing the conjunction. First, the scenario. H1N1 hits China badly (event-1), and as a result, many schools were closed (event-2). Now, English has the following possible ways of conjoining to express this, e.g.,

Many schools were closed, because/since H1N1 hit China badly. (E2+E1)

H1N1 hit China badly, so many schools were closed. (E1+E2)

As H1N1 hit China badly, many schools were closed. (E1+E2)

Whereas the only way of expressing the same in Chinese is E1+E2 when both conjunctions are used (yīnwèi… suǒyǐ…), i.e.,

Zhōngguó yīnwèi H1N1 gǎnrǎn yánzhòng (E1), suǒyǐ xǔduō xuéxiào zhànshí guānbì (E2).

PTS then helps explain why 'cause' is always placed before 'consequence' in Chinese.

PTS is also seen operating in the so-called verb-complement constructions in Chinese, e.g., shā-sǐ 'kill+dead', chī-bǎo 'eat+full', dǎ-kū 'hit+cry' etc. The verb represents an action that must have happened first before its consequence.

There is an interesting group of adjectives in Chinese, namely 'zǎo-early', 'wǎn-late', 'kuài-fast', 'màn-slow', 'duō-plenty', and 'shǎo-few', which can be placed either before (as adverbials) or after (as complements) of their associated verbs, e.g.,

Nǐ míngtiān zǎo diǎr lái! (Come earlier tomorrow!)

Wǒ lái zǎo le. Jìnbúqù. (I arrived too early. I could not get in.)

When 'zǎo' is placed before the verb 'lái', the time of arrival is intended, planned, but when it is placed after, the time of arrival is not pre-planned, maybe accidental. The difference complies with PTS. The same difference holds in the case of the other adjectives in the group, e.g.,

Qǐng nǐ duō mǎi liǎngge! (Please get two extra!)

Wǒ mǎiduō le. Zāotà le! (I bought two too many. Going to be wasted!)

'Duō' in the first sentence is going to be pre-planned, a pre-event state, while in the second, it's a post-event report. Pre-event and post-event states then are naturally taken care of by PTS. Our last set in the group is more complicated. 'Kuài' and 'màn' can refer to amount of time in addition to manner of action, as illustrated below.

Nǐ kuài diǎr zǒu; yào chídào le! (Hurry up and go! You'll be late (e.g., for work)!)

Qǐng nǐ zǒu kuài yìdiǎr! (Please walk faster!)

'Kuài' in the first can be glossed as 'quick, hurry up' (in as little time as possible after the utterance), while that in the second refers to manner of walking. Similarly, 'màn yìdiǎr zǒu-don't leave yet' and 'zǒu màn yìdiǎr-walk more slowly'.

We have seen in this section the very important role in Chinese grammar played by variations in word-order. European languages exhibit rich resources in changing the forms of verbs, adjectives and nouns, and Chinese, like other Asian languages, takes great advantage of word-order.

E. Where to find subjects in existential sentences. Existential sentences refer to sentences in which the verbs express appearing (e.g., coming), disappearing (e.g., going) and presence (e.g., written (on the wall)). The existential verbs are all intransitive, and thus they are all associated with a subject, without any objects naturally. This type of sentences deserves a mention in this introduction, as they exhibit a unique structure in Chinese. When their subjects are in definite reference (something that can be referred to, e.g., pronouns and nouns with definite article in English) the subject appears at the front of the sentence, i.e., before the existential verb, but when their subjects are in indefinite reference (nothing in particular), the subject appears after the verb. Compare the following pair of sentences in Chinese against their counterparts in English.

Kèrén dōu lái le. Chīfàn ba! (All the guests we invited have arrived. Let's serve the dinner.)

Duìbùqǐ! Láiwǎn le. Jiālǐ láile yí ge kèrén. (Sorry for being late! I had an (unexpected) guest.)

More examples of post-verbal subjects are given below.

Zhè cì táifēng sǐle bù shǎo rén. (Quite a few people died during the typhoon this time.)

Zuótiān wǎnshàng xiàle duōjiǔ de yǔ? (How long did it rain last night?)

Zuótiān wǎnshàng pǎole jǐ ge fànrén? (How many inmates got away last night?)

Chēzi lǐ zuòle duōshǎo rén a? (How many people were in the car?)

Exactly when to place the existential subject after the verb will remain a challenge for learners of Chinese for quite a significant period of time. Again, observe and deduce!! Memorising sentence by sentence would not help!!

The existential subjects presented above are simple enough, e.g., people, a guest, rain and inmates. But when the subject is complex, further complications emerge!! A portion of the complex subject stays in front of the verb, and the remaining goes to the back of the verb, e.g.,

Míngtiān nǐmen qù jǐge rén? (How many of you will be going tomorrow?)

Wǒ zuìjìn diàole bù shǎo tóufǎ. (I lost=fell quite a lot of hair recently.)

Qùnián dìzhèn, tā sǐle sān ge gēge. (He lost=died 3 brothers during the earthquake last year.)

In linguistics, we say that existential sentences in Chinese have a lot of semantic and information structures involved.

F. A tripartite system of verb classifications in Chinese. English has a clear division between verbs and adjectives, but the boundary in Chinese is quite blurred, which quite seriously misleads English-speaking learners of Chinese. The error in *Wǒ jīntiān shì máng. 'I am busy today.' is a daily observation in Chinese 101! Why is it a common mistake for beginning learners? What do our textbooks and/or teachers do about it, so that the error is discouraged, if not suppressed? Nothing, much! What has not been realized in our profession is that Chinese verb classification is more strongly semantic, rather than more strongly syntactic as in English.

Verbs in Chinese have 3 sub-classes, namely Action Verbs, State Verbs and Process Verbs. Action Verbs are time-sensitive activities (beginning and ending, frozen with a snap-shot, prolonged), are will-controlled (consent or refuse), and usually take human subjects, e.g., 'chī-eat', 'mǎi-buy' and 'xué-learn'. State Verbs are non-time-sensitive physical or mental states, inclusive of the all-famous adjectives as a further sub-class, e.g., 'ài-love', 'xīwàng-hope' and 'liàng-bright'. Process Verbs refer to instantaneous change from one state to another, 'sǐ-die', 'pò-break, burst' and 'wán-finish'.

The new system of parts of speech in Chinese as adopted in this series is built on this very foundation of this tripartite verb classification. Knowing this new system will be immensely helpful in learning quite a few syntactic structures in Chinese that are nicely related to the 3 classes of verbs, as will be illustrated with negation in Chinese in the section below.

The table below presents some of the most important properties of these 3 classes of verbs, as reflected through syntactic behaviour.

	Action Verbs	State Verbs	Process Verbs
Hěn- modification	✗	✓	✗
Le- completive	✓	✗	✓
Zài- progressive	✓	✗	✗
Reduplication	✓ (tentative)	✓ (intensification)	✗
Bù- negation	✓	✓	✗
Méi- negation	✓	✗	✓

Here are more examples of 3 classes of verbs.

Action Verbs: mǎi 'buy', zuò 'sit', xué 'learn; imitate', kàn 'look'

State Verbs: xǐhuān 'like', zhīdào 'know', néng 'can', guì 'expensive'

Process Verbs: wàngle 'forget', chén 'sink', bìyè 'graduate', xǐng 'wake up'

G. Negation. Negation in Chinese is by means of placing a negative adverb immediately in front of a verb. (Remember that adjectives in Chinese are a type of State verbs!) When an action verb is negated with 'bu', the meaning can be either 'intend not to, refuse to' or 'not in a habit of', e.g.,

Nǐ bù mǎi piào; wǒ jiù bú ràng nǐ jìnqù! (If you don't buy a ticket, I won't let you in!)

Tā zuótiān zhěng tiān bù jiē diànhuà. (He did not want to answer the phone all day yesterday.)

Dèng lǎoshī bù hē jiǔ. (Mr. Teng does not drink.)

'Bù' has the meaning above but is independent of temporal reference. The first sentence above refers to the present moment or a minute later after the utterance, and the second to the past. A habit again is panchronic. But when an action verb is negated with 'méi(yǒu)', its time reference must be in the past, meaning 'something did not come to pass', e.g.,

Tā méi lái shàngbān. (He did not come to work.)

Tā méi dài qián lái. (He did not bring any money.)

A state verb can only be negated with 'bù', referring to the non-existence of that state, whether in the past, at present, or in the future, e.g.,

Tā bù zhīdào zhèjiàn shì. (He did not/does not know this.)

Tā bù xiǎng gēn nǐ qù. (He did not/does not want to go with you.)

Niǔyuē zuìjìn bú rè. (New York was/is/will not be hot.)

A process verb can only be negated with 'méi', referring to the non-happening of a change from one state to another, usually in the past, e.g.,

Yīfú méi pò; nǐ jiù rēng le? (You threw away perfectly good clothes?)

Niǎo hái méi sǐ; nǐ jiù fàng le ba! (The bird is still alive. Why don't you let it free?)

Tā méi bìyè yǐqián, hái děi dǎgōng. (He has to work odd jobs before graduating.)

As can be gathered from the above, negation of verbs in Chinese follows neat patterns, but this is so only after we work with the new system of verb classifications as presented in this series. Here's one more interesting fact about negation in Chinese before closing this section. When some action verbs refer to some activities that result in something stable, e.g., when you put on clothes, you want the clothes to stay on you, the negation of those verbs can be usually translated in the present tense in English, e.g.,

Tā zěnme méi chuān yīfú? (How come he is naked?)

Wǒ jīntiān méi dài qián. (I have no money with me today.)

H. A new system of Parts of Speech in Chinese. In the system of parts of speech adopted in this series, there are at the highest level a total of 8 parts of speech, as given below. This system includes the following major properties. First and foremost, it is errors-driven and can address some of the most prevailing errors exhibited by learners of Chinese. This characteristic dictates the depth of sub-categories in a system of grammatical categories. Secondly, it employs the concept of 'default'. This property greatly simplifies the over-all framework of the new system, so that it reduces the number of categories used, simplifies the labeling of categories, and takes advantage of the learners' contribution in terms of positive transfer. And lastly, it incorporates both semantic as well as syntactic concepts, so that it bypasses the traditionally problematic category of adjectives by establishing three major semantic types of verbs, viz. action, state and process.

Adv	Adverb (dōu 'all', dàgài 'probably')
Conj	Conjunction (gēn 'and', kěshì 'but')
Det	Determiner (zhè 'this', nà 'that')
M	Measure (ge, tiáo; xià, cì)
N	Noun (wǒ 'I', yǒngqì 'courage')
Ptc	Particle (ma 'question particle', le 'completive verbal particle')
Prep	Preposition (cóng 'from', duìyú 'regarding')
V	Action Verb, transitive (mǎi 'buy', chī 'eat')
Vi	Action Verb, intransitive (kū 'cry', zuò 'sit')
Vaux	Auxiliary Verb (néng 'can', xiǎng 'would like to')
V-sep	Separable Verb (jiéhūn 'get married', shēngqì 'get angry')
Vs	State Verb, intransitive (hǎo 'good', guì 'expensive')
Vst	State Verb, transitive (xǐhuān 'like', zhīdào 'know')
Vs-attr	State Verb, attributive (zhǔyào 'primary', xiùzhēn 'mini-')
Vs-pred	State Verb, predicative (gòu 'enough', duō 'plenty')
Vp	Process Verb, intransitive (sǐ 'die', wán 'finish')
Vpt	Process Verb, transitive (pò (dòng) 'lit. break (hole) , liè (fèng) 'lit. crack (a crack))

Notes:

Default values: When no marking appears under a category, a default reading takes place, which has been built into the system by observing the commonest patterns of the highest frequency. A default value can be loosely understood as the most likely candidate. A default system results in using fewer symbols, which makes it easy on the eyes, reducing the amount of processing. Our default readings are as follows.

Default transitivity. When a verb is not marked, i.e., V, it's an action verb. An unmarked action verb, furthermore, is transitive. A state verb is marked as Vs, but if it's not further marked, it's intransitive. The same holds for process verbs, i.e., Vp is by default intransitive.

Default position of adjectives. Typical adjectives occur as predicates, e.g., 'This is *great*!' Therefore, unmarked Vs are predicative, and adjectives that cannot be predicates will be marked for this feature, e.g. zhǔyào 'primary' is an adjective but it cannot be a predicate, i.e., *Zhètiáo lù hěn zhǔyào. '*This road is very primary.' Therefore it is marked Vs-attr, meaning it can only be used attributively, i.e., zhǔyào dàolù 'primary road'. On the other hand, 'gòu' 'enough' in Chinese can only be used predicatively, not attributively, e.g. 'Shíjiān gòu' '*?Time is enough.', but not *gòu shíjiān 'enough time'. Therefore gòu is marked Vs-pred. Employing this new system of parts of speech guarantees good grammar!

Default wordhood. In English, words cannot be torn apart and be used separately, e.g. *mis- not –understand. Likewise in Chinese, e.g. *xǐbùhuān 'do not like'. However, there is a large group of words in Chinese that are exceptions to this probably universal rule and can be separated. They are called 'separable words', marked -sep in our new system of parts of speech. For example, shēngqì 'angry' is a word, but it is fine to say *shēng tā qì* 'angry at him'. Jiéhūn 'get married' is a word but it's fine to say *jiéguòhūn* 'been married before' or *jié*guò sān cì *hūn* 'been married 3 times before'. There are at least a couple of hundred separable words in modern Chinese. Even native speakers have to learn that certain words can be separated. Thus, memorizing them is the only way to deal with them by learners, and our new system of parts of speech helps them along nicely. Go over the vocabulary lists in this series and look for the marking –sep.

Now, what motivates this severing of words? Ask Chinese gods, not your teachers! We only know a little about the syntactic circumstances under which they get separated. First and foremost, separable words are in most cases intransitive verbs, whether action, state or process. When these verbs are further associated with targets (nouns, conceptual objects), frequency (number of times), duration (for how long), occurrence (done, done away with) etc., separation takes pace and these associated elements are inserted in between. More examples are given below.

Wǒ jīnnián yǐjīng *kǎo*guò 20 cì *shì* le!! (I've taken 20 exams to date this year!)

Wǒ *dào*guò *qiàn* le; tā hái shēngqì! (I apologized, but he's still mad!)

Fàng sān tiān *jià*; dàjiā dōu zǒu le. (There will be a break of 3 days, and everyone has left.)

Final Words

This is a very brief introduction to the modern Mandarin Chinese language, which is the standard world-wide. This introduction can only highlight the most salient properties of the language. Many other features of the language have been left out by design. For instance, nothing has been said about the patterns of word-formations in Chinese, and no presentation has been made of the unique written script of the language. Readers are advised to search on-line for resources relating to particular aspects of the language. For reading, please consult a highly readable best-seller in this regard, viz. Li, Charles and Sandra Thompson. 1982. Mandarin Chinese: a reference grammar. UC Los Angeles Press. (Authorised reprinting by Crane publishing Company, Taipei, Taiwan, still available as of October 2009).

各課重點 Highlights of Lessons

課名	學習目標	課文	出處
❶ 職校教育	1. 學習技職教育相關詞彙。 2. 能說明自己國家的技職教育體系。 3. 能談論企業對教育的態度。 4. 能闡述企業成功與教育合作的關係。	課文一 放眼全球 瑞士職校畢業生最有競爭力	聯合報 （願景工程） 2013/09/03
		課文二 遊艇五金達人 教部技職教育代言人	國語日報 2014/3/17
❷ 科技與生活	1. 學習科學相關詞彙。 2. 能說明科技如何改變人類的生活。 3. 能闡述科技帶來的好處。	簡單科技改變人類生活	講義雜誌 2008 十二月
❸ 舞蹈藝術	1. 能說明表演的內容。 2. 能闡述經由努力達到成功的過程。 3. 能表達努力的重要。	舞蹈家許芳宜「生身不息」的演出	全球華人藝術網 2012/10/24
❹ 做人心法	1. 能知道如何讚美別人。 2. 能描述受歡迎與讓人討厭的行為。 3. 能說明維持與拓展人際關係的方法。 4. 能討論人際關係的重要性。	課文一 黑幼龍傳授 4 大獨門做人心法	Cheers 雜誌 76 期 2011-08
		課文二 好態度 帶來好機緣	親子天下雜誌 2012-06-29
❺ 國際語言	1. 能描述語言不通帶來的困擾。 2. 能說明國際間語言的問題。 3. 能表達「國際觀」的意義。 4. 能討論外語與母語的平衡。	在歐洲 英文不等於國際共通的語言	關鍵評論網 The News Lens 2013/09/18

作者	語言擴展		易混淆詞	
蕭白雪、曾學仁瑞士報導 陳景清	1. 放眼 2. ……之處，在於…… 3. 爭相 4. 身為 5. 反而是	6. 逐年 7. 將 A（從 X）轉向 Y 8. 自限於 9. 迫使 10.靠……起家	1. 產業／行業／職業 2. 連結／連絡（聯絡） 3. 具有／擁有 4. 爭相／競爭 5. 身為／成為 6. 點出／指出	7. 製造／建造 8. 通常／經常／平常 9. 訓練／練習 10.根本／原本 11.品牌／招牌 12.目標／目的
徐安廬、徐安祺	1. 從 X 出發 2. 有 X 之多 3. 出自 4. 從而	5. 對 X 習以為常 6. 利用 X 組成 Y 7. 等於是	1. 專精／專業／專家 2. 洞察／觀察 3. 發明／發現	4. 適合／適當／合適 5. 成立／建立 6. 場所／場合
葉瑞珠	1. 盡情（Adv） 2. 以 X（的）身分 3. 來個 X（大）會 Y 4. X 化為 Y 5. 在……（的）剎那	6. 終會……的 7. 一眼就…… 8. 憑 9. 加諸（在） 10.何嘗 11.不自覺（地）	1. 舞動／舞蹈 2. 盡情／盡量 3. 特地／特別 4. 傳承／傳人 5. 此外／另外	6. 預期／期待 7. 命運／運氣 8. 原本／原來 9. 信任／相信 10.既然／竟然
祝康偉 洪蘭	1. 與 X 分享 Y 2. 抱持著……的哲學 3. 踏出……的第一步 4. 不妨 5. （沒）有……的餘地	6. 以致（於） 7. 可想而知 8. 發自 9. 隨後 10.以此來…… 11.藉著……的累積	1. 傳授／傳承 2. 技巧／技術 3. 培養／培訓 4. 有關／關於 5. 興趣／有趣 6. 引發／引起 7. 談論／討論 8. 證據／證明	9. 力道／力量 10.抱持／保持 11.印象／形象 12.接近／拉近 13.藉著／藉由 14.回答／答案 15.真誠／忠誠
陳思宏	1. 面對……時 2. 身陷……（裡） 3. 向 X 道謝／致謝 4. 培養出（了） 5. 主要是 6. 跟 X 接軌	7. 被 X（給）拋在後（面） 8. 倍增 9. 有一定的 X 10.吸引 X 前來 11.從 X（的）角度來看	1. 共通／共同 2. 回覆／回答 3. 達成／達到 4. 面前／前面 5. 紊亂／錯亂	6. 採訪／訪問 7. 遼闊／開闊 8. 焦急／焦慮 9. 天分／天才

課名	學習目標	課文	出處
❻ 貓熊角色	1. 能描述貓熊在歷史上扮演過的角色。 2. 能說明貓熊目前生存的情形。 3. 能討論貓熊在維持或加強兩國關係上的重要性。	貓熊出訪角色 由政轉商	全球中央雜誌 2013/09/29 （10月號）
❼ 感情世界	1. 能說明不結婚的原因。 2. 能談論感情的問題。 3. 能討論單身與結婚的優、缺點。 4. 能討論「自我」對感情的影響。 5. 能說明男性與女性思考方式的不同。	感情世界最大的情敵 是「自我」	Cheers雜誌 2014-06-27
❽ 奧運黑洞	1. 能表達歷史上奧運為舉辦國帶來的光榮。 2. 能說明舉辦奧運為國家帶來的負擔。 3. 能討論舉辦國際活動與國家預算的關係。 4. 能討論舉辦大型國際活動如何開源節流。	主辦奧運是經濟的強心針還是國債大黑洞	關鍵評論網 The News Lens 2013/09/15
❾ 鄉關何處	1. 能欣賞現代散文。 2. 能表達離開家鄉的經驗。 3. 能描述對家的想像。 4. 能討論家的定義。	鄉關何處	講義雜誌 2007 六月
❿ 智慧與能力	1. 能說明讀書智慧和街頭智慧的內容。 2. 表達過度重視考試所造成的問題。 3. 能討論思考的重要性。 4. 能討論讀書能力與做事能力的關係。	課文一 當街頭智慧遇上讀書智慧	經濟日報 2014.1.10
		課文二 讀書能力≠做事能力	天下雜誌 511 期 2014.5.9

作者	語言擴展		易混淆詞	
翟思嘉	1. 由 X 轉 Y 2. 追溯至／到 3. 以表……的謝意／以表對……的謝意／為表……的謝意／為表對……的謝意 4. 自此 5. 熱衷於 6. 分別	7. 設下……的條件 8. 遭（X）…… 9. 因而 10. 改由……（方式） 11. 打開……的大門 12. 以 X 的名義	1. 熱衷／熱心 2. 表達／表示 3. 宣布／宣告 4. 交流／交換	5. 收益／收入 6. 名義／意義 7. 相關／有關 8. 野生／野外／野放
王文華	1. 在……（的）當下 2. 忠於 3. 縱使……，也…… 4. 自詡為 X 5. 把 X 發揮到極致 6. 不由自主地	7. 和 X 站在同一陣線 8. X 過即 Y 9. ……（都）看在眼裡 10.V（出）其中的共同點 11.有……的可能	1. 的確／確實 2. 出現／發現 3. 激發／刺激 4. 盲點／盲目 5. 破綻／破洞	6. 開明／開放 7. 溫和／溫柔 8. 地點／地方 9. 思考／考慮 10.意義／意思
狄克豬	1. 在歷經……之後 2. ……之多，是…… 3. 一直以來 4. 視為……的展現 5. 歸於 6. X 即是 Y 7. 遠在……之後 8. X 比 Y 多（了）N 倍有餘	9. 以……收場 10.意味著 11.接下 12.經由……而來 13.再者 14.一個不小心 15.不可不……	1. 紀錄／記載 2. 行銷／銷售／暢銷 3. 發展／發達 4. 展現／表現 5. 宣稱／宣布 6. 龐大／巨大 7. 平靜／安靜 8. 預估／預算	9. 虧本／回本 10.規定／規則 11.決選／競選 12.建設／興建 13.隨著／接著 14.支撐／支持 15.維護／保護 16.景象／現象
黃寶蓮	1. 算計起來 2. （在）不知不覺中 3. ……之類的 N 4. 一一		1. 遠行／旅行 2. 夢想／理想 3. 居留／居住／居所 4. 念頭／觀念／概念 5. 愕然／已然／偶然／自然 6. 華裔／華僑／華人	7. 多重／多元 8. 景致／景觀 9. 家當／家用 10.溫馨／溫暖 11.熱忱／熱心
杜瑜滿 洪蘭	1. 某種程度來說 2. 把 X 和 Y 混為一談 3. 為……所苦 4. 不損（其）…… 5. 不礙 6. X 的精神在（於）…… 7. 得以	8. 有所 V 9. 區分（出）X 和 Y 10.X 是 Y 的方式之一 11.凡是 12.解開……之謎 13.把 X 和 Y 分開 14.把 X 內化為 Y	1. 脫逃／脫離 2. 階段／階層 3. 現實／實際 4. 風險／危險 5. 應對／應變 6. 周邊／周遭 7. 領悟／醒悟 8. 詮釋／解釋 9. 時刻／時候 10.效果／結果 11.個人／各人	12.創業／創新 13.事業／職業 14.本性／本能 15.理念／理想 16.學術／學問 17.調控／調整 18.憂鬱／焦慮 19.教養／教育 20.區域／領域 21.促使／促發

詞類表 **Parts of Speech in Chinese**

List of Parts of Speech in Chinese

Symbols	Parts of speech	八大詞類	Examples
N	noun	名詞	水、五、昨天、學校、他、幾
V	verb	動詞	吃、告訴、容易、快樂，知道、破
Adv	adverb	副詞	很、不、常、到處、也、就、難道
Conj	conjunction	連詞	和、跟，而且、雖然、因為
Prep	preposition	介詞	從、對、向、跟、在、給
M	measure	量詞	個、張、碗、次、頓、公尺
Ptc	particle	助詞	的、得、啊、嗎、完、掉、把、喂
Det	determiner	限定詞	這、那、某、每、哪

Verb Classification

Symbols	Classification	動詞分類	Examples
V	transitive action verbs	及物動作動詞	買、做、說
Vi	intransitive action verbs	不及物動作動詞	跑、坐、睡、笑
V-sep	intransitive action verbs, separable	不及物動作離合詞	唱歌、上網、打架
Vs	intransitive state verbs	不及物狀態動詞	冷、高、漂亮
Vst	transitive state verbs	及物狀態動詞	關心、喜歡、同意
Vs-attr	intransitive state verbs, attributive only	唯定不及物狀態動詞	野生、公共、新興
Vs-pred	intransitive state verbs, predicative only	唯謂不及物狀態動詞	夠、多、少
Vs-sep	intransitive state verbs, separable	不及物狀態離合詞	放心、幽默、生氣
Vaux	auxiliary verbs	助動詞	會、能、可以
Vp	intransitive process verbs	不及物變化動詞	破、感冒、壞、死
Vpt	transitive process verbs	及物變化動詞	忘記、變成、丟
Vp-sep	intransitive process verbs, separable	不及物變化離合詞	結婚、生病、畢業

Default Values of the Symbols

Symbols	Default values
V	action, transitive
Vs	state, intransitive
Vp	process, intransitive
V-sep	separable, intransitive

Other Categories

Symbols	Categories	其他分類
Ph	Phrase	詞組
Id	Idiom	四字格 / 成語 / 熟語

摘要 01-01

瑞士技職學校畢業生，往往比碩士、博士更容易找到工作，成功之處在於高等教育與產業緊密連結，如今更是歐洲各國爭相學習的典範。

學習目標

1 學習技職教育相關詞彙。

2 能說明自己國家的技職教育體系。

3 能談論企業對教育的態度。

4 能闡述企業成功與教育合作的關係。

課前活動

1 在貴國，選擇念職業學校還是一般高中，一般人的考量是什麼？

2 這是台灣經濟部工業局的廣告，請查一查「產學合作」的意思，並且談一談這個廣告的對象及目的為何。

《資料來源 台灣電子商務創業聯誼會 http://tesa.todayarticle/262#》

放眼全球 瑞士職校 畢業生最有競爭力(I)

🎧 01-02

洛桑管理學院每年出版的世界競爭力報告，讓各國政府、媒體總要嚴陣以待。負責這項報告廿五年的世界競爭力中心主任葛瑞里，談到教育與競爭力關係，他直言，瑞士教育制度成功之處，在於產業和高等教育的緊密合作與連結。

葛瑞里指出，目前全球最有競爭力的是職校畢業生。他分析歐洲目前幾個較有競爭力的國家，包括瑞士、德國、奧地利和瑞典，都具有技職教育的傳統，如今成為各國爭相學習的典範。

葛瑞里開玩笑說，自己身為大學教授，但也清楚這個時代，大學文憑比不上一技在身，技職學校的畢業生往往比碩士、博士更快、更容易找到工作。他點出，在瑞士，即使公司管理階層，沒上過大學的比比皆是，很多只懂得理論的人，對企業運作不見得了解。

經常和各國大、小企業接觸的他，很清楚不管是製造業還是服務業，都發現職校、商業學校的學生，通常一畢業就可上工，反而是光會念書的大學生，還需要經過一段時間訓練。

身為洛桑管理學院裡唯一的瑞士籍教授，葛瑞里更認為，高等教育需要政府和企業共同合作，瑞士教育制度成功之處，關鍵在於和產業有緊密合作與連結，尤其是科技大學與產業的合作。

他說，不只大企業和各大學、研究中心都有合作計畫案，即使是中、小型企業，沒有能力像大企業投入大筆資金研發、聘請高階研究人才，仍可透過和學校合作，讓產業不斷升級、維持競爭力。

課文理解

請在（ ）打 ✓

1 瑞士教育制度的成功之處為何？
（ ）高等學校各校都有自己的傳統。
（ ）各大學都與洛桑管理學院合作。
（ ）高等教育與產業緊密地連結與合作。

2 在瑞士為何大學文憑比不上一技在身？
（ ）瑞士大學的學位很容易得到。
（ ）技職學校的畢業生一畢業就可上工。
（ ）在瑞士企業管理階層不需要大學畢業。

3 瑞士的中、小企業如何維持競爭力？
（ ）投入大筆資金研究發展。
（ ）高薪聘請高階的研究人才。
（ ）透過與學校的計畫合作讓產業升級。

生詞 New Words 01-03

摘要

1.	職校	zhíxiào	N	vocational school
2.	技職	jìzhí	N	technical and vocational career
3.	成功之處	chénggōng zhīchù	Ph	where it has been successful, achievement
4.	高等	gāoděng	Vs-attr	advanced, higher (education)
5.	緊密	jǐnmì	Vs	tight, close
6.	連結	liánjié	N/V	linking; to link
7.	爭相	zhēngxiāng	Adv	eagerly
8.	典範	diǎnfàn	N	paragon, model, example

生詞 New Words

		課文一		
1.	放眼	fàngyǎn	V	looking to, looking toward
2.	出版	chūbǎn	V	to publish
3.	總要	zǒngyào	Vaux	to have to
4.	嚴陣以待	yánzhèn yǐdài	Id	be ready for, be standing by, lit. wait in full battle array
5.	直言	zhíyán	V	to speak bluntly, to state outright
6.	分析	fēnxī	V	to analyze
7.	身為	shēnwéi	Vst	as, in the capacity of
8.	文憑	wénpíng	N	diploma
9.	一技在身	yíjì zàishēn	Id	to have a skill
10.	點出	diǎnchū	V	to point out
11.	比比皆是	bǐbǐ jiēshì	Id	be ubiquitous, everywhere, very common
12.	理論	lǐlùn	N	theory
13.	製造業	zhìzàoyè	N	manufacturing industry (製造, zhìzào, V, manufacturing; -業, -yè, N, industry)
14.	上工	shànggōng	Vi	to start work, to work independently without supervision
15.	關鍵	guānjiàn	N	the key to, key
16.	案	-àn	N	case
17.	中、小型企業	zhōng, xiǎo xíng qìyè	Ph	small and medium-sized enterprises (SMEs)
18.	投入	tóurù	V	to invest, to throw oneself into, carried away with
19.	研發	yánfā	V	to research and develop, research and development, R&D
20.	聘請	pìnqǐng	V	to hire, to employ
21.	高階	gāojiē	Vs-attr	high level, advanced
22.	人才	réncái	N	talent, people with specialized skills
23.	升級	shēngjí	V	to upgrade, to advance, to promote

生詞 New Words

專有名詞

1.	瑞士	Ruìshì	Switzerland
2.	洛桑管理學院	Luòsāng guǎnlǐ xuéyuàn	Lausanne Institute (for Management Development)
3.	葛瑞里	Gěruìlǐ	Garelli
4.	奧地利	Àodìlì	Austria
5.	瑞典	Ruìdiǎn	Sweden

語言擴展

1 **原文**：放眼全球 瑞士職校畢業生最有競爭力

結構：放眼

解釋：「放眼」的意思是把視線放在較大的地方，來描述這個地方整體的狀況。「放眼」的後面可以是實際地點，或是抽象的概念，例如「全世界」、「未來」等等。也可以不加賓語，使用像「放眼看去」、「放眼望去」這樣的固定形式。

練習 請將下列的左右兩邊配對。

(1) 放眼四周，情形各不相同，_____

(2) 放眼全校，_____

(3) 放眼身旁的人，_____

(4) 放眼看去，_____

(A) 打工的打工，談戀愛的談戀愛，專心求學的人少之又少。

(B) 不是沉迷手遊，就是沉迷桌遊或電玩。

(C) 有人為養家活口喘不過氣，有人則追求名利，是非不明。

(D) 上班時間，各路口等紅燈的機車都嚴陣以待，綠燈一亮，就爭相往前衝。

◀ 練習 放眼二十一世紀的國際關係，<u>　　逐漸由對立、衝突走向對話、合作　　</u>。

(1) 放眼非洲，_____。

(2) 放眼歐洲，_____。

(3) 放眼美洲，_____。

(4) 放眼亞洲，_____。

◀ 練習 從上述短語中，請你選擇一個，並且寫出你對世界／天下的看法。

放眼_____，_____，

_____

_____。

2 原文：瑞士教育制度成功之處，**在於產業和高等教育的緊密合作與連結。**

結構：……之處，在於……

解釋：這個句子用於解釋為什麼說話者認為人、事、物具有某個特色。「之處」前是欲說明的特色，「在於」後提出這個特色的證據。為口語「……的地方，是……」的書面用語。

◀ 練習 為何每年洛桑管理學院出版的世界競爭力報告，總讓各國政府、媒體嚴陣以待？

(1) 這份報告的重要之處，在於<u>　將各國競爭力的高低，做了清楚的評比排名　</u>。

(2) 它提到具有競爭力的關鍵之處，在於_____。

(3) 瑞士的教育制度值得全世界關注之處，在於_____。

(4) 對產業升級而言，困難之處在於_____。

◀ 練習 從小到大，我們每天都在學習各種知識、技能，甚至做人的態度或做事的方法，請試著分析一下。

(1) 學習知識的有用之處，在於 <u>充實自己的能力，解決生活及工作上的問題</u> 。

(2) 學習技能的辛苦之處，在於＿＿＿＿＿＿＿＿＿＿＿＿＿＿＿＿＿＿＿＿＿＿。

(3) 學習做人做事的必要之處，在於＿＿＿＿＿＿＿＿＿＿＿＿＿＿＿＿＿＿＿＿。

◀ 練習 你學習中文最少已有兩、三年的歷史了，請問你如何持續學習中文？吸引你之處為何？學習過程中甜美與快樂之處為何？辛苦與麻煩之處為何？難忘之處、進步之處……，請你把它們寫成一篇短文。

＿＿＿＿＿＿＿＿＿＿＿＿＿＿＿＿＿＿＿＿＿＿＿＿＿＿＿＿＿＿＿＿＿＿＿＿＿＿

＿＿＿＿＿＿＿＿＿＿＿＿＿＿＿＿＿＿＿＿＿＿＿＿＿＿＿＿＿＿＿＿＿＿＿＿＿＿

＿＿＿＿＿＿＿＿＿＿＿＿＿＿＿＿＿＿＿＿＿＿＿＿＿＿＿＿＿＿＿＿＿＿＿＿＿。

3 原文：歐洲目前幾個較有競爭力的國家，都具有技職教育的傳統，如今成為各國**爭相**學習的典範。

結構：**爭相**

解釋：表示怕錯過機會，而搶著做某事，為書面用語，主語應為複數或具有複數涵義的詞彙。

◀ 練習 請按照上下文語意，完成短語。

(1) 可以拿獎學金的人數有限，難怪學生爭相 <u>上網，申請參加考試</u> 。

(2) 如今企業爭相＿＿＿＿＿＿＿＿＿＿＿＿＿＿畢業生，技職教育開始

受到重視，每年各職校招生時，皆出現爭相＿＿＿＿＿＿＿＿＿＿＿＿

＿＿＿＿＿＿＿＿＿＿＿＿＿的現象。

(3) 該補習班出版的考古題，聽說對準備各種考試都有幫助，於是大家

爭相＿＿＿＿＿＿＿＿＿＿＿＿＿＿＿＿＿＿＿＿＿＿＿＿＿＿＿＿＿＿。

◀ 練習 請參考上述短語，完成下面短文。

傳統的華人並不認為技職教育是「正式」的學校教育，許多人都是在進
不了一般的大學之後，＿＿＿＿＿＿＿＿＿＿＿＿＿＿＿＿＿＿＿＿＿，
＿＿＿＿＿＿＿＿＿＿，＿＿＿＿＿＿＿＿＿＿＿＿＿＿＿＿＿＿＿＿
＿＿＿＿＿＿＿＿＿＿＿＿＿＿＿＿＿＿＿＿＿＿＿＿＿＿＿＿＿＿＿
＿＿＿＿＿＿＿＿＿＿＿＿＿＿＿＿＿＿＿＿＿＿＿＿＿＿＿＿＿。

4 原文：自己身為大學教授，但也清楚這個時代，大學文憑比不上一技之長。

結構：身為

解釋：說明具有某種身分的人，應有或不應有何種態度、想法或行為。「身
為」後為某種身分，複句為其說明。

◀ 練習 請根據不同身分，給短句一個有意義的說明。

(1) 身為職校畢業生，＿必須一技在身，能一畢業就上工＿。

(2) 身為公司的管理階層，＿＿＿＿＿＿＿＿＿＿＿＿＿＿＿＿＿＿。

(3) 身為家中的獨生女，＿＿＿＿＿＿＿＿＿＿＿＿＿＿＿＿＿＿＿。

(4) 身為新興城市的市長，＿＿＿＿＿＿＿＿＿＿＿＿＿＿＿＿＿。

◀ 練習 身為社會的一分子，我們每天在生活中，按照不同的時間或地方，必須
扮演不同的角色。請根據你自身的經驗，把各時間、各場合所扮演的角
色，寫成一篇短文。

＿＿＿＿＿＿＿＿＿＿＿＿＿＿＿＿＿＿＿＿＿＿＿＿＿＿＿＿＿＿＿＿
＿＿＿＿＿＿＿＿＿＿＿＿＿＿＿＿＿＿＿＿＿＿＿＿＿＿＿＿＿＿＿＿
＿＿＿＿＿＿＿＿＿＿＿＿＿＿＿＿＿＿＿＿＿＿＿＿＿＿＿＿＿＿。

5 原文 ：職校、商業學校的學生，通常一畢業就可上工。**反而是**光會念書的大學生，還需要經過一段時間訓練。

結構 ：**反而是**

解釋 ：用來說明出乎預料的情形。「反而是」前面為一般應該有的情形，卻沒發生；「反而是」後面為令人意外的情形。「反而是」後面可為一名詞，也可為短句。

◀練習 老王是個重男輕女的傳統華人，婚後不孕多年，好不容易生了女兒，依然渴望有兒子傳宗接代。試了各種方法，終於在女兒八歲時又生了兒子，老王寵愛得不得了，認為自己以後可以倚靠兒子生活了。

請根據上述情形，將下列左右兩邊的短語，進行配對。

(1) （　）　老王夫婦年輕時身體相當差，

(2) （　）　老王替兒子的前途擔憂，常提心吊膽，

(3) （　）　脾氣大，性子急的老王常罵女兒，

(4) （　）　女兒事業心重，大學畢業多年，忙著創業，不急著結婚，

(5) （　）　兒子剛離開學校，便搬進公司宿舍，

A. 女兒沒反應，反而是兒子聽不慣，氣得不理老爸。

B. 比較關心且常在家照顧父母的，反而是女兒。

C. 反而是年老退休後，比較健康了。

D. 反而是兒子跟高中就交往的女友，進了職場不到半年，就「有情人終成眷屬」了。

E. 對女兒的發展反而是漠不關心。

◀練習 在你生活中，是否曾有類似的情形？與正常情況相反，而且你完全沒想到的事就發生了。請你寫一寫。

＿＿＿＿＿＿＿＿＿＿＿＿＿＿＿＿＿＿＿＿＿

＿＿＿＿＿＿＿＿＿＿＿＿＿＿＿＿＿＿＿＿＿

＿＿＿＿＿＿＿＿＿＿＿＿＿＿＿＿＿＿＿＿＿。

易混淆語詞

 01-04

1	產業	產業需要的是有一技在身的員工。	N
	行業	對哪些行業的人來說，過年、過節反而是他們最忙的時候？	N
	職業	商人、農人、工人、老師，每一種職業的地位都是平等的。	N

練習

小林上＿＿＿＿＿學校的時候，念的就是資訊科技，畢業後當然想在生產電腦產品的＿＿＿＿＿中找工作，因為這種＿＿＿＿＿的公司不少，所以他很快地就找到工作了。

2	連結	若把科技與藝術連結在一起，算是一種創新嗎？	V
	連/聯絡	你跟小學同學還保持連絡嗎？	V

練習

今天我們公司電腦的網路有問題，所以無法＿＿＿＿＿到貴公司的網站，我們改用電話＿＿＿＿＿，好嗎？

3	具有	這些具有地方特色的紀念品很快就賣光了。	Vst
	擁有	小曾擁有兩輛汽車、三棟樓房，經濟條件很好。	Vst

練習

一個對未來抱持著理想的年輕人，帶著自己所做出來的＿＿＿＿＿多種功能的手機到台灣來發展，雖然他在台灣還沒＿＿＿＿＿自己的公司，但他仍然希望能留在台灣。

4	爭相	老師說，誰能回答問題就加分，於是學生們爭相舉手。	Adv
	競爭	八百個候選人競爭一百個民意代表位子，只有透過競選，才能選出真正代表民意者。	Vi

練習

在＿＿＿＿＿＿＿＿得很厲害的公司裡，每個員工都＿＿＿＿＿＿＿＿把自己的研究結果拿出來。

5	身為	身為華語教師，發音應該較一般人更好。	Vst
	成為	要成為華語教師，發音必須非常好。	Vp

練習

＿＿＿＿＿＿＿＿父母，在說話、行為各方面，都要特別注意，才能＿＿＿＿＿＿＿＿孩子學習的典範。

6	點出	報上的新聞，點出了目前的社會問題。	Vpt
	指出	心理學家指出，找出自己的錯，比指出別人的錯，要多一倍的時間。	V

練習

總統＿＿＿＿＿＿＿＿，教育部長已經很清楚地＿＿＿＿＿＿＿＿義務教育的問題，現在請大家提出解決的辦法。

7	製造	我們開會是希望能找出製造安全推車的關鍵技術，請別再製造別的問題了。	V
	建造	這座橋是一百年前建造的，建造商已經去世了。	V

◀ 練習

這家公司所＿＿＿＿＿＿的產品，受到全世界的歡迎。該公司決定要＿＿＿＿＿＿新研究室，來研發更新的產品。

8	通常	人通常容易原諒自己，卻很難原諒別人。	Adv
	經常	你是否經常買有品牌的商品？	Adv
	平常	你平常喜歡做什麼樣的休閒活動？	Adv

◀ 練習

＿＿＿＿＿＿我＿＿＿＿＿＿到公園去慢跑，但是＿＿＿＿＿＿週末的時候我不去，因為人太多了。

9	訓練	通常這種訓練是專門給運動員設計的，並不適合一般人。	N
	練習	老師要我們練習發音，尤其是聲調的方面。	V

◀ 練習

雖然運動員在接受教練＿＿＿＿＿＿時很認真，但回家後也要自己多＿＿＿＿＿＿才行。

放眼 全球 瑞士職校 畢業生最有競爭力（II）

🎧 01-05

葛瑞里提到，法國、義大利、西班牙都想學瑞士的技職教育制度，如果缺乏企業的加入，便難有成效。

面對全球愈來愈快的變化，葛瑞里說，廿五年前的世界競爭力年度報告，根本沒把俄國、中國大陸、巴西這些國家列入評比，如今愈來愈多新的國際品牌從這些新興經濟體產生。以前到洛桑管理學院進修的學生幾乎全來自歐、美，如今，來自亞洲、非洲、巴西等地的人逐年增加。

葛瑞里說，瑞士在廿一年前公投決定不加入歐盟，並因此將出口產業目標轉向亞洲、拉丁美洲等國家，不再自限於歐洲市場，如今證明當初決定正確，因為拒絕加入歐盟，迫使瑞士更開放對外發展，證明了「危機就是轉機」。

總是有危機感的瑞士和台灣一樣，都是高度仰賴出口的國家，這幾年也都是全球經濟衰敗的犧牲者。對瑞士而言，愈高等的教育機構，和企業合作愈緊密，讓企業永遠保有不斷創新的高階技術，才能維持不受新興經濟體低價傾銷的衝擊與消滅。

課文理解

請在（　）打 ✓

1 從洛桑管理學院的年度報告中，如何看出全球的變化？

（　）瑞士市場中，有很多來自俄國、中國大陸的產品。

（　）愈來愈多新的國際品牌，是從新興經濟體產生的。

（　）法國、西班牙、義大利都想學習瑞士的技職教育制度。

2 瑞士為何將出口產業轉向亞洲、拉丁美洲？

（　）瑞士是全球經濟衰敗的犧牲者。

（　）瑞士的大學有很多來自亞洲、拉丁美洲的學生。

（　）瑞士公投決定不加入歐盟，因此不能自限於歐洲市場。

3 瑞士企業如何不受低價傾銷的衝擊？

（　）發展出更多新的國際品牌。

（　）將出口市場轉向亞洲、拉丁美洲。

（　）與高等教育機構緊密合作，保有不斷創新的高階技術。

生詞 New Words 🎧 01-06

				課文二
1.	提到	tídào	V	to mention, to bring up
2.	成效	chéngxiào	N	results
3.	愈	yù	Adv	the more… (the more)
4.	年度	niándù	N	year, annual
5.	評比	píngbǐ	N	rating, ranking, assessment
6.	品牌	pǐnpái	N	brand
7.	新興	xīnxīng	Vs-attr	emerging
8.	經濟體	jīngjìtǐ	N	economic entity, economy
9.	進修	jìnxiū	Vi	to pursue further studies
10.	逐年	zhúnián	Adv	on a yearly basis, yearly, by the year

生詞 New Words

11.	公投	gōngtóu	Vi/N	to cast ballots on a referendum; referendum
12.	轉向	zhuǎnxiàng	V	to shift, change directions
13.	自限	zìxiàn	Vi	to limit oneself to, confine oneself to
14.	當初	dāngchū	Adv	at first, initially
15.	迫使	pòshǐ	V	to force into
16.	外	wài	N	outward, external, foreign, to the outside (formal)
17.	高度	gāodù	Adv	highly, to a great extent
18.	仰賴	yǎnglài	Vst	to rely on, to depend on
19.	衰敗	shuāibài	Vs	to decline, deteriorate
20.	保有	bǎoyǒu	Vst	to retain, to maintain
21.	創新	chuàngxīn	Vi	to innovate
22.	低價	dījià	N	low price, discount
23.	傾銷	qīngxiāo	V	to dump (products)
24.	消滅	xiāomiè	V	to be eliminated, displaced

專有名詞

1.	俄國	Éguó	Russia
2.	巴西	Bāxī	Brazil
3.	非洲	Fēizhōu	Africa
4.	拉丁美洲	Lādīng Měizhōu	Latin America

語言擴展

1 原文：來自亞洲、非洲、巴西等地的人逐年增加。

結構：逐年

解釋：意為「一年一年地……」。

◀ 練習 請完成句子，並且排序成短文。

A. 世界競爭力年度報告於是也逐年將這些新興國家__列入__評比。

B. 而我國企業面對物價逐年_____，
員工薪資逐年_____的壓力，

C. 放眼全球，新興經濟體的競爭力逐年_____，
各項技術逐年_____，

D. 各產業也逐年_____與高等教
育機構合作，

E. 非得_____本身的競爭條件，才能避免逐年_____
_____的命運。

_____→_____→_____→_____→_____

◀ 練習 根據媒體報導，世界各國的中文學習者正逐年增加，請你對有危機感的
年輕族群，寫出一些建議。

_____

_____

_____。

2 原文：將出口產業目標**轉向**亞洲、拉丁美洲等國家，不再自限於歐洲市場。

結構：**將 A（從 X）轉向 Y**

解釋：改變事物的進行方向或目標，並且說明新方向或目標為何。「轉向」的後面是新方向或目標。

◀ 練習 科技日新月異，網路改變了現代人的哪些方面？請完成短句。

(1) 人們將聯絡方式轉向___網路，以傳訊息及電子郵件為主___。

(2) 有錢人將投資管道轉向_____。

(3) 年輕人將休閒娛樂轉向_____。

(4) 民眾將消費行為轉向_____。

◀ 練習 各種的轉向，是否多少影響了你？請將自己以往生活作息、思考方向、人生目標……等做個比較，寫成短文。

_____

_____

_____。

3 原文：將出口產業目標轉向亞洲、拉丁美洲等國家，不再**自限於**歐洲市場。

結構：**自限於**

解釋：將自己限定於某個範圍內。

◀ 練習 請利用下列短語，完成句子。

> 不限於年紀、外貌　　不限於某種條件或情形
> 自限於學歷、經驗　　自限於已有的職位

(1) 一位成功的企業家在場演講中直言，目前許多年輕人常__自限於學歷、經驗__，而缺乏冒險的精神，失去不少嘗試的機會，相當可惜。

(2) 社會已經多元化了，身為父母，對子女的教育必須＿＿＿＿＿＿＿＿＿＿＿＿＿＿＿＿＿＿＿＿＿＿，否則不僅自己傷腦筋，子女也飽受痛苦，造成彼此的衝突。

(3) 舉世聞名的演員皆有共同的特質，也就是他／她們從＿＿＿＿＿＿＿＿＿＿＿＿＿＿＿＿＿＿＿＿＿＿，而是根據本身所扮演的角色，配合導演的指示全心投入，達到戲劇應有的效果。

(4) 即使是公司的高階管理階層，也不應該＿＿＿＿＿＿＿＿＿＿＿＿＿＿＿＿＿＿＿＿＿＿＿＿，停止進修，所謂「人外有人，天外有天」，沒有危機感常就是最大的危機。

◀ 練習 請你談談曾經（不）自限於某事而失敗／成功的例子。

＿＿＿＿＿＿＿＿＿＿＿＿＿＿＿＿＿＿＿＿＿＿＿＿＿＿＿＿＿＿＿＿＿＿

＿＿＿＿＿＿＿＿＿＿＿＿＿＿＿＿＿＿＿＿＿＿＿＿＿＿＿＿＿＿＿＿＿＿

＿＿＿＿＿＿＿＿＿＿＿＿＿＿＿＿＿＿＿＿＿＿＿＿＿＿＿＿＿＿＿＿。

4 原文：因為拒絕加入歐盟，**迫使**瑞士更開放對外發展。

結構：**迫使**

解釋：使不得不進行某種改變。

◀ 練習 人類仰賴地球正常運作才能生存，然而如今地球的「健康」每況愈下，迫使我們必須採取更積極的行動，來維護生命安全。請完成下列句子。

(1) 嚴重的河海汙染，迫使　大家不吃魚、蝦等水產　，
因為吃水產就等於吃進有毒物質，甚至極小的塑膠粒子。

(2) 不正常出現的超級大風雪，迫使＿＿＿＿＿＿＿＿＿＿＿＿＿＿＿＿＿＿＿＿＿＿＿
＿＿＿＿＿＿＿＿，＿＿＿＿＿＿＿＿＿＿＿＿＿＿＿＿＿＿＿＿＿＿＿＿＿＿＿＿＿，
民眾無法外出工作、上學。

(3) 骯髒的空氣迫使＿＿＿＿＿＿＿＿＿＿＿＿＿＿＿＿＿＿＿＿，口罩製造商因
而生意大好，迫使＿＿＿＿＿＿＿＿＿＿＿＿＿＿＿＿＿＿＿＿＿，工廠
機器日夜運轉，趕工出貨。

(4) 天災不斷，作物難以收成，糧食危機迫使＿＿＿＿＿＿＿＿＿＿＿＿＿＿。

◀ 練習 請思考一下，迫使人們離鄉背井的因素有哪些？請將它們寫成一篇短文。

＿＿

＿＿

＿＿＿＿＿＿＿＿＿＿＿＿＿＿＿＿＿＿＿＿＿＿＿＿＿＿＿＿＿＿＿＿＿＿＿＿＿＿。

易混淆語詞　　　　　　　🎧 01-07

10			
根本	瑞士的技職教育，跟你想的根本不一樣，你完全弄錯了！	Adv
原本	小于原本念普通中學，後來發現自己更適合念職校，於是就轉校了。	Adv

◀ 練習

＿＿＿＿＿＿＿我們＿＿＿＿＿＿＿不知道她有男朋友，是她妹妹告訴
我們，我們才知道的。

11	品牌	這個品牌我從來沒見過，是本國的？還是外國的？	N
	招牌	那家店的招牌不大，不過門口總有人排隊，簡直就是「活」招牌。	N

◀ 練習

想要設計出適合自己企業＿＿＿＿＿＿的廣告＿＿＿＿＿＿，就得找廣告設計的專家。

12	目標	完成這項設計，是我們三人共同的目標。	N
	目的	她運動的目的，是為了健康，並不是為了身材。	N

◀ 練習

他決定開始運動的＿＿＿＿＿＿是為了健康，他的＿＿＿＿＿＿是每天慢跑一千公尺。

遊艇五金達人 🎧 01-08

教部技職教育代言人

被稱為「遊艇精品五金達人」的曾信哲，是來自屏東九如鄉下的農村子弟，家裡五個兄弟姐妹，唯有他沒考上大學。高工畢業後靠黑手起家，奮鬥三十年，成功打造年營業額超過六億元的企業。他不但擔任技職教育代言人，而他的奮鬥史也成為技職教育典範。

課文理解

請在（　）打 ✓

1 曾信哲為何能成為技職教育代言人？

（　）因為他的公司是遊艇精品五金企業。

（　）因為他的企業的營業額超過六億元。

（　）他靠黑手起家，奮鬥了三十年，他的奮鬥史成為典範。

生詞 New Words 🎧 01-09

課文三

1.	遊艇	yóutǐng	N	yacht
2.	五金	wǔjīn	N	hardware (as in a hardware store and things found in a hardware store)
3.	達人	dárén	N	expert
4.	代言人	dàiyánrén	N	spokesperson
5.	稱為	chēngwéi	V	to be called

生詞 New Words

6.	精品	jīngpǐn	N	quality product
7.	子弟	zǐdì	N	children
8.	唯	wéi	Adv	only
9.	高工	gāogōng	N	vocational high school
10.	黑手	hēishǒu	N	work (that gets your hands dirty, like car mechanic)
11.	起家	qǐjiā	Vi	make one's fortune
12.	奮鬥（史）	fèndòu (shǐ)	Vi	work hard, struggle; -史, -shǐ, N, history
13.	營業額	yíngyè'é	N	turnover, business volume

專有名詞

1.	教部 （＝教育部）	Jiàobù (= Jiàoyùbù)	Ministry of Education
2.	曾信哲	Zēng Xìnzhé	Mark Tseng (the chairman of ARITEX, specializes in the manufacturing of hardware accessories for luxury yachts)
3.	屏東	Píngdōng	Pingtung, southern Taiwan
4.	九如	Jiǔrú	Jiuru, a village in Pingtung

語言擴展

1 原文：高工畢業後靠黑手起家，奮鬥三十年，成功打造年營業額超過六億元的企業。

結構：靠……起家

解釋：意指依靠某種行業、項目，發展、建立起自己的專長、權威、事業。

◀ 練習 請填入適當的行業、專長、特色等，完成下列句子。

(1) 小秦家族中的人都很優秀，個個事業成功，祖父母靠__餐飲業__起家，從夜市的小吃攤發展到現在，已是米其林三星的大餐廳了。

(2) 小秦的伯父母靠＿＿＿＿＿＿＿＿＿＿＿＿＿＿＿＿＿＿＿＿起家，後來開了藥局，堂哥成為外科醫生，堂姊則是在藥妝店裡提供藥品知識查詢的服務，全家人都透過本身的專業來幫助人。

(3) 小秦的哥哥原本靠＿＿＿＿＿＿＿＿＿＿＿＿＿＿＿＿起家，從事機器修理，但存到人生第一桶金後，投資電子產業，現在也是資訊業的企業主了。

(4) 小秦婚後跟太太，靠＿＿＿＿＿＿＿＿＿＿＿＿＿＿＿＿起家，專門推銷台灣製造的精品給觀光客，他們的店在全台灣都有連鎖店，遠近知名。

(5) 台灣缺乏天然資源，靠＿＿＿＿＿＿＿＿＿＿＿＿＿＿＿起家，最近幾年由於國際間出口競爭激烈，且民眾愈來愈重視環保，政府鼓勵產業轉向旅遊服務、醫療科技或資訊業。

◀ 練習 請參考上述句子，寫成一篇短文。

缺乏天然資源的台灣，＿＿。

引導式寫作練習

1 請將下面的句子按照語意排列順序，組成一篇文章。

陳總經理：

（一）

A. 我是王小明，2017 年畢業於 XX 大學 XX 學系，

B. 並且相信我的學經歷能讓我成為這個職缺強力的候選人。

C. 目前在台灣的語言中心研習中文。

D. 日前透過 XX 人力網得知貴公司正在徵求企劃人才，

E. 我對此工作相當有興趣，

_____→_____→_____→_____→_____

（二）

A. 得以學習簡報技巧，並且累積實戰經驗。

B. 如我的履歷所示，我曾經在 XX 活動公司實習六個月，

C. 希望未來有機會能與您討論我的資格，以及我對如何進行貴公司行銷計畫的想法。

D. 實習期間，我將在校所學應用在工作上，

E. 非常感謝您撥冗查看我的履歷，期待您的回覆。

F. 除了企劃以外，我也有幸與公司其他人一同向客戶提案，

G. 參與多次活動企劃與執行，大大提升了我的企劃能力。

H. 我相信我的團隊合作與快速解決問題的能力，對於新創公司而言是不可或缺的技能。

I. 在這幾次企劃中，我同時也展現了團隊合作的精神，與同事們一起順利完成工作。

J. 基於我的行銷背景與能力，我相信我是貴公司企劃職缺的不二人選。

____B____→_____→_____→_____→____A____→

_____→_____→____J____→_____→_____

　　敬祝

恭敬崇安

王小明 謹啟

2 根據上面那封求職信，請想一想，求職信的內容應該如何安排？

A.	說明得知此職缺的管道。	**B.**	介紹自己與學經歷。	**C.**	期待對方的回覆。
D.	希望得到面試的機會。	**E.**	加上簡短的敬意、祝福等。	**F.**	表明對此工作的興趣與熱情。
G.	說明有何相關經驗，以及在此經驗中累積了什麼能力。	**H.**	說明自己的能力、個性為什麼切合這家公司的需求。	**I.**	有何優良表現或是達成什麼成果，如能舉出具體數據更佳。

第一段：＿＿＿＿＿＿ 、 ＿＿＿＿＿＿ 、 ＿＿＿＿＿＿ 。

第二段至第三段：＿＿＿＿＿＿ 、 ＿＿＿＿＿＿ 、 ＿＿＿＿＿＿ 。

第四段：＿＿＿＿＿＿ 、 ＿＿＿＿＿＿ 、 ＿＿＿＿＿＿ 。

3 請你按照此格式，寫一封求職信，公司、職位名稱可自行決定。

_____

_____

_____

_____

_____

_____

_____

_____

_____

_____

語言實踐

一、提出計畫案

你是學校負責處理學生實習事務的人員，學校希望學生能到一家未來很有發展的公司實習，因此向該公司提出實習合作計畫案。請寫一份計畫案，讓對方願意接受你的這個提案。

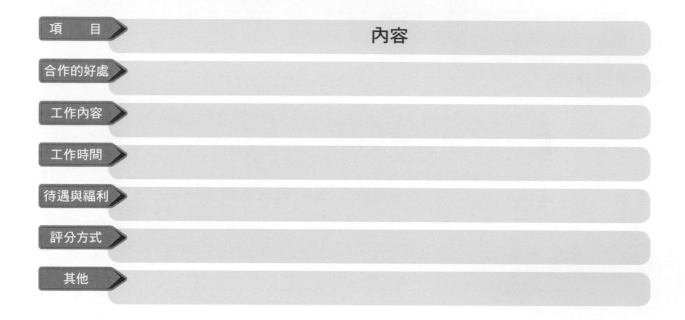

項　目	內容
合作的好處	
工作內容	
工作時間	
待遇與福利	
評分方式	
其他	

二、報告

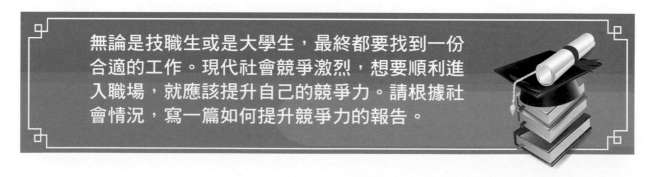

無論是技職生或是大學生，最終都要找到一份合適的工作。現代社會競爭激烈，想要順利進入職場，就應該提升自己的競爭力。請根據社會情況，寫一篇如何提升競爭力的報告。

三、解決問題

你是學校負責處理學生實習事務的人員，與某家公司的合作計畫發生了大危機。你怎麼與雙方溝通，讓此合作計畫能繼續下去？

一位同學扮演發生問題的學生，一位同學扮演公司代表，一位同學扮演學校負責人，進行三方對話並且協商解決辦法。

學生抱怨
★薪資太低
★工時太長
★受到壓榨

公司抱怨
★學生工作態度不佳
★學生技術不夠
★學生工時太短

NOTE

第二課
科技與生活

摘要 🎧 02-01

科學家觀察現象、洞察需求，鍥而不舍、表現專精，突破科技、改善生活，開創契機、改變世界。

學習目標

1 學習科學相關詞彙。

2 能說明科技如何改變人類的生活。

3 能闡述科技帶來的好處。

課前活動

1 你或你的家人戴眼鏡嗎？如果沒有眼鏡，生活會有哪些改變？

2 右圖的眼鏡為世界上最古老的眼鏡之一，請你猜猜，當初人類是怎麼發明眼鏡的？

3 除了目前普遍的電燈以外，以前的燈是如何發出燈光的？

簡單科技 改變人類生活（I）

02-02

科技改變人類的生活，有時未必是科學上的大發現或大突破。科學家從他的專精領域出發，觀察到某些特殊的社會現象，了解到某一群人的需求，常能突發奇想，以基礎的科學原理，加上簡單工具，就能解決一些社會問題。

如果我們眼睛看不清楚，會去看眼科醫師或去配眼鏡，這事情看似簡單，但對住在地球上相對窮困地區的人來說，卻是一項困難的任務。他們不是根本找不到眼科醫師，就是負擔不起。而這樣的人，全球估計有五億之多。

有個聰明人想到一個辦法，英國牛津大學的喬許‧席爾佛（Dr. Joshua Silver）教授，發明了一種「可自行調整度數」的眼鏡。這副眼鏡的鏡片內充滿液體，使用者自行調整鏡片內的液體量，便能將眼鏡調整到適合自己的度數。

這個發明並不是席教授的創見，原始的想法其實是出自十八世紀德國的一位科學儀器的製造商，但席爾佛博士把這個簡單的想法實際運用在製造上，讓原本看不清楚，也不知道可以使用眼鏡矯正視力的人，多年來第一次「大放光明」，看到清楚的影像。他成立了一家公司，每天要製造兩千副這種眼鏡，由於開發中國家需求量極大，仍供不應求。

席教授的貢獻，在於他能洞察問題根源，利用簡單科技找到解決問題的方法，從而改善人群的生活，這是很值得我們學習的。

請在（　）打 ✓

1 何謂「可自行調整度數」的眼鏡？

（　）眼鏡鏡片的度數是會自動改變的。

（　）使用者可以因需要而自行調換眼鏡鏡片。

（　）眼鏡鏡片內充滿液體，使用者可自行調整液體量。

2 科學家是如何解決社會問題的？

（　）找到科學儀器製造商合作。

（　）觀察社會現象、從專精領域出發。

（　）成立一家公司，製造社會所需的產品。

3 英國牛津大學喬許・席爾佛教授有何貢獻？

（　）將液體充滿眼鏡鏡片內是他的創見。

（　）將簡單的科學原理想法，實際運用在製造上。

（　）清楚地估算了負擔不起配眼鏡費用的窮困人口有五億之多。

生詞 New Words 02-03

				摘要
1.	洞察	dòngchá	V	to investigate, gain insight into
2.	鍥而不舍／捨	qiè'ér bùshě	Id	work unflaggingly, slog away, keep your nose to the grindstone, lit. chisel away incessantly
3.	專精	zhuānjīng	Vs	specialized, as an expert
4.	開創	kāichuàng	V	to create
5.	契機	qìjī	N	opportunity

生詞 New Words

課文一

1.	未必	wèibì	Adv	not necessarily
2.	出發	chūfā	Vi	to proceed from
3.	特殊	tèshū	Vs	special, extraordinary
4.	群	qún	M	group of
5.	突發奇想	túfā qíxiǎng	Ph	to hit upon an extraordinary idea, have a flash of inspiration
6.	原理	yuánlǐ	N	principle, theory
7.	醫師	yīshī	N	doctor
8.	配	pèi	V	to get (glasses), to fill (a prescription), to mix and match (clothes) etc. (In this lesson, 'to have eye-glasses fitted at an optical store, without a doctor's prescription, a common practice in Taiwan.)
9.	眼鏡	yǎnjìng	N	glasses
10.	相對	xiāngduì	Adv	relatively, by comparison
11.	窮困	qióngkùn	Vs	impoverished, destitute
12.	任務	rènwù	N	mission
13.	估計	gūjì	Vi	to estimate
14.	發明	fāmíng	V/N	to invent; invention
15.	自行	zìxíng	Adv	by oneself, on one's own
16.	度數	dùshù	N	eyesight (prescription), (degree to which one's vision needs correction)
17.	副	fù	M	measure for (bad) attitudes, (high-brow) appearances, glasses
18.	鏡片	jìngpiàn	N	lens
19.	充滿	chōngmǎn	Vpt	filled with
20.	液體	yìtǐ	N	liquid
21.	創見	chuàngjiàn	N	original idea

生詞 New Words

22.	原始	yuánshǐ	Vs	original, primitive, primeval
23.	出自	chūzì	Vpt	to be from
24.	儀器	yíqì	N	instrument
25.	製造商	zhìzàoshāng	N	manufacturer
26.	矯正	jiǎozhèng	V	to correct, to straighten out (a deformation), correction
27.	視力	shìlì	N	vision, eyesight
28.	大放光明	dàfàng guāngmíng	Ph	shine forth in glory, have a great ray of light (in the text, it is a play on words)
29.	影像	yǐngxiàng	N	image
30.	開發中國家	kāifāzhōng guójiā	Ph	developing nation
31.	需求量	xūqiúliàng	N	level of demand (-量, -liàng, N, quantity)
32.	極	jí	Adv	highly, extremely
33.	供不應求	gōngbú yìngqiú	Id	supply cannot keep up with demand
34.	貢獻	gòngxiàn	N	contribution
35.	根源	gēnyuán	N	source
36.	從而	cóng'ér	Conj	therefore, as a result
37.	人群	rénqún	N	crowd, the masses (people)

專有名詞

1.	牛津大學	Niújīn dàxué	Oxford University
2.	喬許·席爾佛	Qiáoxǔ Xí'ěrfó	Professor Joshua Silver (a UK physicist whose discoveries have included a new way to change the curvature of lenses, and the chief executive of the Centre for Vision in the Developing World at the University of Oxford)

語言擴展

1 原文：科學家從他的專精領域**出發**，觀察到某些特殊的社會現象。

結構：**從 X 出發**

解釋：意指從某個地方開始，可為實際處所，也可為抽象之事物。

◀ 練習 我們可以怎麼開始學習一種外語呢？

(1) 有的人從___生活中常用的詞語___出發，希望馬上就可以跟當地人打招呼或是購物。

(2) 有的人從語音出發，想_____
_____。

(3) 有的人從_____出發，先練習身旁常見的物品怎麼說。

(4) 有的人選擇出國，申請當地的語言學校，從_____
_____出發。

◀ 練習 請利用上述短語，完成下面短文。

提到學習外語，每個人都有自己的方式，像我幾個好友，都是學外語的達人，_____
_____
_____。

2 原文：而這樣的人，全球估計**有五億之多**。

結構：**有 X 之多**

解釋：表示數量的多少，且說話者認為該數量達到極高的程度。中間應為數字加量詞。

◀ 練習 如果我們常仔細觀察，可能會有許多驚人的發現：

(1) 烹飪美食的方法：煎、___煮、炒、炸___……，竟然有數百種之多。

(2) 狗、＿＿＿＿＿＿＿＿＿＿＿＿＿＿＿＿……，世界上的動
物種類，恐怕有＿＿＿＿＿＿＿＿＿＿＿＿＿＿之多。

(3) 台灣這個小島上，一年四季的水果，像西瓜、＿＿＿＿＿＿＿
……等等，有＿＿＿＿＿＿＿＿＿＿之多。

(4) 垃圾分類是我們每天一定的「功課」，如果把玻璃瓶、＿＿＿＿
＿＿＿＿＿這些可以再利用的資源回收，也有＿＿＿＿＿之多。

◀ 練習 生活在二十一世紀的現代，我們在享受便利、富裕的同時，是否曾想過，
我們所浪費的，到底有多少？請好好想想，再把所想到的寫成一篇短文。

＿＿＿＿＿＿＿＿＿＿＿＿＿＿＿＿＿＿＿＿＿＿＿＿＿＿＿＿＿＿＿＿

＿＿＿＿＿＿＿＿＿＿＿＿＿＿＿＿＿＿＿＿＿＿＿＿＿＿＿＿＿＿＿＿

＿＿＿＿＿＿＿＿＿＿＿＿＿＿＿＿＿＿＿＿＿＿＿＿＿＿＿＿＿＿＿。

3 原文：原始的想法其實是**出自**十八世紀德國的一位科學儀器的製造商。

結構：**出自**

解釋：用以說明事物的來源或製造者，也可說明事件發生之動機。後面可
再加「於」，成為「出自於」。

◀ 練習 你認為我們的行為，常由於什麼原因而發生，請將下列左右兩邊，進行
配對。

(1) （　）告訴朋友陷阱　　　　　A. 出自禮貌的態度

(2) （　）建議政府改革　　　　　B. 出自關心的提醒

(3) （　）不跟兄弟姐妹吵架　　　C. 出自競爭的需求

(4) （　）鼓勵同學加油　　　　　D. 出自對家人的包容

(5) （　）不斷的進修　　　　　　E. 出自對政策的不滿

◀ 練習 請根據事物是從哪裡產生或製造的，完成下列的短句：

(1) 台灣有許多連續劇或電影都是出自 <u>中國歷史</u>，因為 <u>歷史上的</u>
<u>真人真事比想像的更有意思</u>。

(2) 金馬獎典禮上，有好幾位明星的禮服出自＿＿＿＿＿＿＿＿＿＿＿＿＿＿，
不可能跟別人撞衫。

(3) 出自張大千或畢卡索的＿＿＿＿＿＿＿，＿＿＿＿＿＿＿＿＿＿＿＿＿＿。

(4) 年輕人欣賞的文章常出自＿＿＿＿＿＿，＿＿＿＿＿＿＿＿＿＿＿＿＿＿。

◀ 練習 日常生活中，有時我們出自好意，給別人勸告或幫助，卻受到誤會。請
把這樣的經驗寫出來。

＿＿＿＿＿＿＿＿＿＿＿＿＿＿＿＿＿＿＿＿＿＿＿＿＿＿＿＿＿＿＿＿＿

＿＿＿＿＿＿＿＿＿＿＿＿＿＿＿＿＿＿＿＿＿＿＿＿＿＿＿＿＿＿＿＿＿

＿＿＿＿＿＿＿＿＿＿＿＿＿＿＿＿＿＿＿＿＿＿＿＿＿＿＿＿＿＿＿＿。

4 原文：利用簡單科技找到解決問題的方法，**從而**改善人群的生活。

結構：**從而**

解釋：為連接詞語，後面所跟的成分表示前一句的結果或進一步的行動，
為書面用語。

◀ 練習 請按照語意，將右上方句子填入括弧中。

(1) （　）人類是透過科學研究，

(2) （　）政府進行許多公共建設，

(3) （　）老師教導學生利用簡單的原理，

(4) （　）吳寶春鍥而不捨地努力，

(5) （　）這條河的汙染問題解決後，

A. 從而實現了自己的理想。

B. 從而改善了附近的生活環境。

C. 從而發現生命的根源。

D. 從而刺激了經濟發展。

E. 從而發明了有用的工具。

◀ 練習 請參考上述的短句，完成短文。

(1) 這條河的汙染問題解決後，從而＿＿＿＿＿＿＿＿＿＿＿＿＿＿＿＿，
此外＿＿＿＿＿＿＿＿＿＿＿＿，＿＿＿＿＿＿＿＿＿＿＿＿＿＿＿
＿＿＿＿＿＿＿＿＿＿＿＿＿＿＿＿＿＿＿＿＿＿＿＿＿＿。

(2) 不少技職生畢業後，靠＿＿＿＿＿＿＿起家，從而＿＿＿＿＿＿＿＿
＿＿＿＿＿＿＿＿＿＿＿＿＿＿＿＿＿＿＿＿＿＿＿＿＿＿＿＿＿
＿＿＿＿＿＿＿＿＿＿＿＿＿＿＿＿＿＿＿＿＿＿＿＿＿。

易混淆語詞

🎧 02-04

1	專精	白醫師專精於婦科。	Vs
	專業	婦科是白醫師的專業。	N
	專家	白醫師是婦科的專家。	N

◀ 練習

楊教授的＿＿＿＿＿＿＿＿＿＿是「漢字發展史」，這幾十年來，他
＿＿＿＿＿＿＿＿＿於漢字發展的研究，可以說是個漢字發展史的
＿＿＿＿＿＿＿＿＿。

2

洞察	心理學家都能洞察人的心理嗎？	V
觀察	小孩多半喜歡觀察動物。	V

◀ 練習

警察在辦案的時候，不但要仔細＿＿＿＿＿＿＿環境，更要
＿＿＿＿＿＿＿壞人的心理。

3

發明	是誰發明電燈的？	Vpt
發現	進了教室，我才發現我忘了把功課帶來。	Vpt

◀ 練習

他念中國歷史的時候，＿＿＿＿＿＿＿印刷術是中國人＿＿＿＿＿＿＿
的，因為這個＿＿＿＿＿＿＿，加速了中華文化的發展。

4

適合	小林個性活潑，適合當推銷員。	Vst
適當	適當的運動有助於健康。	Vs
合適	我們這樣的安排，對買賣雙方都合適，可以說是「雙贏」的處理方式。	Vs

◀ 練習

雖然這件衣服你穿起來，大小很＿＿＿＿＿＿＿，特別＿＿＿＿＿＿＿
參加舞會時穿，但是也得看看價錢＿＿＿＿＿＿＿，因為我們總是不
要亂花錢才好。

5	成立	愈來愈多年輕人想成立自己的公司，不想當上班族。	V
	建立	中華民國是什麼時候建立的？	V

◀ 練習

這家新公司＿＿＿＿＿＿以後，老闆立刻＿＿＿＿＿＿制度，難怪這家公司發展得那麼快。

02-05

我們白天在學校、工作場所開著燈工作，回到家裡也開著燈，晚上出門到任何地方，也都靠著燈光來照明……我們對「燈」習以為常。但你知道嗎？世界上有多少人沒有辦法享受到電力，晚上沒有燈光？答案是大約有二十億人，那是全世界人口的三分之一。

那這些人入夜之後怎麼過日子，沒有燈怎麼辦？加拿大人爾文‧哈樂戴（Dr. Dave Irvine-Halliday）是卡加利大學的教授，有一次他到尼泊爾喜馬拉雅山群爬山，看到村落居民的生活狀況，嚇了一大跳。尤其是小孩子，白天多半需要去工作來貼補家用，晚上是唯一可以進修功課的時候，但卻只能用煤油燈來照明。而煤油燈除了有損孩童視力，容易引起火災之外，最大的問題是，燃燒煤油帶來的空氣汙染造成小孩呼吸道的疾病。單單在二〇〇〇年一年之內，就有兩百萬兒童死於呼吸道病症，估計其中百分之十是因為室內的空氣汙染。

哈樂戴教授和他的太太感同身受，回家之後成立了「照亮世界基金會」（Light Up the World Foundation）。他知道要在全世界這些偏遠地區接上電力，要動用驚人的人力、物力，架設電纜的工程也會對環境造成衝擊和破壞。於是，哈教授想到固態光源（solid state lighting 簡稱SSL）可能是解決這個問題的辦法。他利用了一個五瓦的日光板（solar panel），一個蓄電電池，再加上兩個只有一瓦的白色發光二極體（WLED），組成一套照明系統。

一九九七年「照亮世界基金會」成立，到二〇〇二年，哈教授已經在全球四十三個國家的偏遠村落，安裝上他發明的照明設備。

哈教授認為，「照明」對這些弱勢群眾的社會、經濟、身體甚至精神狀態，都有深遠的影響。特別是孩童與女性，缺乏照明，等於是剝奪他們受教育的權利，更奪走了他們藉由教育，脫離貧窮和文盲的機會。

由於席、哈兩位教授能以鍥而不捨的精神與執行力，而產生了這些發明，不僅讓這些弱勢者能向上提升，同時也開創了改變世界的新契機。

課文理解

請在（　）打 ✓

1 「照明」對弱勢群眾有何深遠的影響？

（　）缺乏照明使弱勢群眾的孩子需要貼補家用。

（　）缺乏照明等於剝奪了弱勢群眾脫離貧窮和文盲的機會。

（　）為了不破壞環境而不架設電纜，使缺乏照明的群眾成為弱勢者。

2 加拿大卡加利大學爾文‧哈樂戴教授有何貢獻？

（　）在偏遠地區進行架設電纜的工程。

（　）用固態光源的原理，發明一套簡單的照明系統。

（　）到尼泊爾喜馬拉雅山群爬山，發現了弱勢群眾。

3 席爾佛與哈樂戴兩位教授的發明有何意義？

（　）開創了改變世界的新契機。

（　）使市面上的眼鏡價格大幅下降。

（　）使偏遠地區的弱勢群眾都有電力可用。

生詞 New Words 🎧 02-06

				課文二
1.	場所	chǎngsuǒ	N	location, venue
2.	照明	zhàomíng	Vi	to illuminate
3.	習以為常	xíyǐ wéicháng	Id	be used to, accustomed to, no stranger to
4.	電力	diànlì	N	electric power
5.	答案	dá'àn	N	answer
6.	入夜	rùyè	Vp	to enter nighttime, at nightfall
7.	村落	cūnluò	N	village
8.	貼補家用	tiēbǔ jiāyòng	Ph	to help out with family expenses
9.	煤油燈	méiyóudēng	N	kerosene lamp
10.	有損	yǒusǔn	Vst	to cause damage to, be harmful to
11.	孩童	háitóng	N	child

生詞 New Words

12.	燃燒	ránshāo	V	to burn
13.	呼吸道	hūxīdào	N	respiratory tract
14.	單單	dāndān	Adv	alone, just, merely
15.	病症	bìngzhèng	N	sickness, disease
16.	室內	shìnèi	N	indoor
17.	照亮	zhàoliàng	Vpt	to light up, to illuminate
18.	基金會	jījīnhuì	N	foundation (organization)
19.	接	jiē	V	to connect (with)
20.	動用	dòngyòng	V	to disburse, mobilize
21.	人力	rénlì	N	manpower
22.	物力	wùlì	N	coined on the basis of 人力, referring in this lesson to (heavy) equipment
23.	架設	jiàshè	V	to erect, to set up
24.	電纜	diànlǎn	N	electric cable
25.	工程	gōngchéng	N	(engineering) project, engineering
26.	固態光源（SSL）	gùtài guāngyuán	Ph	solid state lighting
27.	簡稱	jiǎnchēng	N	abbreviation
28.	瓦	wǎ	M	watt
29.	日光板	rìguāngbǎn	N	solar panel (日光, rìguāng, N, sunlight; 板, bǎn, N, board)
30.	蓄電	xùdiàn	Vs-sep	electric power storage
31.	電池	diànchí	N	battery
32.	發光二極體（LED）	fāguāng èrjítǐ	Ph	light emitting diode
33.	系統	xìtǒng	N	system
34.	安裝	ānzhuāng	V	to install
35.	群眾	qúnzhòng	N	the masses, people, crowds
36.	剝奪	bōduó	V	to deprive (of)
37.	文盲	wénmáng	N	the illiterate

生詞 New Words

	專有名詞		
1.	爾文・哈樂戴	Ěrwén Hālèdài	Dave Irvine-Halliday (a Canadian photonics specialist, his Light Up the World (LUTW) project is to bring affordable lighting to the developing world through the introduction of solid state lighting (SSL) based on light emitting diodes (LEDs))
2.	卡加利大學	Kǎjiālì dàxué	University of Calgary, Canada
3.	尼泊爾	Níbó'ěr	Nepal
4.	喜馬拉雅山群	Xǐmǎlāyǎ Shānqún	Himalaya Mountains, the Himalayas

語言擴展

1 原文：晚上出門到任何地方，也都靠著燈光來照明……我們對「燈」習以為常。

結構：**對 X 習以為常**

解釋：已經習慣某情形，不需要大驚小怪。

練習 有人說，人是一種習慣的動物，常出現下列的情形：

(1) 學生對＿＿考試、寫報告＿＿習以為常，會早做準備。

(2) 台灣人對＿＿＿＿＿＿＿＿＿＿＿＿＿＿＿＿＿＿＿＿＿習以為常，從來不抱怨。

(3) 客戶多、工作忙的廠商，員工早就對＿＿＿＿＿＿＿＿＿＿習以為常了，放假在家反而覺得意外。

(4) 父母不得不對＿＿＿＿＿＿＿＿＿＿＿＿＿＿＿＿習以為常，家裡總是準備了各種藥品。

◀ 練習 請想想，我們在工作上、在生活上，哪些事已經是習以為常，我們可能沒有任何感動、感謝，甚至感覺的了，請按照時間的先後，寫成短文。

(1) 小時候，爸媽或是兄姊帶著我去＿＿＿＿＿＿＿＿＿＿＿＿＿＿＿，
我對他們＿＿＿＿＿＿＿＿＿＿＿＿＿＿＿＿＿＿＿＿＿＿＿＿＿＿＿
＿＿＿＿＿＿＿＿＿＿＿＿＿＿＿＿＿＿習以為常。

(2) 長大後，＿＿＿＿＿＿＿，我也對＿＿＿＿＿＿＿＿＿＿＿＿＿＿＿
習以為常了，＿＿＿＿＿＿＿＿＿，＿＿＿＿＿＿＿＿＿＿＿＿＿＿＿
＿＿＿＿＿＿＿＿＿＿＿＿＿＿＿＿＿＿＿＿＿＿＿＿＿＿＿＿＿＿。

2 原文：**利用**了一個五瓦的日光板，一個蓄電電池，再加上兩個只有一瓦的白色發光二極體，**組成**一套照明系統。

結構：**利用 X 組成 Y**

解釋：表示以 X 組合成為 Y，創造 X 新的價值。

◀ 練習 請利用下面短語，組成句子。

X	Y	••▶ S ＋ 利用 ＋ X ＋ 組成 ＋ Y
空罐子、空瓶子	樂器	••▶ 這個樂團的特色是利用空罐子、空瓶子組成樂器。
花草樹木	裝置藝術	••▶
塑膠廢料	＿＿＿＿	••▶
＿＿＿＿	木造房子	••▶
＿＿＿＿	國家代表隊	••▶

◀ 練習 你或家人、朋友是否有利用回收的資源，組成玩具、工具甚至家具的經驗？請把他們寫出來。

_____

_____

_____ 。

3 原文：缺乏照明，等於是剝奪他們受教育的權利。

結構：等於是

解釋：前後兩者情況是相同的，否定為「不等於」。

◀ 練習 最近大家的健康意識抬頭，對於許多以前覺得無所謂的事，都有了新的說法。請把下列左右兩邊，做個搭配。

• 慢跑或走樓梯		• 做體內環保
• 吸二手煙或塵霾		• 迫使自己網路上癮
• 每天快走一萬步	等於是	• 懲罰膝蓋
• 3C 產品不離手		• 慢性自殺
• 多喝白開水		• 自然排毒

→ __慢跑或走樓梯等於是懲罰膝蓋__

→ _____

→ _____

→ _____

→ _____

◀ 練習 有人說，結婚等於是被判無期徒刑，失去了自由，你有什麼看法？請寫出來。

_____

_____

_____ 。

易混淆語詞

🎧 02-07

6	場所	車站和公園一樣，是任何人都能進出的公共場所。	N
	場合	老闆要大家開會，我可以利用那個場合提加薪的事嗎？	N

◀ 練習

聯合國開會的時候，在這種_____是不能隨便亂說話的，而且因為各國代表都會來參加，所以需要一個空間比較大的_____才行。

引導式寫作練習

　　相信網路與行動裝置是當代影響人類最大的科技產物，但是除了這些以外，還有什麼是人不應該忘記的發明？請你介紹這項發明的發想原因及過程，以及說一說，這項發明給人類帶來什麼改變。

　　寫作時，請用以下所給的開頭完成該段落，並將所有的段落連結成一篇文章。

第一段：在人類的歷史中，存在著無數的發明，例如……和……，讓人……。這些發明都……

第二段：在眾多的發明中，我認為最具……的應該算是……。……

第三段：然而每件事都有利有弊。這項發明……。相反的，……

第四段：總而言之，……

　　　在人類的歷史中，

語言實踐

一、角色扮演

訪問英國牛津大學的席爾佛教授：一人扮演廣播節目主持人，一人扮演教授，請根據下方資料提問、回答。

> 世界上約有一半的人需要眼鏡。我們不缺製作眼鏡用的玻璃，但有專業能力的驗光師則非常不足。以英國為例，驗光師與人口比大約是 1：10000，在非洲撒哈拉地區則是 1：1000000。我自 1985 年以來就不斷研究可自行調整的眼鏡，希望在 2020 年之前能有 10 億人戴上他們需要的眼鏡。至於成本，目前每副眼鏡大約是 19 塊美金，將來必須再壓低，如此才能服務更多開發中國家的人民。常有人問我，要如何處理組裝、配送、生產等問題，我的解決之道是在大學設立視力改善中心，如果各位有興趣，可以到我們的網站 http://www.cvdw.org 了解詳情。

主持人：今天我們的節目很榮幸邀請到牛津大學的席爾佛教授，……

教授：……

二、看照片，接力說故事

請與同組同學合作，輪流使用指定的生詞語法完成故事。

- 貼補家用
- 有……之多
- 窮困
- 改善
- 弱勢者
- 重新
- 偏遠
- 多半
- 受益
- 估計
- 未必是
- 現象
- 入夜
- 驚人

第三課
舞蹈藝術

摘要 🎧 03-01

在舞蹈的世界裡，感到前所未有的自在，也找到了存在的價值。盡情揮灑演出，直到跳不動，這就是「生身不息」，而自己的生命，也早就交給舞蹈了。

學習目標

1 能說明表演的內容。

2 能闡述經由努力達到成功的過程。

3 能表達努力的重要。

課前活動

1 這些都是台灣有名的表演團體，你可能會對哪一個表演有興趣？為什麼？

2 中文有句話說：「台上一分鐘，台下十年功。」你覺得這句話是什麼意思？

舞蹈家 許芳宜
「生身不息」的演出（I）

🎧 03-02

舞星溫蒂・威倫，來個現代舞 25
大會芭蕾舞，許芳宜希望自己
二十多年來的心血，能化為最
好的作品。

大導演勞勃・阿特曼幾年
前拍了一部電影叫「舞
動世紀」，這電影是描述女舞
者夢想能在舞台上盡情表演，
盡情揮灑。這部電影讓我想到 5
「生身不息」舞碼。

「瑪莎・葛蘭姆的傳人」

這舞碼是由許芳宜演出，
她是一個芭蕾只考三分的學
生。結果這個不及格的學生， 10
竟然在現代舞這塊得滿分，成
為眾所皆知的現代舞大師「瑪
莎・葛蘭姆的傳人」。

為這次表演，許芳宜特地
做了一些改變，她去年解散自 15
己的舞團，以個人身分接受國
際邀約，並且開始培訓一些年
輕的舞者，讓她舞蹈的夢想可
以無限制地傳承下去。

此外，她特別邀請倫敦奧 20
運編舞家阿喀郎・汗及克理
斯多福・惠爾敦，量身打造
這「生身不息」新的舞目，她
還邀請紐約市立芭蕾舞團首席

沒有預期的人生

她從來不知道自己的命運 30
會有這麼大的改變，在她的人
生規劃裡，原本是沒有這段舞
曲的人生，沒想到國小四年級
一場表演，改變了她，改變了
她的未來。她說：「那年參加 35
民俗舞蹈比賽，是生平第一次
上台，所以很緊張，但又不得
不硬著頭皮上去。上去後就在
燈光灑落的剎那，自己感到前
所未有的自在，我好像在另一 40
個世界，感覺是在演別人，可
以很自在大方。」

這種舞台感覺，讓她發現
過去所沒有的快樂，也讓她找
到存在的價值。這個存在感讓 45
她衝動地去報考華岡藝校，沒
想到芭蕾只考三分。許芳宜
說：「去考試時我才發現，舞
蹈不是只有民族舞，還有芭蕾
及其他，還好努力的小孩終會 50
被上帝疼愛的，最後我考上學
校了。」

請在（　）打 ✓

1 許芳宜的舞曲人生是如何開啟的？

（　）報考了華岡藝校。

（　）小學的一場民俗舞蹈比賽。

（　）欣賞了「舞動世紀」這部電影。

2 舞台上的感受，帶給許芳宜的影響為何？

（　）找到了自我存在的價值。

（　）讓她好像進入另一個世界。

（　）讓她成為一個自在大方的人。

3「生身不息」這支舞碼對許芳宜的意義為何？

（　）創新地將現代舞與芭蕾舞作結合。

（　）決定邀請首席舞星溫蒂·威廉合作。

（　）是將自己二十多年的心血化為最好的作品。

生詞 New Words 🎧 03-03

				摘要
1.	前所未有	qiánsuǒ wèiyǒu	Id	unprecedented, like never before
2.	盡情	jìnqíng	Adv	to one's heart's content, without restraint
3.	揮灑	huīsǎ	Vi	to display without reservation

				課文一
1.	舞蹈家	wǔdàojiā	N	professional and accomplished dancer (家, -jiā, N, -er, -ian, -ist)
2.	描述	miáoshù	V	to describe
3.	舞者	wǔzhě	N	dancer
4.	舞台	wǔtái	N	stage (theatrical)
5.	舞碼	wǔmǎ	N	program of a dance

生詞 New Words

6.	傳人	chuánrén	N	successor
7.	芭蕾	bālěi	N	ballet
8.	及格	jígé	Vp	to pass, satisfactory, meet the grade
9.	滿分	mǎnfēn	N	full marks, a perfect score
10.	眾所皆知	zhòngsuǒ jiēzhī	Id	well-known, known by all
11.	大師	dàshī	N	master, great master
12.	特地	tèdì	Adv	go out of one's way, make it a point to, specially
13.	解散	jiěsàn	V	to disperse, to dissolve, to disband
14.	舞團	wǔtuán	N	dance troupe, dance company
15.	邀約	yāoyuē	N	invitation
16.	培訓	péixùn	V	to train
17.	無	wú	Vst	without, not have (classical Chinese)
18.	傳承	chuánchéng	V	to pass down, to pass along
19.	邀請	yāoqǐng	V	to invite
20.	編舞家	biānwǔjiā	N	choreographer
21.	量身打造	liángshēn dǎzào	Id	tailor-make, specially made for, custom design
22.	舞目	wǔmù	N	dance program
23.	首席	shǒuxí	N	first chair (e.g., first cello), leading, chief position
24.	舞星	wǔxīng	N	dance star
25.	會	huì	V	to meet up, to confront
26.	心血	xīnxiě	N	blood and sweat, painstaking effort
27.	化為	huàwéi	Vpt	to transform into, to turn into, to change into
28.	作品	zuòpǐn	N	production, work, composition
29.	規劃	guīhuà	N	plan
30.	舞曲	wǔqǔ	N	dance music
31.	民俗	mínsú	N	folk, folklore
32.	生平	shēngpíng	N	in one's life time, life, life story

生詞 New Words

33.	不得不	bùdébù	Adv	must; have to
34.	硬著頭皮	yìngzhe tóupí	Ph	summon up the courage to do something, brace yourself to do something, force yourself to do something
35.	灑落	sǎluò	Vi	sprinkled, scattered (leaves, petals), flooded, inundated (light)
36.	剎那	chànà	N	moment, instant
37.	感到	gǎndào	Vst	to feel
38.	存在感	cúnzàigǎn	N	sense of presence, sense of existence
39.	報考	bàokǎo	V	to apply for admission to a school/university
40.	民族舞	mínzúwǔ	N	folk dance
41.	終	zhōng	Adv	in the end, ultimately, eventually (classical Chinese)
42.	上帝	shàngdì	N	God
43.	疼愛	téngài	Vst	to love dearly

專有名詞

1.	生身不息	Shēngshēn Bùxí	timeless (name of a dance program)
2.	許芳宜	Xǔ Fāngyí	Sheu Fang-yi (a famous female dancer and artist from Taiwan, 1971-)
3.	勞勃・阿特曼	Láobó Ātèmàn	Robert Altman (an American film director, screenwriter, and producer, five-time nominee of the Academy Award for Best Director, 1925-2006)
4.	舞動世紀	Wǔdòng Shìjì	The Company (name of a movie, 2003)
5.	瑪莎・葛蘭姆	Mǎshā Gělánmǔ	Martha Graham (an American modern dancer and choreographer, one of the earliest founders of modern dance, 1894-1991)
6.	倫敦	Lúndūn	London
7.	阿喀郎・汗	Ākèláng Hàn	Akram Khan (an English dancer of Bangladeshi descent, 1974-)

生詞 New Words

8.	克理斯多福・惠爾敦	Kèlǐsīduōfú Huì'ěrdūn	Christopher Wheeldon (an English international choreographer of contemporary ballet, 1973-)
9.	紐約市立芭蕾舞團	Niǔyuē shìlì bālěi wǔtuán	New York City Ballet
10.	溫蒂・威倫	Wēndì Wēilún	Wendy Whelan (a principal dancer with the New York City Ballet and is a guest artist with The Royal Ballet and the Kirov Ballet, 1967-)
11.	華岡藝校	Huágāng Yìxiào	Taipei Hwa Kang Arts School

語言擴展

1 原文：盡情揮灑演出，直到跳不動，這就是「生身不息」。

結構：盡情（Adv）

解釋：表示做某事時，不受限制與拘束，達到想要的程度。

◀ 練習 請填入合適的詞彙，並回答問題。

> 歌唱　　跑跳　　表現　　享受　　激辯

(1) 你覺得什麼時候可以盡情__享受__美食，為什麼？

　　__我覺得和朋友在一起的時候，可以盡情享受美食，因為很開心、__

　　__很放鬆__。

(2) 如果一個話題雙方盡情_____，你會加入嗎？為什麼？

　　_____。

(3) 可以盡情揮灑、盡情_____的工作，和高薪卻無

　　趣的工作，你會怎麼選擇？為什麼？

　　_____。

(4) 哪些地方可以讓人盡情_____，而不至於吵到別人呢？

_____。

(5) 你從幾歲起，就不曾盡情_____了，為什麼？

_____。

◀ 練習 想想看，你現在最想盡情做哪些事？為什麼？請你盡情描述一下。

_____

_____

_____。

2 原文：她去年解散自己的舞團，**以個人身分**接受國際邀約。

結構：**以 X（的）身分**

解釋：說明進行某事時，所使用的身分，而且該身分具有某種特別或代表性的意義。

◀ 練習 請以下列短語，完成句子。

> 以學生家長（的）身分　　以投資人（的）身分
> 以校友（的）身分　　　　以旁觀者（的）身分

(1) 我__以旁觀者的身分__直言，你的__消費力實在太驚人了__。

(2) 他_____給母校捐了一大筆錢，於是_____。

(3) 你可以_____給大老闆打電話啊，反映_____。

(4) 副總統也是_____參加晚會的，

他才會坐在台下，盡情_____。

◀ 練習 現在你在台灣有幾個身分？請你仔細想想，你可能以什麼樣的身分，進行什麼樣的事？

_____

_____

_____。

3 原文：她還邀請紐約市立芭蕾舞團首席舞星，**來個現代舞大會芭蕾舞**。

結構：**來個 X（大）會 Y**

解釋：表示將某兩個具有相對性質的事物湊在一起，進行某種活動，並有隱約相較的意思。

◀ 練習 請完成下列句子，並回答問題。

(1) 你是否喜歡在假日玩手機，沉迷在虛擬世界中，來個 __人腦__ 大會電腦？為什麼？

__我不喜歡在假日玩手機，因為想讓眼睛好好休息一下__。

(2) 你什麼時候會找朋友前往吃到飽的餐廳，來個烤肉大會

_____？為什麼？

_____。

(3) 有人說每個星期至少要有一天吃素，來個水果大會_____，減輕腸胃的負擔，你同意嗎？你願意嗎？為什麼？

_____。

◀ 練習 如果你是交響樂團的團長，你會設計節目，邀請知名流行歌手，一起表演古典音樂和暢銷歌曲，來個傳統大會現代嗎？請你說明一下你的看法。

_____

_____

_____。

4 原文：許芳宜希望自己二十多年來的心血，能**化為**最好的作品。

結構：**X 化為 Y**

解釋：意思為前者改變成為後者，兩者常為抽象概念。可與「把」合用。

◀ 練習 請將左右兩邊，利用「化為」進行配對，並填入下列短文。

```
• 愛情        • 鼓勵
• 痛苦    化為  • 限制
• 關心        • 力量
• 期望        • 友情
```

(1) 交往多年的女友變心了，小伍痛苦得吃不下飯也睡不好覺，功課更是大幅退步，父母很擔心，卻把＿＿＿＿＿＿＿＿＿＿＿＿＿＿，不讓他再看見、聽見任何有關女友的東西、事情，也不准他玩手機，希望他把＿＿＿＿＿＿＿＿＿＿＿，好好念書。

(2) 關於失戀，專家建議家人反而是採取開放的態度比較好，父母的＿＿＿＿＿＿＿＿＿＿＿＿＿，有助於失戀者走出負面情緒，有些失戀者因此將＿＿＿＿＿＿＿＿＿＿＿，建立更寬廣的人際關係。

◀ 練習 現代科技能使垃圾化為資源，是否會讓人忽略垃圾減量及避免製造垃圾的重要？請把你的看法寫成一篇短文。

＿＿＿＿＿＿＿＿＿＿＿＿＿＿＿＿＿＿＿＿＿＿＿＿＿＿＿＿＿＿＿＿

＿＿＿＿＿＿＿＿＿＿＿＿＿＿＿＿＿＿＿＿＿＿＿＿＿＿＿＿＿＿＿＿

＿＿＿＿＿＿＿＿＿＿＿＿＿＿＿＿＿＿＿＿＿＿＿＿＿＿＿＿＿。

5 原文：上去後就**在**燈光灑落**的剎那**，自己感到前所未有的自在。

結構：**在……（的）剎那**

解釋：表示在某個極短時間的當下發生的事情。

◀ 練習 請填入合適的詞彙，並完成句子。

(1) 在　大地震　發生的剎那，地動天搖，大家爭先恐後　跑到戶外，
躲避可能發生的災難　。

(2) 在＿＿＿＿＿＿＿＿＿＿＿＿＿＿的剎那，他看見另一部電梯門打開，
走出 ＿＿＿＿＿＿＿＿＿＿＿＿＿ 。

(3) 在她準備＿＿＿＿＿＿＿＿的剎那，＿＿＿＿＿＿＿＿＿＿＿，
並且＿＿＿＿＿＿＿＿＿＿ 。

(4) 在雙方＿＿＿＿＿＿＿＿的剎那，客戶＿＿＿＿＿＿＿＿＿＿ ，
於是＿＿＿＿＿＿＿＿＿＿ 。

◀ 練習 能到台灣學中文，對許多人來說是難得的經驗。你還記得你是哪一天到
台灣來的嗎？在飛機起飛的剎那，你心中有什麼樣的想法？當時的期望
現在已經都實現了嗎？請把那時剎那的期望寫出來，並告訴大家現在是
否還有一樣的感受。

＿＿＿＿＿＿＿＿＿＿＿＿＿＿＿＿＿＿＿＿＿＿＿＿＿＿＿＿＿

＿＿＿＿＿＿＿＿＿＿＿＿＿＿＿＿＿＿＿＿＿＿＿＿＿＿＿＿＿

＿＿＿＿＿＿＿＿＿＿＿＿＿＿＿＿＿＿＿＿＿＿＿＿＿＿＿＿ 。

6 原文：還好努力的小孩終會被上帝疼愛的，最後我考上學校了。

結構：終會……的

解釋：表示雖然可能需要較長的時間，但最後一定會有什麼樣的結果。

◀ 練習 這學期小汪選的課都不輕鬆，教授嚴格不說，還必須讀很多指定的書，
寫很多報告，請你想出合適的說法，完成小汪和朋友的對話。

朋友：你最近怎麼了？不但不參加聚會，連「賴」(Line) 你也常已讀
不回！

小汪：唉！說來話長，這學期快忙瘋了，每天除了上課、看書，就是
熬夜寫報告，我連抱怨的時間和力氣都沒有，好朋友就多包容
一下吧！

朋友：哇！真恐怖，好了，就不打擾了，你時間寶貴。不過要記得喔，
　　　課程終會＿＿＿＿＿＿＿＿＿＿＿的，健康卻是永遠需要的啊！
　　　放輕鬆些，好好照顧自己的身體。

小汪：謝謝！可是我覺得自己像是在做惡夢一樣……，不！夢＿＿＿＿
　　　＿＿＿＿＿＿＿，我這才是沒完沒了呢！

朋友：「不怕慢，只怕站」，持續不斷走下去，終會＿＿＿＿＿＿＿＿
　　　＿＿＿＿＿＿＿的。

小汪：不過，我擔心被當啊！聽說教授超嚴的。

朋友：「船到橋頭自然直」。別擔心，問題＿＿＿＿＿＿＿＿＿＿，
　　　你努力的結果也＿＿＿＿＿＿＿＿＿＿＿，千萬別放棄！

◀ 練習 你相信「只要努力，終會成功的」嗎？請把你自己的經驗及看法寫出來。

＿＿＿＿＿＿＿＿＿＿＿＿＿＿＿＿＿＿＿＿＿＿＿＿＿＿＿＿＿＿＿＿＿

＿＿＿＿＿＿＿＿＿＿＿＿＿＿＿＿＿＿＿＿＿＿＿＿＿＿＿＿＿＿＿＿＿

＿＿＿＿＿＿＿＿＿＿＿＿＿＿＿＿＿＿＿＿＿＿＿＿＿＿＿＿＿＿＿。

易混淆語詞　　　🎧 03-04

1	舞動	嬰兒手足舞動的樣子好可愛呀！	V
	舞蹈	因為孩子對舞蹈有興趣，所以父母把他送去舞蹈教室學習。	N

◀ 練習

＿＿＿＿＿＿老師說，跳這種＿＿＿＿＿＿的時候，必須

＿＿＿＿＿＿全身，手、腳、頭、身體都要一起＿＿＿＿＿＿。

2

| 盡情 | 年紀愈大，愈不容易有盡情大笑的機會嗎？ | Adv |
| 盡量 | 學習舞蹈時，身體必須盡量放鬆，不要緊張。 | Adv |

◀ 練習

吃到飽餐廳的意思是，你可以＿＿＿＿＿＿享受美食，而且你可以＿＿＿＿＿＿吃，想吃多少都沒問題。

3

| 特地 | 張老師特地利用週末，給成績差的學生補習。 | Adv |
| 特別 | 張老師特別關心成績差的學生，你覺得他的想法很特別嗎？ | Adv, Vs |

◀ 練習

「雲門舞集」具有中國傳統文化特色的現代舞很＿＿＿＿＿＿，所以當「雲門舞集」的舞者演出時，很多人＿＿＿＿＿＿從國外到台灣來欣賞表演。

4

| 傳承 | 少子化很危險，因為必須靠年輕人傳承文化與經驗。 | V |
| 傳人 | 有人說中國人是「龍的傳人」，到底是什麼意思呢？ | N |

◀ 練習

老王做小籠包的技巧，是＿＿＿＿＿＿自他的父親，而他的父親是＿＿＿＿＿＿自他的爺爺，所以老王可以說是「王家小籠包」的＿＿＿＿＿＿。

5

| 此外 | 缺乏運動會使人生病，此外也使人易老。 | Conj |
| 另外 | 除了語言課，我們也要另外上文化課。 | Adv |

◀ 練習

他的公司除了資金不足以外，沒有別的問題，所以他得＿＿＿＿＿＿找人來出錢，＿＿＿＿＿＿他也想找個專業管理人 (CEO) 來管理公司。

| 6 | 預期 | 民眾預期物價將持續穩定，但結果不如大家的預期。 | V, N |
| | 期待 | 我們都期待這本書能早日出版。 | V |

◀ 練習

我們當然_____這次比賽能得冠軍，但是因為參賽的每一隊的水準都很高，所以沒有人能_____哪一隊能得第一。

| 7 | 命運 | 命運在自己的手中。有什麼樣的原因，就有什麼樣的結果。 | N |
| | 運氣 | 哇！我中獎了，今天的運氣真好。 | N |

◀ 練習

雖然朋友都覺得他的_____真不好，大學沒考上、工作沒找到，但是他不認為這是他的_____，因為他知道其實是自己的努力不夠。

| 8 | 原本 | 小湯原本就不太會說話，所以才把原本簡單的計劃，說得那麼複雜。 | Adv |
| | 原來 | 原來小胡是這麼不會說話的人，可是我記得以前他的口才不錯的。 | Adv |

◀ 練習

聽他說話的口音，我_____以為他是美國人，後來有一次剛好看到他的申請資料表，才知道自己弄錯了，_____他是加拿大人。

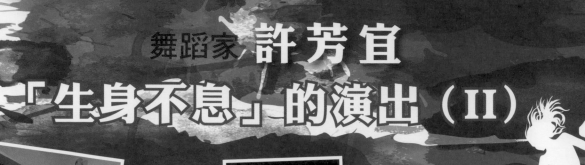

舞蹈家 許芳宜
「生身不息」的演出（II）

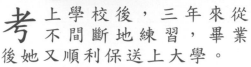

🎧 03-05

考上學校後，三年來從不間斷地練習，畢業後她又順利保送上大學。

大學這扇門讓她碰上她的貴人——現代舞老師羅斯·帕克斯，羅斯老師一眼就發覺她的才華。她感動到痛哭流涕，這輩子沒人對她有期待，今天竟然有人公開稱讚她，且還說她有潛力，這給了她極大的鼓勵，她因此下定決心，不能讓老師失望，她要做一個職業舞者。老師的話，讓許芳宜的四年過得比別人認真，她就像海綿一樣不斷吸收，畢業後她考上葛蘭姆舞團，隻身前往美國。

葛蘭姆舞團的首席舞者

許芳宜在大學時只有術科跳舞成績好，其餘學科很不好，所以她出國時不會英文，但她憑毅力克服一切，靠著語言翻譯機，在三年後成為葛蘭姆舞團的首席舞者。

種種的稱讚在瞬間全都加諸在她身上，但許芳宜沒有被這沖昏頭。她很清楚：「拿筆的人隨時都在筆下對你做不同評論，今天可以讓你快樂上天堂，明天或許就是讓你痛苦下地獄。」

她隨時都戰戰兢兢，珍惜每次上台的機會，並且把每次當作是最後一次演出，所以，每一場表演是自己給觀眾的信任及給自己的肯定。

「我是許芳宜，我來自台灣」

「生身不息」讓我再次想到「舞動世紀」的舞者，舞是一場接一場地跳，舞者挑戰不可能的動作，不為什麼，只為他們想做舞者。許芳宜又何嘗不是？

記得她在紐約一次表演時，不自覺從嘴裡說出「我是許芳宜，我來自台灣」，這聲音不大，但它從她體內散出來。當時台下的觀眾都是不熟悉的西方臉孔，現在她再站在舞台上，為自己人跳，看的人是她期待已久的家鄉熟悉的臉孔。

「我是許芳宜，我來自台灣」，許芳宜上台固定的第一句，這句話終於可以改成，「我是許芳宜，我回來了。」

課文理解

請在（　）打 ✓

1 許芳宜決心成為職業舞者的過程為何？

（　）想要挑戰不可能的動作。

（　）從表演中得到了自我的肯定。

（　）羅斯老師發現她的潛力，並給她極大的鼓勵。

2 成為葛蘭姆舞團的首席舞者後，許芳宜以何心態來面對種種稱讚？

（　）很難不被沖昏頭。

（　）珍惜每一次上台的機會。

（　）拿筆的人筆下常會對自己作出不同的評論。

3 許芳宜面對每一場表演，其態度為何？

（　）憑毅力來克服一切困難。

（　）每一場表演都是最後一次演出。

（　）想要看到台下的觀眾，是期待已久的故鄉熟悉面孔。

生詞 New Words 🎧 03-06

				課文二
1.	從（來）	cóng (lái)	Adv	has always been; all along
2.	不間斷（地）	bú jiànduàn (de)	Adv	without interruption
3.	保送	bǎosòng	V	to be admitted to university solely upon recommendation without exams
4.	扇	shàn	M	measure for doors
5.	貴人	guìrén	N	a guardian angel
6.	一眼	yìyǎn	Adv	with one look, with one glance, instantly
7.	發覺	fājué	Vp	to realize, discover
8.	才華	cáihuá	N	talent

生詞 New Words

9.	痛哭流涕	tòngkū liútì	Id	to burst into tears, cry your heart out
10.	輩子	bèizi	N	(over) one's life time
11.	公開	gōngkāi	Adv	openly, publicly
12.	稱讚	chēngzàn	V	to praise
13.	下定決心	xiàdìng juéxīn	Ph	to resolve to do, determined to do, make up one's mind
14.	海綿	hǎimián	N	sponge
15.	吸收	xīshōu	V	to absorb
16.	隻身	zhīshēn	Adv	alone, by oneself, unaccompanied
17.	術科	shùkē	N	technical subject
18.	跳舞	tiàowǔ	V-sep	to dance
19.	其餘	qíyú	Det	others, the remaining
20.	學科	xuékē	N	academic subjects
21.	憑	píng	Prep	owing to, relying on, by means of
22.	毅力	yìlì	N	will-power, determination
23.	克服	kèfú	V	to overcome
24.	語言翻譯機	yǔyán fānyìjī	Ph	e-language translator
25.	種種	zhǒngzhǒng	M	various kinds of
26.	瞬間	shùnjiān	N	instant, moment, in the twinkling of an eye
27.	加諸（在）	jiāzhū (zài)	V	to be added to, conferred upon
28.	沖昏頭	chōnghūn tóu	Ph	to let something get to your head, let your head swell from (praise, pride, etc.), dazzled by
29.	評論	pínglùn	N	commentary, review
30.	天堂	tiāntáng	N	heaven, paradise
31.	地獄	dìyù	N	hell

生詞 New Words

32.	戰戰兢兢	zhànzhàn jīngjīng	Id	timid with anticipation, trembling, jittery
33.	當作	dāngzuò	Vst	regard as
34.	肯定	kěndìng	N	approval, affirmation
35.	再次	zàicì	Adv	yet again
36.	何嘗	hécháng	Adv	cannot possibly
37.	不自覺	búzìjué	Adv	unconsciously, without realizing it
38.	體內	tǐnèi	N	inside a person, inside the body, from within
39.	散	sàn	Vi	to disperse, permeate
40.	熟悉	shóuxī	Vs	familiar
41.	臉孔	liǎnkǒng	N	face (literary)
42.	期待已久	qídài yǐjiǔ	Ph	long awaited, long anticipated, looked forward to for a long time
43.	固定	gùdìng	Vs	fixed, invariable, by routine

專有名詞

1.	羅斯·帕克斯	Luósī Pàkèsī	Ross Parkes (formerly a principal dancer for the well-known Martha Graham Dance Company in the United States, 1940-)
2.	葛蘭姆舞團	Gělánmǔ wǔtuán	Martha Graham Dance Company, New York

語言擴展

1 原文：羅斯老師一眼就發覺她的才華。

結構：一眼就……

解釋：表示只看了一下，就發生某種變化或某種結果。

◀ 練習 請完成下列句子並寫出回答。

(1) 你相信「一見鍾情」嗎？你是否會一眼就 __愛上__ 一個人呢？為什麼？

　　__我不相信「一見鍾情」，也不會一眼就愛上一個人，因為人和人__
　　__是需要相處之後，才了解彼此合不合適的__ 。

(2) 警察常一眼就能_____，你認為是為什麼？
　　_____。

(3) 如果可以一眼就_____的品質，
　　你還會逛街購物嗎？為什麼？
　　_____。

◀ 練習 請想一想，把你曾經一眼就判斷而且下決定，結果卻是錯誤，讓你後悔
的經驗寫成短文。

_____

_____

_____ 。

2 原文：她出國時不會英文，但她憑毅力克服一切。

結構：憑

解釋：意思為依靠或依賴某事物進行某事。「憑」之後說明依靠的事物，
　　　複句為進行之事。

練習 請填入合適的詞彙，並完成句子。

(1) 技職生憑___一技在身___，一畢業就能上工，___比大學畢業生更受廠商的歡迎___。

(2) 該國政府憑_____，迫使世界各國_____。

(3) 企業不能單單_____，必須靠不斷研發，_____。

(4) 經驗豐富的教練都是_____，決定該選手_____。

練習 你是憑哪些特質或事、物來擇友或擇偶的？請你把它們寫出來，並且說明理由。

_____

_____

_____。

3 **原文**：種種的稱讚在瞬間全都**加諸**在她身上。

結構：加諸（在）

解釋：表示把抽象事物加於其上，為書面用語。常與「把」合用。

練習 現代社會有哪些壓力，可能加諸在我們身上？

(1) 貼補家用的壓力，常___加諸在弱勢家庭的孩童身上，迫使他們不得不放棄學業___。

(2) 同學輕視的壓力，總_____。

(3) 照顧病童的壓力，一定_____。

(4) 中年失業的壓力，是_____。

◀ 練習 「你不喜歡別人加諸給你的，你也別把它加諸在別人身上」，關於這句話，你有什麼想法？請寫成短文。

_____

_____

_____ 。

4 原文：舞者挑戰不可能的動作，不為什麼，只為他們想做舞者。許芳宜又**何嘗**不是？

結構：**何嘗**

解釋：以反問形式表現委婉語氣。表示否定，後接肯定形式；表示肯定，則後接否定形式。為書面用語，前面常加「又」。

◀ 練習 請選擇合適的短語填空，並完成句子。

> 何嘗不了解　　何嘗沒試過　　何嘗接受過
> 何嘗不想報復　何嘗沒有危機感　何嘗知道

(1) 創新才能突破困境，我們__何嘗不了解__？不過實際上__創新需要熱情與勇氣，這正是我們所缺乏的__。

(2) 別人的意見，你_____？
我說了也是白說。

(3) 受人欺負，我_____？但_____。

(4) 別安慰我，失戀的感受，你_____？
你說的_____。

(5) 你的建議，我_____？只是_____。

(6) 經濟不景氣，我們這一行_____？
你看，很多人_____。

◀ 練習 請你以弱勢團體代言人的身分,把社會加諸在弱勢者的歧視,用「何嘗」這種反問的方式,寫成一篇短文。

_____

_____

_____。

5 原文：記得她在紐約一次表演時,**不自覺**從嘴裡說出「我是許芳宜,我來自台灣」。

結構：**不自覺（地）**

解釋：下意識地做出某事。

◀ 練習 請填入合適的詞彙,並完成句子。

(1) 剛烤好出爐的麵包,會讓人不自覺地__垂涎三尺__,因此烘焙業者總__將麵包出爐的時間選在下午四點,大家肚子有點餓的時候__。

(2) 愛美的人一定隨時注意自己的外表,只要有_____,就不自覺地_____。

(3) 喜歡唱歌跳舞的孩童,一聽到音樂就_____,讓人_____。

◀ 練習 用手機上癮的人,每幾分鐘就會不自覺地拿出手機看看。針對這樣的現象,你有什麼看法?

_____

_____

_____。

易混淆語詞 03-07

9	信任	自從老闆知道他想另謀發展後，便不再信任他了。	Vst
	相信	沒想到你竟然相信這個消息，真是太天真了。	Vst

◀ 練習

我父親非常＿＿＿＿＿＿我表哥，所以很多錢都交給他，因為我父親＿＿＿＿＿＿我表哥不會騙他，結果我表哥拿了錢以後，就跑到國外去，現在我們都找不到他。

10	既然	既然你們都了解了，我就不說了。	Adv
	竟然	這麼簡單的理論，你們竟然不懂，我非說明不可。	Adv

◀ 練習

＿＿＿＿＿＿你不願意負責這個計畫，老闆只好找小張來做，可是你＿＿＿＿＿＿告訴小張，叫小張不可以接手，難怪老闆非常生氣。

引導式寫作練習

寫一封信給……時候的你

　　　你現在是一個在熱門大學就讀的學生，還是一個為生活忙碌的上班族？是什麼時候的你成就了現在的你？是選擇大學、科系的時候？是學習某個才藝、技能的時候？還是在一個陌生國家流浪的你？

　　　請寫一封信感謝那個時候辛苦付出的你，並且告訴那個時候的你，因為做了什麼，才能有現在的你。

寫作時，請用以下詞彙和句型：

> 間斷／揮灑／及格／心血／規劃／存在／才華／毅力／克服／吸收／發覺／或許／肯定／憑／盡情／以……的身分／在……的剎那／終會……的

　　嗨，
　　　你好嗎？我是……年後的你，我現在＿＿＿＿＿＿＿＿＿＿＿＿＿
＿＿＿＿＿＿＿＿＿＿＿＿＿＿＿＿＿＿＿＿＿＿＿＿＿＿＿＿＿＿＿＿＿
＿＿＿＿＿＿＿＿＿＿＿＿＿＿＿＿＿＿＿＿＿＿＿＿＿＿＿＿＿＿＿＿＿
＿＿＿＿＿＿＿＿＿＿＿＿＿＿＿＿＿＿＿＿＿＿＿＿＿＿＿＿＿＿＿＿＿
＿＿＿＿＿＿＿＿＿＿＿＿＿＿＿＿＿＿＿＿＿＿＿＿＿＿＿＿＿＿＿＿＿
＿＿＿＿＿＿＿＿＿＿＿＿＿＿＿＿＿＿＿＿＿＿＿＿＿＿＿＿＿＿＿＿＿

語言實踐

一、角色扮演

　　學校邀請在台灣演出的許芳宜到校舉辦座談會，分享人生的經驗。一人扮演許芳宜，一人扮演主持人，其他人則扮演參加座談會的學生，向許芳宜發問。

主持人：美國媒體盛讚許芳宜是瑪莎·葛蘭姆的傳人，是當代知名現代舞者之一。她的成功是……

許芳宜：……

學　生：……

二、請說一說，許芳宜的故事給你什麼樣的啟發與勇氣？

_____

_____

_____

_____

_____

_____

_____

摘要 🎧 04-01

記得別人的名字、談論別人感興趣的話題、真誠地讚美別人、具有親和力的笑容，是學習做人的四大心法。以此祕訣培養出的技巧，可以拉近人的距離。

學習目標

1 能知道如何讚美別人。

3 能描述受歡迎與讓人討厭的行為。

5 能說明維持與拓展人際關係的方法。

4 能討論人際關係的重要性。

課前活動

1 假設在一個社交場合，你試著跟一個初次見面、剛剛表演了吉他自彈自唱的人展開對話，你會怎麼進行？

2 你認為朋友越多越好嗎？請說一說你的想法。

黑幼龍傳授

4 大獨門做人心法（Ⅰ）

與 人拉近距離的技巧是可以培養的，人際溝通專家黑幼龍與你分享他的祕訣。

寫過許多有關溝通、銷售、人際關係暢銷書，對於做人，黑幼龍謙稱自己還在學習，並抱持著「努力，是不夠的；練習，才能成功」的哲學。

至於，要如何學做人，他提供4個小習慣，供讀者練習：

1. 記得別人的名字

想想看，當你跟人一起拍團體照，拿到照片，你會先看誰？答案一定是先看你自己。

黑幼龍指出，人通常只對自己感興趣，只關心自己。

要踏出關心的第一步，就先從記得別人的名字開始，因為溝通大師卡內基曾說過：「一個人的名字，是他耳朵所能聽到最悅耳的聲音。」

記得別人名字，最關鍵的就是你要對別人感興趣，有熱忱，再加上一些方法。當我們

🎧 04-02

說話時，不妨將別人的名字帶到話的內容裡，好比與別人告別時，你可以說：「再見！」也可以說：「xxx 再見。」

盡量將別人的名字帶到你們的對話中，那麼你記住別人名字的可能性就高很多了。當你下次再見到時，能直接喊出對方的名字，不知他會有多高興！

2. 多談別人感興趣的事

半年前，黑幼龍與一位在美國念書認識的老朋友見面，只見宴會桌上那位 70 多歲的老先生，自顧自地講自己的事，整整 2 個鐘頭，完全不讓人有插嘴的餘地，以致於同桌的朋友，像被罰站聽教似地，氣氛一片凝滯。

黑幼龍指出，若要讓自己成為受歡迎的人，記得要引發別人的談話興趣，也就是要能多談對方感興趣的事，並讓他能有一吐為快的機會。

他進一步提醒，鼓勵他人談論他感興趣的話題，最好的方法就是提問，而且要真誠。

請在 ( ) 打 ✔

1 「記得別人名字」為何是做人的心法？

( ) 人通常對自己是最感興趣的。

( ) 見面時忘記對方的名字很不好意思。

( ) 對人的耳朵而言，名字才是最悅耳的聲音。

2 如何讓自己成為受歡迎的人？

( ) 先去了解對方的興趣。

( ) 看團體照時先看別人。

( ) 引發別人談話的興趣。

3 如何鼓勵他人談論話題？

( ) 運用提問的方法。

( ) 直接喊出對方的名字。

( ) 多讓對方有插嘴的機會。

4 黑幼龍自己的做人哲學為何？

( ) 記得別人的名字。

( ) 多談別人感興趣的事。

( ) 努力是不夠的，練習才能成功。

 生詞 New Words 🎧 04-03

				摘要
1.	做人	zuòrén	Vi	to conduct oneself, to behave
2.	心法	xīnfǎ	N	mental cultivation methods
3.	談論	tánlùn	V	to discuss, to talk about
4.	真誠	zhēnchéng	Vs	sincere, sincerity
5.	讚美	zànměi	V/N	to praise; praise
6.	親和力	qīnhélì	N	likeability, affinity
7.	笑容	xiàoróng	N	smile
8.	此	cǐ	Det	(literary) this, these
9.	祕訣	mìjué	N	secret (of success)
10.	拉近距離	lājìn jùlí	Ph	connect with, get to know better, bring people closer together, close the gap between people

生詞 New Words

			課文一	
1.	傳授	chuánshòu	V	to impart, to pass on knowledge
2.	獨門	dúmén	Vs-attr	unique, special, (below) business without competitors
3.	人際	rénjì	Vs-attr	interpersonal
4.	銷售	xiāoshòu	V/N	to sell; sales
5.	暢銷	chàngxiāo	Vs	to sell well, best seller
6.	謙稱	qiānchēng	V	humbly refer to oneself, modestly say (about oneself)
7.	抱持	bàochí	V	to maintain
8.	哲學	zhéxué	N	philosophy
9.	讀者	dúzhě	N	reader (of books and newspapers)
10.	踏出	tàchū	V	take a step forward
11.	悅耳	yuè'ěr	Vs	pleasant sounding, pleasant to the ears
12.	熱忱	rèchén	N	enthusiasm
13.	不妨	bùfáng	Adv	might as well, there's no harm in
14.	好比	hǎobǐ	Vst	for instance, like, such as
15.	告別	gàobié	Vi	say goodbye, bid farewell
16.	記住	jìzhù	V	remember
17.	對方	duìfāng	N	the other party, the other person
18.	宴會	yànhuì	N	banquet, feast
19.	自顧自（地）	zìgùzì (de)	Adv	only thinking about yourself, without taking others into consideration
20.	講	jiǎng	V	to talk, to say, to speak
21.	整整	zhěngzhěng	Adv	fully
22.	插嘴	chāzuǐ	V-sep	to interrupt, get a word in edgewise
23.	餘地	yúdì	N	room for, opportunity to
24.	以致（於）	yǐzhì (yú)	Conj	so that, as a result
25.	同桌	tóngzhuō	Vi	to sit at the same table
26.	罰站	fázhàn	V-sep	to be punished by being made to stand

生詞 New Words

27.	聽教	tīngjiào	Vi	to listen (somebody's "preaching", advice, etc.), be read the riot act
28.	似地	sìde	Ptc	as if, like
29.	凝滯	níngzhì	Vs	stagnated
30.	一吐為快	yìtǔ wéikuài	Id	spit it out, get something off your chest, here: speak without hesitation, speak your fill
31.	提問	tíwèn	Vi	to ask a question

專有名詞

1.	黑幼龍	Hēi Yòulóng	John Hei (the Greater China Group Leader of Carnegie training, who introduced Carnegie training to Taiwan in 1987, 1940-)
2.	卡內基	Kǎnèijī	Dale Carnegie (an American writer and lecturer and the developer of famous courses in self-improvement, salesmanship, corporate training, public speaking, and interpersonal skills, 1888-1955)

語言擴展

1 原文：人際溝通專家黑幼龍**與**你**分享**他的祕訣。

結構：**與 X 分享 Y**

解釋：將所擁有的事物，與別人共同享受，可以是具體的東西、抽象的知識和價值觀。

◂ 練習 請填入合適的詞彙，並完成句子。

(1) 如果有人送我免費的電影票，我希望與__室友__分享__這份幸運__，因為__他是我在台灣最好的朋友__。

(2) 我好不容易才得到獎學金，一定要與_____分享_____
_____，因為_____。

(3) 朋友寄給我一大箱芒果，我得與_____分享_____
_____，因為_____。

◂ 練習 在台灣的生活經驗中，哪些是你想與人分享的？請把它們寫成一篇短文。

_____

_____

_____。

2 原文：並**抱持著**「努力，是不夠的；練習，才能成功」**的哲學**。

結構：**抱持著……的哲學**

解釋：說明跟別人相處或是做事時，所使用的方法、想法或立場。

◂ 練習 請完成下列句子，並將這些句子連結成一篇短文。

(1) 最近老王的__身體__相當不好，常進出醫院，難怪一直抱持著「活一天，賺一天」的哲學過日子。

(2) 可是員工對工作抱持著_____的哲學，怎麼會有責任感？
讓老王很傷腦筋。

(3) 老王這個黑手老闆，節省慣了，對自己一手打造的小工廠總是抱持
著＿＿＿＿＿＿＿＿＿＿＿的哲學經營。

(4) 再加上他對女人一向＿＿＿＿＿＿＿＿＿＿，所以＿＿＿＿＿＿＿＿
＿＿＿＿＿，小工廠只能靠他一人忙裡忙外。

➜ ＿＿＿＿＿＿＿＿＿＿＿＿＿＿＿＿＿＿＿＿＿＿＿＿＿＿＿＿＿＿

＿＿＿＿＿＿＿＿＿＿＿＿＿＿＿＿＿＿＿＿＿＿＿＿＿＿＿＿＿＿＿

＿＿＿＿＿＿＿＿＿＿＿＿＿＿＿＿＿＿＿＿＿＿＿＿＿＿＿＿＿＿。

◀ 練習 請你好好想一想，對於學習外語你抱持著什麼哲學？為什麼是這樣？然
後寫出來。

＿＿＿＿＿＿＿＿＿＿＿＿＿＿＿＿＿＿＿＿＿＿＿＿＿＿＿＿＿＿＿

＿＿＿＿＿＿＿＿＿＿＿＿＿＿＿＿＿＿＿＿＿＿＿＿＿＿＿＿＿＿＿

＿＿＿＿＿＿＿＿＿＿＿＿＿＿＿＿＿＿＿＿＿＿＿＿＿＿＿＿＿＿。

3 原文：要踏出關心的第一步，就先從記得別人的名字開始。
結構：踏出……的第一步
解釋：表示開始進行所說的事，有積極、主動的意思。

◀ 練習 從下面 A、B、C 三欄中各選取一個短句或詞彙，組成一個句子。

A	B	C
• 產業與技職教育緊密合作	已是	• 踏出人際關係的第一步
• 能洞察問題根源	是	• 踏出競爭力的第一步
• 保持微笑一整天	便是	• 踏出解決問題的第一步
• 願意接受挑戰	可算是	• 踏出好人緣的第一步
• 孩童接觸兄弟姐妹	就是	• 踏出成功的第一步

→ <u>　產業與技職教育緊密合作是踏出競爭力的第一步　</u>。

→ _____

→ _____

→ _____

→ _____

◀ 練習 針對學習中文這件事，你認為已經踏出什麼的第一步了？為什麼你這麼認為？請寫出來。

_____

_____

_____ 。

4 原文：當我們說話時，**不妨**將別人的名字帶到話的內容裡。

結構：**不妨**

解釋：提出某個建議或提議，並且表示這個建議或提議不會造成妨害。

◀ 練習 請選擇合適的短句，完成句子，並說明理由。

> ・訓練他們從小做家事，像洗碗、盤，打掃自己的房間等等
> ・去便利商店打工
> ・與同桌吃飯的人交換名片
> ・念技職學校

(1) 踏出建立人際關係的第一步，不妨<u>　與同桌吃飯的人交換名片　</u>，
因為<u>　主動與熱忱才能帶來好機緣　</u>。

(2) 若想一技在身，不妨_____，因為
_____ 。

(3) 希望孩子個性獨立的父母，不妨＿＿＿＿＿＿＿＿＿＿＿＿＿＿，因為

＿＿＿＿＿＿＿＿＿＿＿＿＿＿＿＿＿＿＿＿＿＿＿＿＿＿＿。

(4) 想貼補家用的人，不妨＿＿＿＿＿＿＿＿＿＿＿＿＿＿＿＿，因為

＿＿＿＿＿＿＿＿＿＿＿＿＿＿＿＿＿＿＿＿＿＿＿＿＿＿＿。

◀ 練習 如果你朋友也想學中文，請你用「不妨」這個句式，提出你的建議。

＿＿＿＿＿＿＿＿＿＿＿＿＿＿＿＿＿＿＿＿＿＿＿＿＿＿＿＿＿＿＿

＿＿＿＿＿＿＿＿＿＿＿＿＿＿＿＿＿＿＿＿＿＿＿＿＿＿＿＿＿＿＿

＿＿＿＿＿＿＿＿＿＿＿＿＿＿＿＿＿＿＿＿＿＿＿＿＿＿＿＿。

5 原文：完全不讓人有插嘴的餘地。

結構：（沒）有……的餘地

解釋：表示「有……的空間」，提供言語或行為較大的空間，免得沒有機會改變。

◀ 練習 請填入合適的詞彙，並完成句子。

(1) 店員表示不二價，不使顧客有＿講價＿的餘地，免得＿浪費時間＿。

(2) 你們交往多年，說分手就分手，不讓彼此有＿＿＿＿＿＿的餘地，難道＿＿＿＿＿＿＿＿＿＿＿＿＿＿＿＿？

(3) 愛情的領域裡，沒有＿＿＿＿＿＿的餘地，要不然＿＿＿＿＿＿

＿＿＿＿＿＿＿＿＿＿＿＿＿＿＿＿＿＿＿＿＿＿＿＿＿＿＿。

(4) 張教授相當嚴格，沒有＿＿＿＿＿＿的餘地，難怪＿＿＿＿＿＿

＿＿＿＿＿＿＿＿＿＿＿＿＿＿＿＿＿＿＿＿＿＿＿＿＿。

◀ 練習 請問你是否遇過一個，若已做決策，就沒有再討論或調整餘地的領導者？
你認為這樣的特質有何優點？有何缺點？請寫成一篇短文。

_____

_____

_____。

6 原文：完全不讓人有插嘴的餘地，**以致於**同桌的朋友，像被罰站聽教似地。

結構：**以致（於）**

解釋：表示前面所說的事件造成負面的結果。「於」可以省略。否定為「不
至於」，表示沒有達到如此嚴重的程度。

◀ 練習 二十一世紀的世界出現了許多問題，請先將下列左、右兩邊進行配對，
完成句子，再將句子連結成一篇短文。

(1) 空氣汙染愈來愈嚴重，　　　　　　　· 沉迷虛擬世界而無法處理人際
　　　　　　　　　　　　　　　　　　　關係。

(2) 年輕的一代不願被婚姻　　　　　　　· 難以找到理想的工作。
　　及小孩束縛，　　　　　以致於

(3) 青少年整天接觸網路，　　　　　　　· 有呼吸道疾病的人愈來愈多。

(4) 大學生沒有一技在身，　　　　　　　· 出現少子化現象。

→ 　空氣汙染愈來愈嚴重，以致於有呼吸道疾病的人愈來愈多。

→ _____

→ _____

→ _____

→ 十一世紀的世界，由於_____

_____

_____。

◀ 練習 念了有關黑幼龍的這篇文章之後,再反省一下自己,你覺得自己在做人、做事或做學問方面,是否有些不足的部分,以致造成一些問題呢?請寫出來。

_____

_____

_____ 。

易混淆語詞 🎧 04-04

1	傳授	這種祕訣是不對外傳授的,正所謂「傳媳不傳女」。	V
	傳承	傳承技術比較容易,而經驗方面就難以傳承了。	V

◀ 練習 老師父把一生所學都_____給他的大弟子,希望他能把這門功夫永遠_____下去。

2	技巧	她舞蹈的技巧全來自苦學。	N
	技術	小郭靠他們家的獨門技術,發了大財。	N

◀ 練習 那家機車行的老闆,不但修理機車的_____非常好,說話的_____也很好,難怪機車行的生意好得不得了。

3

培養	政府應該培養各領域的人才，好提升國家的競爭力。	V
培訓	朱教練正在培訓一批選手，大約得等半年後，他才有空。	V

◀ 練習

王教授打算＿＿＿＿＿＿一些研究生來做這個計劃，但因研究生們都沒有經驗，所以得先＿＿＿＿＿＿他們才行。

4

有關	有關食品安全的問題，與政府哪個部門有關？	Vs
關於	剛才大家談論的是關於校園的安全問題。	Prep

◀ 練習

你管理歐洲部門，＿＿＿＿＿＿歐洲市場所發生的銷售問題，當然跟你＿＿＿＿＿＿，你得負責處理才行。

5

興趣	陳教授的興趣是多方面的，科學的、藝術的都有。	N
有趣	小白說話很有趣，他是個有趣的人。	Vs

◀ 練習

雖然他的＿＿＿＿＿＿是音樂，不是舞蹈，但是卻常去看舞蹈團體的演出，因為他覺得欣賞舞蹈表演，是一件很＿＿＿＿＿＿的事情。

6	引發	一個菸頭居然引發一場大火，太可怕了。	Vpt
	引起	聽了老師的介紹，引起我對太極拳的興趣，我想學學。	Vpt

◀ 練習

該國因大地震所＿＿＿＿＿＿的大海嘯，造成了上萬人死亡，而這場天災也＿＿＿＿＿＿了國際社會的關心。

7	談論	談論不重要的事，不需要找專家來開會。	V
	討論	專家們正在開會，討論就業的問題。	V

◀ 練習

最近學生們都在＿＿＿＿＿＿網路教學的話題，所以校長決定開一個會，請老師們＿＿＿＿＿＿是否開網路教學的課。

🎧 04-05

3. 讚美要到心坎裡

真誠的讚美，更是一種做人的魅力，人的本質裡最大的驅策力，就是讓他覺得自己很重要。

現代心理學家、哈佛大學教授威廉·詹姆士（William James）說：「人內心深切的渴望，就是得到肯定與讚美」，若你能掌握真心讚美的能力，可想而知，你的人緣與影響力一定是最大的。

關於讚美：

首先，想一次命中核心，就讚美他的成就，若想再更真切，就讚美他的性格與特質，譬如，「你好關心別人」、「我覺得你好真誠、熱心」。

其次，若要讓讚美的力量更強，就多增加一些證據，例如當你稱讚別人「你好有愛心」時，可以加上「因為有天我在百貨公司前面，看到你向一個老太太買口香糖，給了100元，沒讓她找錢。」有了事件描述，自然就會多了一些力道。

不過，讚美必須發自內心，不能預先有企圖、目的，否則以後的讚美都會失效。

例如，若你對下屬的讚美是「你是同事之中，最有責任感的人。」隨後加上「我今天晚上有事，拜託你今天晚上留下來加班！」即使你加了證據，這樣別有居心的讚美，就會適得其反。

4. 保持笑容與熱忱

可別小看笑容的威力！

前美國總統艾森豪予人印象深刻的是他的笑容。笑容不但讓同事更願意接近，讓你更有親和力，別人常以此來決定要不要跟我們在一起，要與我們互動到什麼程度。

要笑得真心，靠的就是內心的熱忱。要培養熱忱，不妨定下一些小的承諾，按照時間完成，鼓勵自己，也贏得別人的鼓勵與讚美，藉著小事情的累積，變成一種強大的驅動力，讓自己真正熱情起來。

課文理解

請在（ ）打 ✓

1 做人的魅力是什麼？
（ ）真誠的讚美。
（ ）保持熱忱的笑容。
（ ）引發別人談論有興趣的話題。

2 什麼是人的本質裡最大的驅策力？
（ ）增強自我的魅力。
（ ）加強自己的責任感。
（ ）讓人覺得自己很重要。

3 何謂真誠的讚美？
（ ）是發自內心的。
（ ）讚美一個人的成就。
（ ）能舉出一些證據的。

4 人們常以何來決定與我們互動的程度？
（ ）會不會插嘴。
（ ）我們真心的笑容。
（ ）記不記得他們的名字。

生詞 New Words 04-06

				課文二
1.	心坎	xīnkǎn	N	from the bottom of ones heart, one's heart of hearts
2.	本質	běnzhí	N	nature, real self
3.	驅策	qūcè	V	to drive
4.	深切	shēnqiè	Vs	deep, heartfelt
5.	真心	zhēnxīn	Adv	genuinely, sincerely
6.	可想而知	kěxiǎng érzhī	Id	as you can easily imagine
7.	人緣	rényuán	N	interpersonal popularity
8.	命中	mìngzhòng	Vpt	to hit (the mark)
9.	成就	chéngjiù	N	achievement
10.	真切	zhēnqiè	Vs	sincere

生詞 New Words

11.	性格	xìnggé	N	character, personality
12.	愛心	àixīn	N	compassion, loving heart
13.	口香糖	kǒuxiāngtáng	N	gum, chewing gum
14.	力道	lìdào	N	strength, power
15.	發自	fāzì	Vst	originate from, from, s/t finds its source in
16.	企圖	qìtú	N	ulterior motives
17.	失效	shīxiào	Vp	to produce no results, to become invalid
18.	下屬	xiàshǔ	N	subordinate
19.	責任感	zérèngǎn	N	sense of responsibility
20.	隨後	suíhòu	Adv	subsequently
21.	拜託	bàituō	V	please, I beg you
22.	別有居心	biéyǒu jūxīn	Id	to have ulterior motives, have a less than respectable agenda
23.	適得其反	shìdé qífǎn	Id	to have unintended results, backfire, be counterproductive
24.	小看	xiǎokàn	Vst	to belittle, to look down on, to underestimate
25.	威力	wēilì	N	power, force
26.	予	yǔ	V	to give, to bestow with (classical Chinese)
27.	深刻	shēnkè	Vs	deep, profound
28.	互動	hùdòng	Vi	to interact
29.	定下	dìngxià	V	to commit to, to establish
30.	贏得	yíngdé	Vpt	to win over
31.	藉著	jièzhe	Prep	by means of, relying on
32.	驅動力	qūdònglì	N	driving force

生詞 New Words

語言擴展

1 原文：若你能掌握真心讚美的能力，**可想而知**，你的人緣與影響力一定是最大的。

結構：**可想而知**

解釋：表示一件事情的原因、結果、或後續的發展顯而易見。

◀ 練習 請填入合適的詞語，完成句子。

(1) 父母辛苦地工作，而孩子卻<u>　整天吃喝玩樂　</u>，可想而知，<u>　父母很寵愛孩子　</u>。

(2) 黃太太每天從早上六點忙到晚上十一點，除了_____，
_____，可想而知，_____。

(3) 必須靠孩童工作來貼補家用的家庭，經濟上_____，
可想而知，_____。

(4) 洛桑管理學院的學生，以前似乎_____，如今_____
_____，可想而知，_____。

◀ 練習 每個領域皆有成功者，所謂「行行出狀元」，可想而知，他們一定具有其他人比不上的優勢，你認為呢？請把你的看法寫出來。

_____

_____

_____ 。

2 原文：讚美必須**發自**內心。

結構：**發自**

解釋：說明事情的來源或行為的動力。

◀ 練習 請將下列左、右兩邊進行配對，並完成句子。

・ 服務		・ 內心的真誠
・ 苦學		・ 媒體
・ 讚美	發自	・ 對成功的渴望
・ 新聞		・ 熱忱

(1) 窮困環境中的孩子之所以__苦學__，是__發自對成功的渴望__，驅策他們鍥而不舍。

(2) 對人的_____，必須_____，
不能有任何企圖，否則_____ 。

(3) 許多_____，讓人分不出真假，得_____
_____ 。

(4) 若_____，就能產生動力，才可以_____
_____ 。

◀ 練習 你每天認真上課，是何種力量吸引你？或是何種目的使你有驅策力？請以「發自」的句式寫成短文。

_____

_____

_____ 。

3 原文：若你對屬下的讚美是「你是同事之中，最有責任感的人。」隨後加上「我今天晚上有事，拜託你今天晚上留下來加班！」

結構：**隨後**

解釋：表示前述事項之後，立即發生的事或行為。

◀ 練習 請完成下列句子，並寫出理由或後續的行為。

(1) 小林結束了一天的工作，隨後就__匆匆忙忙地回家__，因為__家中有老有小，她得趕回家準備晚餐__。

(2) 培訓結束了，選手隨後就_____，因為_____

_____ 。

(3) 老闆聽完高階研究人員的報告，_____，並且_____

_____ 。

(4) 技職生一畢業，_____，並且_____

_____ 。

◀ 練習 請你把平常的作息或旅行的行程，以「隨後」的句式寫成短文。

_____

_____

_____ 。

4 原文：笑容不但讓你更有親和力，別人常**以此來**決定要不要跟我們在一起。

結構：**以此來**……

解釋：用前述事項來進行某事，為「用這個來……」的書面用語。

◀ 練習 請完成下列句子。

(1) 外表美醜，人各不同，若以此來___決定其本質與天分___，恐怕___會造成誤解___。

(2) 該舞團的首席舞者並沒在舞台上盡情揮灑，媒體以此來_____ _____，建議_____。

(3) 愈來愈多產業與高等教育密切合作，_____，並且_____ _____。

(4) 表演精彩是精彩，不過_____，需要_____ _____。

◀ 練習 如果你是某企業的核心人物，你會如何挑選下屬？訓練下屬？請用「以此來……」的句式，寫成短文。

_____

_____

_____

5 原文：**藉著**小事情**的累積**，變成一種強大的驅動力。

結構：**藉著**……**的累積**

解釋：表示藉由事物的增加，進行或改變某事。

◀ 練習 請選出合適的詞彙填入，並完成句子。

> 詞句 ／ 歲月 ／ 知識 ／ 經驗

(1) 雖然祖母是文盲，不過藉著__經驗的累積__，教導__我們年輕人許多生活上的知識__。

(2) 孩子藉著_____，學會_____和
_____。

(3) 人不能只藉著_____，就_____，
並以此來_____。

(4) 年輕人藉著_____，了解_____，
好比_____。

◀ 練習 許多事情必須藉著時間的累積，才能見到成效，你是否有這方面的經驗？
請把它們寫成一篇短文。

_____

_____

_____。

易混淆語詞　🎧 04-07

8	證據	有兩名證人，也有刀子等證物，這些都是那個壞人殺人的證據。	N
	證明	這的確是醫院開出來的證明，可以證明他真的住院了。	N, V

◀ 練習

你說黃主任拿了不該拿的錢，你有＿＿＿＿＿＿能＿＿＿＿＿＿你說的話是真的嗎？

9	力道	若力道正確，不必很用力，便能打開瓶蓋。	N
	力量	愛情的力量，誰也拒絕不了。	N

◀ 練習

讚美的＿＿＿＿＿＿是很大的，可以鼓勵一個人發揮他的潛力，而且讚美的＿＿＿＿＿＿愈大，愈能增加一個人的信心。

10	抱持	員工所抱持的想法與老闆大不同。	V
	保持	每年的世界運動會，他都保持一百公尺第一，他是這項紀錄的保持人。	V

◀ 練習

人到了中年，當然會發胖，對於＿＿＿＿＿＿身材這件事，我＿＿＿＿＿＿的態度是自然就好，不必太關心。

| 11 | 印象 | 人的外表是給別人的第一印象嗎? | N |
| | 形象 | 她的形象好,沒發生過什麼負面新聞,在電影圈並不容易。 | N |

◀ 練習

熱心幫助別人是這位候選人的_____,所以很多選民對他的_____都很好,願意把選票投給他。

| 12 | 接近 | 都市人應該多接近大自然,否則有損視力。 | V |
| | 拉近 | 搬到她家附近,真的能拉近你們的感情、拉近你們的心嗎? | V |

◀ 練習

如果你想要_____你跟你女朋友父母之間的距離,你就要找機會多_____他們,例如請他們吃飯啊、邀請他們去旅行啊,都是很好的辦法。

| 13 | 藉著 | 小毛常藉著各種理由,來逃避跟對方見面、認識的安排。 | Prep |
| | 藉由 | 企業可藉由創新,而提升競爭力。 | Prep |

◀ 練習

有些人_____喝點酒才可以幫助自己減少壓力這個理由,不願意戒酒,結果愈喝愈多,但也有愈來愈多的人,是_____運動來放鬆自己。

好態度，帶來好機緣 🎧 04-08

我有個朋友原是某飯店的會計。有天一位先生進了電梯，她就很禮貌地跟那人打招呼問好，想不到那位先生伸手給了她一張名片，對她說：「你若願意，可以來我公司工作。」

她看名片，那正是她夢寐以求的大公司，但她連想都沒想，就直覺地回答：「現在不行，旺季是最忙的時候，要走也要等到淡季。」那人吃了一驚說：「好，我等你。」

後來她過去那家公司做事，一直做到退休。退休時，老闆告訴她，服務業最重要的是熱情和忠誠——她主動和客人打招呼，是有服務的熱情；沒有因為高薪而立刻跳槽，等旺季過了再走，這是忠誠。一個熱情而忠誠的人，值得等候。

課文理解

請在（　）打 ✓

1 如何看出來這位會計是一個忠誠的人？

（　）她在一家公司做事。一直做到退休。

（　）等旺季過了再離職，並沒因高薪而立刻跳槽。

（　）她認為服務業最重要的就是禮貌，所以會主動和客人打招呼。

生詞 New Words 🎧 04-09

課文三

1.	機緣	jīyuán	N	connections to great opportunities
2.	飯店	fàndiàn	N	hotel (modern, especially in Taiwan)
3.	伸	shēn	V	to extend, stretch
4.	名片	míngpiàn	N	business card
5.	正	zhèng	Adv	just, exactly
6.	夢寐以求	mèngmèi yǐqiú	Id	dream (as in 'a dream job')
7.	直覺（地）	zhíjué (de)	Adv	intuitively
8.	淡季	dànjì	N	low season, off season
9.	吃了一驚	chīle yìjīng	Ph	be greatly surprised, taken aback, caught off guard
10.	忠誠	zhōngchéng	Vs/N	faithful; faithfulness, fidelity
11.	跳槽	tiàocáo	Vi	to change jobs, go job-hopping
12.	等候	děnghòu	V	wait, wait for (formal)

易混淆語詞 🎧 04-10

14	回答	對不起，我無法回答你所問的，而且我的回答，你也不一定滿意。	V, N
	答案	這個問題的答案不只一個。	N

◀ 練習

老師問他一個問題，請他＿＿＿＿＿＿＿，他因為上課不專心，所以他的＿＿＿＿＿＿＿當然是錯的。

15	真誠	若不是真心，便無法表現得真誠。	Vs
	忠誠	狗是最忠誠的朋友，不至於因我們富裕、貧窮而有所改變。	Vs

◀ 練習

如果一個人在做人方面非常＿＿＿＿＿＿＿，是否也表示，這個人在對公司方面，也是非常＿＿＿＿＿＿＿的？

引導式寫作練習

1 請回顧一下，在本課中，黑幼龍先生所提出的做人四大心法為何？

a. _____

b. _____

c. _____

d. _____

2 請說一說，除了課文中提到的例子以外，還可以如何實踐這四大心法？這樣的做法有什麼益處？並且也請再談一談，除了這四大心法外，你還有哪些累積人脈的好方法？

_____

_____

_____

_____

_____

_____

語言實踐

一、根據史丹佛大學研究中心的報告，一個人賺的錢，12.5% 來自知識，87.5% 則是來自於關係，累積你的「人脈存摺」對成功的人生有相當大的幫助。請你想一想，累積「人脈存摺」要怎麼做？不要怎麼做？

要	不要
✓ _____	✗ _____
✓ _____	✗ _____
✓ _____	✗ _____

二、這一課討論的談話技巧，你都學會了嗎？假設你現在在一個正式的宴會中，大部分的人你都不認識，你應該怎麼跟他們對話，才能讓別人對你印象深刻？兩個人或三個人一組，設定場景與編寫對話，練習黑幼龍先生所傳授的做人四大心法。

1. 編寫對話

2. 檢查一下，你都做到了嗎？

四大心法	談話內容
記得別人的名字	
多談別人感興趣的話題	
真誠地讚美別人	
具有親和力的笑容	

NOTE

摘要 05-01

學好英文，世界更開闊。擁有英文能力，就能主動了解世界如何轉動。但外語不等同於英文，不同語言有不同角度，應該尊重每個國家母語的保有與使用。

學習目標

1 能描述語言不通帶來的困擾。

2 能說明國際間語言的問題。

3 能表達「國際觀」的意義。

4 能討論外語與母語的平衡。

課前活動

1 根據你的經驗，你在什麼情況下跟台灣人說話，他們看起來很害怕？請你做一個排行榜。

碰到外國人，台灣人怕怕？！

2 英文對你在台灣的生活幫助大不大？你認為你的英文能力對你在台灣的生活有影響嗎？

3 在貴國，第一外語是哪一個語言？一般來說，貴國的孩子什麼時候開始學習第一外語？

在歐洲 英文 不等於「國際共通語言」（I）

🎧 05-02

我柏林家的隔壁是一家土耳其人開的水果攤，瓜香果豔，我是常客。柏林觀光客多，水果攤老闆說德文與土
5　耳其文，但不說英文，面對各種國籍的旅客秤斤算錢時，手擺腳動取代語言，英文、西班牙文、中文、德文、法文、日文都出現過，水果攤每天都非
10　常「國際化」。

　　一次我來買菜，前面的客人與土耳其老闆正身陷語言迷宮裡，客人說著文法亂、有濃重口音的英文，老闆則一直以
15　德文回覆，客人的焦急，都快把手中的綠芒果給催熟了。老闆看到我，急忙請我幫忙，有我這個臨時口譯當橋，兩人終於達成買賣。

20　　　這位說英文的客人向我道謝，接著問我：「為什麼他們都不會說英文呢？好奇怪。」我答：「因為你在德國。這裡，人們說德文。」

25　　　其實，我面前這位買水果客人，本身英文也紊亂，口音濃重，文法錯亂，但他卻覺得在德國柏林賣水果的老闆應該

要會說英文，這邏輯很奇怪，自己都不太行的事，怎麼會要
30　求人家一定要做到呢？我想，這位先生大概就是覺得「英文是國際共通語言」，而忘了去尊重每個國家對於自己母語的保有與使用。
35

　　幾年前，我在柏林採訪台灣某知名大學校長，他或許是旅途勞累，態度有些傲慢。問他這幾天在柏林的經驗，他皺
40　眉抱怨：「怎麼德國英文標識這麼少？這樣誰看得懂啊？」那時我才發現，原來我們一直重視英文教育，到最後卻培養出了只以英文為世界中心的人
45　才，他們把英文當做是唯一合理的外語想像。來到柏林看不懂標識，卻沒想過，這些標識其實主要是給本地人看的。

　　我不禁想，學外語，不是為了培養大家一天到晚強調的
50　「國際觀」嗎？不是為了跟國際接軌嗎？不是為了讓自己世界更開闊嗎？怎麼這位校長，身在德國，心中卻只剩下了英文？
55

請在（ ）打 ✓

1 水果攤為何每天都非常「國際化」？

（ ）德國人都會說英文。

（ ）德國是一個國際市場。

（ ）因有各種國籍的旅客。

2 國際化的水果攤是如何溝通的？

（ ）手擺腳動。

（ ）使用翻譯機。

（ ）都用英文溝通。

3 買水果的客人為何認為老闆應該要會說英文？

（ ）德國人都學過英文。

（ ）英文是國際共通語言。

（ ）英文是唯一合理的外語。

4 何謂國際觀？

（ ）需要有國際化的邏輯。

（ ）尊重每個國家母語的保有與使用。

（ ）與世界接軌，讓自己的世界更開闊。

生詞 New Words 05-03

		摘要		
1.	開闊	kāikuò	Vs	wide, expansive
2.	轉動	zhuǎndòng	Vi	to revolve

		課文一		
1.	共通	gòngtōng	Vs-attr	common, universal
2.	水果攤	shuǐguǒtān	N	fruit stand
3.	瓜香果豔	guāxiāng guǒyàn	Ph	filled with the fragrances and beauty of various types of fruit
4.	常客	chángkè	N	regular customer
5.	秤	chèng	V	to weigh
6.	手擺腳動	shǒubǎi jiǎodòng	Ph	to gesticulate, talk with your hands (and feet)
7.	身陷	shēnxiàn	Vst	to find oneself in (a bad situation)
8.	迷宮	mígōng	N	maze
9.	文法	wénfǎ	N	grammar

生詞 New Words

10.	濃重	nóngzhòng	Vs	heavy, thick (e.g., accent, nasal sound)
11.	回覆	huífù	V	to answer, to respond
12.	焦急	jiāojí	Vs	anxious
13.	催熟	cuīshóu	V	to accelerate the ripening, to ripen
14.	急忙	jímáng	Adv	hurriedly, in a hurry
15.	臨時	línshí	Vs-attr / Adv	temporary, impromptu
16.	口譯	kǒuyì	N/V	(oral) interpretation; to interpret
17.	達成	dáchéng	Vpt	to realize, to reach
18.	道謝	dàoxiè	V-sep	to say thank to, to express appreciation to
19.	面前	miànqián	N	in front of, before
20.	紊亂	wènluàn	Vs	in a mess, in chaos, all mixed up
21.	錯亂	cuòluàn	Vs	in disorder, in confusion
22.	人家	rénjiā	N	other people
23.	校長	xiàozhǎng	N	principal (primary, secondary school), president (university)
24.	旅途	lǚtú	N	trip, travels
25.	勞累	láolèi	Vs	tired, tiring
26.	傲慢	àomàn	Vs	arrogant
27.	皺眉	zhòuméi	V-sep	to wrinkle one's eyebrows, to frown
28.	標識	biāozhì	N	mark, logo, marking, sign
29.	國際觀	guójìguān	N	global perspective
30.	接軌	jiēguǐ	Vi	to integrate with (another entity), to get in step with, (lit. connect rails)
31.	身在	shēnzài	Vst	(of a person) located, to be (somewhere)

生詞 New Words

		專有名詞	
1.	柏林	Bólín	Berlin
2.	土耳其	Tǔěrqí	Turkey

語言擴展

1 原文：**面對各種國籍的旅客秤斤算錢時。**

結構：**面對……時**

解釋：說明碰到某人、事、物時，處理的方法或態度。

◀ 練習 多元社會中，我們面對各式各樣的人、事、物，大家的反應可能也很多元，請選填合適的短語，並完成句子。

口音濃重的外國人 ／ 路人問路 ／ 瓜香果豔的水果攤 ／ 臨時宣布的考試

(1) 面對___瓜香果豔的水果攤___時，很難不被吸引，於是___許多遊客就不自覺地停下來購買___。

(2) 面對_____時，大家都戰戰兢兢，_____ _____
_____。

(3) 面對_____時，雙方難以溝通，只能_____
_____。

(4) _____，若熟悉路況，台灣人常_____
_____。

◀ 練習 想想看，從小到大，你面對過許多的挑戰，當時你的感受、反應和最後的結果是什麼？請寫成一篇短文。

_____

_____

_____。

2 原文：前面的客人與土耳其老闆正身陷語言迷宮裡。

結構：身陷……（裡）

解釋：表示在某種麻煩或危險的情況中。

◀ 練習 請根據前後文的描述，填入合適的詞語，並完成句子。

(1) 發生嚴重車禍，高速公路__像停車場似的，停滿了大小車輛__，我們身陷__車海__，急死了，恨不得__車子能立刻飛到目的地__。

(2) 台灣山多，許多民眾喜歡登山，但常忽略登山前的準備，以致於_____，分不清東南西北而迷路，造成_____
_____。

(3) 面對身陷_____的人們，救火隊員不僅_____
_____，也_____。

(4) _____電梯裡，手機斷訊，焦慮不安的情緒_____
_____。

◀ 練習 不論你曾經身陷語言迷宮或是甜蜜情網，都是讓人忘不了的經驗。針對這樣的情況，請你提供一些建議給還沒有經驗的人。

_____

_____

_____。

3 原文：這位說英文的客人向我道謝。

結構：向 X 道謝／致謝

解釋：向某人表示感謝。要是表示抱歉，則可以用「向……道歉／致歉」。

◀ 練習 各國向人道／致謝的方式都不同，理由也不同，請試著完成短句，並寫出理由。

(1) 泰國人雙手合十向 <u>　觀光客　</u> 致謝，因為 <u>　觀光產業對泰國的經濟</u> <u>有不小的貢獻　</u>。

(2) 日本人深深一鞠躬，向＿＿＿＿＿＿＿＿道謝，因為＿＿＿＿＿＿＿＿＿ ＿＿＿＿＿＿＿＿＿＿＿＿＿＿＿＿＿＿＿＿＿＿＿＿＿。

(3) 歐美人士常握手向＿＿＿＿＿＿＿＿致謝，因為＿＿＿＿＿＿＿＿＿ ＿＿＿＿＿＿＿＿＿＿＿＿＿＿＿＿＿＿＿＿＿＿＿＿＿。

(4) 熱情的人總是伸出雙手擁抱，向＿＿＿＿＿＿道謝，因為＿＿＿＿＿ ＿＿＿＿＿＿＿＿＿＿＿＿＿＿＿＿＿＿＿＿＿＿＿＿＿。

◀ 練習 你現在最想向誰道謝、致謝？為什麼你這麼想？請把心中的話寫出來。

＿＿＿＿＿＿＿＿＿＿＿＿＿＿＿＿＿＿＿＿＿＿＿＿＿＿＿＿＿＿＿＿＿

＿＿＿＿＿＿＿＿＿＿＿＿＿＿＿＿＿＿＿＿＿＿＿＿＿＿＿＿＿＿＿＿＿

＿＿＿＿＿＿＿＿＿＿＿＿＿＿＿＿＿＿＿＿＿＿＿＿＿＿＿＿＿＿＿。

4 原文：到最後卻培養出了只以英文為世界中心的人才。

結構：培養出（了）

解釋：1. 長期按照一定的目標，運用方法，最後出現了成果。

2. 以人工的方式，讓細菌或細胞組織，成長或增加。

◀ 練習 請把下列左、右兩邊進行配對，再填入下方的句子。

（　）技職學校	(A) 思想開闊的學生
（　）具有國際觀的教育政策	(B) 好體力
（　）交通不便的偏遠山區	(C) 技術人才
（　）藉由長時間的緊密合作	(D) 良好的感情

(1) 只有 <u>　具有國際觀的教育政策　</u>，才能培養出 <u>　思想開闊的學生　</u> 來與國際接軌。

(2) ＿＿＿＿＿＿＿＿＿＿＿＿＿＿，迫使孩童每天走一、兩個小時的路去上學， 因而培養出＿＿＿＿＿＿＿＿＿＿＿。

(3) 他們＿＿＿＿＿＿＿＿＿＿＿＿＿＿，培養出＿＿＿＿＿＿＿＿＿＿＿＿＿＿＿＿，

溝通已不是問題了。

(4) 感謝＿＿＿＿＿＿＿＿＿＿＿＿＿為國家＿＿＿＿＿＿＿＿＿＿＿不少

＿＿＿＿＿＿＿＿＿＿＿＿，提升國家的競爭力。

◀ 練習 如果你是父母，你希望能培養出什麼樣的孩子？得怎麼培養？請說說你
的看法。

＿＿＿＿＿＿＿＿＿＿＿＿＿＿＿＿＿＿＿＿＿＿＿＿＿＿＿＿＿＿＿＿＿＿＿＿＿

＿＿＿＿＿＿＿＿＿＿＿＿＿＿＿＿＿＿＿＿＿＿＿＿＿＿＿＿＿＿＿＿＿＿＿＿＿

＿＿＿＿＿＿＿＿＿＿＿＿＿＿＿＿＿＿＿＿＿＿＿＿＿＿＿＿＿＿＿＿＿＿＿。

5 原文：這些標識其實主要是給本地人看的。

結構：主要是

解釋：表示某事最重要的組成部分或原因。如果是解釋原因，「主要是」
的後面可以選擇是否要使用「因為」。

◀ 練習 請填入合適的詞語，並完成句子。

(1) 小江之所以＿變成「月光族」＿，主要是＿收入不如開支多＿，因
此到了月底常連吃飯的錢也不夠。

(2) 我們校隊好不容易贏了籃球賽，主要是＿＿＿＿＿＿＿＿＿＿＿＿，
可想而知，＿＿＿＿＿＿＿＿＿＿＿＿＿＿＿＿＿＿＿＿＿。

(3) 瑞士開放對外發展，主要是因為＿＿＿＿＿＿＿＿＿＿＿，結果證明
＿＿＿＿＿＿＿＿＿＿＿＿＿＿＿＿＿＿＿＿＿＿＿＿＿＿＿＿。

(4) 若要讓自己成為受歡迎的人，＿＿＿＿＿＿＿＿＿＿＿，要保持笑容，
＿＿＿＿＿＿＿＿＿＿＿＿＿＿＿＿＿＿＿＿＿＿＿＿＿＿＿＿。

◀ 練習 你羨慕別人成功嗎？試著分析一下成功的原因為何？成功者具有哪些特質？請寫成一篇短文。

_____

_____

_____。

6 原文：不是為了跟國際**接軌**嗎？

結構：**跟 X 接軌**

解釋：表示連接或連結上某事物。

◀ 練習 請選填合適的詞語，並將句子組合成一篇短文。

世界 ╱ 社會 ╱ 國際 ╱ 時代 ╱ 產業

(1) 政府多方面補助，好讓弱勢族群能跟__社會__接軌。

(2) 政府之所以推廣技職教育，是希望教育跟_____
接軌，使學生一畢業就能上工。

(3) 為了能跟_____接軌，政府也鼓勵青少年出國留學。

(4) 除了提升產業競爭力，同時也加強外交工作，達成跟_____
_____接軌的目標。

(5) 網路是跟_____ _____接軌的必需品，
因此網路建設的速度與普及程度，政府相當重視。

➜ 二十一世紀的今日，產業逐年創新；_____，
_____。而面對分分秒秒變化的國際關係和世界情勢，
政府必須嚴陣以待；_____。

◀ 練習 網路發達,科技日新月異,消費型態也有很大的轉變,請你針對商業營運模式跟宅經濟接軌的這種趨勢,提出看法。

_____

_____

_____ 。

易混淆語詞

🎧 05-04

1

共通	歐元是世界共通的貨幣嗎?	Vs-attr
共同	他們共同的興趣就是吃美食。	Vs-attr

◀ 練習

年輕朋友們的_____目標,就是找到能賺錢的好工作。

有時候可能需要跟朋友借錢,但借錢就應該還錢,這是全世界_____的道理。

2

回覆	收到政府部門的通知,民眾需要回覆嗎?	V
回答	你聽不懂老師所問的,當然沒辦法回答。	V

◀ 練習

你寫電子郵件給我,我一定會_____,但是你電子郵件上的問題,我不一定_____得出來。

3

達成	這次能順利地達成任務,主要是大家肯犧牲,能合作。	Vpt
達到	學習這套教材,一定能讓學生達到進步的目的。	Vpt

◀ 練習

我們公司想要跟三興公司合作，但三興說，雙方合作的條件是，我們每個月的出口量必須＿＿＿＿＿＿十萬台以上。所以最近大家都非常努力，希望能＿＿＿＿＿＿目標，最後＿＿＿＿＿＿與三興合作的目的。

4			
面前	老師在全班面前誇獎他，使他很不好意思。		N
前面	你沒看見前面的標識嗎？為什麼還繼續開？		N

◀ 練習

我認為你的建議應該在老闆＿＿＿＿＿＿說清楚，現在老闆就站在開會房間的＿＿＿＿＿＿，我們一起去找他吧。

5			
紊亂	櫃子裡的書有些紊亂，最好整理一下，否則不容易找。		Vs
錯亂	剛睡完午覺起來，她忽然在時間上錯亂了，以為是早上。		Vs

◀ 練習

如果一個人經常心情＿＿＿＿＿＿，最後他是否會精神＿＿＿＿＿＿，而需要去看精神科醫生？

6			
採訪	媒體總是採訪成功的人。		V
訪問	該國總統這次訪問美國，是希望得到美國的支持。		V

◀ 練習

＿＿＿＿＿＿新聞並且報導出來，這是新聞工作人員的工作，所以新聞工作人員經常會去＿＿＿＿＿＿許多不同的地方及不同的人物。

在歐洲 英文 不等於「國際共通語言」(II)

05-05

大學時打工賺生活費，我當英文家教，也在補習班教大班多小孩。心急的家長，擔心小孩英文學不好，會眼見自己被遠遠拋在後，長此以往一定會被徹底淘汰，因此督促小孩努力背英文單字。

學英文當然很重要，英文的普遍性不用多說，英文學好，可以讀的書倍增，聽到的聲音也不會只限於母語，世界可能會因此更遼闊。如果擁有英文能力，就能自己主動去了解這世界正在如何轉動。

但是，外語，並不等同於英文。這世界上，還有許許多多的語言，影響力不見得比英文小。若有機會學習英文之外的外語，一定會發現不同的語言會有不同的境地與角度。

台灣是個島國，政治位置孤立，對於「國際觀」，我們有一定的焦慮。我們努力申請舉辦國際賽事，全民努力學英文標出。島嶼處處都有英文，錯誤觀光英文百分百，全島就算正確的英文標識，都有精良正確的英文標識，但我們一直努力拼、堆疊英文標識，就會吸引大量的國際觀光客前來嗎？

我記得我拜訪過的義大利的海邊小鎮、法國南部的小山城、還有捷克湖邊小村，當地沒有任何英文標識，菜單沒有英文版本，居民說著自己當地的語言，但，訪客卻還是有源源不絕的人前來。因為這些地方有驚人的人文景觀，文化底蘊深厚，他們根本不用急著「國際化」，照自己生活步調過日子，煮家傳的菜，唱奶奶教的歌。

其實不見得一定英文好，才會有所謂的「國際觀」，我身邊就有幾位柏林或台灣朋友，真是沒天分學外文，學英文等於被抓去撞牆。但他們勤讀翻譯書籍，知曉世界。

所以，勤奮學習英文，依然無法駕馭英文，其實不是悲劇。重點是好奇心沒被磨損攪碎，不懂沒關係，還可以翻字典或讀翻譯。不是英文考一百分，腦子就會長出「國際觀」區塊。「國際觀」是讓我們學習從他人的角度來看世界，於是我們耳朵裡不是只有自己的獨白。

隔壁的水果攤依然每日上演語言戲碼，他繼續說著德文或者土耳其文，回答各國旅客。問他要不要學英文？他說：「英文不是問題，西瓜甜不甜才是問題！」

課文理解

請在（ ）打 ✓

1 英文到底有何重要性？
( ) 不會徹底被淘汰。
( ) 不會被全球化浪潮給拋在後。
( ) 會讓自己的世界因此更開闊。

2 台灣為何對國際觀有一定的焦慮？
( ) 台灣政治位置孤立。
( ) 台灣一直努力拼觀光。
( ) 台灣計畫要舉辦國際性的賽事。

3 義大利小鎮、法國小城、捷克小村為何都不急於國際化？
( ) 他們煮的都是家傳的菜。
( ) 他們唱的都是奶奶教的歌。
( ) 有驚人的人文景觀與深厚的文化底蘊。

4 為何我們需要有國際觀？
( ) 要跟上全球化的浪潮。
( ) 學習從他人的角度看世界。
( ) 要了解這世界正在如何轉動。

生詞 New Words 05-06

				課文二
1.	眼見	yǎnjiàn	V	seeing that, to observe
2.	心急	xīnjí	Vs	anxious, agitated
3.	浪潮	làngcháo	N	wave, trend
4.	拋	pāo	V	to toss, to throw, cast aside
5.	淘汰	táotài	Vpt	to eliminate (through competition), weed out
6.	督促	dūcù	V	supervise and urge, to urge
7.	背	bèi	V	to memorize
8.	單字	dānzì	N	vocabulary, word
9.	倍增	bèizēng	Vp	to increase or improve exponentially
10.	限於	xiànyú	Vst	limited to

生詞 New Words

11.	遼闊	liáokuò	Vs	expansive, vast
12.	之外	zhīwài	N	other than, in addition to
13.	境地	jìngdì	N	circumstances, situation, condition
14.	孤立	gūlì	Vs	isolated
15.	賽事	sàishì	N	competition, match, race, games
16.	島嶼	dǎoyǔ	N	island
17.	四處	sìchù	Adv	everywhere
18.	拼音	pīnyīn	N	Romanization, spelling
19.	錯誤百出	cuòwù bǎichū	Ph	riddled with mistakes
20.	精良	jīngliáng	Vs	superior
21.	前來	qiánlái	Adv	to come over
22.	版本	bǎnběn	N	version
23.	源源不絕	yuányuán bùjué	Ph	in uninterrupted flow, in continuous stream
24.	訪客	fǎngkè	N	visitor
25.	人文	rénwén	N	cultural, (below) the humanities
26.	景觀	jǐngguān	N	view, landscape, scenery
27.	底蘊	dǐyùn	N	foundation, background
28.	深厚	shēnhòu	Vs	deep, solid
29.	步調	bùdiào	N	pace
30.	家傳	jiāchuán	Vs-attr	traditional, local
31.	勤讀	qíndú	V	to diligently study
32.	書籍	shūjí	N	books, reading material
33.	知曉	zhīxiǎo	Vst	familiar with, proficient in
34.	勤奮	qínfèn	Adv	diligently and conscientiously
35.	駕馭	jiàyù	V	to master
36.	重點	zhòngdiǎn	N	main point, key point
37.	磨損	mósǔn	Vp	to wear away
38.	攪碎	jiǎosuì	V	to grind, to shred

生詞 New Words

39.	翻	fān	V	to flip through, to turn (the pages of), crack a book
40.	字典	zìdiǎn	N	dictionary
41.	腦子	nǎozi	N	brain
42.	區塊	qūkuài	N	area, block
43.	自大	zìdà	Vs	arrogant, conceited, swelled-head
44.	獨白	dúbái	N	monologue, soliloquy
45.	上演	shàngyǎn	V	to perform, to put on (a performance)
46.	戲碼	xìmǎ	N	play, drama

專有名詞

1.	捷克	Jiékè		the Czech Republic

語言擴展

1 原文：會被全球化浪潮給遠遠拋在後。

結構：被 X（給）拋在後（面）

解釋：表示速度或程度落後極多。

◀ 練習 請選填合適的詞語，並完成句子。

> 行動支付 ／ 語言翻譯機 ／ 新興經濟體 ／ 上網搜尋 ／ 其他選手

(1) 眼見本國選手被 其他選手 給拋在後，觀眾 紛紛站起來給選手加油 。

(2) 店員收錢、找錢的速度，被＿＿＿＿＿＿＿＿＿給拋在後，難怪＿＿＿＿
＿＿＿＿＿＿＿＿＿＿＿＿＿＿＿＿＿＿＿＿＿＿＿＿。

(3) 國內產業若無法創新，市場競爭力恐怕將＿＿＿＿＿＿＿＿＿，政府
＿＿＿＿＿＿＿＿＿＿＿＿＿＿＿＿＿＿＿＿＿＿＿＿。

(4) 去圖書館查資料的便利性與時效，早已_____了，
未來可能_____。

(5) 翻譯人員必須_____，免得_____
_____，失去優勢。

◀ 練習 若你發現公司產品的功能被其他品牌給拋在後，你要怎麼處理？請把處理方式寫成一篇短文。

_____

_____

_____ 。

2 原文：英文學好，可以讀的書倍增。

結構：倍增

解釋：表示短時間內以極大的程度或數量增加。「倍增」之後不可再加補語或賓語。

◀ 練習 請針對這些短句的語意，進行連結。

(1) （　） 職位升級後　　　　　　　　(A) 信心倍增

(2) （　） 掌握了溝通技巧　　　　　　(B) 體力倍增

(3) （　） 養成運動習慣　　　　　　　(C) 朋友倍增

(4) （　） 進了夢寐以求的企業工作　　(D) 收入倍增

◀ 練習 請你利用上述組合出來的句子，寫成一篇短文。

　　被裁員的小王，心情差得幾乎罹患憂鬱症，在家人的鼓勵下，去聽了人際溝通專家的演講。_____

_____

_____ 。

◀ 練習 忙碌的現代人如何才能精神倍增？請你提供你的祕訣。

_____

_____

_____ 。

3 原文：對於「國際觀」，我們**有一定的**焦慮。

結構：**有一定的 X**

解釋：表示雖然程度可能不高，但絕對不低。所接詞彙的語義應該帶有程度，例如「成績」、「能力」等等。

◀ 練習 請填入合適的語詞，並完成句子。

(1) 國家的經濟衰敗，各產業<u>　在國際間逐年失去競爭力　</u>，對世界競爭力評比有一定的<u>　影響　</u>。

(2) 雖然他們離婚多年，不過他對她還有一定的_____，知道她住院後，_____。

(3) 想從事該行業的人必須有_____，否則_____
_____。

(4) 由於_____，老闆要求這次新產品的研發要有_____
_____，因此_____。

◀ 練習 一所成功的語言中心，一定有其特色，如果你是主任，哪些方面對學生有一定的幫助，是你會特別注意的？請你把它們寫成一篇短文。

_____

_____

_____ 。

4 原文：但就算全島都有精良正確的英文標識，就會**吸引**大量的國際觀光客**前來**嗎？

結構：**吸引 X 前來**

解釋：表示具有某種魅力，讓 X 想或願意參加。「前來」後可再加動詞詞組，表示前來進行的動作。

◀ 練習 請選填合適的語詞，完成句子，並說明理由。

> 支持者 ／ 國外廠商 ／ 異性 ／ 消費者 ／ 觀眾

(1) 不少動物都是靠特殊的叫聲，吸引__異性__前來，因為他們__需要傳宗接代__。

(2) 該餐廳表示，他們每週換新菜單，吸引＿＿＿＿＿＿＿＿＿＿＿前來用餐，因為＿＿＿＿＿＿＿＿＿＿＿＿＿＿＿＿＿＿＿＿＿。

(3) 某政治人物下午要在本校演講，一大早就吸引＿＿＿＿＿＿＿＿＿前來排隊，因為＿＿＿＿＿＿＿＿＿＿＿＿＿＿＿＿＿＿＿。

(4) 政府計畫設立產業專區，吸引＿＿＿＿＿＿＿＿＿＿＿前來，因為＿＿＿＿＿＿＿＿＿＿＿＿＿＿＿＿＿＿＿＿＿。

(5) 國家劇院邀請多個國際知名舞團來台演出，吸引＿＿＿＿＿＿＿＿＿前來觀賞，因為＿＿＿＿＿＿＿＿＿＿＿＿＿＿＿＿＿＿。

◀ 練習 「少子化」時代，若你身為大學校長，你要如何吸引學生前來就讀？請把你的想法或計畫寫出來。

＿＿＿＿＿＿＿＿＿＿＿＿＿＿＿＿＿＿＿＿＿＿＿＿＿＿＿＿＿

＿＿＿＿＿＿＿＿＿＿＿＿＿＿＿＿＿＿＿＿＿＿＿＿＿＿＿＿＿

＿＿＿＿＿＿＿＿＿＿＿＿＿＿＿＿＿＿＿＿＿＿＿＿＿＿＿。

5 原文：「國際觀」是讓我們學習從他人的角度來看世界。

結構：從 X（的）角度來看

解釋：表示討論或看待事物的方向，後面為想表達的結論。

◀ 練習 具有工作、學習、旅行多種性質的打工遊學，目前在台灣很受年輕人歡迎。請你從不同的角度來看，進行配對、完成句子並連接成短文。

(1) （　）從打工遊學者的角度來看，	**(A)** 有利有弊，不鼓勵也不反對。
(2) （　）從家長的角度來看，	**(B)** 學外語的同時，還有錢賺，再辛苦也值得。
(3) （　）從政府的角度來看，	**(C)** 能解決缺工問題的，他們都支持。
(4) （　）從當地老闆的角度來看，	**(D)** 孩子變得獨立、成熟、懂事多了。

→ 打工遊學是一種新興的學習模式，＿＿＿＿＿＿＿＿＿＿＿＿＿＿

＿＿＿＿＿＿＿＿＿＿＿＿＿＿＿＿＿＿＿＿＿＿＿＿＿＿＿＿＿

＿＿＿＿＿＿＿＿＿＿＿＿＿＿＿＿＿＿＿＿＿＿＿＿。

◀ 練習 請你從外國人的角度來看，把台灣的優點和缺點，寫成一篇短文。

＿＿＿＿＿＿＿＿＿＿＿＿＿＿＿＿＿＿＿＿＿＿＿＿＿＿＿＿＿

＿＿＿＿＿＿＿＿＿＿＿＿＿＿＿＿＿＿＿＿＿＿＿＿＿＿＿＿＿

＿＿＿＿＿＿＿＿＿＿＿＿＿＿＿＿＿＿＿＿＿＿＿＿。

易混淆語詞 05-07

7	遼闊	中國國土遼闊，人口極多，擁有非常多的資源。	Vs
	開闊	老張不要求孩子的學習成績，他說要給孩子一個開闊的天地。	Vs

◀ 練習

週末有空的時候，應該到＿＿＿＿＿＿的海邊去走走，這樣會使自己看事情的角度更＿＿＿＿＿＿。

8	焦急	小孩不見了，焦急的媽媽到處問，到處找，連外人看了也感到相當焦急。	Vs
	焦慮	你千萬別焦慮，想開一點，否則會引起許多疾病的。	Vs

◀ 練習

下個月就要舉行大學聯合考試了，他很＿＿＿＿＿＿，因為還有很多書還沒念完，他覺得快要來不及了，這個情形讓他很擔心，所以他晚上常因為＿＿＿＿＿＿，而睡不著覺。

9	天分	他很聰明，但不見得有藝術天分。	N
	天才	IQ 多少，才算是個天才？	N

◀ 練習

雖然他不是＿＿＿＿＿＿，可是他有語言＿＿＿＿＿＿，他已經學會了中、英、日、德、法五種外國語言。

引導式寫作練習

一個國家若想發展觀光，你認為加強英文相關標識與英文教育是必要的嗎？請說一說你的想法。

1 利用正反理由來加強論點，達到說服別人的目的。例如：
正面：可以減輕觀光客的不安感、增強觀光客的興趣等等。
反面：對觀光客不友善的環境，容易讓觀光客卻步。

請再想想其他正、反面理由：

正面	反面

2 請將這些正反面的理由連結成一篇文章。

語言實踐

一、若你要開一家外語補習班，請根據以下問題，向大家說明你的補習班的特色。

二、根據新聞報導，台灣學生的英文能力在亞洲始終是倒數幾名。學者擔心台灣會失去國際競爭力，政府和家長也不斷加長孩子學習英文的時間。如此一來，台灣孩子學習中文的時間也可能逐漸減少。你認為，應該如何在外語與母語中得到平衡？

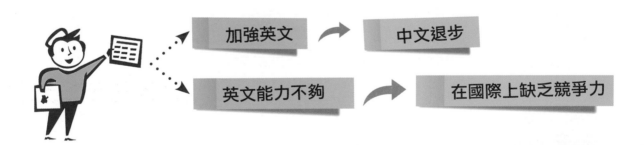

第六課
貓熊角色

摘要 🎧 06-01

貓熊人見人愛，總能征服人心，成為促進友好關係的外交使者。後因沾染商業色彩，遭環保團體抵制，目前各國動物園改以繁殖、保護名義向中國大陸租借。

學習目標

1 能描述貓熊在歷史上扮演過的角色。

2 能說明貓熊目前生存的情形。

3 能討論貓熊在維持或加強兩國關係上的重要性。

課前活動

1 請說一說，你對下列哪個活動有興趣及其原因。

夜宿海生館

非洲生態巡禮

貓熊寶寶一日保母

拜訪貓頭鷹咖啡店

2 右邊這個標示是哪一個活動？在貴國，有哪些相關的活動？

3 請說一說，你對貓熊的認識與了解。

貓熊 出訪角色 由政轉商（I）

🎧 06-02

貓熊「甜甜」當選 2011 年 BBC 選出的十大風雲女性，今年美國全程直播貓熊「美香」產下雙胞胎，台灣「圓仔」睜眼登上新聞頭條，可見貓熊人見人愛。英國媒體認為，這將成為數位化時代的「新貓熊外交」。

貓熊外交可追溯至唐朝

無論何時何地，貓熊總是征服人心的大明星。中國「貓熊外交」的歷史可以追溯到西元 685 年唐代女皇武則天時期，當時武則天贈送二隻貓熊給日本天武天皇，是歷史記載最早的「貓熊外交」。

從西元 685 年到 1982 年，中國一共向國外贈送了約 40 隻貓熊。1941 年，當時的總統夫人宋美齡贈送美國一對貓熊，以表救濟中國難民的謝意，貓熊自此開始以外交使者身分，被贈送到各國。

1949 年中共取得政權後熱衷於「貓熊外交」，將貓熊贈送給各個友好、或欲建立友好關係的國家，這時期「出訪」的貓熊，相當具有政治意義。從 1957 年至 1982 年，共有 23 隻貓熊被贈送給蘇聯、北韓、美、日、法、德等九個國家，藉此促進雙邊的友好關係。

1956 年至 1957 年，美國邁阿密稀有鳥類飼養場以及美國芝加哥動物園，分別向中國大陸表達希望以貨幣或動物交換一對貓熊的想法，中國大陸在 1957 年同意，但設下「雙方互派人員到對方動物園訪問並領取交換的動物」的條件，遭美國國務院以「不同意直接與中國進行動物交換」否決，因而作罷。

請在( )打 ✓

1 英國媒體提出了數位化時代「新貓熊外交」的觀點,其根據是什麼?

( ) YouTube 上有很多關於貓熊的影片。

( ) 將貓熊的所有資料,都以電腦來記錄、處理。

( ) 電子及平面媒體重視貓熊的消息,並大幅報導。

2 中國歷史上最早的「貓熊外交」,是指哪一件事?

( ) 周恩來贈送兩隻貓熊給美國。

( ) 宋美齡贈送一對貓熊給美國。

( ) 武則天贈送兩隻貓熊給日本天皇。

3 總統夫人宋美齡為何贈送一對貓熊給美國?

( ) 對美國救濟中國難民表示感謝。

( ) 對美國總統尼克森訪問中國表達感謝。

( ) 因為美國要全程直播貓熊「美香」的生產。

4 1957 年至 1982 年,一共有 23 隻貓熊被送到國外去,其目的是什麼?

( ) 為了促進雙邊的友好關係。

( ) 因為 BBC 選出貓熊為世界十大風雲女性。

( ) 因為國外的動物園,要以其他的動物來交換貓熊。

生詞 New Words 06-03

			摘要	
1.	貓熊	māoxióng	N	panda
2.	人見人愛	rénjiàn rén'ài	Id	everybody loves, loved by all
3.	征服	zhēngfú	V	to conquer, to subdue, to vanquish
4.	促進	cùjìn	Vpt	to promote
5.	友好	yǒuhǎo	Vs	friendly, amicable, cordial
6.	使者	shǐzhě	N	envoy, emissary

生詞 New Words

7.	沾染	zhānrǎn	Vpt	soiled with, tainted with, stained with
8.	色彩	sècǎi	N	colors, hues, flavor, character, slant
9.	抵制	dǐzhì	V	to boycott
10.	繁殖	fánzhí	Vi	to breed, to reproduce, reproduction
11.	名義	míngyì	N	in the capacity of
12.	租借	zūjiè	V	to lease

課文一

1.	出訪	chūfǎng	V	to pay an official visit to a friendly foreign country
2.	風雲女性	fēngyún nǚxìng	Ph	influential/important women, used in the phrase "Woman of the Year"
3.	全程	quánchéng	Adv	over the entire duration of
4.	直播	zhíbò	V	to live broadcast
5.	產下	chǎnxià	Vpt	to give birth to
6.	雙胞胎	shuāngbāotāi	N	twins
7.	睜眼	zhēngyǎn	V-sep	to open one's eyes
8.	登上	dēngshàng	Vpt	to ascend to (prominence)
9.	頭條	tóutiáo	N	headline
10.	數位化	shùwèihuà	Vp	digital, to digitize
11.	追溯	zhuīsù	V	to trace back to
12.	至	zhì	Prep	to, up to
13.	何時何地	héshí hédì	Ph	anytime, anywhere
14.	女皇	nǚhuáng	N	empress, queen
15.	贈送	zèngsòng	V	to give (as a gift)
16.	記載	jìzài	V/N	to record, to put down in writing, records
17.	夫人	fūrén	N	wife of a prominent figure, lady, madam
18.	表	biǎo	V	to show (gratitude, etc.)
19.	救濟	jiùjì	V	to provide relief to, relief
20.	謝意	xièyì	N	gratitude, thankfulness, appreciation

生詞 New Words

21.	自此	zìcǐ	Adv	from then on, thereupon
22.	政權	zhèngquán	N	political power, regime
23.	欲	yù	Vaux	to want to, to wish to, to desire to
24.	藉此	jiècǐ	Ph	(literary) thereby
25.	雙邊	shuāngbiān	Vs-attr	bilateral, both parties
26.	稀有	xīyǒu	Vs	rare
27.	飼養場	sìyǎngchǎng	N	livestock or poultry farm
28.	分別	fēnbié	Adv	respectively
29.	貨幣	huòbì	N	currency, money
30.	設	shè	V	to establish, to set up
31.	互	hù	Adv	(with) each other, mutual (literary)
32.	訪問	fǎngwèn	V	to visit, to interview; visit, interview
33.	領取	lǐngqǔ	V	to collect, to receive
34.	否決	fǒujué	V	to veto
35.	因而	yīn'ér	Conj	therefore, as a result
36.	作罷	zuòbà	Vi	to call it quits

專有名詞

1.	甜甜	Tiántián	Tian Tian（貓熊名）
2.	BBC	BBC	British Broadcasting Corporation
3.	美香	Měixiāng	Mei Xiang（貓熊名）
4.	圓仔	Yuánzǎi	Yuan Zai（貓熊名）
5.	唐朝／代	Tángcháo/dài	Tang Dynasty (618-907)
6.	武則天	Wǔzétiān	Wu Zetian (the only female monarch of China, 624-705)
7.	天武天皇	Tiānwǔ tiānhuáng	Emperor Temmu (the 40th Emperor of Japan, 631-686)
8.	宋美齡	Sòng Měilíng	Soong May-ling (Madame Chiang Kai-shek, 1897-2003)
9.	中共	Zhōnggòng	Communist Party of China (CPC)
10.	蘇聯	Sūlián	the Soviet Union

生詞 New Words

11.	北韓	Běihán	North Korea
12.	邁阿密	Mài'āmì	Miami
13.	芝加哥	Zhījiāgē	Chicago
14.	國務院	Guówùyuàn	State Department (US)

語言擴展

1 原文：貓熊出訪角色　由政轉商
結構：由 X 轉 Y
解釋：表示人、事、物的狀態有什麼樣的改變。

◀ 練習 隨著夏天漸漸遠離，秋天的感覺越來越濃厚，世界萬物有什麼改變？

(1) 天氣由＿＿熱＿＿轉＿＿涼＿＿。

(2) 氣溫由＿＿＿＿＿＿＿＿＿＿轉＿＿＿＿＿＿＿＿＿＿＿。

(3) 樹葉由＿＿＿＿＿＿＿＿＿＿轉＿＿＿＿＿＿＿＿＿。

(4) 日照時間＿＿＿＿＿＿＿＿＿＿＿＿＿＿＿＿＿＿＿＿＿＿＿。

(5) 人們的活動場所＿＿＿＿＿＿＿＿＿＿＿＿＿＿＿＿＿＿＿＿。

(6) 沙灘上的氣氛＿＿＿＿＿＿＿＿＿＿＿＿＿＿＿＿＿＿＿＿＿。

(7) ＿＿＿＿＿＿＿＿＿＿由＿＿＿＿＿＿＿＿＿轉＿＿＿＿＿＿＿＿。

◀ 練習 從上述短語中，選擇適合的填入下面短文中。

隨著夏天漸漸離開，＿＿＿＿＿＿＿＿＿＿＿，＿＿＿＿＿＿＿＿＿＿＿，放眼望去，大地的景象變化愈來愈明顯。農村的氣氛也改變了，農夫們忙著收成，一年的辛苦總算有了美好的結果。至於城市中的各種行業，因＿＿＿＿＿＿＿＿＿＿＿，生意似乎也更好了，好像在為新年做準備。

◀ 練習 隨著季節的轉變，哪些事物也跟著改變？給你或是給這個世界帶來什麼影響？

隨著_____，_____也由_____轉

_____。_____

_____。

2 原文：貓熊外交可**追溯至**唐朝。
中國「貓熊外交」的歷史可**追溯到**西元 685 年唐代女皇武則天時期。

結構：**追溯至 / 到**

解釋：探索事件的起源是從什麼時候開始，可以是具體時間、某時期或某事件。

◀ 練習 你學習外語的經驗可以追溯到什麼時候？

(1) 追溯至___中小學___的時候。

(2) 追溯至_____年以前。

(3) 追溯到_____時期。

(4) 追溯到_____的經驗。

◀ 練習 你學習外語的經驗可以追溯至什麼時候？當時發生了什麼事？

即使有語言翻譯機，學習外語仍是現代人的興趣或惡夢。提到學習外語

的動機，我得追溯至_____，當時_____

_____。

◀ 練習 請你談一談你學習某個技能的經驗，例如開車、運動、烹飪、使用電腦等等，說一說學習的起源，以及碰到的困難或是情形。

我學習_____已有_____年的時間，至於學習的原

因，則要追溯至_____，_____

_____。

3 原文：當時的總統夫人宋美齡贈送美國一對貓熊，以表救濟中國難民的謝意。

結構：以表……的謝意／以表對……的謝意

為表……的謝意／為表對……的謝意

解釋：「表」是「表示」意。前面加「以」的意思是「來表示對……的謝意」，前面加「為」的意思是「為了表示對……的謝意」。也可加「對」，指出要感謝的對象。

◀ 練習 人類在社會中生活，社會越進步，我們越離不開他人的協助。譬如說，軍人、警察維護我們的安全，農人、工人提供我們食物和用品，醫療人員照顧我們的健康等等。請你想一想，在你的國家，人或是團體怎麼表達他們的謝意。

(1) __在警察節時，政府表揚優良警察並贈送獎金__，以表對警察人員維護社會安全的謝意。

(2) _____，以表對醫療人員的謝意。

(3) 孩子為表對農人的謝意，_____。

(4) 政府為表_____辛苦付出的謝意，_____。

◀ 練習 除了在社會中付出的人以外，你曾經得到過哪些幫助？你怎麼表達你的謝意？

_____的時候，我曾經碰到很大的困難。當時_____，

幸好_____。這件事結束後，

_____。

4 原文：貓熊自此開始以外交使者身分，被贈送到各國。

結構：自此

解釋：表示從前面所提的事開始，人、事、物發生了什麼改變。如果有主語，應該放在「自此」前。

◀ 練習 請填入合適的詞語，並完成句子。

(1) 華人相信過了端午節，氣溫自此 <u>由低轉高，正式邁入夏季</u> ，冬季的衣服 <u>就可以洗乾淨收起來了</u> 。

(2) 由於她＿＿＿＿＿＿＿＿＿，他表示從前的承諾自此＿＿＿＿＿＿＿＿＿，
兩人＿＿＿＿＿＿＿＿＿＿＿＿＿＿＿＿＿＿＿＿＿＿。

(3) 黃太太產下三胞胎後，自此＿＿＿＿＿＿＿＿＿，因為＿＿＿＿＿＿＿＿＿
＿＿＿＿＿＿＿＿＿＿＿＿＿＿＿＿＿＿＿＿＿＿＿。

(4) 面對各種國籍學生的問題，辦公室自此＿＿＿＿＿＿＿＿＿＿，以協助
＿＿＿＿＿＿＿＿＿＿＿＿＿＿＿＿＿＿＿＿＿＿。

◀ 練習 你是哪一天到台灣來的？自此你的生活在哪些方面有了改變？請把它寫成一篇短文。

＿＿＿＿＿＿＿＿＿＿＿＿＿＿＿＿＿＿＿＿＿＿＿＿＿＿＿＿＿＿＿＿＿

＿＿＿＿＿＿＿＿＿＿＿＿＿＿＿＿＿＿＿＿＿＿＿＿＿＿＿＿＿＿＿＿＿

＿＿＿＿＿＿＿＿＿＿＿＿＿＿＿＿＿＿＿＿＿＿＿＿＿＿＿＿＿＿＿。

5 原文：1949 年中共取得政權後熱衷於「貓熊外交」。

結構：熱衷於

解釋：表示對某事相當熱心、沉迷。

◀ 練習 你或是你身邊的人對什麼很熱衷？

(1) 室友熱衷於 <u>玩手機遊戲</u> ，到了 <u>無意與人互動</u> 的程度。

(2) 我同學相當熱衷於＿＿＿＿＿＿＿，因此＿＿＿＿＿＿＿＿＿＿＿。

(3) 在一次偶然的機會，＿＿＿＿＿＿＿，自此就熱衷於＿＿＿＿＿＿。

◀ 練習 完成短文。

因為＿＿＿＿＿＿＿＿＿＿＿，使得熱衷於＿＿＿＿＿＿＿＿＿＿的人愈來愈多，

＿＿＿＿＿＿＿＿＿＿＿＿＿＿＿＿＿＿＿＿＿＿＿＿＿＿＿＿＿＿＿＿＿＿＿

＿＿＿＿＿＿＿＿＿＿＿＿＿＿＿＿＿＿＿＿＿＿＿＿＿＿＿＿＿＿＿＿＿＿＿。

6 原文：美國邁阿密稀有鳥類飼養場以及美國芝加哥動物園，**分別**向中國大陸表達希望以貨幣或動物交換一對貓熊的想法。

結構：**分別**

解釋：存在某種關係的不同主語，分開進行相同的動作、行為，或是主語分開進行具有某種關係的不同動作、行為。

◀ 練習 請你針對這些句子的語意，進行配對。

(1) （ ） 手機和平板電腦   A. 分別提出建議和看法

(2) （ ） 過度使用電子產品   B. 給生活和工作分別帶來了極大的便利

(3) （ ） 教育專家和醫生   C. 分別擁有不同的使用者

(4) （ ） 行動裝置的功能   D. 分別影響了健康和人際關係

◀ 練習 請你利用上述組合出的句子，談一談智慧型手機及平板電腦的優缺點。

智慧型手機與平板電腦可以說是現在最熱門的電子產品，＿＿＿＿＿＿＿

＿＿＿＿＿＿＿＿＿＿＿＿＿＿＿＿＿＿＿＿＿＿＿＿＿＿＿＿＿＿＿＿＿＿＿

＿＿＿＿＿＿＿＿＿＿＿＿＿＿＿＿＿＿＿＿＿＿＿＿＿＿＿＿＿＿＿＿＿＿。

◀ 練習 什麼東西或事情同時存在著優缺點？請你利用上面的方式，談一談這些優缺點。

＿＿＿＿＿＿＿＿＿＿＿＿＿＿＿＿＿＿＿＿＿＿＿＿＿＿＿＿＿＿＿＿＿＿＿

＿＿＿＿＿＿＿＿＿＿＿＿＿＿＿＿＿＿＿＿＿＿＿＿＿＿＿＿＿＿＿＿＿＿＿

＿＿＿＿＿＿＿＿＿＿＿＿＿＿＿＿＿＿＿＿＿＿＿＿＿＿＿＿＿＿＿＿＿＿。

7 原文：中國大陸在 1957 年同意，但設下「雙方互派人員到對方動物園訪問並領取交換的動物」的條件。

結構：設下……的條件

解釋：定出達成某事的條件，通常為較高、較難的條件。

◀ 練習 完成句子並排序。

a. 但是經過了二十年，人們對這種「先享受後付款」的消費模式接受度愈來愈高，在不知不覺中，有一些人每個月的消費金額超過了自己所能負擔的。

b. 在信用卡推出的初期，為了提高信用卡申請數的業績，多數銀行並未對申請者設下＿＿＿＿＿＿＿＿＿的條件。

c. 對銀行來說，客戶大量刷卡消費，當然可以獲利，但是這些消費金額變成呆帳，無法收回的情形越來越嚴重時，銀行方面決定對申請者設下＿＿＿＿＿＿＿＿＿的條件。

＿＿＿＿＿＿＿＿＿ ➔ ＿＿＿＿＿＿＿＿＿ ➔ ＿＿＿＿＿＿＿＿＿

◀ 練習 你認為銀行對信用卡的申請者應該設下哪些條件？

(1) 設下＿收入達一定標準＿的條件。

(2) 設下＿＿＿＿＿＿＿＿＿的條件。

(3) 設下＿＿＿＿＿＿＿＿＿的條件。

◀ 練習 請說明銀行應該設下上面那些條件的原因。

＿＿＿＿＿＿＿＿＿＿＿＿＿＿＿＿＿＿＿＿＿＿＿＿＿＿＿＿＿＿＿＿

＿＿＿＿＿＿＿＿＿＿＿＿＿＿＿＿＿＿＿＿＿＿＿＿＿＿＿＿＿＿＿＿

＿＿＿＿＿＿＿＿＿＿＿＿＿＿＿＿＿＿＿＿＿＿＿＿＿＿＿＿＿。

8 原文：遭美國國務院以「不同意直接與中國進行動物交換」否決。

結構：遭（X）……

解釋：「被……」的書面用語，用在負面的事。「遭」的後面可以接加害的施事者。

◀ 練習 根據語意完成短語。

(1) 競爭力低 ➜ 遭＿＿淘汰＿＿。

(2) 開墾 ➜ 生態遭＿＿＿＿＿＿＿＿＿＿。

(3) 飼主沒提供良好的飼養環境 ➜ 動物遭＿＿＿＿＿＿＿＿＿＿。

(4) 過度開發 ➜ 休閒的地方遭＿＿＿＿＿＿＿＿＿。

◀ 練習 使用上述短語完成下面短文。

不少新興經濟體為了加強經濟競爭力，避免在國際間＿＿＿＿＿＿＿＿，
將自然山林開墾成工業區，不僅生態＿＿＿＿＿＿＿＿＿，而且＿＿＿＿＿＿
＿＿＿＿＿＿＿＿＿＿＿＿＿＿＿＿＿＿＿＿＿＿＿＿＿＿＿＿＿。

9 原文：遭美國國務院以「不同意直接與中國進行動物交換」否決，**因而**作罷。

結構：**因而**

解釋：表示前面所提事件的結果。

◀ 練習 完成句子，並將這些句子連結成一篇短文。

a. 一位＿＿＿＿＿＿＿＿＿＿＿＿＿＿＿＿＿＿得教不分年級的各種科目，

b. 惡劣的環境使得有能力的人紛紛搬離山區，

c. 資源相對不足，

d. 尤其在＿＿＿＿＿＿＿＿教育及老人＿＿＿＿＿＿＿＿＿＿＿方面：

e. 醫師也＿＿＿＿＿＿＿＿＿＿＿＿＿＿＿＿＿＿＿＿＿＿。

f. 偏遠山區的居民缺乏現代化設備，生活品質無法提升；

g. 因而＿＿＿＿＿＿＿＿＿＿＿＿＿＿＿＿＿＿＿＿＿＿＿＿。

　　＿＿f＿＿➡＿＿＿＿＿➡＿＿d＿＿➡＿＿＿＿＿➡＿＿＿＿＿

➡＿＿b＿＿➡＿＿＿＿＿

◄ 練習 藉由媒體的報導，我們知曉許多事件發生。請用「因而」的句式，描述事件發生的原因與結果。

_____

_____

_____。

易混淆語詞　🎧 06-04

1

熱衷	各人熱衷的事物不同，但像他這樣，對什麼都不感興趣，相當少見。	Vst
熱心	老范對保護野生動物非常熱心。	Vs

◄ 練習

他是個＿＿＿＿＿＿的人，不管什麼人需要幫助，他都願意幫忙，再加上他對政治很＿＿＿＿＿＿，所以我們建議他參加這次的民意代表選舉。

2

表達	你這樣的方式，已經把你的意思表達得很清楚了。	V
表示	聽到這個消息，他態度平靜，但這並不表示他沒有任何感覺。	V

◄ 練習

當親戚朋友們知道我們要結婚了以後，一個個都向我們＿＿＿＿＿祝福，並且＿＿＿＿＿＿他們都很高興。

貓熊 出訪角色 由政轉商（II）

出租吸金
不再為政治送貓熊

　　1972 年 2 月 21 日，美國總統尼克森訪問中國大陸，當時大陸安排尼克森赴北京動物園參觀，也看了貓熊，在之後的一次宴會上，大陸總理周恩來表示將贈與美國二隻貓熊。

　　1972 年 4 月，「玲玲」與「興興」抵達美國華盛頓國家動物園時，約 8,000 名美國民眾冒雨迎接，首次見客就吸引了 2 萬名遊客，第一個月，參觀者就達 100 多萬人次。

　　但到 1982 年，中共當局宣布開始停止贈送貓熊，改由「租借」或「科技交流」方式讓貓熊出國，傳統的政治性「貓熊外交」時代宣告結束。不過，1982 年後，大陸政府還是先後贈送台灣與港澳貓熊。

　　1984 年美國洛杉磯奧運會期間，中國大陸將貓熊「永永」和「迎新」臨時租借給洛杉磯動物園，進行為期三個月的巡展。在洛杉磯奧運會結束後，「永永」和「迎新」又被租借給舊金山動物園三個月，這項租借契約讓舊金山動物園付出高額的租金，有利可圖下，這也從此打開貓熊商業租借的大門。

　　貓熊在沾染商業租借色彩後，國際關於動物保護的另一波拉鋸又再開始。由於租借貓熊對出租方及租借方都帶來可觀的資金收益，中國大陸的林業部門和動物園不斷地在保護貓熊的名義下，大量捕捉野生貓熊。

觀光和商業收益驚人
多國租借貓熊

　　1990 年代初，許多環境保護團體開始呼籲抵制貓熊租借。在壓力下，美國聯邦漁業和野生動物管理局禁止商業目的的貓熊租借，中國大陸之後也宣布停止商業目的的貓熊出租，各國動物園改以「繁殖」或「保護」的名義向大陸租借貓熊。

　　目前，主要為保育貓熊設立的四川臥龍自然保護區經過多年研究，在保育貓熊方面取得明顯進展，不過為了避免貓熊過度近親交配，也希望增加野外貓熊數量，大陸近年積極研究將圈養貓熊野放，但就算經過訓練，至今圈養貓熊仍然無法適應野外生活，是目前貓熊保育的一大難題。

課文理解

請在（　）打 ✓

1 從哪件事可以看出美國人對貓熊的喜愛？

（　）環保團體呼籲抵制貓熊租借。
（　）尼克森總統赴動物園觀賞貓熊。
（　）貓熊抵達華盛頓國家動物園時，八千名美國民眾冒雨迎接。

2 貓熊何時打開了商業租借的大門？

（　）美國芝加哥動物園希望以貨幣交換一對貓熊。
（　）奧運期間，貓熊「永永」、「迎新」租借給洛杉磯動物園。
（　）貓熊「玲玲」、「興興」第一個月就吸引了一百多萬的參觀人數。

3 中國大陸的林業部門為何大量捕捉野生貓熊？為了

（　）繁殖貓熊。
（　）保護貓熊。
（　）租借貓熊。

4 在停止商業目的之後，租借貓熊的名義是什麼？

（　）繁殖、交配。
（　）繁殖、保護。
（　）保護、交配。

5 四川臥龍自然保護區積極研究將貓熊野放的目的是什麼？

（　）進行自然繁殖。
（　）避免近親交配。
（　）讓貓熊適應野外生活。

生詞 New Words 🎧 06-06

課文二

1.	出租	chūzū	V	to rent, for lease; rental, leasing
2.	吸金	xījīn	Vi	to bring in (revenue)
3.	赴	fù	V	to go to (literary)
4.	贈與	zèngyǔ	V	to give to
5.	抵達	dǐdá	Vpt	to arrive at
6.	冒雨	màoyǔ	Adv	despite the rain
7.	迎接	yíngjiē	V	to welcome
8.	首次	shǒucì	Adv	for the first time
9.	見客	jiànkè	V-sep	to meet with guests
10.	達	dá	Vpt	to reach, up to
11.	人次	réncì	N	head count
12.	當局	dāngjú	N	the authorities
13.	宣告	xuāngào	V	to announce, to declare
14.	期間	qíjiān	N	over the course of, whilst
15.	為期	wéiqí	Vst	lasting a period of, lasting, for a period of
16.	巡展	xúnzhǎn	N	exhibition tour
17.	租金	zūjīn	N	rental money, leasing fees, rent
18.	有利可圖	yǒulì kětú	Id	profitable, promise to be profitable
19.	波	bō	M	a wave of
20.	拉鋸	lājù	N	a see-saw (battle), a close contest
21.	可觀	kěguān	Vs	considerable (amount of), substantial
22.	收益	shōuyì	N	earnings, revenue, income
23.	林業	línyè	N	forestry, forest industry
24.	捕捉	bǔzhuō	V	to catch, to capture
25.	野生	yěshēng	Vs-attr	wild, feral

生詞 New Words

26.	呼籲	hūyù	Vi	to call on
27.	保育	bǎoyù	Vi	to conserve, conservation
28.	設立	shèlì	V	to set up, to establish
29.	進展	jìnzhǎn	N / Vi	progress, to progress
30.	近親	jìnqīn	N	close relatives
31.	野外	yěwài	N	wilderness
32.	近年	jìnnián	N	in recent years
33.	圈養	juànyǎng	Vs-attr	raised in pens
34.	野放	yěfàng	V	to release into the wild
35.	就算	jiùsuàn	Conj	even if

專有名詞

1.	尼克森	Níkèsēn	Richard Nixon (the 37th President of U.S.A, 1913-1994)
2.	北京	Běijīng	Beijing
3.	周恩來	Zhōu Ēnlái	Zhou Enlai (the 1st to 4th prime minister of the People's Republic of China, 1898-1976)
4.	玲玲	Línglíng	Ling Ling（貓熊名）
5.	興興	Xīngxīng	Xing Xing（貓熊名）
6.	華盛頓	Huáshèngdùn	Washington (the capital of U.S.A)
7.	港澳	Gǎng'ào	Hong Kong and Macao (Macau)
8.	洛杉磯	Luòshānjī	Los Angeles
9.	奧運會	Àoyùnhuì	Olympic Games
10.	永永	Yǒngyǒng	Yong Yong（貓熊名）
11.	迎新	Yíngxīn	Ying Xin（貓熊名）
12.	舊金山	Jiùjīnshān	San Francisco

生詞 New Words

13.	美國聯邦漁業和野生動物管理局	Měiguó liánbāng yúyè hàn yěshēng dòngwù guǎnlǐ jú	FWS: United States Fish and Wildlife Service
14.	四川臥龍自然保護區	Sìchuān Wòlóng zìrán bǎohù qū	Sichuan Wolong National Nature Reserve

語言擴展

1 原文：中共當局宣布開始停止贈送貓熊，**改由**「租借」或「科技交流」**方式**讓貓熊出國。

結構：**改由……（方式）**

解釋：以新的方式取代原本的方式。

◀ 練習 使用「改由」完成句子。

(1) 所謂的「飢餓行銷」，就是從原本的無限制供應，改由 <u>限量提供</u> 的方式販售。

(2) 若沒有手機訊號，就＿＿＿＿＿＿＿＿＿＿＿＿＿＿＿＿＿＿聯絡。

(3) 本校學費付款方式，將從下學期起，全面＿＿＿＿＿＿＿＿＿付款。

◀ 練習 一家烘焙店客源流失嚴重，請你提出一個企劃案，幫助他們由虧轉盈。

(1) 從被動等待改由 <u>主動打廣告促銷</u> 。

(2) 在售價方面，從＿＿＿＿＿＿改由＿＿＿＿＿＿，來吸引客人。

(3) 商品擺放，從＿＿＿＿＿＿改由＿＿＿＿＿，來刺激消費意願。

(4) ＿＿＿＿＿＿＿＿＿＿＿＿＿＿＿＿＿＿＿＿＿＿＿＿＿＿＿。

2 原文：這項租借契約讓舊金山動物園付出高額的租金，有利可圖下，這也從此**打開**貓熊商業租借的**大門**。

結構：**打開……的大門**

解釋：表示對某事的態度從封閉改為開放，主語通常為國家、地區或較大的組織。也可以表示某事的開始，就像進入新的世界。

◀ 練習 為了國家利益，各國領導人採取哪些做法？

(1) 吸引觀光客，賺取外匯 ➜ 打開__對外開放__的大門。

(2) 吸引外國資金 ➜ 打開＿＿＿＿＿＿＿＿＿＿＿的大門。

(3) 與別的國家互相設下有利條件 ➜ 打開＿＿＿＿＿＿＿＿＿＿的大門。

(4) ＿＿＿＿＿＿＿＿＿＿＿＿ ➜ 打開＿＿＿＿＿＿＿＿＿＿＿的大門。

◀ 練習 利用上述「打開……的大門」短語，完成下面短文。

(1) 二十一世紀的國際關係可以說較上個世紀改善了許多，各國領導人都了解戰爭對解決糾紛和衝突無濟於事，只有放棄暴力，以真誠的態度＿＿＿＿＿＿＿＿＿＿，才＿＿＿＿＿＿＿＿＿＿＿＿＿＿＿。

(2) 為了＿＿＿＿＿＿＿＿＿＿，該國政府決定＿＿＿＿＿＿＿＿＿＿＿＿＿＿＿＿＿＿＿＿＿，以＿＿＿＿＿＿＿＿＿＿＿＿＿＿＿＿。

3 原文：各國動物園改**以**「繁殖」或「保護」**的名義**向大陸租借貓熊。

結構：**以 X 的名義**

解釋：以某種身分或理由進行某事，後面接所進行的事項。

◀ 練習 利用下列短語，完成句子。

> * 以訪問的名義 　　　* 以旅遊的名義
> * 以學術交流的名義 　* 以結婚的名義

(1) 剛__以訪問的名義__抵達台北的導演，將會傳授運用鏡頭的祕訣，達到交流的目的。

(2) 王教授曾經＿＿＿＿＿＿＿＿＿＿，到德國的大學擔任客座教授，常與當地學生分享他學外語的心法。

(3) 我們班上有九個學生，全都來自不同的地區和國家，好像個小型的聯合國似的。大家來台灣的目的都不同，有的人＿＿＿＿＿＿＿＿＿＿申請簽證，有的人＿＿＿＿＿＿＿＿＿＿申請居留。

◀ 練習 請用「以 X 的名義」的句式，介紹一下什麼是「打工旅遊」。

所謂的打工旅遊，就是＿＿＿＿＿＿＿＿＿＿＿＿＿＿＿＿＿＿＿＿

＿＿＿＿＿＿＿＿＿＿＿＿＿＿＿＿＿＿＿＿＿＿＿＿＿＿＿＿＿＿＿＿

＿＿＿＿＿＿＿＿＿＿＿＿＿＿＿＿＿＿＿＿＿＿＿＿＿＿＿＿＿＿＿。

易混淆語詞

🎧 06-07

3		
宣布	當老闆宣布公司要解散時，辦公室裡的氣氛立刻一片凝滯。	V
宣告	那個明星宣告破產了，他由富轉貧的速度真驚人。	V

◀ 練習

這次登上月球的計畫，因為多種原因而＿＿＿＿＿放棄，政府＿＿＿＿＿，短時間內將不再發展相關的計畫。

4		
交流	他們藉由電子郵件交流，兩人的感情有很大的進展。	Vi
交換	他們交換名片，自我介紹。	V

◀ 練習

貴校與本校多年來的＿＿＿＿＿學生計畫，成效相當好，雙方學生在語言、文化上進行＿＿＿＿＿，成果非常好，所以雙方同意將來要繼續舉辦。

5	收益	收益這麼高的投資，難道你不擔心嗎？	N
	收入	年收入達一千萬以上者，才能參加這個團體。	N

◀ 練習

因為這項創新的產品，讓我們公司去年的＿＿＿＿＿＿增加了三十倍之多，所以老闆決定要提高薪水，讓每位員工的＿＿＿＿＿＿也增加，同享公司的成就。

6	名義	妳想以什麼名義給弱勢團體贈送禮物？	N
	意義	老李覺得種種加諸在他身上的讚美毫無意義，他沒被沖昏頭。	N

◀ 練習

他父親已經過世多年了，他思念父親的方式，就是以父親的＿＿＿＿＿＿捐出金錢來幫助社會上的弱勢者，他認為這樣做非常有＿＿＿＿＿＿。

7	相關	多讀相關的書籍，可以使你在這個領域成為專家。	Vs
	有關	學校剛宣布的是有關選課的辦法。	Prep

◀ 練習

＿＿＿＿＿＿出國留學的消息，你可以到系辦公室去問，因為＿＿＿＿＿＿的資料，系辦公室都有。

8	野生	在山區迷路了，可以吃哪些野生植物，你知道嗎？	Vs-attr
	野外	帶著食物到野外，同時享受美景與美食，這是人生最大的享受！	N
	野放	已受傷的動物在野放前，必須先把傷治好。	V

◀ 練習

生活在＿＿＿＿＿＿的＿＿＿＿＿＿動物，生存能力比較強，如果是圈養在家中的寵物，＿＿＿＿＿＿到＿＿＿＿＿＿去，我認為無法與＿＿＿＿＿＿動物競爭。

引導式寫作練習

1 請看下面漫畫，使用提供的詞彙，說明此漫畫所傳達的訊息，並提出你的想法。

2 你認為科學期刊的決定是對的嗎？請把你對這個決定的看法寫下來，並且提出其他的解決辦法。

• （野生）

• （人見人愛／征服）

• （吸金／遭）

• （可觀／收益／熱衷於）

• （呼籲／抵制／當局）

• （因而／宣布）

一位動物專家在巴西亞馬遜雨林發現了一種稀有的青蛙，……

語言實踐

一、怎麼樣的動物可以稱為保育類動物？請談談貴國有什麼保育類的動物，
並且談一談貴國政府施行什麼措施來保護這些動物？效果如何？

二、你贊成還是反對各國之間贈送或租借動物？你的理由是什麼？請說說你
的想法，並舉辦一場辯論活動。

NOTE

第七課
感情世界

摘要 07-01

自我讓自己膨脹，看不到人與事真正的面貌。自我太多的人看不到盲點，錯過了重要的人與事，才醒悟過來。其實，體會承諾的美好與苦澀，是一種難得的人生經驗。

學習目標

1 能說明不結婚的原因。

2 能談論感情的問題。

3 能討論單身與結婚的優、缺點。

4 能討論「自我」對感情的影響。

5 能說明男性與女性思考方式的不同。

課前活動

1 選擇單身的人，原因常是什麼？

選擇單身的原因
1.
2.
3.
4.
5.

2 哪些原因會讓你想結束一段感情？

3 當你選擇共度一生的另一半時，最重要的條件是什麼？

★ 心靈相通
★ 身家背景
★ 身材外貌
★ 賢妻良母
★ 進得了廚房
★ 出得了廳堂

★ 社經地位
★ 身家財產
★ 深愛不渝
★ 心靈伴侶
★ 風流倜儻
★ 大器慷慨

感情世界最大的情敵是「自我」（Ｉ）

07-02

Dear 文華：你成家了嗎？這句話通常是你媽問你，現在我來問。

我行我素的一個人生活，有什麼不好？

如果你還未婚，我不是要你立志在今年結婚。這種志向跟減肥和上健身房一樣，很難撐過兩個星期。喔，不對，這種志向比減肥和上健身房更難！因為你可以一個人減肥，但不能一個人結婚。

我只希望你想想這個問題。

不結婚的原因

20 歲時沒結婚，因為美女太多，定下來可惜。結果現在別人娶了適合你的老婆，生出來的可愛女兒叫你叔叔，而不是爸爸。一生只有一兩次真愛，你浪費了一次。你浪費後的確碰到其他美女，但她們覺得和你定下來可惜。

30 歲時沒結婚，因為工作太多，沒時間愛別人。結果你現在事業上又了不起到哪裡去呢？

人生很殘酷，我們總無法在人或事出現的當下，了解那人或事真正的重要性。總要經過一段時間，才醒悟過來。但醒悟時，已錯過了重要的人或事。

真正重要的人或事，不會重來。生像死，沒有第二次機會。

「自我」這個鬼東西

那 40 歲時沒結婚，又因為什麼呢？應該是「自我」太多吧！

你想得沒錯。在任何感情中，最大的情敵不是另一個俊男美女，而是「自我」這個鬼東西。

「自我」怎麼會是鬼東西？個人的成功失敗、歡喜悲傷、甚至愛人和被愛的原因，不都是「自我」激發出來的嗎？

「自我」當然重要。只不過它跟甜點一樣，實際的營養價值沒有看起來高，而且吃多了只是讓你膨脹發福，看不到自己的腳，和人與事真正的面貌。

你一定記得：你很多所謂自由的夜晚，並不是「想幹嘛就幹嘛」，而是一個人坐在電腦前，什麼都沒幹。或是在一個無趣的 party，斟酌著何時閃人才不會尷尬。

你很多所謂「忠於自我」的選擇，忠於的其實是膨脹或萎縮的自我，或只是社會眼中的你。如果有一個真心的伴，她可以當頭棒喝，指出你的盲點，叫你別再自以為是。「自我」太多的人，看不到盲點。

有伴很好，幹嘛結婚？

不過你一定看得出我邏輯的破綻：是啊，有伴很好，但幹嘛要結婚？

因為我知道你想養小孩，而看你這德性，沒勇敢到能接受別人說你有私生子。縱使你自己能接受，也不希望別人這樣叫你孩子。你自詡為開明的知識份子，其實只是留過洋的老夫子。

但這不是最重要的原因，最重要的是：你想體會「承諾」的美好與苦澀，那是一種難得的人生經驗。

婚姻，都在解決問題。談戀愛，只是在「實習」如何解決問題。

為什麼要去解決問題，因為在過程中，會激發出你身體和心理上，最好和最壞的一面。你可能發現：哇！我愛玩，竟會為了孩子提早回家。哇！我溫和，但會跟老婆幹架。Surprise 你自己，好事或壞事。逼出每一種感覺，甜的或苦的。你像大部分人一樣，既善良也邪惡。走這一趟，你總希望把自己善良和邪惡的潛力都發揮到極致吧！

課文理解

請在（ ）打 ✓

1 在任何感情中，最大的「情敵」為何？

（ ）朋友。
（ ）自我。
（ ）俊男美女。

2 為什麼說自我跟甜點一樣？

（ ）是一種主觀的價值。
（ ）無法看清內在真正的面貌。
（ ）實際的營養價值沒有看起來的高。

3 二、三十歲時，不結婚的理由為何？

（ ）美女太多，工作太多。
（ ）自我太多，自由太多。
（ ）承諾太多，盲點太多。

4 開明的知識份子為何不能接受私生子？

（ ）其實只是留過洋的老夫子。
（ ）善良和邪惡的潛力發揮到了極致。
（ ）身體與心理上都有最好和最壞的一面。

生詞 New Words 07-03

		摘要		
1.	自我	zìwǒ	N	ego-centricity
2.	膨脹	péngzhàng	Vs	to puff up, to swell up, self-complacent
3.	面貌	miànmào	N	face, real nature of things
4.	醒悟	xǐngwù	Vp	to come to one's senses, to wake up (to reality), awakening
5.	體會	tǐhuì	Vst	to know from experience, to truly understand
6.	苦澀	kǔsè	Vs/N	bitter; bitterness

		課文一		
1.	情敵	qíngdí	N	rival in love
2.	我行我素	wǒxíng wǒsù	Id	do things your own way
3.	未婚	wèihūn	Vs	unmarried, single

生詞 New Words

4.	立志	lìzhì	Vi	to determine to become, to resolve to become, to aspire to be
5.	志向	zhìxiàng	N	aspiration, ambition
6.	減肥	jiǎnféi	Vi	to lose weight, weight-loss, on a diet
7.	撐	chēng	Vi	push yourself, last
8.	定下來	dìngxiàlái	Ph	to settle down
9.	殘酷	cánkù	Vs	cruel, brutal
10.	當下	dāngxià	N	at a time when
11.	重來	chónglái	Vi	to redo, to relive, to start over
12.	鬼東西	guǐdōngxi	Ph	darn thing
13.	俊男美女	jùnnán měinǚ	Ph	good-looking man and/or woman
14.	歡喜	huānxǐ	N	happiness, joy
15.	悲傷	bēishāng	N	sadness, sorrow
16.	激發出來	jīfā chūlái	Ph	inspired by, stirred up by, aroused by
17.	發福	fāfú	Vp	to put on weight
18.	想幹嘛 就幹嘛	xiǎng gànma jiù gànma	Ph	to do what you want, to be self-indulgent
19.	幹	gàn	Vi	to do, to engage in, to undertake
20.	無趣	wúqù	Vs	boring, dull, vapid
21.	斟酌	zhēnzhuó	V	to consider, to think about
22.	何時	héshí	N	when, whenever
23.	閃人	shǎnrén	Vi	to leave, to escape, to get out of the way
24.	尷尬	gāngà	Vs	awkward
25.	忠於	zhōngyú	Vst	to be faithful to
26.	萎縮	wěisuō	Vs	to shrink
27.	當頭棒喝	dāngtóu bànghè	Id	give a sharp warning, give a wakeup call, wake you up
28.	自以為是	zìyǐ wéishì	Id	be full of yourself, opinionated, self-righteous

生詞 New Words

29.	幹嘛	gànma	Adv	Whatever for?
30.	破綻	pòzhàn	N	flaw, hole (in logic, etc.), fault
31.	德性	déxìng	N	your true (negative) self, look at yourself!
32.	勇敢	yǒnggǎn	Vs	courageous
33.	私生子	sīshēngzǐ	N	illegitimate child, child born out of wedlock, love child
34.	縱使	zòngshǐ	Conj	even though, even if
35.	自詡	zìxǔ	Vi	to brag that you are
36.	開明	kāimíng	Vs	enlightened
37.	知識份子	zhīshì fènzǐ	Ph	intellectual, learned person
38.	留洋	liúyáng	V-sep	to study abroad
39.	老夫子	lǎofūzǐ	N	conservative scholar, i.e., somebody who is stuck in the past intellectually and unwilling to let new things change him/her
40.	提早	tízǎo	Adv	early, ahead of time
41.	溫和	wēnhé	Vs	gentle, good-natured, mild-mannered
42.	幹架	gànjià	V-sep	to fight with, to quarrel with
43.	逼出	bīchū	V	to force out, to realize
44.	苦	kǔ	Vs	bitter
45.	邪惡	xié'è	Vs	evil, bad
46.	發揮	fāhuī	V	to instigate, to implement, to promote
47.	極致	jízhì	N	to the utmost

語言擴展

1 原文：我們總無法在人或事出現**的當下**，了解那人或事真正的重要性。

結構：在……（的）當下

解釋：表示在事件發生的那一刻，有什麼情形。

◀ 練習 請選填合適的語詞，並完成句子。

車禍發生／立志減肥／老闆宣布公司解散／提出交換條件／看見校花滿臉笑容

(1) 該國在＿＿提出交換條件＿＿的當下，已立刻遭聯合國否決，因此該國無法＿＿順利完成提案＿＿。

(2) 小曾在＿＿＿＿＿＿＿＿的當下，便被征服了，於是＿＿＿＿＿＿＿＿＿＿＿＿＿＿＿＿＿＿＿＿＿＿＿＿＿＿＿＿＿＿＿＿＿＿＿。

(3) 在＿＿＿＿＿＿＿＿的當下，氣氛一片凝滯，大家＿＿＿＿＿＿＿＿＿＿＿＿＿＿＿＿＿＿＿＿＿＿＿＿＿＿＿＿＿＿＿＿＿＿＿。

(4) 人在＿＿＿＿＿＿＿＿的當下，都是志向堅定，但常＿＿＿＿＿＿＿＿＿＿＿＿＿＿＿＿＿＿＿。

(5) 在＿＿＿＿＿＿＿＿的當下，我的腦中一片空白，完全忘了＿＿＿＿＿＿＿＿＿＿＿＿＿＿＿＿＿＿＿＿＿＿＿＿＿＿＿。

◀ 練習 台灣發生地震的頻率相當高，對來自外國的你有何感受？地震發生的當下，你是怎麼應變的？

＿＿＿

＿＿＿

＿＿＿＿＿＿＿＿＿＿＿＿＿＿＿＿＿＿＿＿＿＿＿＿＿＿＿＿＿＿＿＿＿＿＿＿＿＿＿。

2 原文：你很多所謂「**忠於自我**」的選擇，**忠於**的其實是膨脹或萎縮的自我。

結構：**忠於**

解釋：表示對人、事、物忠心、不改變的態度。可以用程度副詞修飾，例如「非常忠於」；否定則為「不忠於」。

◀ 練習 請針對左、右兩邊的語意，進行搭配，以顯示對人、事、物的忠心，並完成下列句子。

• 忠於母語	• 忠於追求事業的理想
• 忠於父母	• 忠於配偶
• 與男朋友分手	• 外語文法錯亂
• 忠於其品牌	• 把家族企業接下來
• 拒絕婚外情	• 穩固銷售量

(1) 眾所皆知，學習外語時不能過於　忠於母語　，免得　受母語影響　，
造成　外語文法錯亂　。

(2) 企業須戰戰兢兢維護形象，使消費者＿＿＿＿＿＿＿＿，以＿＿＿＿＿＿
＿＿＿＿＿＿＿＿，並＿＿＿＿＿＿＿＿＿＿＿＿＿＿＿＿＿＿。

(3) 無論＿＿＿＿＿＿＿＿＿＿，皆應＿＿＿＿＿＿＿＿＿＿＿，使自己
＿＿＿＿＿＿＿＿＿＿＿＿＿＿＿＿＿＿＿，建立幸福家庭。

(4) 校花之所以＿＿＿＿＿＿＿＿＿，是因為她要＿＿＿＿＿＿＿＿＿＿，
不願＿＿＿＿＿＿＿＿＿＿＿＿＿＿＿＿＿＿＿＿。

(5) 孩子＿＿＿＿＿＿＿＿＿＿，回國定居，＿＿＿＿＿＿＿＿＿＿＿＿，
幫父母＿＿＿＿＿＿＿＿＿＿＿＿＿＿＿＿＿＿。

◀ 練習 現代人對忠誠度的要求不像從前，請問你自己對於忠誠度有何看法？你
是否仍忠於某個人、事、物？請寫出來與同學討論。

＿＿＿＿＿＿＿＿＿＿＿＿＿＿＿＿＿＿＿＿＿＿＿＿＿＿＿＿＿＿＿＿

＿＿＿＿＿＿＿＿＿＿＿＿＿＿＿＿＿＿＿＿＿＿＿＿＿＿＿＿＿＿＿＿

＿＿＿＿＿＿＿＿＿＿＿＿＿＿＿＿＿＿＿＿＿＿＿＿＿＿＿＿＿＿。

3 原文：縱使你自己能接受，也不希望別人這樣叫你孩子。

結構：縱使……，也……

解釋：不管發生什麼事，或程度有多高，結果都不會改變。「縱使」後為
假設的情形，「也」後為結果。「縱使」的意思與「即使」相近，
但語氣比較強烈。

◀ 練習 請完成下列句子，並寫出原因或理由。

(1) 縱使中文　愈學愈難　，我也　要堅持學下去　，因為　中文有一
定的國際市場　。

(2) 縱使你＿＿＿＿＿＿＿＿＿＿，也＿＿＿＿＿＿＿＿＿＿＿＿，
所謂「人外有人，天外有天」。

(3) 縱使＿＿＿＿＿＿＿＿＿＿，本公司也＿＿＿＿＿＿＿＿＿＿，

免得破壞＿＿＿＿＿＿＿＿＿＿＿＿。

(4) 校方表示＿＿＿＿＿＿＿＿＿＿，學生也必須＿＿＿＿＿＿＿＿，

才能＿＿＿＿＿＿＿＿＿＿＿＿。

◀練習 你對「文憑第一」的傳統觀念是否贊同？如果你是大企業的老闆，你用人的條件為何？請用「縱使……也……」寫成一篇短文。

＿＿＿＿＿＿＿＿＿＿＿＿＿＿＿＿＿＿＿＿＿＿＿＿＿＿＿＿

＿＿＿＿＿＿＿＿＿＿＿＿＿＿＿＿＿＿＿＿＿＿＿＿＿＿＿＿

＿＿＿＿＿＿＿＿＿＿＿＿＿＿＿＿＿＿＿＿＿＿＿＿＿＿＿。

4 原文：你**自詡為**開明的知識份子。

結構：**自詡為 X**

解釋：誇大自己是某方面傑出的人。「自詡為」後是誇大的說詞。

◀練習 請選填合適的語詞，並完成對話。

> 大胃王 ／ 經營之神 ／ 暢銷作家 ／ 少女殺手 ／ 電腦達人

A：這點小問題是難不倒我的，誰不知道我是達人！

B：縱使你專精電腦，也不好自詡為＿＿＿＿＿＿＿＿＿＿吧！

A：哎呀！你不是也常自詡為＿＿＿＿＿＿＿＿＿＿嗎？

其實你還沒見過食量大的人呢！有一次我跟小汪一起吃飯，他居然一口氣吃了五十個餃子。

B：你說的就是那個自以為是帥哥，自詡為＿＿＿＿＿＿＿＿＿＿

的汪明嗎？

A：沒錯，就是他。也因為年輕的「美眉」都迷他，像瘋了似地搶購他唯一寫的那本言情小說，現在他又自詡為＿＿＿＿＿＿＿＿了。

B：哈，這樣說來，你電腦店的客人源源不絕，那你也可以自詡為＿＿＿＿＿＿＿＿＿了。

◀ 練習 　請介紹一個你知道，且「自詡為 X」的人物，把他／她描述一下。

_____

_____

_____ 。

5 原文：你總希望把自己善良和邪惡的潛力都**發揮到極致**吧。

結構：**把 X 發揮到極致**

解釋：將人的能力或事物的特色，表現、施展到最高程度。

◀ 練習 　請選填合適的語詞，並完成句子。

┌───┐
│ 服務熱忱／貓熊的議題／對舞蹈藝術的熱情與表現／新鮮蔬果的味道 │
└───┘

(1) 該素食餐廳有不少創新菜色，總能把__新鮮蔬果的味道__發揮到極致，難怪__在素食餐廳界無人不知、無人不曉__。

(2) 該速食店老闆要求店員把_____發揮到極致，吸引_____前來。

(3) 不管是什麼目的，大陸都把_____發揮到極致，使媒體_____。

(4) 許小姐把_____發揮到極致的時候，忘了_____。

◀ 練習 　你認為什麼樣的老師算是成功的老師？他／她可以把哪些方面的能力發揮到極致，使學生體會，甚至醒悟？

_____

_____

_____ 。

易混淆語詞 　　　　　　　　　　　　　　🎧 07-04

1	的確	沒錯，這個消息的確是聽老高說的。	Adv
	確實	這個消息並不確實，可是確實有很多人相信。	Vs, Adv

◀ 練習

我告訴你，老闆＿＿＿＿＿＿非常生氣，因為你做事太不＿＿＿＿＿＿
＿＿＿了，所以整個計畫才失敗的。

2	出現	雨後出現彩虹的原因是什麼？	Vp
	發現	政府在發現錯誤的當下，就有改革的決心。	Vpt

◀ 練習

政府已經＿＿＿＿＿＿，台灣的人口結構＿＿＿＿＿＿了嚴重老化
的現象。

3	激發	該特殊的現象激發了我們的好奇心。	V
	刺激	別刺激老人，他們會受不了的。	V

◀ 練習

成績比他差的大學同學，考上了研究所，大大地＿＿＿＿＿＿了他，
也＿＿＿＿＿＿他繼續努力，明年再考一次。

4	盲點	我是你多年好友，當然很容易就發現你的盲點。	N
	盲目	你並不胖啊！為什麼要盲目地跟著朋友減肥？	Vs

◀ 練習

＿＿＿＿＿＿追求愛情的人，在選擇另一半時，一定會有＿＿＿＿＿
＿＿＿＿＿，不太可能看清楚對方的問題。

| 5 | 破綻 | 小馬不實在，說的話破綻百出。 | N |
| | 破洞 | 老嚴很節省，衣服有破洞，還是照穿。 | N |

◀ 練習

他說他送我的衣服是新的，我一眼就看出＿＿＿＿＿＿了，因為衣服的後面有個小＿＿＿＿＿＿，雖然他用一樣顏色的布補起來，可是還是看得出來。

| 6 | 開明 | 幸虧有開明的父母支持，否則他可能撐不到兩個月就放棄了。 | Vs |
| | 開放 | 多元社會中，擁有開放的心胸，才能抱持著欣賞的態度，來面對各種衝擊。 | Vs |

◀ 練習

他是個很＿＿＿＿＿＿的人，可以接受各種不同的想法，可是他的行為卻很傳統，一點也不＿＿＿＿＿＿。

| 7 | 溫和 | 雖然孩子態度不好，可母親依然保持溫和與理性，跟他講道理。 | Vs |
| | 溫柔 | 母親很溫柔，用溫柔的手摸孩子的頭，看是否發燒了。 | Vs |

◀ 練習

他說，他媽媽的個性還有態度都很＿＿＿＿＿＿，而且講話的聲音特別＿＿＿＿＿＿。我真羨慕他！

感情世界最大的情敵是「自我」(II)

07-05

Why Now？

如果成家對你來說很重要，接下來的問題是：Why now？

你一直以為晚婚無所謂，直到你對心儀的女子表白時，她竟然說：「你不是同志嗎？」

42 歲，你的精子跟你一樣，對任何使命慢慢失去動力。很多方面，你都變得軟弱了。

你這輩子已經不可能找到一個人跟你共度一生，你頂多只能找到一個人跟你共度「半生」。

重點加碼：

到底男女之間的溝通模式，有哪些重要的差異？

1. 男生看未來，女生想的是過去

男生永遠是向前看，在男性的大腦裡，過去是一片空白。但是女性記得過去的點點滴滴，某年某月某日、在某個地點、發生了某件事。

此外，女人天生就敏感細膩，喜歡注意細節，男人卻是神經大條，缺乏察言觀色的能力。

2. 男人愛說理，女人要的是安慰

男人是理性思考的動物，在職場上的訓練就是要成為一個 problem-solver（問題解決者），面對任何事情便不由自主地開始分析、找原因、提出解決方法，早已成了慣性。

但是女人要的是安慰與理解，她一點也不想聽男生的長篇大論，只要男生的同理心，並和她站在同一陣線。

3. 男人說過即忘，女人卻認真看待

男人常常漫不經心，忘記自己說了什麼，女人卻是認真看待，因此總覺得男人不守信用、說話不算話。

男性的一舉一動，女性都看在眼裡，男性說的一字一句，女性全部記得清清楚楚。如果你無法百分之百保證，最好不要說出來；如果不幸說了，就要百分之百要做到。

4. 男人喜歡直接，女人喜歡拐彎抹角

男人喜歡抓語病，在字面上和女人爭辯不休。事實上，女人說了什麼並不重要，真正重要的是字面背後的意義。

男女之間的互動其實相當微妙，需要親身去體會。

不論是在婚姻或是愛情關係中，理解與欣賞彼此的差異，找出並經營其中的共同點，這段關係才有收成的可能。

課文理解

請在（　）打 ✓

1 四十幾歲為何變得軟弱了？

（　）常常說話不算話。
（　）缺乏察言觀色的能力。
（　）對任何使命，慢慢失去了動力。

2 女人喜歡注意細節，男人呢？

（　）神經大條。
（　）敏感細膩。
（　）大腦一片空白。

3 男人為何是理性思考的動物？

（　）習慣上會長篇大論。
（　）具有同理心，懂得理解。
（　）面對事情，慣性地找原因、找方法。

4 在愛情的關係中，如何才有收成的可能？

（　）要理解字面背後的意義。
（　）欣賞差異處，經營共同點。
（　）不要抓語病，不要爭辯不休。

生詞 New Words 07-06

課文二				
1.	晚婚	wǎnhūn	N	late marriage
2.	直到	zhídào	Prep	until, up to, to date
3.	心儀	xīnyí	Vst	to be attracted
4.	表白	biǎobái	Vi	to confess (one's love)
5.	使命	shǐmìng	N	mission
6.	動力	dònglì	N	motivation, impetus
7.	軟弱	ruǎnruò	Vs	weak, soft, (here) passive
8.	共度一生	gòngdù yìshēng	Ph	to share entire life together
9.	頂多	dǐngduō	Adv	at most
10.	半生	bànshēng	N	half one's life
11.	加碼	jiāmǎ	Vi	to add to the weight of arguments (by listing...)

生詞 New Words

12.	之間	zhījiān	N	in between, among
13.	模式	móshì	N	way, mode
14.	大腦	dànǎo	N	brain, cerebrum
15.	一片空白	yípiàn kòngbái	Ph	a blank, draw a blank (mentally)
16.	點點滴滴	diǎndiǎn dīdī	Ph	minute details
17.	細膩	xìnì	Vs	meticulous, sensitive to detail
18.	細節	xìjié	N	details
19.	神經大條	shénjīng dàtiáo	Ph	(Tw Mandarin) thick-skinned, insensitive
20.	察言觀色	cháyán guānsè	Id	to be attentive to contexts
21.	說理	shuōlǐ	Vi	to reason, to rationalize things
22.	理性	lǐxìng	Vs	rational, logical
23.	不由自主	bùyóu zìzhǔ	Id	cannot help but (do s/t), involuntarily
24.	慣性	guànxìng	N	routine
25.	長篇大論	chángpiān dàlùn	Id	long-winded speech, lengthy lecture
26.	同理心	tónglǐxīn	N	empathy
27.	即	jí	Adv	soon, immediately
28.	漫不經心	mànbù jīngxīn	Id	inattentive, "not all there"
29.	忘記	wàngjì	Vpt	to forget
30.	不守信用	bùshǒu xìnyòng	Ph	break your word, untrustworthy, go back on your word
31.	說話不算話	shuōhuà bú suànhuà	Ph	to not keep your word, your word means nothing
32.	不幸	búxìng	Adv	unfortunately
33.	拐彎抹角	guǎiwān mòjiǎo	Id	to beat around the bush, equivocate, evade, not be direct
34.	語病	yǔbìng	N	faulty wording, bad choice of words

生詞 New Words

35.	字面	zìmiàn	N	literal meaning, surface
36.	爭辯不休	zhēngbiàn bùxiū	Ph	to quarrel incessantly
37.	背後	bèihòu	N	behind
38.	微妙	wéimiào	Vs	tricky, delicate (situations, etc.)
39.	親身	qīnshēn	Adv	personally, first-hand
40.	共同點	gòngtóngdiǎn	N	common point, something in common, common ground

語言擴展

1 原文：面對任何事情便**不由自主地**開始分析、找原因、提出解決方法。

結構：**不由自主地**

解釋：不能控制自己地進行某個動作或是改變狀態。動詞之後，可與「起來」合用，表示動作或情形的發生。

◀ 練習 請填入合適語詞，並完成句子。

(1) 參加喜宴時，看見__新人幸福的笑容__，常讓人不由自主地__也想結束單身生活，早點請大家吃喜酒__。

(2) 男人的_____，容易使女人_____，
因為_____。

(3) 剛到一個_____的地方，又_____，
任何人都_____，這是很正常的。

(4) 站在舞台上，在_____ _____的剎那，那位演員_____
_____。

(5) 看見同學_____，他_____。

◀ 練習 當我們知曉愈多事物，常不由自主地對遼闊的世界產生愈多想知曉的渴望，你是否也有同樣的經驗呢？請把你產生好奇與渴望的事物以及過程，都寫出來。

_____

_____

_____ 。

2 原文：女人一點也不想聽男生的長篇大論，只要男生的同理心，並和她站在同一陣線。

結構：和 X 站在同一陣線

解釋：表示支持某人一起對抗或努力。

◀ 練習 請填入合適的詞語，再進行配對。

(1) 學生和＿老師＿站在同一陣線，

(2) ＿＿＿＿＿和公司站在同一陣線，

(3) 女兒和＿＿＿＿＿站在同一陣線，

(4) ＿＿＿＿＿和政府站在同一陣線，

(5) 支持者和＿＿＿＿站在同一陣線，

☆ 嫌媽媽長篇大論

☆ 抵制低價傾銷

☆ 表達對媒體隨意評論的不滿

☆ 反對教育部的新政策

☆ 共同提升競爭力

➔ 學生和老師站在同一陣線，反對教育部的新政策。

➔ _____

➔ _____

➔ _____

➔ _____

◀ 練習 環保問題人人關心，消費者應如何和廠商站在同一陣線，一起保護地球，讓地球不受汙染呢？請談談你的看法。

_____

_____

_____ 。

3 原文：男人說過即忘，女人卻認真看待。

結構：X 過即 Y

解釋：四字格，X、Y 都是單音節動詞。表示某個動作完成後，馬上進行另一個動作，或是另一個狀態接著發生。

◀ 練習 請將左右兩邊進行搭配，並填入下列句子。

X
用／洗／看／穿／戴

Y
忘／丟／洗／破／壞

(1) 如何處理越來越多___用過即丟___的垃圾，是環保工作的一大難題。

(2) 有些人漫不經心，任何東西_____，好像腦子裡總是一片空白。

(3) 這種材料的產品雖然不像紙做的_____，可是最好也少用水洗，免得_____。

(4) 天氣熱，衣服_____比較好，否則很容易發出臭味。

(5) 科技越來越進步，這種_____的眼鏡，生產成本降低，所以越來越便宜了。

◀ 練習 你是否有聽過即忘的習慣？為什麼有這樣的習慣？在生活上造成哪些困擾？請把它們寫成一篇短文。

_____

_____

_____ 。

4 原文：男性的一舉一動，女性**都看在眼裡**。

結構：……（**都**）**看在眼裡**

解釋：表示雖然沒說出來，但其實注意或留心某人的行為或某事發生的過程。否定形式為「不看在眼裡」，表示不在乎或輕視。

◀ 練習 請填入合適的詞語，並完成句子。

(1) 那位大師表示，__名利__他從來不看在眼裡，他傳授心法，既不為__名__，也不為__利__。

(2) 生病的嬰兒只會哭，父母_____，痛在心裡，_____
_____ 。

(3) 員工是否勤奮或喜歡偷懶，其實老闆_____，只是他
_____ 。

(4) 自大的人_____慣了，不會把_____
的，你不用_____ 。

◀ 練習 世界上哪些東西是你不在乎，不把它看在眼裡的？為什麼你這樣認為？請給大家說明一下。

_____

_____

_____ 。

5 原文：理解與欣賞彼此的差異，找**出**並經營**其中的共同點**，這段關係才有
收成的可能。

結構：V（出）其中的共同點

解釋：表示兩個或多個人、事、物存在相同點，並對此相同點進行某個行
為或動作。單音節動詞後多接「出」，表示將其相同之處顯現出來。

◀ 練習 請選填合適的詞語，並完成句子。

比較 ／ 分析 ／ 發現 ／ 看出 ／ 找出

(1) 專家當然能對兩種工程__比較__其中的共同點，並__給民眾介紹說
明__。

(2) 芭蕾舞和現代舞，一般觀眾恐怕_____，不過這
不影響_____。

(3) 教授要求學生看完這兩本小說，並_____，寫成
_____。

(4) 縱使女性注意細節，也無法_____，更別說
_____。

(5) 貓熊角色由政轉商，但仍然能_____，就是
_____。

◀ 練習 學了好幾年的中文了，關於中文和你的母語，請你說明其中的共同點，
並寫成一篇短文。

_____

_____

_____。

6 原文：理解與欣賞彼此的差異，找出並經營其中的共同點，這段關係才有收成的可能。

結構：有……的可能

解釋：表示某事有可能真的發生，在警告或安慰時使用。

◀ 練習 請填入合適的詞語，並完成句子。

(1) 經濟學家指出，全球經濟有<u> 衰敗 </u>的可能，呼籲<u> 政府與民眾合作，再創經濟奇蹟 </u>。

(2) 危機也有_____的可能，我們不必_____
_____。

(3) 這樣的交換條件，縱使有_____的可能，也
_____。

(4) 如果該國人民繼續_____，都想生兒子，以後他們的
兒子有_____的可能，造成_____
_____。

◀ 練習 放眼未來，人類在社會上、科技上和自然環境上，有哪些改變的可能？
請你好好想想，把它們寫成一篇短文。

_____

_____

_____。

易混淆語詞　　🎧 07-07

8	地點	你最好找個合適的地點再向她表白。	N
	地方	不是什麼地方都有健身房的。	N

◀ 練習

台北這個＿＿＿＿＿＿，到處都有賣奶茶的飲料店，如果你也想開一家，＿＿＿＿＿＿是最重要的，我建議一定要在捷運站附近，這樣保證能賺錢。

9	思考	我知道你愛思考，不過思考過度，是會引發疾病的。	V
	考慮	不要再考慮了，直接向她表白吧！考慮太多是不必要的。	V

◀ 練習

我的家庭醫生經常＿＿＿＿＿＿如何提升自己的醫療技術，他認為出國研究是最好的辦法，去美國或是去日本都是很好的選擇。最後＿＿＿＿＿＿的結果，他決定去日本，因為他＿＿＿＿＿＿到父母年紀都大了，日本距離台灣比較近，可以常回台灣看父母。

10	意義	我認為每天生活得有意義，就是生命的意義，你覺得呢？	N
	意思	他說「老先生病得太久了」，這句話你覺得是什麼意思？	N

◀ 練習

昨天開會時，我聽了李教授的意見，我覺得他的＿＿＿＿＿＿是，研究「文化衝擊」是沒有＿＿＿＿＿＿的計畫，你覺得呢？

引導式寫作練習

以下是某天某電台節目的播出內容，如果你是這位電台主持人，你會給這位煩惱的聽眾什麼建議？

請使用以下詞彙和句型，完成這篇文章。

> 察言觀色／爭辯／體會／斟酌／一面／背後／理解／思考／看待／
> 和……站在同一陣線／縱使／在……當下／有……的可能

各位聽眾大家好，又到了今夜星空的時間了。今天要讀的是聽眾寫來的信。

「親愛的小語，聽你的節目已經有幾年的時間了，在『今夜星空』裡聽著別人的煩惱的同時，也會思考如果是自己碰到了這個情形會怎麼做。沒想到，有一天我也要向你求救了（苦笑）。

事情是這樣的，我跟我的男友已經穩定交往六年了。我們大學時就交往，很幸運地在畢業、退伍後分別找到還算不錯的工作。幾年下來，我們各自都有一筆存款，看起來是可以結婚了，但是我最近對是否要持續這段感情感到遲疑了。

見面的時候，我們的對話越來越少，我覺得我越來越不了解他：我不了解他工作的情形，不了解他的想法，也不了解他是不是想跟我結婚。他對我越來越沒有耐心。念書的時候，我跟他抱怨功課太重、教授喜歡刁難，他會輕聲安慰。但是現在我抱怨工作上的事，他不但不安慰，反而還批評我的想法太幼稚單純，這根本是加重對我的打擊。如果問他工作的事，他也只是冷冷地說反正我不了解，說了我也不會懂。我的確可能不懂，但是我想關心他，融入他的生活中啊！

我受夠了他的漫不經心以及長篇大論，如果我們的相處模式只能是如此，我覺得總有一天會把我對他的愛消磨光，這樣結婚有什麼意義？你可以給我一些建議嗎？」

語言實踐

一、討論

二至三人一組，討論結婚的優點與缺點，並在課堂上發表。

優　點	缺　點

二、角色扮演

　　你的異性朋友與另一半的相處出了問題，不能了解對方的心理與想法。請你聽一聽他／她的困擾，並且給他／她合適的建議。

第八課
奧運黑洞

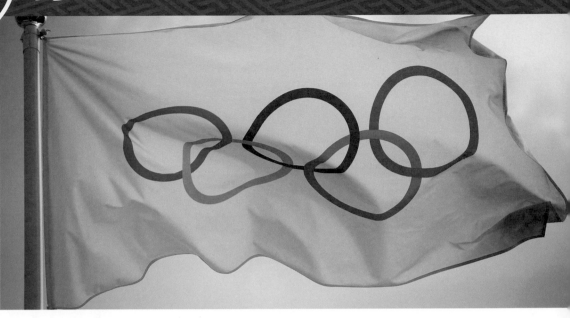

摘要 ⌒ 08-01

舉辦奧運是極大的榮耀，也是國力的展現，既可行銷城市，也可促進旅遊。但如何不使財政被債務負擔拖垮，則是困難任務，不可不謹慎為之。

學習目標

1 能表達歷史上奧運為舉辦國帶來的光榮。

2 能說明舉辦奧運為國家帶來的負擔。

3 能討論舉辦國際活動與國家預算的關係。

4 能討論舉辦大型國際活動如何開源節流。

課前活動

1 貴國最熱門的運動是什麼？請說一說，該運動受歡迎的程度。

2 你對大型國際活動，如奧運、世界博覽會（EXPO）等感興趣嗎？為什麼？

3 你認為貴國適合舉辦奧運嗎？為什麼？

適合　不適合

主辦奧運是經濟的強心針 還是國債的大黑洞（I）

08-02

在歷經兩輪投票之後，日本東京脫穎而出，成為西元2020年夏季奧運的主辦城市。這也是東京自1964年之後，5 再次舉辦夏季奧運會，也是亞洲第一個以及世界第五個舉辦過兩次夏季奧運會的城市（倫敦、雅典各三次，洛杉磯以及巴黎也有兩次舉辦夏季奧運的10 紀錄）。

日本申奧宣傳影片

奧林匹克運動會（Olympic Games）以及世界盃足球賽（FIFA World Cup）一直是世界15 上最盛大的運動賽事。而奧運會，因為比賽的項目以及參賽國家的數量之多，更是吸引全球觀眾目光的盛會，世界各國城市，也無不把主辦奧運會當20 成一個極大的榮耀。一個城市舉辦奧運，不但是一個極好的城市行銷機會，也可以促進當地旅遊業的發展，更因為各種不同企業公司的贊助，會獲得25 極大的經濟發展；同時，主辦奧運一直以來可以視為一種國力的展現。

然而，主辦奧運會真的能夠帶來媒體上所宣稱的龐大經30 濟利益嗎？在奧運會過後，該

國的運動會持續蓬勃發展，還是像一場絢麗的煙火，在綻放後歸於平靜呢？歷史上有許多前車之鑑可以讓人參考。

1976年的蒙特婁（Montreal）35 奧運恐怕是歷史上財務負擔最重的一次奧運會。為了興建奧運運動場館以及周遭街道更新，蒙特婁政府大幅舉債以籌措資金，後果即是花了30年，直到40 2006年蒙特婁政府才把15億美金的債務還清。而所興建的奧運運動場，更因為財務上的困難以及施工時間不足，直到1980年代才把主要的塔柱完成45 ——遠在奧運會結束之後。

2012年的倫敦奧運則恐怕是近五十年來花費最多的一次奧運會，從奧運會前預估的24億英鎊預算，一路提升至93億50 英鎊。到了奧運會該年，已有人士預估此次奧運會所舉辦的代價恐怕會花費240億英鎊，足足比當初參與競選奧運主辦城市時所提出的預算多了十倍55 有餘。花費超支恐怕不是倫敦奧運會的專屬，而是每屆奧運會必會傳承的傳統，2004年的雅典奧運也是由事前的60億美金，到最後共花了150億美金。60 而這些巨額的花費，只靠著贊助商、門票收入還有遊客所產生的經濟利益，似乎是不足以回本的。最終，還是需要納稅人來買單。65

請在（　）打 ✓

1 舉辦奧運對城市、國家來說，分別有何意義？

（　）能獲得企業公司的贊助。

（　）是吸引全球目光的好機會。

（　）是極大的榮耀，也是國力的展現。

3 世界上最盛大的運動賽事為何？

（　）奧運與世界盃足球賽。

（　）奧運與世界盃棒球賽。

（　）奧運與世界盃網球賽。

2 舉辦奧運的花費如果超支，無法回本，應當如何？

（　）奧委會支付。

（　）納稅人買單。

（　）政府發行國債。

4 為何說蒙特婁奧運是負擔最重的一次？

（　）30 年後，蒙特婁政府才還清債務。

（　）因為奧運，蒙特婁進行了城市街道更新。

（　）場館主要的塔柱，在奧運結束後四年才完工。

生詞 New Words 08-03

		摘要		
1.	黑洞	hēidòng	N	black hole
2.	榮耀	róngyào	N	honor, glory
3.	國力	guólì	N	national power, national strength
4.	債務	zhàiwù	N	debt
5.	謹慎為之	jǐnshèn wéizhī	Ph	be prudent, careful

		課文一		
1.	主辦	zhǔbàn	V	to host
2.	強心針	qiángxīnzhēn	N	strongest encouragement, 'a shot in the arm'
3.	國債	guózhài	N	national debt
4.	歷經	lìjīng	V	to experience, to go through, to have been through

生詞 New Words

5.	輪	lún	M	a round of
6.	脫穎而出	tuōyǐng érchū	Id	stand out from (the rest)
7.	申奧＝申請奧運	shēn'Ào (shēnqǐng Àoyùn)	Ph	to apply to host the Olympics
8.	宣傳	xuānchuán	N	promotion, propaganda
9.	盛大	shèngdà	Vs	spectacular, grand
10.	項目	xiàngmù	N	items, events (of competitions)
11.	盛會	shènghuì	N	grand event, huge gathering
12.	無不	wúbù	Adv	invariably, without exception, (lit.) not one (he) doesn't
13.	贊助	zànzhù	V/N	to sponsor; sponsorship, financial support
14.	宣稱	xuānchēng	V	to claim, to assert
15.	龐大	pángdà	Vs	huge
16.	蓬勃	péngbó	Adv	vigorously
17.	絢麗	xuànlì	Vs	gorgeous, dazzling, magnificent
18.	綻放	zhànfàng	Vp	to get into magnificent display
19.	歸於	guīyú	Vst	to end up in
20.	前車之鑑	qiánchē zhījiàn	Id	mistakes made by those who came before, lessons from history, instructive precedents
21.	財務	cáiwù	N	financial status
22.	興建	xīngjiàn	V	to build, to construct
23.	運動場館	yùndòng chǎngguǎn	Ph	stadium, venue for sports
24.	周遭	zhōuzāo	N	surrounding, periphery
25.	更新	gēngxīn	V	to update, renew
26.	舉債	jǔzhài	Vi	to incur debt
27.	籌措	chóucuò	V	to raise (funds)
28.	還清	huánqīng	V	pay off (a debt)
29.	施工	shīgōng	N	construction

生詞 New Words

30.	塔柱	tǎzhù	N	pylon, pillar
31.	花費	huāfèi	V/N	to spend; expenditures
32.	預估	yùgū	Vi	to estimate
33.	一路	yílù	Adv	all the way
34.	人士	rénshì	N	people
35.	足足	zúzú	Adv	fully
36.	參與	cānyù	V	to participate in, to attend
37.	有餘	yǒuyú	N	in excess of
38.	超支	chāozhī	N	over-expenditure
39.	專屬	zhuānshǔ	N	exclusive characteristic
40.	必	bì	Adv	to be bound to, to be guaranteed to
41.	巨額	jù'é	N	huge amount, a large sum
42.	足以	zúyǐ	Adv	enough to, be sufficient to
43.	回本	huíběn	V-sep	to recover one's initial costs
44.	最終	zuìzhōng	Adv	in the end, eventually
45.	買單	mǎidān	V-sep	to pay a bill, to foot the bill

專有名詞

1.	雅典	Yǎdiǎn	Athens
2.	奧林匹克運動會	Àolínpīkè yùndònghuì	Olympic Games
3.	世界盃足球賽	Shìjièbēi zúqiúsài	FIFA World Cup
4.	蒙特婁	Méngtèlóu	Montreal, Canada
5.	美金	Měijīn	US dollars
6.	英鎊	Yīngbàng	British pounds

語言擴展

1 原文：在歷經兩輪投票之後，日本東京脫穎而出，成為西元 2020 年夏季奧運的主辦城市。

結構：在歷經……之後

解釋：說明經過某事後，得到的結果是什麼。此外，還有辛苦、不容易達成的意思。

◀練習 請把下列詞語填入合適的空格裡，並完成句子。

> 整整一年半的實習／沉重的債務負擔／
> 種種的困難與挑戰／接二連三的災害

(1) 舞團並沒有在歷經__接二連三的災害__之後解散，反而是__徵求了更多的舞者__，逐年培育新團員。

(2) 在歷經＿＿＿＿＿＿＿＿＿＿之後，是否還＿＿＿＿＿＿＿＿＿＿＿，成了＿＿＿＿＿＿＿＿＿＿＿＿＿＿＿＿＿＿＿＿。

(3) 在歷經＿＿＿＿＿＿＿＿＿＿之後，那位農村子弟終於＿＿＿＿＿＿＿＿＿＿＿＿，並且＿＿＿＿＿＿＿＿＿＿＿＿＿＿＿＿＿＿。

(4) 該高工＿＿＿＿＿＿＿＿，因為學生必須在歷經＿＿＿＿＿＿＿＿＿＿＿＿＿＿＿＿＿＿之後才能畢業。

◀練習 在歷經一週的疲累之後，你渴望做什麼？請寫成一篇短文。

＿＿＿＿＿＿＿＿＿＿＿＿＿＿＿＿＿＿＿＿＿＿＿＿＿＿＿＿＿＿＿＿＿

＿＿＿＿＿＿＿＿＿＿＿＿＿＿＿＿＿＿＿＿＿＿＿＿＿＿＿＿＿＿＿＿＿

＿＿＿＿＿＿＿＿＿＿＿＿＿＿＿＿＿＿＿＿＿＿＿＿＿＿＿＿＿＿＿＿。

2 原文：而奧運會，因為比賽的項目以及參賽國家的數量之多，更是吸引全球目光的盛會。

結構：……之多，是……

解釋：表示數量相當多，達到某個程度。「是」後面的句子，如果是動詞詞組，應該在句末加「的」。

◀ 練習 把下列詞語填入合適的空格裡，並完成對話。

> 運動人口 ／ 贊助的廠商 ／ 申奧城市 ／ 債務 ／ 花費

甲：這次_____之多，是上次的三倍，看來舉辦奧運
的經濟利益相當吸引人。

乙：並不見得，聽說舉辦後所留下來的_____
之多，是_____的。

甲：不過也有籌措經費的祕訣吧，要不然_____之多，
是難以_____的。

乙：沒錯，像倫敦奧運那次_____之多，是_____
_____，而且_____之多，也是_____。

◀ 練習 你在台灣生活的這段期間，發現台灣有哪些現象讓你印象深刻？請用
「……之多，是……」的句式寫出來。

_____

_____

_____。

3 原文：主辦奧運一直以來可以視為一種國力的展現。
結構：**一直以來**
解釋：表示從過去某個時刻到現在，都維持著某狀態。

◀ 練習 請填入合適的詞語，並完成句子。

(1) 真誠的讚美一直以來都是 <u>予人真切的肯定</u> ，因此 <u>若希望掌握</u>
<u>做人的魅力，不妨試著多讚美別人</u> 。

(2) 英文教育一直以來_____，而且_____，
_____。

(3) 人見人愛的貓熊一直以來＿＿＿＿＿＿＿＿＿＿，難怪＿＿＿＿＿＿＿＿

＿＿＿＿＿，＿＿＿＿＿＿＿＿＿＿＿＿＿＿＿＿＿＿＿＿＿。

(4) ＿＿＿＿＿＿＿＿＿＿一直以來是人們羨慕的，＿＿＿＿＿＿＿＿＿＿

＿＿＿＿＿，＿＿＿＿＿＿＿＿＿＿＿＿＿＿＿＿＿＿＿＿＿。

(5) ＿＿＿＿＿＿＿＿＿一直以來是各國學習的典範，＿＿＿＿＿＿＿＿＿

＿＿＿＿＿，＿＿＿＿＿＿＿＿＿＿＿＿＿＿＿＿＿＿＿＿＿。

◀ 練習 你一直以來的夢想是什麼？為什麼你有這樣的夢想？請用我們練習的句
式，完成一篇短文。

＿＿＿＿＿＿＿＿＿＿＿＿＿＿＿＿＿＿＿＿＿＿＿＿＿＿＿＿＿＿＿＿＿＿＿

＿＿＿＿＿＿＿＿＿＿＿＿＿＿＿＿＿＿＿＿＿＿＿＿＿＿＿＿＿＿＿＿＿＿＿

＿＿＿＿＿＿＿＿＿＿＿＿＿＿＿＿＿＿＿＿＿＿＿＿＿＿＿＿＿＿＿＿＿。

4 原文：主辦奧運一直以來可以視為一種國力的展現。

結構：視為……的展現

解釋：對某人而言，前面所提的事為後者具體的表現及呈現。常常與「把」、
「將」、「被」一起使用。

◀ 練習 你認為下列左欄詞語是什麼的展現？請將左右兩邊進行配對，並完成句
子。

• 擁有外語能力	• 企圖心
• 真切的笑容	• 有競爭力
• 產業重視品牌	• 親和力
• 參加總統大選	• 具國際觀

(1) 某媒體將他 <u>參加總統大選</u> ，視為 <u>企圖心</u> 的展現，予以 <u>高
度肯定</u> 。

(2) 艾先生那＿＿＿＿＿＿＿＿＿，一直以來被視為＿＿＿＿＿＿＿＿＿

的展現，讓人＿＿＿＿＿＿＿＿＿＿＿＿＿＿＿＿＿＿＿＿＿。

(3) 社會把＿＿＿＿＿＿＿＿＿，視為＿＿＿＿＿＿＿＿＿的展現，因此

＿＿＿＿＿＿＿＿＿＿＿＿＿＿＿＿＿＿＿＿＿＿＿＿＿。

(4) 孤立的島國常把＿＿＿＿＿＿＿＿，視為＿＿＿＿＿＿＿＿＿＿＿＿

的展現，因而＿＿＿＿＿＿＿＿＿＿＿＿＿＿＿＿＿＿＿＿＿。

◀ 練習 有人把財富視為成功的展現，有人把權力視為成功的展現……，你呢？
你認為什麼才能視為成功的展現？為什麼你這麼認為？請把它們寫成一
篇短文。

＿＿＿＿＿＿＿＿＿＿＿＿＿＿＿＿＿＿＿＿＿＿＿＿＿＿＿＿＿＿＿＿

＿＿＿＿＿＿＿＿＿＿＿＿＿＿＿＿＿＿＿＿＿＿＿＿＿＿＿＿＿＿＿＿

＿＿＿＿＿＿＿＿＿＿＿＿＿＿＿＿＿＿＿＿＿＿＿＿＿＿＿＿＿＿。

5 原文：還是像一場絢麗的煙火，在綻放後歸於平靜呢？

結構：**歸於**

解釋：1. 返回最初的地方或狀態，為書面用語。
2. 總結事件發生的原因，常與「把／將」一起使用。

◀ 練習 請填入合適的詞彙，並完成句子。

(1) ＿貓熊野放＿歸於山林之後，難以適應，＿失去生存能力＿，是保
育工作的一大難題。

(2) 你不能把＿＿＿＿＿＿＿＿的態度歸於＿＿＿＿＿＿＿＿＿＿＿，
否則＿＿＿＿＿＿＿＿＿＿＿＿＿＿＿＿＿＿＿＿＿。

(3) 再過兩年，我把＿＿＿＿＿＿＿＿＿，銀行的債務歸於＿＿＿＿＿＿
＿＿＿＿後，就＿＿＿＿＿＿＿＿＿＿＿＿＿＿＿＿＿。

(4) 由於＿＿＿＿＿＿＿＿＿的關係，請各位提問時，將重點歸於
＿＿＿＿＿＿＿＿＿，讓大家＿＿＿＿＿＿＿＿＿＿＿＿＿。

(5) 心理學家指出，習慣了＿＿＿＿＿＿＿＿＿＿＿，使人不容易歸於

＿＿＿＿＿＿＿＿＿＿，建議大家＿＿＿＿＿＿＿＿＿＿＿＿＿＿＿。

◀ 練習 不少華人把事業是否順利、家庭是否平安等歸於風水，而有人則把一切都歸於命運。你認同他們的想法嗎？為什麼你有這樣的看法？請寫出來。

＿＿＿＿＿＿＿＿＿＿＿＿＿＿＿＿＿＿＿＿＿＿＿＿＿＿＿＿＿＿＿＿＿＿

＿＿＿＿＿＿＿＿＿＿＿＿＿＿＿＿＿＿＿＿＿＿＿＿＿＿＿＿＿＿＿＿＿＿

＿＿＿＿＿＿＿＿＿＿＿＿＿＿＿＿＿＿＿＿＿＿＿＿＿＿＿＿＿＿＿＿＿。

6 原文：後果即是花了 30 年，直到 2006 年蒙特婁政府才把 15 億美金的債務還清。

結構：X 即是 Y

解釋：是「X 就是 Y」的書面用語，可以用來說明 X 之內容、象徵或代表意義。

◀ 練習 請根據語意將下列選項填入合適的空格內，並完成句子。

> 一種樂趣／得到肯定與讚美／承諾／榮耀／資源

(1) 專家說，人內心深切的渴望即是 <u>得到肯定與讚美</u>，可想而知，<u>真誠讚美可贏得好人緣</u>。

(2) 商業社會重視經濟利益，宣稱垃圾即是＿＿＿＿＿＿＿＿＿＿＿＿，必須＿＿＿＿＿＿＿＿＿＿＿＿。

(3) 對我而言，學習本身即是＿＿＿＿＿＿＿＿＿＿＿＿，不見得＿＿＿＿＿＿＿＿＿＿＿才能開心、快樂。

(4) 作者強調，婚姻即是＿＿＿＿＿＿＿＿＿＿＿＿，要與對方同甘共苦，一起＿＿＿＿＿＿＿＿＿＿＿。

(5) 不少運動員表示，有機會參加奧運即是＿＿＿＿＿＿＿＿＿＿＿＿＿，代表＿＿＿＿＿＿＿＿＿＿＿＿＿＿＿＿＿＿＿＿＿＿＿＿。

◀ 練習 有些人認為債務即是動力，可激發人奮鬥，因而常舉債投資。你呢？對你來説，動力的來源是什麼？請使用「X即是Y」的句式，寫出你的看法。

＿＿＿＿＿＿＿＿＿＿＿＿＿＿＿＿＿＿＿＿＿＿＿＿＿＿＿＿＿＿＿

＿＿＿＿＿＿＿＿＿＿＿＿＿＿＿＿＿＿＿＿＿＿＿＿＿＿＿＿＿＿＿

＿＿＿＿＿＿＿＿＿＿＿＿＿＿＿＿＿＿＿＿＿＿＿＿＿＿＿＿＿。

7 原文：直到 1980 年代才把主要的塔柱完成——**遠在奧運會結束之後**。

結構：**遠在……之後**

解釋：意思是「趕不上」或「比不上」，可以表示時間、實際距離或程度上的差異。

◀ 練習 請填入合適的詞語，並完成句子。

(1) 許多年輕人打算成家的時間，遠在 <u>適婚年齡</u> 之後，是因為 <u>收入不足以養家</u>，不得不 <u>等到有足夠存款之後</u>。

(2) 媒體指出，該國開始工業發展的時間，遠在歐洲＿＿＿＿＿＿＿＿＿＿＿之後，造成＿＿＿＿＿＿＿＿＿＿＿＿＿＿＿＿。

(3) 人之所以後悔，通常是＿＿＿＿＿＿＿＿＿＿＿才覺悟過來，但＿＿＿＿＿＿＿＿＿＿＿＿＿＿＿＿＿＿＿＿了。

(4) 由於我不常練習寫中國字，所以聽寫時，常＿＿＿＿＿＿＿＿＿＿＿才完成，使得＿＿＿＿＿＿＿＿＿＿＿＿＿＿＿＿。

◀ 練習 目前青少年心理成熟的速度，遠在生理成熟的速度之後，因此對家長及教育工作者而言，是項挑戰。請你針對此種現象，寫出與青少年互動的心法。

_____

_____

_____ 。

8 原文：足足比當初參與競選奧運主辦城市時所提出的預算多了十倍有餘。

結構：X 比 Y 多（了）N 倍有餘

解釋：表示 X 比 Y 的 N 倍還多。

◀ 練習 請填入合適的詞語，並完成句子。

(1) 夏季奧運的比賽項目比冬季奧運的多 三倍有餘 ，鉅額的花費也 比冬季奧運多了數倍有餘 ，讓申奧城市 不得不想各種辦法找贊助商 。

(2) 地球與太陽的距離_____，科學家仍_____
_____ 。

(3) 大都市消費驚人，可能比_____，同時，製造的垃圾也
_____ ，_____ 。

(4) 去歐洲旅遊一個月的花費_____，源源不絕的遊客給歐
洲_____ ，_____ 。

◀ 練習 請好好想想，你剛來台灣時認識多少中國字？跟你現在所認識的中國字比一比，多了多少？當時你心中想的和你現在想的一樣嗎？請用「X 比 Y 多（了）N 倍有餘」的句式，寫成一篇短文。

_____

_____

_____ 。

易混淆語詞　　　08-04

1

紀錄	校方規定，學生的學習紀錄必須由教師自己紀錄。	N, V
記載	它記載在哪本書上？我並沒查到這樣的記載。	V, N

◀ 練習

根據國際奧林匹克委員會的資料＿＿＿＿＿＿，世界上創新最多奧
運＿＿＿＿＿＿的運動員是哪一位，你知道嗎？

2

行銷	我老闆說，行銷自己最困難，所以他到現在還未婚。	V
銷售	銷售房子必須注意許多細節，不像銷售其他東西，只要消費者一人滿意就完成了。	V
暢銷	熱門商品總是非常暢銷，要買要快！	Vs

◀ 練習

很多大企業正式在市場上＿＿＿＿＿＿新產品以前，會先研究各種
＿＿＿＿＿＿辦法，目的當然是希望這項新產品，一上市就
＿＿＿＿＿＿。

3

發展	該國的科技發展得相當快，周遭各國都關心他們的發展。	V
發達	由於該國的科技愈來愈發達，受到周遭國家的高度關心。	Vs

◀ 練習

一個國家的經濟是否能＿＿＿＿＿＿的條件，就是交通，如果交通
很＿＿＿＿＿＿的話，經濟一定＿＿＿＿＿＿得起來。

4

展現	想展現好身材，不妨穿比基尼（Bǐjīní, Bikini）去游泳，這樣的展現最自然。	V, N
表現	不要怕表現得與別人不同，你的表現即是你的能力。	V, N

◀ 練習

她學習現代舞已經三年了，平常的＿＿＿＿＿＿非常好，老師希望她在比賽時，能＿＿＿＿＿＿她的學習成果，好好地＿＿＿＿＿＿＿＿一下。

5

宣稱	政府表示，食品廣告不能宣稱有醫病的成效，若有相關的宣稱，便是不合法律規定。	V, N
宣布	考試結束了，什麼時候宣布成績？	V

◀ 練習

三興公司＿＿＿＿＿＿，他們現在正在研發聲音控制的 3C 產品，並且＿＿＿＿＿＿，將在明年一月就會正式推出這種產品。

6

龐大	小貓熊可以上樹，但體重逐年增加，身體愈來愈龐大，上樹變成挑戰了。	Vs
巨大	巨大的浪潮吸引了各地的衝浪愛好者。	Vs

◀ 練習

父親留給她一筆＿＿＿＿＿＿的財產來發展家族事業，讓她感受到＿＿＿＿＿＿的壓力。

7	平靜	由於他的態度很平靜，於是事情就平靜地結束了。	Vs
	安靜	在哪些場所是必須保持安靜的？	Vs

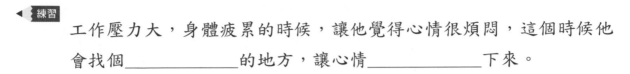

工作壓力大，身體疲累的時候，讓他覺得心情很煩悶，這個時候他會找個＿＿＿＿＿＿的地方，讓心情＿＿＿＿＿＿下來。

8	預估	請先預估一下，這次旅遊的費用大約是多少？校方需要參考我們的預算。	Vi
	預算	政府每年的預算都必須經過國會同意。	N

學校＿＿＿＿＿＿，成立語言中心的經費大概需要八百萬，目前校方沒有這筆＿＿＿＿＿＿，所以打算向教育部申請補助。

主辦奧運是經濟的**強心針**
還是國債的**大黑洞**（II）

主辦奧運不一定只能虧錢

當然，也並不是每一屆奧運會都是以虧本收場，歷史上還是有些成功的例子。1984年的洛杉磯奧運的行銷模式以及資金來源，成為當時城市主辦奧運會的典範。八〇年代的冷戰氛圍，以及前幾次奧運會巨額的債務，使1984年的奧運會突然之間成了燙手山芋，沒人想舉辦，洛杉磯以及紐約成為了唯二有興趣的城市。由於一個國家不能有兩個城市參與競選奧運主辦城市的規定，美國奧會決選出由洛杉磯代表美國參加奧運主辦城市的競選，也就意味著洛杉磯會接下1984年奧運的主辦權。

此次奧運為人稱道的是，舉辦奧運會的資金完全沒有花到納稅人的錢，全部經由招商而來。而在奧運會結束之後，還有約兩億五千萬美金的盈餘，可以拿去補助殘障運動會以及洛杉磯的一些公共建設。然而，近幾屆奧運隨著參與的國家數目增多，以及追求華麗的開幕、閉幕典禮，想要損益平衡似乎成了件難事。

而該國的運動風氣，以及產業是否足以支撐運動場館的興建和後續的維護，也是一個極需考量的議題。

一次奧運會總共有28項的運動，如果沒有一定的人口基數，很難有足夠的市場去發展每一項運動。再者，奧運會所帶來的人潮以及經濟利益只能說是短期的，維持運動場館的維護費用卻是長遠的，如果沒有持續地使用，那所興建的場館只能維持一個月的使用期，之後就將變成蚊子館了。

因此，這次日本申請到2020年的奧運主辦權，值得好好觀察。有了前次奧運的舉辦經驗，以及日本本身運動產業的發達，能否為日本的經濟打入一劑強心針，而不會陷入其他國家被債務拖垮的景象，我相信日本人是有機會做到這點。舉辦奧運這個四年一度的盛會，可能不是世界上每一個國家都有福消受，一個不小心，所興建的各種大型運動場館以及之後龐大的維護費用，會像頭白色巨象，狠狠地拖垮該地的經濟發展，不可不謹慎為之。

課文理解

請在（　）打 ✔

1 為何 1984 年的奧運成了燙手山芋？

（　）造成巨額債務。
（　）無法吸引全球的目光。
（　）沒有企業公司的贊助。

2 為何奧運過後，場館變成蚊子館？

（　）維護費用是長遠的。
（　）經濟利益是短期的。
（　）運動人口沒有一定的基數。

3 為何洛杉磯奧運是成功的典範？

（　）進行了公共建設。
（　）招商的行銷模式。
（　）帶來了龐大的人潮。

4 近幾屆的奧運想要損益平衡，為何成了件難事？

（　）興建塔柱。
（　）街道更新。
（　）華麗的開幕、閉幕典禮。

生詞 New Words 🎧 08-06

		課文二		
1.	虧錢	kuīqián	V-sep	to lose money
2.	虧本	kuīběn	V-sep	to lose money, at a loss
3.	收場	shōuchǎng	Vp	to end up with, fix the situation, (below) what are you going to do now?
4.	冷戰	lěngzhàn	N	cold war
5.	氛圍	fēnwéi	N	atmosphere, ambiance
6.	突然之間	túrán zhījiān	Id	suddenly (之間, N, among, between)
7.	燙手山芋	tàngshǒu shānyù	Ph	a hot potato, something nobody wants
8.	唯二	wéièr	Vs-attr	only two
9.	決選出	juéxuǎnchū	Ph	to have finalized on the selection of

生詞 New Words

10.	意味	yìwèi	V	to mean
11.	接下	jiēxià	V	to agree to
12.	為人稱道	wéirén chēngdào	Ph	to be praise-worthy
13.	經由	jīngyóu	Prep	through, via, by way of
14.	招商	zhāoshāng	Vi	to attract investment
15.	盈餘	yíngyú	N	profit, earnings
16.	開幕	kāimù	Vi	opening (ceremony)
17.	閉幕	bìmù	Vi	closing (ceremony)
18.	典禮	diǎnlǐ	N	ceremony
19.	損益平衡	sǔnyì pínghéng	Ph	break even, lit. losses and profits balance out
20.	支撐	zhīchēng	V	to support
21.	後續	hòuxù	Vs-attr	follow-up
22.	總共	zǒnggòng	Adv	in total, altogether
23.	基數	jīshù	N	base number
24.	再者	zàizhě	Conj	in addition, furthermore
25.	人潮	réncháo	N	crowds
26.	短期	duǎnqí	N	short term
27.	蚊子館	wénzǐguǎn	Ph	white elephant, i.e., government projects on which huge amounts of money are spent, but after they are completed or used for a certain purpose, they are not used again. They are populated only by mosquitos.
28.	劑	jì	M	dose, measure for medicinal dosage
29.	陷入	xiànrù	Vst	to be caught in, to fall into
30.	景象	jǐngxiàng	N	sight, scene
31.	四年一度	sìnián yídù	Ph	once every four years

生詞 New Words

32.	有／無福消受	yǒu/wúfú xiāoshòu	Id	be fortunate enough to enjoy, not have the fortune of enjoying
33.	巨象	jùxiàng	N	elephant
34.	狠狠	hěnhěn	Adv	severely, viciously

專有名詞

1.	奧會＝奧林匹克委員會	Àohuì (Àolínpǐkè wěiyuánhuì)	Olympic Committee

語言擴展

1 原文：也並不是每一屆奧運會都是**以**虧本**收場**。

結構：**以……收場**

解釋：表示以什麼樣的狀態、情形結束，通常是不滿意結果時使用。

◀ 練習 請將下列詞語放入合適的空格中，並完成句子。

> 白白犧牲 ／ 蚊子館 ／ 衰敗 ／ 虧本 ／ 損益平衡

(1) 由於事前缺乏評估，對該產業投入的資金，想以＿＿損益平衡＿＿收場，恐怕有＿＿一定程度的困難＿＿。

(2) 名嘴說，申奧將造成財物超支，國家經濟將以＿＿＿＿＿＿＿＿＿＿收場，未免＿＿＿＿＿＿＿＿＿＿＿＿＿＿＿＿。

(3) 若現在放棄，我們從前的努力，可能完全白費，最終以＿＿＿＿＿＿＿＿＿＿＿＿＿＿＿＿＿＿＿收場。

(4) 因運動人口基數不足，而無法支撐運動產業，且巨大的運動場館缺乏維護，以致於以＿＿＿＿＿＿＿＿＿＿＿＿＿＿＿收場。

(5) 面對低價傾銷，廠商降價銷售不是不可行，但要考量成本，才能避免以 _____ 收場。

◀ 練習 看小說、戲劇或電影時，你比較喜歡以喜劇收場的，還是以悲劇收場的？請把理由寫出來。

_____

_____

_____ 。

2 原文：由於一個國家不能有兩個城市參與競選奧運主辦城市的規定，美國奧會決選出由洛杉磯代表美國參加奧運主辦城市的競選，也就**意味著**洛杉磯會接下 1984 年奧運的主辦權。

結構：**意味著**

解釋：表示某句話的隱含的意思，並不是像字面上所看見的那樣；或是表示某行為的實際意義。

◀ 練習 請將下列左、右兩邊的詞語進行語義搭配，並填入合適的空格中完成句子。

• 鍥而不捨	• 自我膨脹得看不清人事物的真正面貌
• 缺乏照明設備	• 給予最大的肯定
• 讚美到對方心坎裡	• 不怕失敗，願意接受挑戰
• 我行我素	• 陷入巨大的麻煩黑洞中
• 接下燙手山芋	• 弱勢族群受教育的權利和機會被剝奪

(1) 在行為上表現得 <u>我行我素</u> ，通常意味著 <u>自我膨脹得看不清人事物的真正面貌</u> ，在人際關係上 <u>將缺乏競爭力</u> 。

(2) 偏遠山區的村落_____，意味著_____，政府_____。

(3) 你＿＿＿＿＿＿＿＿＿＿，即意味著要＿＿＿＿＿＿＿＿＿＿＿＿，
難道你不怕賠上自己的名譽嗎？

(4) 科學家＿＿＿＿＿＿＿＿＿，意味著他們＿＿＿＿＿＿＿＿＿＿，
如此才能＿＿＿＿＿＿＿＿＿＿＿＿＿＿＿＿＿。

(5) 若能＿＿＿＿＿＿＿＿＿＿，意味著＿＿＿＿＿＿＿＿＿＿，
是＿＿＿＿＿＿＿＿＿＿＿＿＿＿＿＿＿＿＿＿。

◀ 練習 你的朋友心儀某人很久了，好不容易鼓起勇氣表白成功，這意味著什麼？
之後可能有什麼樣的發展？請你試著寫成一篇短文。

＿＿＿＿＿＿＿＿＿＿＿＿＿＿＿＿＿＿＿＿＿＿＿＿＿＿＿＿＿

＿＿＿＿＿＿＿＿＿＿＿＿＿＿＿＿＿＿＿＿＿＿＿＿＿＿＿＿＿

＿＿＿＿＿＿＿＿＿＿＿＿＿＿＿＿＿＿＿＿＿＿＿＿＿＿＿。

3 原文：也就意味著洛杉磯會**接下** 1984 年奧運的主辦權。

結構：**接下**

解釋：1. 表示從上位者接過獎勵品或聘書等具有某種意義的物品。
2. 表示接受委任，負責此項工作，帶有責任重大，或是難以處理的意思。
3. 表示承接、延續話題。

◀ 練習 請將下列詞語放入合適的空格中，並完成句子。

有趣的話題 ／ 養家活口的責任 ／ 最佳新人獎 ／ 前所未有的研究工作

(1) 父親過世後，家中失去收入來源，母親只好接下 <u>養家活口的責任</u>，<u>出外工作，並且訓練孩子獨立</u>。

(2) 那位演員在接下＿＿＿＿＿＿＿的瞬間，激動得＿＿＿＿＿＿＿
＿＿＿＿＿＿＿＿＿＿＿＿＿＿＿＿＿＿＿＿＿。

(3) 老師的提問引發學生的興趣，學生們接下＿＿＿＿＿＿＿＿＿＿＿＿＿，

＿＿＿＿＿＿＿＿＿＿＿＿＿＿＿＿＿＿＿＿＿＿＿＿＿＿＿＿＿＿＿。

(4) 公司想突破現有的困境，因此老闆指定小趙接下＿＿＿＿＿＿＿＿，

自此＿＿＿＿＿＿＿＿＿＿＿＿＿＿＿＿＿＿＿＿＿＿＿＿＿＿。

◀ 練習 你接下過什麼燙手山芋？是怎麼接下的？最後是怎麼處理的？請你說一說。

＿＿＿＿＿＿＿＿＿＿＿＿＿＿＿＿＿＿＿＿＿＿＿＿＿＿＿＿＿＿＿＿＿

＿＿＿＿＿＿＿＿＿＿＿＿＿＿＿＿＿＿＿＿＿＿＿＿＿＿＿＿＿＿＿＿＿

＿＿＿＿＿＿＿＿＿＿＿＿＿＿＿＿＿＿＿＿＿＿＿＿＿＿＿＿＿＿＿。

4 原文：舉辦奧運會的資金完全沒有花到納稅人的錢，全部**經由**招商**而來**。

結構：經由……而來

解釋：說明得到某物或某成果的管道或方法。

◀ 練習 請將下列左、右兩邊的詞語根據語義進行搭配，並完成句子。

• 今年盈餘	• 父母耐心地訓練
• 人緣好	• 實習
• 良好的生活習慣	• 工程補助款
• 生活費	• 察言觀色
• 技術與經驗	• 勤奮打工

(1) 孩童　良好的生活習慣　，必須經由　父母耐心地訓練　而來，如此　才能有健康的身心　。

(2) 我們公司＿＿＿＿＿＿＿＿＿＿，全是經由＿＿＿＿＿＿＿＿＿＿

而來，並不是＿＿＿＿＿＿＿＿＿＿＿＿＿＿＿。

(3) 有些人之所以＿＿＿＿＿＿＿＿＿＿，是經由＿＿＿＿＿＿＿＿＿＿＿＿

　　而來，他們＿＿＿＿＿＿＿＿＿＿＿＿＿＿＿＿＿＿＿＿。

(4) 技職生一畢業便可上工，他們的＿＿＿＿＿＿＿＿＿是經由

　　＿＿＿＿＿＿＿＿＿而來，大學生＿＿＿＿＿＿＿＿＿＿＿＿＿。

(5) 我自食其力，＿＿＿＿＿＿＿＿＿全經由＿＿＿＿＿＿＿＿＿＿＿＿

　　而來，實在無法＿＿＿＿＿＿＿＿＿＿＿＿＿＿＿＿＿＿。

◀ 練習 你會說幾種外語？你的外語能力是經由什麼而來的？請你把它們寫出來。

＿＿＿＿＿＿＿＿＿＿＿＿＿＿＿＿＿＿＿＿＿＿＿＿＿＿＿＿＿＿

＿＿＿＿＿＿＿＿＿＿＿＿＿＿＿＿＿＿＿＿＿＿＿＿＿＿＿＿＿＿

＿＿＿＿＿＿＿＿＿＿＿＿＿＿＿＿＿＿＿＿＿＿＿＿＿＿＿＿。

5 原文：一次奧運會總共有 28 項的運動，如果沒有一定的人口基數，很難有足夠的市場去發展每一項運動。**再者**，奧運會所帶來的人潮以及經濟利益只能說是短期的，維持運動場館的維護費用卻是長遠的……。

結構：**再者**

解釋：用來說明第二個原因，並與第一個原因產生連結，通常重要性比第一個原因高。可連接句子，連接的句子常加「也」或「還」。如果需要較大篇幅說明原因的時候，也可以放在一個段落的最前面，開啟一個新的段落。

◀ 練習 請填入合適的短語，並完成句子。

(1) 舉辦奧運可以吸引全球目光，是 極好的行銷機會 ；再者也可以 展現國力 ， 是極大的榮耀 。

(2) 貓熊_____；再者_____，因此
_____。

(3) 對窮困地區視力不佳者而言，_____；再者配眼鏡的
費用_____，因此_____。

(4) 老黃表示，離婚會傷害很多人；再者也_____，他不
贊成_____。

(5) 吸菸不利健康；再者_____，難怪_____
_____。

◀ 練習 創業是很多人的夢想，你是否也希望創業呢？請把支持你這麼做的理由，
或反對的理由，以「再者」的句式寫出來。

_____

_____

_____。

6 原文：舉辦奧運這個四年一度的盛會，可能不是世界上每一個國家都有福
消受，**一個不小心**，所興建的各種大型運動場館以及之後龐大的維
護費用，會像頭白色巨象，狠狠地拖垮該地的經濟發展，不可不謹
慎為之。

結構：**一個不小心**

解釋：表示只要不注意，就會造成什麼後果，可以警告時使用，或用來陳
述事件發生的原因或經過。後面常接「就／便」。

◀ 練習 請填入合適的短語，並完成句子。

(1) 寫中國字，是 <u>培養觀察力</u> 的好機會，因為一個不小心就可能
<u>寫成別的字</u> ， <u>造成誤會</u> 。

(2) 物價上漲時，得＿＿＿＿＿＿＿＿＿＿，避免＿＿＿＿＿＿＿＿＿＿＿＿
＿＿＿＿＿＿＿＿＿＿＿＿＿＿＿＿＿＿＿＿＿＿＿。

(3) 讚美必須真誠，不能＿＿＿＿＿＿＿＿＿＿，否則＿＿＿＿＿＿＿＿＿，
便＿＿＿＿＿＿＿＿，＿＿＿＿＿＿＿＿＿＿＿＿＿＿＿＿＿＿＿。

(4) 媒體的評論極為殘酷，政治人物＿＿＿＿＿＿＿＿＿＿，一個不小心，
就＿＿＿＿＿＿＿＿＿，＿＿＿＿＿＿＿＿＿＿＿＿＿＿＿＿＿＿＿。

◀ 練習 請想一想，你曾經一個不小心而發生過什麼不好的事？請把這樣的經驗
寫出來。

＿＿＿＿＿＿＿＿＿＿＿＿＿＿＿＿＿＿＿＿＿＿＿＿＿＿＿＿＿＿＿＿＿＿＿

＿＿＿＿＿＿＿＿＿＿＿＿＿＿＿＿＿＿＿＿＿＿＿＿＿＿＿＿＿＿＿＿＿＿＿

＿＿＿＿＿＿＿＿＿＿＿＿＿＿＿＿＿＿＿＿＿＿＿＿＿＿＿＿＿＿＿＿。

7 原文：舉辦奧運這個四年一度的盛會，可能不是世界上每一個國家都有福
消受，一個不小心，所興建的各種大型運動場館以及之後龐大的維
護費用，會像頭白色巨象，狠狠地拖垮該地的經濟發展，**不可不謹
慎為之**。

結構：**不可不……**

解釋：意思是「一定得……」，語氣強烈，希望聽話者小心慎重。

◀ 練習 請將左、右兩邊詞語根據語義進行搭配，並用於完成下列句子。

• 人生無法重來	• 重視
• 生活中的花費	• 早做規劃
• 影響相當深遠	• 品嘗
• 有特色的小吃	• 籌措
• 公共建設的資金	• 支出

(1) 出國旅遊，當地　有特色的小吃　，不可不　品嘗　，要不然　會
覺得有所遺憾　。

(2) 運動產業是否發達，＿＿＿＿＿＿＿＿，政府不可不＿＿＿＿＿＿＿＿
＿＿＿＿＿＿＿＿＿＿＿＿＿＿＿＿＿＿＿＿＿。

(3) ＿＿＿＿＿＿＿＿＿＿＿，不可不＿＿＿＿＿＿＿＿＿＿，好好利用
我們每個時期的時間。

(4) ＿＿＿＿＿＿＿＿＿＿＿，不可不＿＿＿＿＿＿＿＿＿，即使
＿＿＿＿＿＿＿＿＿＿＿，因為關係人民生活與國家的發展。

(5) 有些＿＿＿＿＿＿＿＿＿，是不可不＿＿＿＿＿＿＿＿＿＿＿＿
的，譬如日用品、食物、甚至醫療等等。

◀ 練習 如果有人向你請教學好中文的祕訣，你會怎麼傳授？怎麼提醒對方，避免你曾經犯過的錯？請用「不可不」的句式，把它們寫出來。

＿＿＿＿＿＿＿＿＿＿＿＿＿＿＿＿＿＿＿＿＿＿＿＿＿＿＿＿＿＿＿＿

＿＿＿＿＿＿＿＿＿＿＿＿＿＿＿＿＿＿＿＿＿＿＿＿＿＿＿＿＿＿＿＿

＿＿＿＿＿＿＿＿＿＿＿＿＿＿＿＿＿＿＿＿＿＿＿＿＿＿＿＿＿＿＿。

易混淆語詞　　🎧 08-07

9			
虧本	你買進的價錢比賣出的多了一倍有餘，這明顯是虧本了嘛！		V-sep
回本	天啊！投入這麼多資金，什麼時候才能回本啊？		V-sep

◀ 練習

開店做生意，第一個月就想要不＿＿＿＿＿＿，這是比較困難的，可是如果能夠控制好成本，幾個月或半年內＿＿＿＿＿＿，並不是不可能。

10	規定	學校規定，校園內禁止吸菸。	V
	規則	若你要玩，就必須遵守遊戲規則。	N

◀ 練習

按照貴國的交通＿＿＿＿＿＿＿＿，能不能在高速公路上騎摩托車？如果不能，你覺得這種＿＿＿＿＿＿＿＿有沒有道理？

11	決選	有數百人在初選時被淘汰了，現在決選只剩下十人。	Vi, N
	競選	貴國人民必須具有什麼條件才能參加總統的競選？	V

◀ 練習

這次選美會的規定是，最後＿＿＿＿＿＿的時候，參加＿＿＿＿＿＿的選手，一定要穿比基尼泳裝，你同意這種做法嗎？

12	建設	關於建設新興城市，民意代表普遍認為公共建設的預算應該增加。	V, N
	興建	興建高鐵的預算已經送給國會了嗎？預估這項興建工程需要數十億的費用。	V

◀ 練習

我認為政府要＿＿＿＿＿＿＿一個城市的時候，不一定要在這個城市＿＿＿＿＿＿極高的大樓，應該多＿＿＿＿＿＿公園、學校、醫院、捷運等，這對城市的＿＿＿＿＿＿比較有幫助。

13	隨著	隨著父母對孩子英文能力的重視，兒童美語補習班愈來愈多了。	Prep
	接著	學了英文，接著學中文。中文之後，接著你還想學哪種外語？	Adv

◀ 練習

花謝了，氣溫也慢慢地降了，＿＿＿＿＿＿秋天的過去，＿＿＿＿＿＿冬天就來了，那時候會開始下雪，銀白色的大地，真美啊！

14			
支撐	只用手，難以長時間支撐全身的重量，而腿的支撐，時間則長得多。	V
支持	如果你父母要參加競選，你會支持他們嗎？他們需要你的支持嗎？	V

◀ 練習

運動比賽的時候，觀眾的加油聲是選手們最大的＿＿＿＿＿＿＿來源，有了觀眾的＿＿＿＿＿＿，可以讓疲累得不得了的運動員繼續＿＿＿＿＿＿下去。

15			
維護	維護環境清潔，人人有責。	V
保護	出大太陽的時候打傘，可以保護皮膚，使皮膚免於曬傷。	V

◀ 練習

為了＿＿＿＿＿＿自己的利益，企業界完全反對貿易＿＿＿＿＿＿措施。

16			
景象	那次地震的景象，一直留在他的腦中。	N
現象	颱風、地震是自然現象，冷靜應變，不必慌張。	N

◀ 練習

看到越來越多的遊民睡在市區路邊的＿＿＿＿＿＿，就知道這是經濟不景氣的＿＿＿＿＿＿。

引導式寫作練習

主題：你所居住的城市打算申辦國際大型比賽，你認為主辦這個比賽對你的城市不但沒有助益，反而會給市民帶來很大的負擔，因此你決定投書媒體，表達抗議與反對之意。

寫作方法：

1. 先擬好反對的理由，最好能有三個，最少也應有兩個。
2. 再分段陳述：

第一段：可以用這樣的句子開始：「最近在媒體上，⋯⋯」、「近來大眾最關心的公共議題應屬⋯⋯」、「大眾最熱切討論的議題應為⋯⋯」。本段最後用這樣的句子提出反對的原因：「反對理由分述如下」、「以下是本人反對的理由」。

中間：分段陳述反對理由，可用以下連詞分別敘述：「首先、其次、最後」、「第一、⋯⋯。第二、⋯⋯。第三、⋯⋯。」等等。

末段：總結以上理由，可用這樣的詞組開始：「總而言之」、「綜上所述」、「由以上各點看來」等等。

語言實踐

一、每次舉辦世界級活動，例如奧運、世足賽、世界博覽會等等，就是大興土木的時候。例如，巴黎鐵塔就是法國為了 1889 年所舉辦的世博會而建造的。請介紹其他因舉辦世界級活動而興建的建築，談一談建造這座建築物一共花費多少經費、時間，有什麼特色以及現在使用的情形等等。

二、辯論

做為一國之國民，你贊成國家舉辦盛大的國際活動嗎？請說明你贊成或反對的原因，並和同學舉行辯論活動。

YES 贊成

NO 反對

LESSON 9

第九課
鄉關何處

摘要 🎧 09-01

大學畢業後開啟了浪遊人生，泰半生活是在遷移變換之中，不知不覺失去了安身的念頭。在哪裡居住已經不再是問題，在哪裡好住才是前提。

學習目標

1 能欣賞現代散文。

2 能表達離開家鄉的經驗。

3 能描述對家的想像。

4 能討論家的定義。

課前活動

1 旅居在外，你什麼時候對人在異地的感覺特別深刻？

2 離開了舒適溫暖的家，一個人生活，你覺得你有哪些成長？

鄉關何處（I）

09-02

　　小時候喜歡遠行，經常坐火車過山洞去基隆的姑媽家看海；上了中學離開家鄉去了台北念書，成了一個經常吃自助餐的寄宿生；大學畢業不久，帶著好奇與夢想開啟了浪遊的人生，爛漫的年歲都不知鄉愁，他鄉異地腳步愈走愈遠。算計起來，泰半生活是在遷移變換之中，過半的時間是在家國之外，似乎已經習慣了這樣的飄泊，以致到了中年，不時談起或被人問起：會在此地居留多久？來日可有何打算？

　　習慣了這樣的話題，心裡似乎也認定了這樣的生活形態，不知不覺中失去了所謂「家」的觀念以及所謂「安身」這樣的念頭。彷彿生活是一段又一段的旅程，日子就隨著腳步前移邁進，家在哪裡？鄉關何處？不巧，生活裡的朋友泰半是這類隨工作派駐各地，在城市與機場之間流轉的「國際人士」，大部分人的家都是地球上臨時居住的某個城市，只有在義大利南部或瑞士山間之類的度假居所或伊媚兒，才是比較恆常不變的地址。

　　以致，不小心問了一個已經在亞洲住了二十多年的朋友亞力山大：將來打算在哪裡退休養老？對方有點愕然地回答：香港，當然在香港，這是家。這一回答才驚醒夢中人，原來，自己已然成了失根之人，心裡從來沒有一個理所當然的「家」，心裡的家依舊是在夢想中：一個有碧綠湖水或者可從窗外看著藍天大海的寧靜住所，落地窗前可以望見夜晚的星空，後院的老樹下有松鼠、麻雀嬉戲……這樣的地方具體是在哪裡？如果有人問，實在也沒有確定的答案，也許是在旅途中偶然發現的無名村落？

請在（ ）打 ✔

1 作者大學畢業後，過的是什麼樣的浪遊人生？

（ ）爛漫歲月，不知鄉愁。
（ ）生活在遷移變換之中。
（ ）在城市與機場之間流轉。

2 為何作者到了中年，不時被人問起：來日有何打算？

（ ）泰半的生活，在飄泊之中。
（ ）以前沒有安身這樣的念頭。
（ ）應該考慮考慮在哪裡退休養老。

3 作者文中所謂的「國際人士」指的是？

（ ）會說多國語言的人士。
（ ）有多國工作經驗的人士。
（ ）隨工作派駐各地，在城市與機場之間流轉的人士。

4 對「國際人士」來說，恆常的地址是哪兒？

（ ）旅途中的無名村落。
（ ）度假居所或伊媚兒。
（ ）地球上臨時居住的某個城市。

生詞 New Words 🎧 09-03

				摘要
1.	鄉關何處	xiāngguān héchù	Ph	Where is home? (lit.) Where is the road to my hometown?
2.	開啟	kāiqǐ	V	to open up, to unlock
3.	浪遊	làngyóu	Vi	to be wandering, roaming
4.	泰半	tàibàn	Det	most, the majority of（泰＝大）
5.	遷移	qiānyí	N	migrating
6.	變換	biànhuàn	N	changes
7.	安身	ānshēn	Vi	to call home, to settle down
8.	念頭	niàntou	N	idea, desire
9.	前提	qiántí	N	condition, precondition, prerequisite

生詞 New Words

課文一

1.	遠行	yuǎnxíng	Vi	to take a long trip, go on a long journey
2.	山洞	shāndòng	N	(mountain) cave
3.	姑媽	gūmā	N	aunt (on one's father's side)
4.	自助餐	zìzhùcān	N	cafeteria style restaurant
5.	寄宿生	jìsùshēng	N	student who lives on campus, student who lives in a campus dormitory
6.	爛漫	lànmàn	Vs	brilliant, colorful
7.	年歲	niánsuì	N	the years, age
8.	鄉愁	xiāngchóu	N	homesickness
9.	他鄉	tāxiāng	N	a strange land, a place far from home
10.	異地	yìdì	N	a place other than one's own hometown
11.	腳步	jiǎobù	N	footstep, pace, approaching
12.	算計	suànjì	Vi	to calculate, to count
13.	飄泊	piāobó	Vi	to drift aimlessly
14.	不時	bùshí	Adv	often
15.	居留	jūliú	Vi	to reside
16.	來日	láirì	N	days ahead, time ahead
17.	認定	rèndìng	V	to be committed to
18.	形態	xíngtài	N	way of, status quo
19.	彷彿	fǎngfú	Vst	to seem, as if
20.	旅程	lǚchéng	N	trip, journey
21.	前移	qiányí	Vi	to move (forward)
22.	邁進	màijìn	Vi	to take a step forward
23.	不巧	bùqiǎo	Vs	by unfortunate coincidence, unfortunately
24.	派駐	pàizhù	V	to be stationed at, to be assigned to
25.	流轉	liúzhuǎn	Vi	to flow (time, etc.), to go back and forth between, to shuttle between

生詞 New Words

26.	之類	zhīlèi	N	and the like, and what not
27.	度假	dùjià	V-sep	to vacation, spend one's holiday
28.	居所	jūsuǒ	N	living place, residence
29.	恆常不變	héngcháng búbiàn	Id	unchanging, permanent
30.	地址	dìzhǐ	N	address
31.	養老	yǎnglǎo	Vi	to care for in one's old age, to live out one's retirement or old age
32.	愕然	èrán	Vs	stunned, astounded, taken aback
33.	驚醒	jīngxǐng	Vp	to frighten awake, to jolt awake, to wake with a start
34.	已然	yǐrán	Adv	actually
35.	失根	shīgēn	Vp-sep	to lose one's roots
36.	理所當然	lǐsuǒ dāngrán	Id	take as a matter of course, take for granted, naturally think of as
37.	依舊	yījiù	Adv	still the same, as ever, as before
38.	碧綠	bìlǜ	Vs	dark green, verdant
39.	寧靜	níngjìng	Vs	peaceful, serene
40.	住所	zhùsuǒ	N	residence
41.	落地窗	luòdìchuāng	N	French window
42.	望見	wàngjiàn	V	to see
43.	星空	xīngkōng	N	starry sky
44.	後院	hòuyuàn	N	backyard
45.	樹	shù	N	tree
46.	松鼠	sōngshǔ	N	squirrel
47.	麻雀	máquè	N	sparrow
48.	嬉戲	xīxì	Vi	to play (like children)
49.	具體	jùtǐ	Vs	concrete, in actual fact

專有名詞

1.	基隆	Jīlóng	Keelung (the city of northern Taiwan)
2.	亞力山大	Yǎlìshāndà	Alexander (name of a man)

語言擴展

1 原文：算計起來，泰半生活是在遷移變換之中。

結構：算計起來

解釋：即是「算起來」的意思，表示人、事、物的數量、多寡，或統整後的情形。

◀ 練習 請填入合適的詞語，並完成句子。

(1) 教授成立「照亮世界基金會」，算計起來已____二十多年____了，而且____讓全球四十三個國家的偏遠村落大放光明____。

(2) 這套書，每本約有六、七百個生詞，我們學了六本了，算計起來_____，不過_____。

(3) 西元 685 年，武則天_____，算計起來，貓熊_____了。

(4) 由 1976 年蒙特婁奧運至_____，算計起來，_____。

(5) 對念的科系沒興趣，就_____，工作的公司待遇差，就_____，選的對象不理想，就_____，算計起來我這輩子_____。

◀ 練習 雖然從小到大，教過你的老師可能超過十幾位，但是算計起來，你欣賞又尊敬的老師可能只有一、兩位，請你把他／她們介紹給大家認識一下。

_____

_____

_____。

2 原文：不知不覺中失去了所謂「家」的觀念以及所謂「安身」這樣的念頭。

結構：（在）不知不覺中

解釋：表示在沒有察覺的情形下，出現的變化或做出的動作。

◀ 練習 請將下列左、右兩邊詞語根據語義進行搭配，再放入合適的句子中。

• 以煤油燈照明	• 他鄉異地的腳步越走越遠
• 租借貓熊	• 拉近了與他人的距離
• 總是保持笑容	• 汙染了孩童的呼吸道
• 習慣了浪遊的生活	• 貓熊沾染了濃重的商業色彩

(1) 由於各國動物園同意支付高額的租金　租借貓熊　，在不知不覺中，
　貓熊沾染了濃重的商業色彩　，變成　有利可圖的生財工具了　。

(2) 貧窮的偏遠山區缺乏電力，入夜後＿＿＿＿＿＿＿＿＿＿＿＿＿，在不知
不覺中，＿＿＿＿＿＿＿＿＿＿＿＿＿，造成＿＿＿＿＿＿＿＿＿＿＿＿＿。

(3) 作者＿＿＿＿＿＿＿＿＿＿＿＿＿，在不知不覺中，＿＿＿＿＿＿＿＿＿＿＿，
已然＿＿＿＿＿＿＿＿＿＿＿＿＿＿＿＿＿＿＿＿＿＿＿＿＿。

(4) 張老闆喜歡和人互動，而且＿＿＿＿＿＿＿＿＿＿＿＿＿，在不知不覺中，
＿＿＿＿＿＿＿＿＿＿＿＿＿，大家都＿＿＿＿＿＿＿＿＿＿＿＿＿＿＿＿＿。

◀ 練習 來台灣生活，在不知不覺中已過了一、兩年了，請描述一下在這段時間
裡，你的飲食習慣、生活作息、語言能力等等，是如何不知不覺中適應，
並且融入台灣社會的？

＿＿＿＿＿＿＿＿＿＿＿＿＿＿＿＿＿＿＿＿＿＿＿＿＿＿＿＿＿＿＿＿＿＿＿＿

＿＿＿＿＿＿＿＿＿＿＿＿＿＿＿＿＿＿＿＿＿＿＿＿＿＿＿＿＿＿＿＿＿＿＿＿

＿＿＿＿＿＿＿＿＿＿＿＿＿＿＿＿＿＿＿＿＿＿＿＿＿＿＿＿＿＿＿＿＿＿＿。

3 原文：只有在義大利南部或瑞士山間**之類的**度假居所或伊媚兒，才是比較恆
常不變的地址。

結構：……**之類的 N**

解釋：以具體例子說明某一種類的人、事、物。例子前可以再加「像」或
「如」。

◀ 練習 請填入合適的詞語，並完成句子。

(1) 單單靠＿＿贊助＿＿、＿＿門票＿＿之類的＿＿收入＿＿，投入興建運動場館的資金，難以＿＿回本＿＿。

(2) 夜市中＿＿＿＿＿＿＿＿＿＿、＿＿＿＿＿＿＿＿＿＿之類的＿＿＿＿＿＿＿＿＿＿＿，在台灣四處可見，不妨＿＿＿＿＿＿＿＿＿＿。

(3) 婚禮中＿＿＿＿＿＿＿＿＿＿、＿＿＿＿＿＿＿＿＿＿之類的＿＿＿＿＿＿＿＿＿，親友們常＿＿＿＿＿＿＿＿＿＿。

(4) ＿＿＿＿＿＿＿＿＿＿之類的小動物，是＿＿＿＿＿＿＿＿＿＿的家庭寵物，＿＿＿＿＿＿＿＿＿＿。

(5) ＿＿＿＿＿＿＿＿＿＿、＿＿＿＿＿＿＿＿＿＿之類的方法，都可以增加親和力，＿＿＿＿＿＿＿＿＿＿。

◀ 練習 請用「……之類的 N」句式，描述一下你理想的度假居所。

＿＿＿＿＿＿＿＿＿＿＿＿＿＿＿＿＿＿＿＿＿＿＿＿＿＿＿＿＿＿＿＿

＿＿＿＿＿＿＿＿＿＿＿＿＿＿＿＿＿＿＿＿＿＿＿＿＿＿＿＿＿＿＿＿

＿＿＿＿＿＿＿＿＿＿＿＿＿＿＿＿＿＿＿＿＿＿＿＿＿＿＿＿＿＿＿。

易混淆語詞　🎧 09-04

1	遠行	你適合需要常遠行的工作嗎？	Vi
	旅行	旅行即是一種學習。	Vi

◀ 練習

老趙下個月要出門＿＿＿＿＿＿，但是這次並不是處理公司的事，而是利用休假，要去國外＿＿＿＿＿＿，放鬆一下。

2	夢想	人類的生命，因有夢想而更美麗，你的夢想已經實現了嗎？	N
	理想	理想的情人是否只存在夢想中呢？	Vs, N

◀ 練習

有人說，＿＿＿＿＿＿＿就是一個人的目標，經過努力是可以實現的，但是＿＿＿＿＿＿＿有可能一輩子都不會成真，你認為呢？

3	居留	你只是短期居留，怎麼深入觀察？	Vi
	居住	現今你居住的環境，是否跟你的居住理想是一樣的？	Vi
	居所	哪裡才是適合你的養老居所？	N

◀ 練習

＿＿＿＿＿＿＿在台灣的外國人，不一定都有＿＿＿＿＿＿＿證明，但是他們的＿＿＿＿＿＿＿應該都是租的。

4	念頭	小汪認為自己不是壞人，不過他說，他腦子裡確實常有邪惡的念頭。	N
	觀念	資源回收的觀念在台灣已經行之有年了。	N
	概念	一般民眾對動物保育工作並無概念，需要政府推行。	N

◀ 練習

未婚的年輕人，對婚姻的＿＿＿＿＿＿＿可能人人不同，但是可能一樣的是，對實際上的婚姻生活，大概都沒什麼＿＿＿＿＿＿＿。所以有結婚＿＿＿＿＿＿＿的人得要好好地考慮考慮。

5	愕然	他的表白使她愕然，腦中一片空白。	Vs
	已然	他們的感情已然結束了。	Adv
	偶然	偶然認識的人，你會給他伊媚兒嗎？	Adv, Vs
	自然	他只吃自然的食物，身體自然健康。	N, Adv

◀ 練習

＿＿＿＿＿＿＿在夜店認識的男人，你＿＿＿＿＿＿＿不了解他的背景，如果第二天這個男人＿＿＿＿＿＿＿消失，你也不必＿＿＿＿＿＿。

鄉關何處（II）

亞力山大在紐約出生，地道是個紐約人，但父母早年在上海與香港長期居住過，哥大建築學系畢業後，很自然就想到父母不時提起的亞洲生活。來了香港，認識同樣來自紐約的記者妻子，一個華裔美籍的第三代移民，兩人一起學廣東話，結了婚生下的混血孩子，習慣以流利的廣東話介紹自己：「我係香港人。」

朋友裡諸多這樣在不同國度、不同城市工作或生活的國際人士，他們的婚姻以及子女甚至身世都是多重混血、多元文化，已經很難追究一個純粹的血統或國族。大部分人雖然有家國的概念，但更習慣是世界的公民，地球的居民。

都已經如此習慣在一個完全陌生的城市裡，找到一個屬意的空間，歡喜的景致。借用一段門牌地址，把心愛的家當、必要的家用一一安放在合適的位置，在空白的牆壁掛上平日收集的各類畫作，在書房的窗台擺放綠色盆景……然後，拿出不離不棄的老茶壺，在廚房裡泡一壺熱騰騰的菊花普洱，生活就從呷一口茶的溫馨中，新鮮又熟悉地開始。

安心永遠比安家重要，在哪裡居住已經不再是問題，在哪裡好住似乎才是前提。比如一個空氣不受汙染的環境，一個氣候宜人的地方，一個人們友善熱忱的城鎮，一個蔬菜水果新鮮豐盛的所在……我們所擁有的，只是一個被稱為「家」的房子，那裡有一張孤單卻永遠體貼的床，一張破敗卻縱容你懶惰的躺椅，一個陪你一起老舊的茶壺，幾幅天長地久的畫作……生活之中選擇一個地方，或是被一個地方所選擇，就如羈旅中的驛站，家，真是一個安放行李、洗滌風塵的歇腳地。

課文理解

請在( )打 ✓

1 為何「國際人士」很難追究一個純粹的國族？

( ) 多重混血，多重文化。

( ) 多重語言，多重混血。

( ) 多重文化，多重語言。

2 為何安心比安家重要？

( ) 在哪裡好住才是前提。

( ) 在哪裡居住是個問題。

( ) 一個屬意的空間才讓人安心。

3 作者認為到底「家」是什麼？

( ) 生活中所選擇的一個地方。

( ) 借用一段門牌地址的地方。

( ) 一個安放行李，洗滌風塵的歇腳地。

生詞 New Words 09-06

	課文二			
1.	地道	dìdào	Vs	authentic, genuine
2.	華裔	Huáyì	N	foreign citizens of Chinese ancestry
3.	混血	hùnxiě	Vs-attr	mixed blood, mixed race
4.	係	xì	Vst	to be
5.	諸多	zhūduō	Vs-attr	many, numerous
6.	國度	guódù	N	nation
7.	身世	shēnshì	N	one's origins, personal background
8.	多重	duōchóng	Vs-attr	multiple
9.	追究	zhuījiù	V	to investigate, to track
10.	純粹	chúncuì	Vs	pure

生詞 New Words

11.	公民	gōngmín	N	citizen, (below) referendum (lit. vote by the citizens)
12.	屬意	shǔyì	Vs-attr	to have one's heart set on, to be partial to
13.	景致	jǐngzhì	N	view, landscape, scenery
14.	門牌	ménpái	N	doorplate (house number)
15.	心愛	xīnài	Vs-attr	beloved, treasured
16.	家當	jiādàng	N	property, family possessions
17.	家用	jiāyòng	N	household things, household
18.	安放	ānfàng	V	to place
19.	平日	píngrì	N	everyday, from day to day
20.	收集	shōují	V	to collect, to gather
21.	畫作	huàzuò	N	painting
22.	窗台	chuāngtái	N	windowsill
23.	盆景	pénjǐng	N	potted plant, bonsai
24.	不離不棄	bùlí búqì	Id	ever-present, beloved
25.	茶壺	cháhú	N	teapot
26.	熱騰騰	rètēngtēng	Ph	piping hot, steaming hot
27.	菊花	júhuā	N	chrysanthemum
28.	普洱	pǔ'ěr	N	pu'er (fermented tea from Yunnan, China)
29.	呷	xiá	V	to drink (literary)
30.	安家	ānjiā	Vi	to set up one's home, to settle down, to settle in
31.	比如	bǐrú	Vst	for example, for instance, like
32.	氣候宜人	qìhòu yírén	Ph	pleasant climate
33.	城鎮	chéngzhèn	N	town
34.	所在	suǒzài	N	location, where (something is at), (below) where you find
35.	體貼	tǐtiē	Vs	considerate, thoughtful, loving

生詞 New Words

36.	破敗	pòbài	Vs	torn, ruined, dilapidated
37.	懶惰	lǎnduò	Vs	lazy
38.	幅	fú	M	measure for paintings
39.	天長地久	tiāncháng dìjiǔ	Id	forever, here: enduring, everlasting, eternal
40.	羈旅	jīlǚ	Vi	stay long in a strange place
41.	驛站	yìzhàn	N	(bus, train, etc.) stop, post, stop (along the way)
42.	行李	xínglǐ	N	luggage, suitcase, belongings
43.	洗滌	xǐdí	V	to wash, to cleanse
44.	風塵	fēngchén	N	dust (from travel), travel fatigue
45.	歇腳	xiējiǎo	V-sep	take a break, stop on the way for a rest

專有名詞

1.	哥大建築學系	Gēdà jiànzhú xuéxì	Columbia University, Department of Architecture
2.	廣東	Guǎngdōng	Guangdong (Canton)
3.	普洱	Pǔ'ěr	Pu'er city, Yunnan, China, where Pu'er tea is grown

語言擴展

1 原文：把心愛的家當、必要的家用一一安放在合適的位置。

結構：一一

解釋：表示有順序地進行某事，即是「一 M 接著一 M 地……」或是「一 M 一 M 地……」的意思。

◀ 練習 請填入合適的語詞，並完成句子。

(1) 該賣場重視 _服務_ ，不論客戶親購或網購的商品，必將一一 _送到客戶家中_ ，難怪 _能吸引源源不絕的客人_ 。

(2) 守信用的人，對_____都能一一_____，
使人_____。

(3) 失業者、弱勢者排著隊，_____，雖然有救濟的愛心，
但卻_____。

(4) 客人走了，爺爺將收集的畫作，_____，擺放在櫃子
裡，準備下次_____。

(5) 新人的父母伸出手，跟參加喜宴的親友_____，並且
_____。

◀ 練習 你會把每天生活中的花費，一一記錄下來嗎？你認為這樣記帳的習慣有
什麼利弊？請你一一寫出來。

_____

_____

_____。

易混淆語詞

🎧 09-07

6	華裔	你們班上有華裔學生嗎？	N
	華僑	雖然我國與許多國家沒有外交關係，但仍有華僑學校。	N
	華人	你敢說，華人人口是全球最多的嗎？	N

◀ 練習

美國＿＿＿＿＿＿的人口有多少？占全世界＿＿＿＿＿＿的比例是多少？其中＿＿＿＿＿＿醫生的人數有多少？這些問題的答案，你都知道嗎？

7	多重	一個擁有多重性格的人，會有好人緣嗎？	Vs-attr
	多元	多元社會中，任何一種意見都有存在的空間。	Vs-attr

◀ 練習

現代社會職業越來越＿＿＿＿＿＿化，如果你的能力好，找工作的時候，就能有＿＿＿＿＿＿的選擇。

8	景致	阿里山日出的景致，吸引不少遊客前來欣賞。	N
	景觀	專家認為，高樓會影響校園景觀，因此不同意蓋新大樓。	N

◀ 練習

他的工作是＿＿＿＿＿＿設計，所以他喜歡到風景宜人的地方去觀察、觀察，看看有沒有什麼特殊的＿＿＿＿＿＿。

9	家當	喜歡浪遊飄泊的人，家當愈少愈好。	N
	家用	小白愛買名牌家用品，難怪家用常超支。	N

◀ 練習

由於小高的＿＿＿＿＿＿太多，所以搬家的費用不少，幾乎是他一個月＿＿＿＿＿＿的一半。

10	溫馨	不論什麼國族，年節的氣氛總是相當溫馨。	Vs
	溫暖	冬天裡的一杯熱茶，能馬上使人感到溫暖。	Vs

◀ 練習

從這張＿＿＿＿＿＿的照片，就知道他有個＿＿＿＿＿＿的家庭，他說，他爸爸的個性還有態度都很溫和，而且他媽媽講話的時候，聲音特別溫柔。我真羨慕他！

11	熱忱	他很有教學熱忱，總是義務給弱勢學生補習。	N
	熱心	黃老闆很熱心，常常捐出生活用品和二手衣給需要幫助的人。	Vs

◀ 練習

台北是個熱鬧的現代化大城，願意助人的＿＿＿＿＿＿人士真不少，對救濟貧窮都很有＿＿＿＿＿＿，每次政府需要找幫忙的義工時，很多人都會＿＿＿＿＿＿地參加。

引導式寫作練習

　　對你來說，什麼樣的地方可以稱為「家」？你對「家」的定義是什麼？請說說你的想法。

1 請先想想跟「家」有關的詞彙或詞組，按照字數填進下方金字塔表格中。第一行填一個字，第二行填兩個字，以此類推，第十行填十個字。

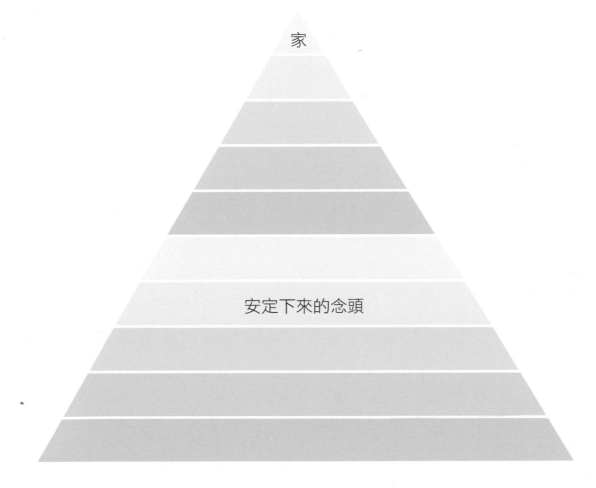

2 請用金字塔裡的十個詞彙或詞組寫成一篇文章。

語言實踐

一、看圖說話

　　請看下面的圖，至少選擇五個指定的詞彙，來描述這張圖片，並且將這張圖片延伸成一個故事，最後再自行發展結局。

開啟、他鄉、念頭、飄泊
來日、不巧、居所、陌生

••▶　然後？

_____

_____

_____

_____

_____

二、報告

　　請說一說，你對「家」的看法。對你來說，什麼樣的地方可以稱為「家」？

NOTE

LESSON 10

第十課
智慧與能力

摘要 🎧 10-01

讀書智慧與街頭智慧都是人生中不可少的修練，前者靠的是讀書與記憶，後者要的是觀察與詮釋，兩者若能發揮互補，必能相輔相成。

學習目標

1. 能說明讀書智慧和街頭智慧的內容。
2. 表達過度重視考試所造成的問題。
3. 能討論思考的重要性。
4. 能討論讀書能力與做事能力的關係。

課前活動

1 你認為學校的作用是什麼？

1. _____
2. _____
3. _____
4. _____
5. _____

2 你認為你在學校教育中，得到了什麼？失去了什麼？

LESSON 10 當街頭智慧遇上讀書智慧

古人說,「書中自有黃金屋」,也鼓勵「讀萬卷書、行萬里路」;在地球村的現代,人們常說「讀萬卷書不如行萬里路」,尤其中外有不少創業家曾由學校教育中「脫逃」,卻能在實戰中出類拔萃。因此,究竟「讀書智慧」與「街頭智慧」在人生的不同階段孰輕、孰重,如何相輔相成?頗引人深思。

前台科大管理學院院長盧希鵬就點出,我們的教育比較強調「讀書智慧」,讀書因而成為現在學生唯一的目標,但學校很少教的「街頭智慧」,其實才是離開學校後融入社會最重要的技巧。

換個角度看事情

盧希鵬說,「人類與猴子主要的差別之一,在於人類發明了『學校』,從此人類的學習開始與現實脫鉤。你看,猴子從小在叢林中學習,很快地就能獨立生存。人類從小在校園中學習,受教育 20 年後,步入社會叢林,卻什麼也不懂,好像隨時都會被野獸吃掉似的。」

他認為,戴眼鏡的人類優點是能「聚焦」,解決核心問題;不戴眼鏡的猴子則因「周邊視野」開闊,機會與風險都能從容應對。盧希鵬希望學生讀書的同時也能綜觀大環境,因為核心與周邊同樣重要。

美商中經合集團總經理朱永光表示,讀書智慧跟街頭智慧都是人生中不可缺少的修練。學校教育重點往往放在「避免危險」,畢竟前人的經驗可讓後人少走很多曲折路,但只走熟悉的路,缺點是不敢突破,長期下來在不知不覺中失去了應變、創新思維,偏偏這是行走江湖時很重要的能力。

朱永光認為,「當生活中遇到困難,有時我們也會回頭在書中找答案……,這是讀書智慧;街頭智慧某種程度來說,是書中讀到那些技巧的實驗。」

不同階段新領悟

盧希鵬認為,「讀書智慧」靠的是讀書和記憶;「街頭智慧」要的是觀察與詮釋,兩者都很重要。朱永光也指出,兩者若能相輔相成,在關鍵時刻發揮互補的效果,將能讓個人在職場、創業過程或為人處世上更為圓融。

盧希鵬幽默地說,「關於思考術,你認為是人(讀書智慧)強還是猴子(街頭智慧)強?我只能說,人類愛看書,猴子善觀察…,如果你天生是猴子,就要多學學人;如果你本來就是人,不妨多學學猴子,或許有所突破。」

請在（ ）打 ✓

1 離開學校融入社會，最重要的技巧為何？

（　）街頭智慧。
（　）讀書智慧。
（　）生活智慧。

2 生活在叢林的猴子，面對風險為何能從容應對？

（　）行過萬里路。
（　）行走過江湖。
（　）周邊視野開闊。

3 創業家在實戰中出類拔萃，印證了什麼？

（　）讀萬卷書，不如行萬里路。
（　）行萬里路，不如讀萬卷書。
（　）讀書、行路，皆不宜萬卷、萬里。

4 學校教育的缺點為何？

（　）無法避免危險、少走曲折路。
（　）不敢突破，失去應變、創新思維。
（　）書中讀到的那些技巧，無法實驗。

生詞 New Words 10-03

摘要一

1.	修練	xiūliàn	V	to undergo training in order to achieve a goal
2.	記憶	jìyì	N	memory
3.	詮釋	quánshì	N/V	interpretation; to interpret
4.	相輔相成	xiāngfǔ xiāngchéng	Id	to complement each other

課文一

1.	書中自有黃金屋	shūzhōng zìyǒu huángjīnwū	Ph	knowledge brings wealth, lit. there are gold houses in books (used to encourage youngsters to study)
2.	讀萬卷書、行萬里路	dú wàn juàn shū, xíng wàn lǐ lù	Ph	read and travel a great deal, i.e., knowledge is found both in books and in travelling

生詞 New Words

3.	脫逃	tuōtáo	Vi	to escape from
4.	實戰	shízhàn	N	actual combat (i.e., daily life)
5.	出類拔萃	chūlèi bácuì	Id	rise above the crowd, distinguish yourself
6.	階段	jiēduàn	N	phase, stage, time, period
7.	孰	shú	N	who, what, which (classical Chinese)
8.	頗	pǒ	Adv	very (classical Chinese)
9.	引人深思	yǐnrén shēnsī	Id	cause you to ponder, thought-provoking
10.	管理學院	guǎnlǐ xuéyuàn	Ph	college of management
11.	院長	yuànzhǎng	N	dean of a college
12.	猴子	hóuzi	N	monkey
13.	差別	chābié	N	difference
14.	從此	cóngcǐ	Conj	thereupon
15.	脫鉤	tuōgōu	V-sep	to disconnect, to break away from
16.	叢林	cónglín	N	forest
17.	步入	bùrù	V	to step into, to enter
18.	野獸	yěshòu	N	beast, wild animal
19.	聚焦	jùjiāo	Vi	to focus
20.	視野	shìyě	N	vision, view
21.	從容	cōngróng	Adv	unhurriedly, calmly
22.	應對	yìngduì	Vi	to deal with, to tackle, to handle
23.	綜觀	zòngguān	V	to take a comprehensive view of
24.	總經理	zǒngjīnglǐ	N	general manager
25.	曲折	qūzhé	Vs	zigzag, full of twists and turns
26.	缺點	quēdiǎn	N	weak point, flaw, failing
27.	思維	sīwéi	N	thinking
28.	行走	xíngzǒu	V	to walk on, to gain experience from
29.	江湖	jiānghú	N	in the world, society (i.e., real life)
30.	回頭	huítóu	V-sep	look back

生詞 New Words

31.	實驗	shíyàn	N	experiment
32.	領悟	lǐngwù	N	realization
33.	為人處世	wéirén chǔshì	Ph	how you conduct yourself in society, how you get along with others
34.	更為	gèngwéi	Adv	more, even more
35.	圓融	yuánróng	Vs	harmoniously, smooth and without corners or edges (in one's dealings with others)
36.	幽默	yōumò	Vs-sep	humor
37.	思考術	sīkǎoshù	N	art of thinking
38.	善（於）	shàn (yú)	Vst	to be good at

專有名詞

1.	台科大	Táikēdà	National Taiwan University of Science and Technology, Taipei
2.	盧希鵬	Lú Xīpéng	Hsi-Peng Lu (Distinguished Professor of department of Information Management, NTUST, 1962-)
3.	中經合集團	Zhōngjīnghé jítuán	WI Harper Group (a pioneer in cross-border investments with offices in Beijing, Taipei, and San Francisco)
4.	朱永光	Zhū Yǒngguāng	Y. K. Chu (managing director, oversees WI Harper's venture capital business in Taiwan)

語言擴展

1 原文：街頭智慧某種程度來說，是書中讀到那些技巧的實驗。

結構：某種程度來說

解釋：表示雖然不完全相同，但可以說某事具有較高程度的情形。

◀ 練習 請填入合適的詞語，並完成句子。

(1) 主辦奧運，某種程度來說，可以視為　國力的展現　，因此　即便有舉債的可能，各國仍爭相申請　。

(2) 圈養保育動物，某種程度來說，是＿＿＿＿＿＿＿＿＿＿＿＿＿，因為＿＿
＿＿＿＿＿＿＿＿＿＿＿＿＿＿＿＿＿＿＿＿＿＿＿＿＿＿＿＿＿。

(3) 婚姻，某種程度來說，即是＿＿＿＿＿＿＿＿＿＿＿，藉由＿＿＿＿＿＿＿
＿＿＿＿＿＿＿，＿＿＿＿＿＿＿＿＿＿＿＿＿＿＿＿＿＿＿。

(4) 洛桑管理學院將＿＿＿＿＿＿＿＿＿＿＿列入評比，＿＿＿＿＿＿＿，
是肯定＿＿＿＿＿＿＿＿＿＿＿，＿＿＿＿＿＿＿＿＿＿＿＿＿＿。

(5) 企業與＿＿＿＿＿＿＿＿＿＿緊密合作，＿＿＿＿＿＿＿＿＿＿＿＿，
足以＿＿＿＿＿＿＿＿＿＿，＿＿＿＿＿＿＿＿＿＿＿＿＿＿＿。

◀ 練習 語言，某種程度來說，只是一個方便與人溝通的工具。你學中文已學了
一段時間了，足以與華人互動了，為什麼還要學下去呢？說說你的想法
或計畫。

＿＿＿＿＿＿＿＿＿＿＿＿＿＿＿＿＿＿＿＿＿＿＿＿＿＿＿＿＿＿＿＿＿

＿＿＿＿＿＿＿＿＿＿＿＿＿＿＿＿＿＿＿＿＿＿＿＿＿＿＿＿＿＿＿＿＿

＿＿＿＿＿＿＿＿＿＿＿＿＿＿＿＿＿＿＿＿＿＿＿＿＿＿＿＿＿＿。

易混淆語詞　　　　🎧 10-04

| **1** | 脫逃 | 由於事前有所防範，壞人難以脫逃。 | Vp |
| | 脫離 | 為了獨立，該地區宣布脫離某某國家。 | Vpt |

◀ 練習

小張後悔加入黑社會，想要＿＿＿＿＿＿該組織，於是利用颱風夜
成功＿＿＿＿＿＿。

| **2** | 階段 | 目前這件事還在計劃的階段，還沒實際開始。 | N |
| | 階層 | 有人把「藍領階級」看成是社會的中、低階層。 | N |

◀ 練習

現＿＿＿＿＿＿社會，有穩定收入的家庭是最希望國家穩定的
＿＿＿＿＿。

3	現實	現實社會中的弱勢者，需要我們的幫助。	N
	實際	爺爺滿頭白髮，看起來比實際年紀更老。	Vs

◀ 練習

＿＿＿＿＿上，我覺得你的想法太不＿＿＿＿＿了，夢想當然
要追求，但是＿＿＿＿＿生活也不能不管啊！

4	風險	雖然「街頭智慧」也能使人出類拔萃，但從學校教育「脫逃」，風險還是頗大。	N
	危險	酒後開車太危險了！為了避免危險，你還是請人代駕吧。	N

◀ 練習

老闆說，他當然知道做生意是有＿＿＿＿＿的，但是如果是經
過仔細地考慮，就算有＿＿＿＿＿，也不會讓公司產生立即的
＿＿＿＿＿。

5	應對	他們家的孩子應對有禮，頗有教養。	Vi
	應變	火車出軌後，死傷慘重，有些孩童不知如何應變，嚇得痛哭流涕。	Vi

◀ 練習

王經理說，根據他多年的職場經驗，一個很懂得＿＿＿＿＿進退
的年輕人，他的＿＿＿＿＿能力也是很強的。李經理，你也同意
嗎？

6			
周邊	醫生戰戰兢兢地給病人動手術，因為怕傷害周邊神經。	N
周遭	迷路時，發現周遭環境皆是自己所不熟悉的，小錢不禁焦慮起來了。	N

◀ 練習

學校附近的店家，所賣的電腦＿＿＿＿＿＿設備商品，價錢都比較便宜，所以我＿＿＿＿＿＿朋友們都前往選購。

7			
領悟	聽完這場引人深思的演講後，學生們有所領悟了；至於各人領悟的做人心法，並不相同。	Vpt
醒悟	政府早該醒悟了，就算全民學英文，也不見得能吸引觀光客前來。	Vp

◀ 練習

小黃吸菸、喝酒，從來不認為這樣會影響健康，但在生病後，他終於＿＿＿＿＿＿了，後悔自己不注意健康，這時候他也才＿＿＿＿＿＿到健康的重要。

8			
詮釋	不論現代舞或芭蕾舞，皆是用身體來詮釋藝術。	V
解釋	雖然有時我們解釋，別人不見得接受，卻不能不解釋。	V

◀ 練習

這場改編自莎士比亞（Shāshìbǐyà, Shakespeare）作品的舞碼，有些地方我們不太明白，所以請那位莎士比亞專家給我們說明＿＿＿＿＿＿，可是他的＿＿＿＿＿＿方式有些部分我不太同意。

9			
時刻	我覺得每天的晚餐時刻，是全家人一天中最美好的時刻。	N
時候	這個議題恐怕不適合這個時候談論吧！	N

▸ 練習

政府決定開放大陸市場，如果我們公司想要進入該市場，現在正是
＿＿＿＿＿＿，在這個重要的關鍵＿＿＿＿＿＿，我們得做出最正
確的決定。

10	效果	說真的，這種處理方式的效果不如預期。	N
	結果	他們談了八年戀愛，結果居然分手了，朋友們對這樣的結果都很震驚。	Conj, N

▸ 練習

他告訴我，這種減肥藥＿＿＿＿＿＿非常好，一定讓我滿意，我完
全不考慮就吃了，＿＿＿＿＿＿被送到醫院，差點兒就死了，這就
是我亂吃減肥藥的＿＿＿＿＿＿。

11	個人	他自顧自地吃，並不在乎個人的形象。	N
	各人	各人各有其優、缺點，不必羨慕。	Ph

▸ 練習

關於垃圾分類，我說說我＿＿＿＿＿＿的意見，因為這跟整個社會
有關，所以我認為＿＿＿＿＿＿皆有責任，每個人都必須動手做，
要不然達不到環境保護的目標。

12	創業	愈來愈多年輕人希望自行創業，不想當上班族。	Vi
	創新	具有創新思維的人，一切想法皆從突破現在的情況出發。	Vi

▸ 練習

想要自己＿＿＿＿＿＿當老闆，一定要有一些跟別人不一樣的
＿＿＿＿＿＿想法，如果無法表現自己的特色，就無法跟別人
競爭。

摘要 🎧 10-05

讀書能力僅是評量獲得知識能力的方式之一，知識和經驗不能畫上等號，我們可以透過閱讀，把別人的經驗內化為自己的，閱讀和經驗是培養執行力（做事能力）最好的方法。

課前活動

1 你認為，書讀得多，考試成績好，代表什麼？

2 東方父母多半鼓勵孩子多讀書，學位越高越好，你有什麼看法？

讀書能力
≠做事能力

🎧 10-06

我們常把讀書的能力和做事的能力混為一談，認為書讀不好，就沒有出息。其實這兩種能力，在本質上有很大的差別。

讀書識字有先天上的條件限制。有一種人很聰明，識字卻很慢，甚至不能辨識字。閱讀時眼睛會跳行，也有寫字上的困難，這就是「失讀症」（dyslexia）。政治家邱吉爾、李光耀皆為此症所苦，但都不損其偉大。

其他神經上的疾病，如「妥瑞氏症」，也有閱讀困難，但也都不礙患者成就一番事業。所以，對於讀書慢、開竅晚的孩子，我們動不動罵他笨、是豬，是非常不對的。這兩種能力，不能畫上等號。

教育的精神在使人類超越動物的本性，使天賦的能力得以發展出來。教育的做法，每個國家因其財政情況、或執政理念而有所不同，但此精神應該是放諸四海皆準。

學術上已有無數論文在談 knowing that（知其然）和 knowing how（知其所以然）的差別。我們在此只問，如何提升國民的執行力。

我們必須區分出讀書能力（考試力），和獲得知識的能力（學習力）。因為前者僅是評量後者的方式之一，不是唯一、也不是最好的方式。

要有好的執行力，這個人必須知識廣、見聞多；同時他的知識必須是有組織的，使他能立即提取。重要的是，這個人須有預見未來的能力，而且能事先防範、未雨綢繆。

這個預見能力不用教，但必須靠經驗促發。對動物來說，凡是性命交關的事，一次就學會。其他的，只要眼睛看到，也自然就學會。因為，模仿這個最原始的學習機制——鏡像神經元，已

經在人和猴子的大腦中找到了。

　　模仿的學習，就是有樣學樣。所以孟母要三遷，它本身是個內隱 50 的學習，不用特別教，只要暴露在這個環境下，自然就會。

　　現在腦造影技術的精進，已經逐漸解開基因和環境互動之謎。環境竟然可以改變基因的展現，令科 55 學家非常震驚。

　　最近發現，童年受虐會改變大腦中情緒調控的機制，使這孩子十五年後，容易有焦慮症、憂鬱症，甚至反社會的行為，更令我們對孩 60 子的教養，不敢掉以輕心。

　　研究也顯示，父母對孩子的態度，決定了他的命運；而大人觀念的改變，是孩子成功的起點。

　　大人需把考試和做事能力分開（其實考試題目出得好壞，跟成績 65 很有關係），也需了解成長和開竅需要時間，更要知道知識和經驗不能畫上等號。

　　二度空間和三度空間的學習，在大腦上動用到的區域不同。經驗 70 是促使神經連接最好的方法，所以教學應該盡量鼓勵學生動手做。

　　人生苦短，我們無法經驗到世界上所有的東西，但可以透過閱讀，把別人的經驗內化為自己的。 75 閱讀和經驗是培養執行力最好的方法，若再加上毅力，則攻無不克、事無不成了。

課文理解

請在（　）打 ✓

1 何謂「失讀症」？
（　）閱讀眼睛會跳行。
（　）閱讀時無法理解。
（　）沒有閱讀的興趣。

3 什麼是「獲得知識的能力」？
（　）考試力。
（　）學習力。
（　）理解力。

2 教育的精神應該是什麼？
（　）提升國民的執行力。
（　）使國民知識廣、見聞多。
（　）使天賦的能力得以發揮。

4 預見的能力如何取得？
（　）靠父母教導。
（　）靠朋友模仿。
（　）靠經驗促發。

5 最原始的學習機制為何？

（　）經驗。

（　）模仿。

（　）閱讀。

6 孩子的命運是怎麼決定的？

（　）老師對孩子的態度。

（　）朋友對孩子的態度。

（　）父母對孩子的態度。

生詞 New Words 🎧 10-07

摘要二

1.	評量	píngliáng	V	to assess, to evaluate
2.	畫上	huàshàng	V	to draw
3.	等號	děnghào	N	equation
4.	閱讀	yuèdú	N/V	reading comprehension; to read
5.	內化	nèihuà	Vp	to internalize, to be acquired

生詞二

1.	混為一談	hùnwéi yìtán	Id	to lump together, to confuse things
2.	出息	chūxí	N	a bright future, a future, promise
3.	識字	shìzì	Vs	to be literate
4.	先天	xiāntiān	N	(lit.) prior to birth, what's given at birth
5.	辨識	biànshì	V	to comprehend, to distinguish
6.	跳行	tiàoháng	Vi	to skip a line (when reading)
7.	不損	bùsǔn	Vst	to not take away from, to do no damage to
8.	偉大	wěidà	Vs/N	great; greatness
9.	神經	shénjīng	N	nerve
10.	不礙	búài	Vst	to not hinder, to not obstruct
11.	番	fān	M	measure for achievement
12.	開竅	kāiqiào	Vp	to see the light, to start to understand properly, to be enlightened
13.	笨	bèn	Vs	stupid, not smart

生詞 New Words

14.	超越	chāoyuè	V	to exceed, to surpass
15.	本性	běnxìng	N	nature
16.	天賦	tiānfù	N	gift, talent, innate abilities (lit. given by heaven)
17.	得以	déyǐ	Vaux	to be able to
18.	執政	zhízhèng	Vi	to hold the reins of government, to run the government
19.	理念	lǐniàn	N	idea, ideal, belief
20.	有所	yǒusuǒ	Adv	to some degree
21.	放諸四海皆準	fàngzhū sìhǎi jiēzhǔn	Id	the same the world over, universally true
22.	學術	xuéshù	N	academic, scholarship
23.	知其然	zhī qírán	Ph	to know the what (classical)
24.	知其所以然	zhīqí suǒyǐrán	Ph	to know the why (classical)
25.	國民	guómín	N	citizen
26.	區分	qūfēn	V	to distinguish (between)
27.	廣	guǎng	Vs	extensive
28.	見聞	jiànwén	N	knowledge obtained from seeing and hearing (e.g., when traveling)
29.	提取	tíqǔ	V	to obtain, to draw essence from
30.	預見	yùjiàn	V	to predict, to foresee
31.	防範	fángfàn	V	to take precautions, to guard against, to prevent
32.	未雨綢繆	wèiyǔ chóumóu	Id	to be prepared against eventualities
33.	促發	cùfā	V	to trigger, to initiate
34.	凡是	fánshì	Conj	all, every
35.	性命交關	xìngmìng jiāoguān	Id	matter of life and death, critical moments
36.	模仿	mófǎng	V	to mimic, to imitate

生詞 New Words

37.	機制	jīzhì	N	mechanism
38.	有樣學樣	yǒuyàng xuéyàng	Id	to imitate someone's example
39.	孟母三遷	Mèngmǔ sānqiān	Id	Mencius' mother moved three times to better his education
40.	內隱	nèiyǐn	Vs-attr	implicit, implied, hidden
41.	暴露	pùlù	Vi	to be exposed to
42.	造影	zàoyǐng	Vi	imaging
43.	精進	jīngjìn	Vs	advanced
44.	解開	jiěkāi	Vpt	to unravel, to unlock, to solve
45.	基因	jīyīn	N	gene, genes
46.	謎	mí	N	riddle, mystery
47.	受虐	shòunüè	Vs	to be abused
48.	調控	tiáokòng	V/N	to adjust, to adjust and control, adjustment
49.	憂鬱	yōuyù	Vs	depressed
50.	掉以輕心	diàoyǐ qīngxīn	Id	to take lightly, dismiss, adopt a casual attitude towards
51.	起點	qǐdiǎn	N	starting point
52.	題目	tímù	N	(test) question, problem
53.	二度空間	èrdù kōngjiān	Ph	two-dimensional
54.	區域	qūyù	N	region, area
55.	促使	cùshǐ	V	to prompt, to make, to impel, to drive
56.	連接	liánjiē	V/N	to link, to connect, connection
57.	動手	dòngshǒu	V-sep	to do (with one's hands, personally)
58.	人生苦短	rénshēng kǔduǎn	Ph	life is short and tough
59.	攻無不克	gōngwú búkè	Id	nothing can stop you, you will succeed in everything, you will be ever-victorious
60.	事無不成	shìwú bùchéng	Id	nothing will be impossible, stick to it and you will succeed

生詞 New Words

專有名詞

1.	失讀症	Shīdúzhèng	Dyslexia
2.	李光耀	Lǐ Guāngyào	Lee Kuan Yew (Prime Minister of Singapore from 1959 to 1990, 1923-2015)
3.	妥瑞氏症	Tuǒruìshì zhèng	Tourette syndrome
4.	鏡像神經元	jìngxiàng shénjīngyuán	mirror neuron (a neuron that fires both when an animal acts and when the animal observes the same action performed by another)

語言擴展

1 **原文**：我們常**把**讀書的能力**和**做事的能力**混為一談**，認為書讀不好，就沒有出息。

結構：**把 X 和 Y 混為一談**

解釋：將不同的觀念、事物當成同類事情來討論。有說話者不同意這種行為的意思。

◀ **練習** 請將 X 和 Y 進行搭配，並以「把 X 和 Y 混為一談」完成下列句子。

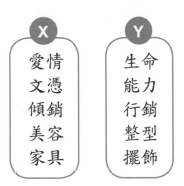

X
愛情
文憑
傾銷
美容
家具

Y
生命
能力
行銷
整型
擺飾

(1) 不少新興經濟體把__傾銷__和__行銷__混為一談，難怪__遭他國抵制這種不公平的行為__。

(2) 年輕人常把_____和_____混為一談，_____就不想活了，_____。

(3) 別把＿＿＿＿＿＿＿＿＿＿，前者是＿＿＿＿＿＿＿＿＿＿＿，後者
　　則是＿＿＿＿＿＿＿＿＿＿，得看經濟條件如何再買。

(4) 許多人把＿＿＿＿＿＿＿＿＿，以為大學畢業就＿＿＿＿＿＿＿＿
　　＿＿＿＿＿＿＿＿＿＿＿＿＿＿＿＿＿＿＿＿＿＿＿＿＿＿＿。

(5) 愛美是人性，但似乎很多人把＿＿＿＿＿＿＿＿＿了，造成＿＿＿
　　＿＿＿＿＿＿＿＿＿＿＿＿＿＿＿＿＿＿＿＿＿＿＿＿＿＿＿。

◀ 練習 太多人把名利和成功混為一談，或是把聰明和智慧混為一談了，你有什
　　麼看法？請說一說。

＿＿＿＿＿＿＿＿＿＿＿＿＿＿＿＿＿＿＿＿＿＿＿＿＿＿＿＿＿＿＿＿＿

＿＿＿＿＿＿＿＿＿＿＿＿＿＿＿＿＿＿＿＿＿＿＿＿＿＿＿＿＿＿＿＿＿

＿＿＿＿＿＿＿＿＿＿＿＿＿＿＿＿＿＿＿＿＿＿＿＿＿＿＿＿＿＿＿。

2 原文：政治家邱吉爾、李光耀皆為此症所苦，但都不損其偉大。

　　結構：為……所苦

　　解釋：表示在某方面碰到了很大的困難，並且對做的事或生活造成了困擾
　　　　　與麻煩。

◀ 練習 請將下列詞語填入合適的空格中，並完成句子。

　　　缺乏電力照明 ／ 巨額債務 ／ 外語能力不足 ／ 貧困

(1) 語言翻譯機是給為 <u>外語能力不足</u> 所苦的人使用的，但 <u>只能翻</u>
　　<u>譯日常生活用語，意思較複雜的句子就未必能翻譯</u> 。

(2) 弱勢族群為＿＿＿＿＿＿＿＿＿＿所苦，因為經濟條件不佳，難以
　　＿＿＿＿＿＿＿＿＿＿＿＿＿＿＿＿＿＿＿＿＿＿＿＿＿＿＿＿。

(3) 全世界約有三分之一的人，正為＿＿＿＿＿＿＿＿＿＿所苦，到了
　　夜晚就一片黑暗，無形中＿＿＿＿＿＿＿＿＿＿＿＿＿＿＿＿＿＿。

(4) 舉辦奧運卻為_____所苦的前車之鑑，不足以

_____。

◀ 練習 在日常生活中，有人為感情所苦，有人為疾病所苦，有人為經濟所苦……，你是否也曾／正為某些問題所苦？請把它們寫成一篇短文。

_____

_____

_____。

3 原文：政治家邱吉爾、李光耀皆為此症所苦，但都不損其偉大。

結構：不損（其）……

解釋：表示某負面事項並不會對某特定方面造成傷害。

◀ 練習 請將下列詞語填入合適的空格中，並完成句子。

> 形象 ／ 身分與地位 ／ 成就 ／ 營養成分 ／ 健康

(1) 蒸、煮食物並__不損其營養成分__，是最大的優點，但華人__重視色、香、味，常用大火快炒方式料理__。

(2) 人只要有智慧，讀書讀得好不好，皆不損其_____，
因此_____。

(3) 最近關於該政治人物的_____，但並不損他的
_____，是因為_____。

(4) 身材發福，只要不損其_____，通常_____
_____，_____。

(5) 該名嘴認為，離婚不損其_____，不過昨晚他
_____，_____。

◀ 練習 請問，你對「學生打工並不損其學業成績」的說法有何看法？無論是否同意，都請把理由寫出來。

_____

_____

_____。

4 原文：其他神經上的疾病，也有閱讀困難，但也都**不礙**患者成就一番事業。

結構：**不礙**

解釋：不會對某件事或動作造成妨礙。肯定形式則為「妨礙」。

◀ 練習 請將下列詞語填入合適的空格中，並完成句子。

> 產品暢銷／其發揮執行力／其追求華麗的開閉幕典禮／
> 建立良好的人際關係／其溝通

(1) 即使嬰兒不會說話，也不礙 <u>其溝通</u> ，有經驗的父母 <u>能從他們</u> <u>的哭聲，了解他們的需求</u> 。

(2) 不少創業家從學校「脫逃」，仍不礙_____，藉由

_____。

(3) 雖然神經大條，也不礙男性_____，並_____

_____。

(4) 縱使高價銷售，卻不礙_____，關鍵就在於_____

_____。

(5) _____的申奧城市，在獲得主辦權後，並不礙

_____。

◀ 練習 有些人笨手笨腳，不善家事或運動，有些人雖然眼明手快，動作迅速，卻缺乏想像力，不善創作。針對類似情況，請你運用本課所學，以「不礙」的句式，寫篇短文。

_____

_____

_____。

5 原文：教育**的精神在**使人類超越動物的本性，使天賦的能力得以發展出來。

結構：**X 的精神在（於）……**

解釋：指出某事的主要意義是什麼。

◀ 練習 請填入合適的短語，並完成句子。

(1) 技職教育的精神在 <u>與產業緊密合作</u> ，以 <u>了解市場需求，提升個人或國家的競爭力</u> 。

(2) 奧運的精神在於_____，並_____
_____。

(3) 婚姻的精神在_____，
不僅僅是_____。

(4) 學習外語的精神在_____，因此_____
_____。

(5) 科學家表示，科技發明的精神在_____，以及
_____。

◀ 練習 網路發達的現代，學習外語不見得要出國，但還是越來越多人選擇出國留學，你認為出國留學的精神是什麼？請寫一篇短文。

_____

_____

_____。

6 原文：教育的精神在使人類超越動物的本性，使天賦的能力得以發展出來。

結構：得以

解釋：表示因為某種因素或是透過某種方法，就可以得到所希望的結果。

◀ 練習 請填入合適的詞語，並完成句子。

(1) 設立了自然保護區後，貓熊得以　安全成長，順利繁殖　，在保育方面　取得明顯進展　。

(2) 面對該國低價傾銷，因政府未雨綢繆，才＿＿＿＿＿＿＿＿＿＿＿＿＿＿＿＿
＿＿＿＿＿＿＿＿＿＿＿＿＿＿＿＿＿＿＿＿＿＿＿＿＿＿＿＿＿＿＿。

(3) 由於「照亮基金會」的成立，全球 43 個國家的＿＿＿＿＿＿＿＿＿＿，
才得以＿＿＿＿＿＿＿＿＿＿＿＿＿＿＿＿＿＿＿＿＿＿＿＿＿＿。

(4) 傳統的華人認為，買了房子才＿＿＿＿＿＿＿＿＿＿，＿＿＿＿＿＿
＿＿＿＿＿＿＿＿＿＿＿＿＿＿＿＿＿＿＿＿＿＿＿＿＿＿＿＿＿。

◀ 練習 你是因為什麼緣故才得以到台灣來的？請把原因和經歷寫出來。

＿＿＿＿＿＿＿＿＿＿＿＿＿＿＿＿＿＿＿＿＿＿＿＿＿＿＿＿＿＿＿＿＿

＿＿＿＿＿＿＿＿＿＿＿＿＿＿＿＿＿＿＿＿＿＿＿＿＿＿＿＿＿＿＿＿＿

＿＿＿＿＿＿＿＿＿＿＿＿＿＿＿＿＿＿＿＿＿＿＿＿＿＿＿＿＿＿＿。

7 原文：每個國家因其財政情況、或執政理念而有所不同。

結構：有所 V

解釋：表示進行達到某個程度的動作，或情形有一定程度的改變。

◀ 練習 請選填合適的詞語，並完成句子。

防範 ／ 領悟 ／ 突破 ／ 應對 ／ 期待 ／ 成長

(1) 年輕時就　得訓練獨立精神　，不能對別人的協助有所　期待　，
免得　養成依賴心　。

(2) 小白追求校花，由於情敵眾多，他必須有所＿＿＿＿＿＿＿＿＿＿，
要不然＿＿＿＿＿＿＿＿＿＿＿＿＿＿＿＿＿＿＿＿。

(3) 失敗了幾次之後，孩子自然就會有所＿＿＿＿＿＿＿＿＿，有所
＿＿＿＿＿＿＿＿，父母實在不必＿＿＿＿＿＿＿＿＿＿＿。

(4) 政府對一些國家的傾銷，當然需要有所＿＿＿＿＿＿＿＿＿，有
所＿＿＿＿＿＿＿＿，不能＿＿＿＿＿＿＿＿＿＿＿＿＿。

◀ 練習 你對自己的將來是否有所規劃，有所準備了呢？如果有，請把規劃和準
備寫一寫；如果沒有，也把理由寫出來。

＿＿＿＿＿＿＿＿＿＿＿＿＿＿＿＿＿＿＿＿＿＿＿＿＿＿＿＿＿＿

＿＿＿＿＿＿＿＿＿＿＿＿＿＿＿＿＿＿＿＿＿＿＿＿＿＿＿＿＿＿

＿＿＿＿＿＿＿＿＿＿＿＿＿＿＿＿＿＿＿＿＿＿＿＿＿＿＿＿。

8 原文：我們必須**區分出**讀書能力（考試力），**和**獲得知識的能力（學習力）。
結構：**區分（出）X 和 Y**
解釋：將兩者不同之處區別劃分出來，不混在一起。

◀ 練習 請根據語義，將下列 X 和 Y 進行搭配，並完成句子。

自信
暫時需要協助的災民
字面上的意義
你所欣賞的

適合你的
自大
長期需要救濟的弱勢者
字面背後的意義

(1) 不少神經大條的男性，永遠區分不出 <u>字面上的意義</u> 和 <u>字面背
後的意義</u>，使女友 <u>氣得不想再說話</u> 。

(2) 選擇配偶時，得理性思考，區分出＿＿＿＿＿＿＿＿＿＿＿＿和

＿＿＿＿＿＿＿＿＿＿，才能＿＿＿＿＿＿＿＿＿＿＿＿＿＿＿＿＿＿＿。

(3) 行走江湖，得區分出＿＿＿＿＿＿＿＿＿＿和＿＿＿＿＿＿＿＿＿＿，

才得以＿＿＿＿＿＿＿＿＿＿＿＿＿＿＿＿＿＿＿＿＿＿＿＿＿＿＿。

(4) 政府單位在區分＿＿＿＿＿＿＿＿＿＿＿和＿＿＿＿＿＿＿＿＿＿上，

若無法＿＿＿＿＿＿＿＿＿＿，則＿＿＿＿＿＿＿＿＿＿＿＿＿＿＿＿

＿＿＿＿＿＿＿＿＿＿＿＿＿＿＿＿＿＿＿＿＿＿＿＿＿＿＿＿＿。

◀ 練習 你在學習中文的過程中，有哪些部分或方面是你難以區分的？你如何克服這些難題？請把它們寫出來。

＿＿＿＿＿＿＿＿＿＿＿＿＿＿＿＿＿＿＿＿＿＿＿＿＿＿＿＿＿＿＿＿＿

＿＿＿＿＿＿＿＿＿＿＿＿＿＿＿＿＿＿＿＿＿＿＿＿＿＿＿＿＿＿＿＿＿

＿＿＿＿＿＿＿＿＿＿＿＿＿＿＿＿＿＿＿＿＿＿＿＿＿＿＿＿＿＿＿。

9 原文：因為前者僅是評量後者的**方式之一**，不是唯一、也不是最好的方式。

結構：**X 是 Y 的方式之一**

解釋：表示前者是進行後面動作的其中一個方式。

◀ 練習 請根據語義將 X 和 Y 進行搭配，並完成下列句子。

X	Y
安慰和理解	促進旅遊業發展
保持笑容從容應對	行銷
買一送一	和他／她站在同一陣線
主辦大型國際賽事	脫穎而出

(1) 政府若想拼經濟，＿主辦大型國際賽事＿是＿促進旅遊業發展＿的

方式之一，必能＿有驚人的成效＿。

(2) 朋友不開心時，＿＿＿＿＿＿＿＿＿＿＿＿是＿＿＿＿＿＿＿＿＿＿＿＿＿

的方式之一，可以＿＿＿＿＿＿＿＿＿＿＿＿＿＿＿＿＿＿＿＿＿。

(3) 面對競爭，＿＿＿＿＿＿＿＿＿＿＿是使人＿＿＿＿＿＿＿＿＿＿＿＿

的方式之一，不妨＿＿＿＿＿＿＿＿＿＿＿＿＿＿＿＿＿＿＿＿。

(4) 商店＿＿＿＿＿＿＿＿＿＿＿＿＿時，＿＿＿＿＿＿＿＿＿＿＿＿是最佳

＿＿＿＿＿＿＿＿＿＿＿的方式之一，立刻＿＿＿＿＿＿＿＿＿＿＿。

◀ 練習 身為學生，你認為什麼／怎麼做是幫助學習進步的方式之一？請給大家
介紹介紹。

_____

_____

_____。

10 原文：對動物來說，**凡是**性命交關的事，一次就學會。

結構：**凡是**

解釋：將所有具有相同條件、性質、或特性的人、事、物集合起來，進行
描述。

◀ 練習 請填入合適的詞語，並完成句子。

(1) 凡是 <u>前人的經驗</u> ，皆可使後人<u>少走許多曲折路</u> ，<u>避免身
陷危險境地</u> 。

(2) 凡是＿＿＿＿＿＿＿＿＿＿＿，必有風險，事前＿＿＿＿＿＿＿＿＿＿，
＿＿＿＿＿＿＿＿＿＿＿＿＿＿＿＿＿＿＿＿＿＿＿＿＿。

(3) 凡是＿＿＿＿＿＿＿＿＿＿＿，總是＿＿＿＿＿＿＿＿＿，觀察動物的
＿＿＿＿＿＿＿＿＿＿＿，並＿＿＿＿＿＿＿＿＿＿＿＿＿＿＿＿。

(4) 政府財政部門強調，凡是＿＿＿＿＿＿＿＿＿＿＿＿＿＿，便須納稅，否則
＿＿＿＿＿＿＿＿＿＿＿＿，＿＿＿＿＿＿＿＿＿＿＿＿＿＿＿＿＿。

◀ 練習 這本書即將學完，凡是這本書的內容，你都有印象或記得嗎？哪一課印
象最深？為什麼？請用「凡是」的句式來回答。

＿＿＿＿＿＿＿＿＿＿＿＿＿＿＿＿＿＿＿＿＿＿＿＿＿＿＿＿＿＿＿＿＿

＿＿＿＿＿＿＿＿＿＿＿＿＿＿＿＿＿＿＿＿＿＿＿＿＿＿＿＿＿＿＿＿＿

＿＿＿＿＿＿＿＿＿＿＿＿＿＿＿＿＿＿＿＿＿＿＿＿＿＿＿＿＿＿＿。

11 原文：現在腦造影技術的精進，已經逐漸**解開**基因和環境互動**之謎**。

結構：**解開……之謎**

解釋：透過實驗或分析，找出解答或是道理。

◀ 練習 請填入合適的詞，並完成短文。

　　名畫「蒙娜麗莎的微笑」（Mona Lisa Smile），是達文西的作品，
那神祕的笑容，吸引了許多好奇者，不少人在欣賞的同時，也希望解
開＿＿＿＿＿＿＿＿＿＿之謎，因為各人有各人的想法，成為了一大
謎團。

　　除了藝術上有無法解開作者＿＿＿＿＿＿＿＿＿＿之謎，歷史上
的古埃及（Āijí, Egypt）文明，亦是不少專家學者皆渴望了解，在缺乏
物力的當時，金字塔和人面獅身的建築，究竟是如何興建的？能
解開＿＿＿＿＿＿＿＿＿＿之謎者，必能登上媒體頭條。

　　此外，現代科學家仍渴望解開＿＿＿＿＿＿＿＿＿＿之謎，那連
光線都無法存在的地方，如何影響人類世界？得以解開＿＿＿＿＿＿
＿＿＿＿之謎者，無疑可獲得諾貝爾委員會的青睞。

◀ 練習 許多人相信，宗教能為人類解開生死之謎，你同意嗎？請說說你的看法。

_____

_____

_____ 。

12 原文：大人需把考試和做事能力分開。

結構：把 X 和 Y 分開

解釋：意思為分離隔開，X 和 Y 可以是具體的人、事、物，或抽象的觀念。

◀ 練習 請將下列 X 和 Y 進行搭配，並完成句子。

X	Y
街頭智慧 夢想 傳授祕訣 讀萬卷書	讓人聽教 行萬里路 讀書智慧 實際

(1) 有人把__讀萬卷書__和__行萬里路__分開，其實前者代表__記憶前人經驗__，後者意味著__觀察與詮釋__，兩者__相輔相成__。

(2) 把_____和_____分開，在人生不同階段_____，將可_____
_____。

(3) 若不能把_____和_____分開，就容易陷入美好的想像中，並且_____。

(4) 不善於人際關係者，老是不懂把_____和_____分開，自以為是好心幫助別人，卻缺乏_____
_____。

◀ 練習 談到結婚，有人會把愛情和麵包分開考量，你呢？你是否也認為，結婚時，需要把愛情和麵包分開？請把想法和理由寫出來。

_____

_____

_____ 。

13 原文：但可以透過閱讀，**把**別人的經驗**內化為**自己的。

結構：**把 X 內化為 Y**

解釋：將外在社會的知識、觀念、想法、價值觀等，慢慢轉化為自己的能力、心理與人格特質。

◀ 練習 請填入合適的詞語，並完成句子。

(1) 學習的一個目的，即是把別人的經驗內化為自己的知識，<u>增加本身的能力，成就一番事業</u>。

(2) 孩童觀察周遭，把_____逐漸內化為_____

_____，_____。

(3) 研究發現，長期受虐者常把_____內化為_____

_____，_____。

(4) 不少青少年會把_____內化為_____，

_____。

◀ 練習 你學過幾種外語？是否有內化為自己的語言系統，而造成母語文法錯亂的現象？請針對自己的經驗來描寫一下。

_____

_____

_____ 。

易混淆語詞

🎧 10-08

13 事業	母親常開玩笑地說，她的事業即是成就了五個孩子。	N
職業	任何一種職業皆對社會有所貢獻。	N

◀ 練習

雖然目前他的＿＿＿＿＿＿是便利商店的店員，但只要他繼續努力，將來如果要發展自己的＿＿＿＿＿＿，並不是不可能。

14 本性	只有在危險時刻，才能看出一個人的本性。	N
本能	面對危險時的自我保護，是動物的本能。	N

◀ 練習

雖然他是個＿＿＿＿＿＿善良的人，但是遇到情況緊急時，也可能殺人，這是人的＿＿＿＿＿＿。

15 理念	老闆夫婦的經營理念完全不同。	N
理想	理想與現實之間，差別很大嗎？	N

◀ 練習

我們因為有共同的＿＿＿＿＿＿，所以合開了一家公司，但是最後因兩個人的經營＿＿＿＿＿＿不同，而決定結束營業，各自成立自己的公司。

16	學術	學術研究的工作，不是人人都做得來的。	N
	學問	別小看它，其中大有學問呢！	N

◀ 練習

這位語法學家的＿＿＿＿＿＿好得不得了，難怪他在語言學界的
＿＿＿＿＿＿地位非常高。

17	調控	若聲音調控得好，則能發揮其效果。	V
	調整	有些病只要調整飲食習慣，不必吃藥也能好。	V

◀ 練習

政府改變經濟政策，所以我們公司也必須＿＿＿＿＿＿我們的計
畫，特別是生產速度必須＿＿＿＿＿＿，否則會造成市場的不穩
定。

18	憂鬱	長期在屋內，人容易憂鬱，是不是？	Vs
	焦慮	不能在教授規定的時間內交作業，使小楊相當焦慮。	Vs

◀ 練習

生意失敗讓他心情很差，時常覺得＿＿＿＿＿＿，當每個月要付
房租時，他心裡更是不安，非常緊張、＿＿＿＿＿＿。

19	教養	教養孩子並不容易，即使歷經辛苦的教養過程，也不保證孩子有教養。	V, N
	教育	教育專家表示，相較於學校教育，家庭教育更為重要。	N

◀ 練習

重視孩子＿＿＿＿＿＿的家長，在教孩子的時候比較有耐心，而
且也比較重視孩子學校＿＿＿＿＿＿的品質。

20	區域	現代國際間，強調區域經濟的合作與連結。	N
	領域	鏡像神經元這個領域中，吳教授的研究出類拔萃。	N

◀ 練習

亞洲這個＿＿＿＿＿＿＿，在現代舞＿＿＿＿＿＿＿成就最高的人，你認為是誰呢？

21	促使	愛心促使人們的捐款源源不絕。	V
	促發	租借貓熊有利可圖，促發了動物保護的另一波拉鋸。	V

◀ 練習

因為經濟上的競爭，＿＿＿＿＿＿＿了兩國之間的貿易戰爭，這也＿＿＿＿＿＿＿兩國積極地研發如何讓產業升級。

引導式寫作練習

　　從你自己的經驗來看，你認為你的哪些學習經驗對於訓練思考是有幫助的？或是你認為，在獨立思考、解決問題方面，你有哪些不足？你需要哪些思考訓練？

　　如果有機會主辦一個啟發思考的夏令營，你希望教給孩子哪些思考能力？

　　請寫一個廣告，告訴家長你所舉辦的夏令營有哪些訴求，並且說明這些訴求對啟發孩子思考能力的重要性，說服家長，讓他們相信應該將孩子送到夏令營接受訓練。

文章可分為以下三個部分：

開頭：可以從自己的經驗寫起，或是觀察到哪些跟孩子獨立思考有關的現象或情形。

中間：承接第一段，點出夏令營提供哪些思考訓練，說明訓練的內容，與重要性，力求得到家長們的肯定與信賴。

結尾：總結全篇文章的重點，若能與開頭相呼應，則更有說服力。

寫作時，多用連詞來連接上下句，使文章更通順。如：除此之外、至於、再者、得以、則、縱使……也……、自此、因而、可想而知、以此來……、以致、何嘗、不僅、從而。

一、角色扮演

　　一個大學生認為目前在學校所學，對他沒有幫助，因此想要休學。如果你是這個大學生，你怎麼說服你的父母？如果你是這個大學生的父母，你同意讓他休學嗎？請二至三人一組，一人扮演想休學的大學生，其他人則扮演父母。

孩子：我想休學⋯⋯

媽媽：為什麼？⋯⋯

二、看圖說話

請看下面四張連續圖片，用所列之生詞，說一個完整的故事。

1

出息、脫鉤、模仿、理念、知其然、
混為一談

2

幽默、融入、震驚、為人處世

3

實戰、立即、應變

4

時刻、逐漸、精進、修練、思維、
圓融、促使

中 - 英 Vocabulary Index (Chinese-English)

漢語拼音	正體	簡體	課序 - 課文 - 生詞序
A			
Àisēnháo	艾森豪	艾森豪	4- 專 2-2
àixīn	愛心	爱心	4-2-12
Ākèláng Hàn	阿喀郎·汗	阿喀郎．汗	3- 專 1-7
-àn	案	案	1-1-16
ānfàng	安放	安放	9-2-18
ānjiā	安家	安家	9-2-30
ānshēn	安身	安身	9- 摘 -7
ānzhuāng	安裝	安装	2-2-34
Àodìlì	奧地利	奥地利	1- 專 1-4
Àohuì (Àolínpīkè wěiyuánhuì)	奧會＝奧林匹克委員會	奥会＝奥林匹克委员会	8- 專 2-1
Àolínpīkè yùndònghuì	奧林匹克運動會	奥林匹克运动会	8- 專 1-2
àomàn	傲慢	傲慢	5-1-26
Àoyùnhuì	奧運會	奥运会	6- 專 2-9
B			
bàituō	拜託	拜托	4-2-21
bālěi	芭蕾	芭蕾	3-1-7
bǎnběn	版本	版本	5-2-22
bànshēng	半生	半生	7-2-10
bàochí	抱持	抱持	4-1-7
bàokǎo	報考	报考	3 1 39
bǎosòng	保送	保送	3-2-3
bǎoyǒu	保有	保有	1-2-20
bǎoyù	保育	保育	6-2-27
Bāxī	巴西	巴西	1- 專 2-2
BBC	BBC	BBC	6- 專 1-2

漢語拼音	正體	簡體	課序 - 課文 - 生詞序
bèi	背	背	5-2-7
Běihán	北韓	北韩	6- 專 1-11
bèihòu	背後	背后	7-2-37
Běijīng	北京	北京	6- 專 2-2
bēishāng	悲傷	悲伤	7-1-15
bèizēng	倍增	倍增	5-2-9
bèizi	輩子	辈子	3-2-10
bèn	笨	笨	10-2-13
běnxìng	本性	本性	10-2-15
běnzhí	本質	本质	4-2-2
bì	必	必	8-1-40
biànhuàn	變換	变换	9- 摘 -6
biànshì	辨識	辨识	10-2-5
biānwǔjiā	編舞家	编舞家	3-1-20
biǎo	表	表	6-1-18
biǎobái	表白	表白	7-2-4
biāozhì	標識	标识	5-1-28
bǐbì jiēshì	比比皆是	比比皆是	1-1-11
bīchū	逼出	逼出	7-1-43
biéyǒu jūxīn	別有居心	别有居心	4-2-22
bìlǜ	碧綠	碧绿	9-1-38
bìmù	閉幕	闭幕	8-2-17
bìngzhèng	病症	病症	2-2-15
bǐrú	比如	比如	9-2-31
bō	波	波	6-2-19
bōduó	剝奪	剥夺	2-2-36
Bólín	柏林	柏林	5- 专 1-1
bú jiànduàn (de)	不間斷（地）	不间断（地）	3-2-2

漢語拼音	正體	簡體	課序 - 課文 - 生詞序
búài	不礙	不碍	10-2-10
bùdébù	不得不	不得不	3-1-33
bùdiào	步調	步调	5-2-29
bùfáng	不妨	不妨	4-1-13
bùlí búqì	不離不棄	不离不弃	9-2-24
bùqiǎo	不巧	不巧	9-1-23
bùrù	步入	步入	10-1-17
bùshí	不時	不时	9-1-14
bùshǒu xìnyòng	不守信用	不守信用	7-2-30
bùsǔn	不損	不损	10-2-7
búxìng	不幸	不幸	7-2-32
bùyóu zìzhǔ	不由自主	不由自主	7-2-23
bǔzhuō	捕捉	捕捉	6-2-24
búzìjué	不自覺	不自觉	3-2-37

C

漢語拼音	正體	簡體	課序 - 課文 - 生詞序
cáihuá	才華	才华	3-2-8
cáiwù	財務	财务	8-1-21
cánkù	殘酷	残酷	7-1-9
cānyù	參與	参与	8-1-36
chābié	差別	差别	10-1-13
cháhú	茶壺	茶壶	9-2-25
chànà	剎那	刹那	3-1-36
chángkè	常客	常客	5-1-4
chángpiān dàlùn	長篇大論	长篇大论	7-2-25
chǎngsuǒ	場所	场所	2-2-1
chàngxiāo	暢銷	畅销	4-1-5
chǎnxià	產下	产下	6-1-5
chāoyuè	超越	超越	10-2-14
chāozhī	超支	超支	8-1-38
cháyán guānsè	察言觀色	察言观色	7-2-20
chāzuǐ	插嘴	插嘴	4-1-22

漢語拼音	正體	簡體	課序 - 課文 - 生詞序
chèng	秤	秤	5-1-5
chēng	撐	撑	7-1-7
chénggōng zhīchù	成功之處	成功之处	1- 摘 -3
chéngjiù	成就	成就	4-2-9
chēngwéi	稱為	称为	1-3-5
chéngxiào	成效	成效	1-2-2
chēngzàn	稱讚	称赞	3-2-12
chéngzhèn	城鎮	城镇	9-2-33
chīle yìjīng	吃了一驚	吃了一惊	4-3-9
chōnghūn tóu	沖昏頭	冲昏头	3-2-28
chónglái	重來	重来	7-1-11
chōngmǎn	充滿	充满	2-1-19
chóucuò	籌措	筹措	8-1-27
chuánchéng	傳承	传承	3-1-18
chuàngjiàn	創見	创见	2-1-21
chuāngtái	窗台	窗台	9-2-22
chuàngxīn	創新	创新	1-2-21
chuánrén	傳人	传人	3-1-6
chuánshòu	傳授	传授	4-1-1
chūbǎn	出版	出版	1-1-2
chūfā	出發	出发	2-1-2
chūfǎng	出訪	出访	6-1-1
chūlèi bácuì	出類拔萃	出类拔萃	10-1-5
chúncuì	純粹	纯粹	9-2-10
chūxí	出息	出息	10-2-2
chūzì	出自	出自	2-1-23
chūzū	出租	出租	6-2-1
cǐ	此	此	4- 摘 -8
cóng (lái)	從（來）	从（来）	3-2-1
cóng'ér	從而	从而	2-1-36
cóngcǐ	從此	从此	10-1-14
cónglín	叢林	丛林	10-1-16

漢語拼音	正體	簡體	課序-課文-生詞序
cōngróng	從容	从容	10-1-21
cùfā	促發	促发	10-2-33
cuīshóu	催熟	催熟	5-1-13
cùjìn	促進	促进	6- 摘 -4
cūnluò	村落	村落	2-2-7
cúnzàigǎn	存在感	存在感	3-1-38
cuòluàn	錯亂	错乱	5-1-21
cuòwù bǎichū	錯誤百出	错误百出	5-2-19
cùshǐ	促使	促使	10-2-55

D ~~~~~~

漢語拼音	正體	簡體	課序-課文-生詞序
dá	達	达	6-2-10
dá'àn	答案	答案	2-2-5
dáchéng	達成	达成	5-1-17
dàfàng guāngmíng	大放光明	人放光明	2-1-28
dàiyánrén	代言人	代言人	1-3-4
dànǎo	大腦	大脑	7-2-14
dāndān	單單	单单	2-2-14
dāngchū	當初	当初	1-2-14
dāngjú	當局	当局	6-2-12
dāngtóu bànghè	當頭棒喝	当头棒喝	7-1-27
dāngxià	當下	当下	7-1-10
dāngzuò	當作	当作	3-2-33
dànjì	淡季	淡季	4-3-8
dānzì	單字	单字	5-2-8
dàoxiè	道謝	道谢	5-1-18
dǎoyǔ	島嶼	岛屿	5-2-16
dárén	達人	达人	1-3-3
dàshī	大師	大师	3-1-11
děnghào	等號	等号	10- 摘 2-3
děnghòu	等候	等候	4-3-12
dēngshàng	登上	登上	6-1-8

漢語拼音	正體	簡體	課序-課文-生詞序
déxìng	德性	德性	7-1-31
déyǐ	得以	得以	10-2-17
diànchí	電池	电池	2-2-31
diǎnchū	點出	点出	1-1-10
diǎndiǎn dīdī	點點滴滴	点点滴滴	7-2-16
diǎnfàn	典範	典范	1- 摘 -8
diànlǎn	電纜	电缆	2-2-24
diànlì	電力	电力	2-2-4
diǎnlǐ	典禮	典礼	8-2-18
diàoyǐ qīngxīn	掉以輕心	掉以轻心	10-2-50
dǐdá	抵達	抵达	6-2-5
dìdào	地道	地道	9-2-1
dījià	低價	低价	1-2-22
dǐngduō	頂多	顶多	7-2-9
dìngxià	定下	定下	4-2-29
dìngxiàlái	定下來	定下来	7-1-8
dìyù	地獄	地狱	3-2-31
dǐyùn	底蘊	底蕴	5-2-27
dìzhǐ	地址	地址	9-1-30
dǐzhì	抵制	抵制	6- 摘 -9
dòngchá	洞察	洞察	2- 摘 -1
dònglì	動力	动力	7-2-6
dòngshǒu	動手	动手	10-2-57
dòngyòng	動用	动用	2-2-20
dú wàn juàn shū, xíng wàn lǐ lù	讀萬卷書、行萬里路	读万卷书、行万里路	10-1-2
duǎnqí	短期	短期	8-2-26
dúbái	獨白	独白	5-2-44
dūcù	督促	督促	5-2-6
duìfāng	對方	对方	4-1-17
dùjià	度假	度假	9-1-27
dúmén	獨門	独门	4-1-2

漢語拼音	正體	簡體	課序 - 課文 - 生詞序
duōchóng	多重	多重	9-2-8
dùshù	度數	度数	2-1-16
dúzhě	讀者	读者	4-1-9

E 〜〜〜〜〜〜〜〜〜〜〜〜〜〜

漢語拼音	正體	簡體	課序 - 課文 - 生詞序
Éguó	俄國	俄国	1- 專 2-1
èrán	愕然	愕然	9-1-32
èrdù kōngjiān	二度空間	二度空间	10-2-53
Ěrwén Hālèdài	爾文·哈樂戴	尔文．哈乐戴	2- 專 2-1

F 〜〜〜〜〜〜〜〜〜〜〜〜〜〜

漢語拼音	正體	簡體	課序 - 課文 - 生詞序
fāfú	發福	发福	7-1-17
fāguāng èrjítǐ	發光二極體（LED）	发光二极体（LED）	2-2-32
fāhuī	發揮	发挥	7-1-46
fājué	發覺	发觉	3-2-7
fāmíng	發明	发明	2-1-14
fān	翻	翻	5-2-39
fān	番	番	10-2-11
fàndiàn	飯店	饭店	4-3-2
fángfàn	防範	防范	10-2-31
fǎngfú	彷彿	仿佛	9-1-19
fǎngkè	訪客	访客	5-2-24
fǎngwèn	訪問	访问	6-1-32
fàngyǎn	放眼	放眼	1-1-1
fàngzhū sìhǎi jiēzhǔn	放諸四海皆準	放诸四海皆准	10-2-21
fánshì	凡是	凡是	10-2-34
fánzhí	繁殖	繁殖	6- 摘 -10
fázhàn	罰站	罚站	4-1-26
fāzì	發自	发自	4-2-15
Fēizhōu	非洲	非洲	1- 專 2-3
fēnbié	分別	分别	6-1-28

漢語拼音	正體	簡體	課序 - 課文 - 生詞序
fèndòu (shǐ)	奮鬥（史）	奋斗（史）	1-3-12
fēngchén	風塵	风尘	9-2-44
fēngyún nǚxìng	風雲女性	风云女性	6-1-2
fēnwéi	氛圍	氛围	8-2-5
fēnxī	分析	分析	1-1-6
fǒujué	否決	否决	6-1-34
fú	幅	幅	9-2-38
fù	副	副	2-1-17
fù	赴	赴	6-2-3
fūrén	夫人	夫人	6-1-17

G 〜〜〜〜〜〜〜〜〜〜〜〜〜〜

漢語拼音	正體	簡體	課序 - 課文 - 生詞序
gàn	幹	干	7-1-19
gǎndào	感到	感到	3-1-37
Gǎng'ào	港澳	港澳	6- 專 2-7
gāngà	尷尬	尴尬	7-1-24
gànjià	幹架	干架	7-1-42
gànma	幹嘛	干嘛	7-1-29
gàobié	告別	告别	4-1-15
gāoděng	高等	高等	1- 摘 -4
gāodù	高度	高度	1-2-17
gāogōng	高工	高工	1-3-9
gāojiē	高階	高阶	1-1-21
Gēdà jiànzhú xuéxì	哥大建築學系	哥大建筑学系	9- 專 2-1
Gělánmǔ wǔtuán	葛蘭姆舞團	葛兰姆舞团	3- 專 2-2
gèngwéi	更為	更为	10-1-34
gēngxīn	更新	更新	8-1-25
gēnyuán	根源	根源	2-1-35
Gěruìlǐ	葛瑞里	葛瑞里	1- 專 1-3
gōngbú yìngqiú	供不應求	供不应求	2-1-33
gōngchéng	工程	工程	2-2-25

漢語拼音	正體	簡體	課序 - 課文 - 生詞序
gòngdù yìshēng	共度一生	共度一生	7-2-8
gōngkāi	公開	公开	3-2-11
gōngmín	公民	公民	9-2-11
gòngtōng	共通	共通	5-1-1
gòngtóngdiǎn	共同點	共同点	7-2-40
gōngtóu	公投	公投	1-2-11
gōngwú búkè	攻無不克	攻无不克	10-2-59
gòngxiàn	貢獻	贡献	2-1-34
guǎiwān mòjiǎo	拐彎抹角	拐弯抹角	7-2-33
guǎng	廣	广	10-2-27
Guǎngdōng	廣東	广东	9- 專 2-2
guānjiàn	關鍵	关键	1-1-15
guǎnlǐ xuéyuàn	管理學院	管理学院	10-1-10
guànxìng	慣性	惯性	7-2-24
guāxiāng guǒyàn	瓜香果豔	瓜香果艳	5-1-3
gùdìng	固定	固定	3-2-43
guǐdōngxi	鬼東西	鬼东西	7-1-12
guīhuà	規劃	规划	3-1-29
guìrén	貴人	贵人	3-2-5
guīyú	歸於	归于	8-1-19
gūjì	估計	估计	2-1-13
gūlì	孤立	孤立	5-2-14
gūmā	姑媽	姑妈	9-1-3
guódù	國度	国度	9-2-6
guójìguān	國際觀	国际观	5-1-29
guólì	國力	国力	8- 摘 -3
guómín	國民	国民	10-2-25
Guówùyuàn	國務院	国务院	6- 專 1-14
guózhài	國債	国债	8-1-3
gùtài guāngyuán	固態光源（SSL）	固态光源（SSL）	2-2-26

漢語拼音	正體	簡體	課序 - 課文 - 生詞序
H			
hǎimián	海綿	海绵	3-2-14
háitóng	孩童	孩童	2-2-11
hǎobǐ	好比	好比	4-1-14
hécháng	何嘗	何尝	3-2-36
Hēi Yòulóng	黑幼龍	黑幼龙	4- 專 1-1
hēidòng	黑洞	黑洞	8- 摘 -1
hēishǒu	黑手	黑手	1-3-10
héngcháng búbiàn	恆常不變	恒常不变	9-1-29
hěnhěn	狠狠	狠狠	8-2-34
héshí	何時	何时	7-1-22
héshí hédì	何時何地	何时何地	6-1-13
hòuxù	後續	后续	8-2-21
hòuyuàn	後院	后院	9-1-44
hóuzi	猴子	猴子	10-1-12
hù	互	互	6-1-31
huāfèi	花費	花费	8-1-31
Huágāng Yìxiào	華岡藝校	华冈艺校	3- 專 1-11
huánqīng	還清	还清	8-1-28
huānxǐ	歡喜	欢喜	7-1-14
huàshàng	畫上	画上	10- 摘 2-2
Huáshèngdùn	華盛頓	华盛顿	6- 專 2-6
huàwéi	化為	化为	3-1-27
Huáyì	華裔	华裔	9-2-2
huàzuò	畫作	画作	9-2-21
hùdòng	互動	互动	4-2-28
huì	會	会	3-1-25
huíběn	回本	回本	8-1-43
huífù	回覆	回复	5-1-11
huīsǎ	揮灑	挥洒	3- 摘 -3

漢語拼音	正體	簡體	課序-課文-生詞序
huítóu	回頭	回头	10-1-30
hùnwéi yìtán	混為一談	混为一谈	10-2-1
hùnxiě	混血	混血	9-2-3
huòbì	貨幣	货币	6-1-29
hūxīdào	呼吸道	呼吸道	2-2-13
hūyù	呼籲	呼吁	6-2-26

J

漢語拼音	正體	簡體	課序-課文-生詞序
jí	極	极	2-1-32
jí	即	即	7-2-27
jì	劑	剂	8-2-28
jiāchuán	家傳	家传	5-2-30
jiādàng	家當	家当	9-2-16
jiāmǎ	加碼	加码	7-2-11
jiǎnchēng	簡稱	简称	2-2-27
jiǎnféi	減肥	减肥	7-1-6
jiǎng	講	讲	4-1-20
jiānghú	江湖	江湖	10-1-29
jiànkè	見客	见客	6-2-9
jiànwén	見聞	见闻	10-2-28
jiǎobù	腳步	脚步	9-1-11
Jiàobù (= Jiàoyùbù)	教部（＝教育部）	教部（＝教育部）	1- 專 3-1
jiāojí	焦急	焦急	5-1-12
jiǎosuì	攪碎	搅碎	5-2-38
jiǎozhèng	矯正	矫正	2-1-26
jiàshè	架設	架设	2-2-23
jiāyòng	家用	家用	9-2-17
jiàyù	駕馭	驾驭	5-2-35
jiāzhū (zài)	加諸（在）	加诸（在）	3-2-27
jiē	接	接	2-2-19
jiècǐ	藉此	藉此	6-1-24
jiēduàn	階段	阶段	10-1-6
jiēguǐ	接軌	接轨	5-1-30

漢語拼音	正體	簡體	課序-課文-生詞序
jiěkāi	解開	解开	10-2-44
Jiékè	捷克	捷克	5- 專 2-1
jiěsàn	解散	解散	3-1-13
jiēxià	接下	接下	8-2-11
jièzhe	藉著	借着	4-2-31
jīfā chūlái	激發出來	激发出来	7-1-16
jígé	及格	及格	3-1-8
jījīnhuì	基金會	基金会	2-2-18
Jīlóng	基隆	基隆	9- 專 1-1
jīlǚ	羈旅	羁旅	9-2-40
jímáng	急忙	急忙	5-1-14
jìngdì	境地	境地	5-2-13
jǐngguān	景觀	景观	5-2-26
jīngjìn	精進	精进	10-2-43
jīngjìtǐ	經濟體	经济体	1-2-8
jīngliáng	精良	精良	5-2-20
jìngpiàn	鏡片	镜片	2-1-18
jīngpǐn	精品	精品	1-3-6
jǐngxiàng	景象	景象	8-2-30
jìngxiàng shénjīngyuán	鏡像神經元	镜像神经元	10- 專 2-4
jīngxǐng	驚醒	惊醒	9-1-33
jīngyóu	經由	经由	8-2-13
jǐngzhì	景致	景致	9-2-13
jǐnmì	緊密	紧密	1- 摘 -5
jìnnián	近年	近年	6-2-32
jìnqīn	近親	近亲	6-2-30
jìnqíng	盡情	尽情	3- 摘 -2
jǐnshèn wéizhī	謹慎為之	谨慎为之	8- 摘 -5
jìnxiū	進修	进修	1-2-9
jìnzhǎn	進展	进展	6-2-29
jīshù	基數	基数	8-2-23
jìsùshēng	寄宿生	寄宿生	9-1-5

漢語拼音	正體	簡體	課序-課文-生詞序
jiùjì	救濟	救济	6-1-19
Jiùjīnshān	舊金山	旧金山	6- 專 2-12
Jiǔrú	九如	九如	1- 專 3-4
jiùsuàn	就算	就算	6-2-35
jìyì	記憶	记忆	10- 摘 1-2
jīyīn	基因	基因	10-2-45
jīyuán	機緣	机缘	4-3-1
jìzài	記載	记载	6-1-16
jízhì	極致	极致	7-1-47
jìzhí	技職	技职	1- 摘 -2
jīzhì	機制	机制	10-2-37
jìzhù	記住	记住	4-1-16
jù'é	巨額	巨额	8-1-41
juànyǎng	圈養	圈养	6-2-33
juéxuǎnchū	決選出	决选出	8-2-9
júhuā	菊花	菊花	9-2-27
jùjiāo	聚焦	聚焦	10-1-19
jūliú	居留	居留	9-1-15
jùnnán měinǚ	俊男美女	俊男美女	7-1-13
jūsuǒ	居所	居所	9-1-28
jùtǐ	具體	具体	9-1-49
jùxiàng	巨象	巨象	8-2-33
jǔzhài	舉債	举债	8-1-26

K

漢語拼音	正體	簡體	課序-課文-生詞序
kāichuàng	開創	开创	2- 摘 -4
kāifāzhōng guójiā	開發中國家	开发中国家	2-1-30
kāikuò	開闊	开阔	5- 摘 -1
kāimíng	開明	开明	7-1-36
kāimù	開幕	开幕	8-2-16
kāiqǐ	開啟	开启	9- 摘 -2
kāiqiào	開竅	开窍	10-2-12
Kǎjiālì dàxué	卡加利大學	卡加利大学	2- 專 2-2

漢語拼音	正體	簡體	課序-課文-生詞序
Kǎnèijī	卡內基	卡内基	4- 專 1-2
kèfú	克服	克服	3-2-23
kěguān	可觀	可观	6-2-21
Kèlǐsīduōfú Huì'ěrdūn	克理斯多福·惠爾敦	克理斯多福.惠尔敦	3- 專 1-8
kěndìng	肯定	肯定	3-2-34
kěxiǎng érzhī	可想而知	可想而知	4-2-6
kǒuxiāngtáng	口香糖	口香糖	4-2-13
kǒuyì	口譯	口译	5-1-16
kǔ	苦	苦	7-1-44
kuīběn	虧本	亏本	8-2-2
kuīqián	虧錢	亏钱	8-2-1
kǔsè	苦澀	苦涩	7- 摘 -6

L

漢語拼音	正體	簡體	課序-課文-生詞序
Lādīng Měizhōu	拉丁美洲	拉丁美洲	1- 專 2-4
láirì	來日	来日	9-1-16
lājìn jùlí	拉近距離	拉近距离	4- 摘 -10
lājù	拉鋸	拉锯	6-2-20
lǎnduò	懶惰	懒惰	9-2-37
làngcháo	浪潮	浪潮	5-2-3
làngyóu	浪遊	浪游	9- 摘 -3
lànmàn	爛漫	烂漫	9-1-6
Láobó Ātèmàn	勞勃·阿特曼	劳勃.阿特曼	3- 專 1-3
lǎofūzǐ	老夫子	老夫子	7-1-39
láolèi	勞累	劳累	5-1-25
lěngzhàn	冷戰	冷战	8-2-4
Lǐ Guāngyào	李光耀	李光耀	10- 專 2-2
liángshēn dǎzào	量身打造	量身打造	3-1-21
liánjié	連結	连结	1- 摘 -6
liánjiē	連接	连接	10-2-56
liǎnkǒng	臉孔	脸孔	3-2-41
liáokuò	遼闊	辽阔	5-2-11

漢語拼音	正體	簡體	課序 - 課文 - 生詞序
lìdào	力道	力道	4-2-14
lìjīng	歷經	历经	8-1-4
lǐlùn	理論	理论	1-1-12
Línglíng	玲玲	玲玲	6- 專 2-4
lǐngqǔ	領取	领取	6-1-33
lǐngwù	領悟	领悟	10-1-32
lǐniàn	理念	理念	10-2-19
línshí	臨時	临时	5-1-15
línyè	林業	林业	6-2-23
lǐsuǒ dāngrán	理所當然	理所当然	9-1-36
liúyáng	留洋	留洋	7-1-38
liúzhuǎn	流轉	流转	9-1-25
lǐxìng	理性	理性	7-2-22
lìzhì	立志	立志	7-1-4
Lú Xīpéng	盧希鵬	卢希鹏	10- 專 1-2
lǚchéng	旅程	旅程	9-1-20
lún	輪	轮	8-1-5
Lúndūn	倫敦	伦敦	3- 專 1-6
luòdìchuāng	落地窗	落地窗	9-1-41
Luòsāng guǎnlǐ xuéyuàn	洛桑管理學院	洛桑管理学院	1- 專 1-2
Luòshānjī	洛杉磯	洛杉矶	6- 專 2-8
Luósī Pàkèsī	羅斯・帕克斯	罗斯．帕克斯	3- 專 2-1
lǚtú	旅途	旅途	5-1-24

M

漢語拼音	正體	簡體	課序 - 課文 - 生詞序
Mài'āmì	邁阿密	迈阿密	6- 專 1-12
mǎidān	買單	买单	8-1-45
màijìn	邁進	迈进	9-1-22
mànbù jīngxīn	漫不經心	漫不经心	7-2-28
mǎnfēn	滿分	满分	3-1-9
māoxióng	貓熊	猫熊	6- 摘 -1
màoyǔ	冒雨	冒雨	6-2-6

漢語拼音	正體	簡體	課序 - 課文 - 生詞序
máquè	麻雀	麻雀	9-1-47
Mǎshā Gělánmǔ	瑪莎・葛蘭姆	玛莎．葛兰姆	3- 專 1-5
Měiguó liánbāng yúyè hàn yěshēng dòngwù guǎnlǐ jú	美國聯邦漁業和野生動物管理局	美国联邦渔业和野生动物管理局	6- 專 2-13
Měijīn	美金	美金	8- 專 1-5
Měixiāng	美香	美香	6- 專 1-3
méiyóudēng	煤油燈	煤油灯	2-2-9
mèngmèi yǐqiú	夢寐以求	梦寐以求	4-3-6
Mèngmǔ sānqiān	孟母三遷	孟母三迁	10-2-39
Méngtèlóu	蒙特婁	蒙特娄	8- 專 1-4
ménpái	門牌	门牌	9-2-14
mí	謎	谜	10-2-46
miànmào	面貌	面貌	7- 摘 -3
miànqián	面前	面前	5-1-19
miáoshù	描述	描述	3-1-2
mígōng	迷宮	迷宫	5-1-8
mìjué	秘訣	秘诀	4- 摘 -9
míngpiàn	名片	名片	4-3-4
míngyì	名義	名义	6- 摘 -11
mìngzhòng	命中	命中	4-2-8
mínsú	民俗	民俗	3-1-31
mínzúwǔ	民族舞	民族舞	3-1-40
mófǎng	模仿	模仿	10-2-36
móshì	模式	模式	7-2-13
mósǔn	磨損	磨损	5-2-37

N

漢語拼音	正體	簡體	課序 - 課文 - 生詞序
nǎozi	腦子	脑子	5-2-41
nèihuà	內化	内化	10- 摘 2-5
nèiyǐn	內隱	内隐	10-2-40

漢語拼音	正體	簡體	課序 - 課文 - 生詞序
niándù	年度	年度	1-2-4
niánsuì	年歲	年岁	9-1-7
niàntou	念頭	念头	9- 摘 -8
Níbó'ěr	尼泊爾	尼泊尔	2- 專 2-3
Níkèsēn	尼克森	尼克森	6- 專 2-1
níngjìng	寧靜	宁静	9-1-39
níngzhì	凝滯	凝滞	4-1-29
Niújīn dàxué	牛津大學	牛津大学	2- 專 1-1
Niǔyuē shìlì bālěi wǔtuán	紐約市立芭蕾舞團	纽约市立芭蕾舞团	3- 專 1-9
nóngzhòng	濃重	浓重	5-1-10
nǚhuáng	女皇	女皇	6-1-14

P 〰〰〰〰〰〰〰〰〰〰

漢語拼音	正體	簡體	課序 - 課文 - 生詞序
pàizhù	派駐	派驻	9-1-24
pángdà	龐大	庞大	8-1-15
pāo	拋	抛	5-2-4
pèi	配	配	2-1-8
péixùn	培訓	培训	3-1-16
péngbó	蓬勃	蓬勃	8-1-16
péngzhàng	膨脹	膨胀	7- 摘 -2
pénjǐng	盆景	盆景	9-2-23
piāobó	飄泊	飘泊	9-1-13
píng	憑	凭	3-2-21
píngbǐ	評比	评比	1-2-5
Píngdōng	屏東	屏东	1- 專 3-3
píngliáng	評量	评量	10- 摘 2-1
pínglùn	評論	评论	3-2-29
píngrì	平日	平日	9-2-19
pǐnpái	品牌	品牌	1-2-6
pìnqǐng	聘請	聘请	1-1-20
pīnyīn	拼音	拼音	5-2-18
pǒ	頗	颇	10-1-8
pòbài	破敗	破败	9-2-36

漢語拼音	正體	簡體	課序 - 課文 - 生詞序
pòshǐ	迫使	迫使	1-2-15
pòzhàn	破綻	破绽	7-1-30
pǔ'ěr	普洱	普洱	9-2-28
Pǔ'ěr	普洱	普洱	9- 專 2-3
pùlù	暴露	暴露	10-2-41

Q 〰〰〰〰〰〰〰〰〰〰

漢語拼音	正體	簡體	課序 - 課文 - 生詞序
qiánchē zhījiàn	前車之鑑	前车之鉴	8-1-20
qiānchēng	謙稱	谦称	4-1-6
qiángxīnzhēn	強心針	强心针	8-1-2
qiánlái	前來	前来	5-2-21
qiánsuǒ wèiyǒu	前所未有	前所未有	3- 摘 -1
qiántí	前提	前提	9- 摘 -9
qiányí	前移	前移	9-1-21
qiānyí	遷移	迁移	9- 摘 -5
Qiáoxǔ Xí'ěrfó	喬許 · 席爾佛	乔许 . 席尔佛	2- 專 1-2
qídài yǐjiǔ	期待已久	期待已久	3-2-42
qǐdiǎn	起點	起点	10-2-51
qiè'ér bùshě	鍥而不舍 / 捨	锲而不舍 / 舍	2- 摘 -2
qìhòu yírén	氣候宜人	气候宜人	9-2-32
qìjī	契機	契机	2- 摘 -5
qǐjiā	起家	起家	1-3-11
qíjiān	期間	期间	6-2-14
qíndú	勤讀	勤读	5-2-31
qínfèn	勤奮	勤奋	5-2-34
qíngdí	情敵	情敌	7 1 1
qīngxiāo	傾銷	倾销	1-2-23
qīnhélì	親和力	亲和力	4- 摘 -6
qīnshēn	親身	亲身	7-2-39
qióngkùn	窮困	穷困	2-1-11
qìtú	企圖	企图	4-2-16
qíyú	其餘	其余	3-2-19

漢語拼音	正體	簡體	課序-課文-生詞序
quánchéng	全程	全程	6-1-3
quánshì	詮釋	诠释	10- 摘 1-3
qūcè	驅策	驱策	4-2-3
qūdònglì	驅動力	驱动力	4-2-32
quēdiǎn	缺點	缺点	10-1-26
qūfēn	區分	区分	10-2-26
qūkuài	區塊	区块	5-2-42
qún	群	群	2-1-4
qúnzhòng	群眾	群众	2-2-35
qūyù	區域	区域	10-2-54
qūzhé	曲折	曲折	10-1-25

R 〜〜〜〜〜〜〜〜〜〜〜

漢語拼音	正體	簡體	課序-課文-生詞序
ránshāo	燃燒	燃烧	2-2-12
rèchén	熱忱	热忱	4-1-12
réncái	人才	人才	1-1-22
réncháo	人潮	人潮	8-2-25
réncì	人次	人次	6-2-11
rèndìng	認定	认定	9-1-17
rénjì	人際	人际	4-1-3
rénjiā	人家	人家	5-1-22
rénjiàn rén'ài	人見人愛	人见人爱	6- 摘 -2
rénlì	人力	人力	2-2-21
rénqún	人群	人群	2-1-37
rénshēng kǔduǎn	人生苦短	人生苦短	10-2-58
rénshì	人士	人士	8-1-34
rénwén	人文	人文	5-2-25
rènwù	任務	任务	2-1-12
rényuán	人緣	人缘	4-2-7
rètēngtēng	熱騰騰	热腾腾	9-2-26
rìguāngbǎn	日光板	日光板	2-2-29
róngyào	榮耀	荣耀	8- 摘 -2
ruǎnruò	軟弱	软弱	7-2-7

漢語拼音	正體	簡體	課序-課文-生詞序
Ruìdiǎn	瑞典	瑞典	1- 專 1-5
Ruìshì	瑞士	瑞士	1- 專 1-1
rùyè	入夜	入夜	2-2-6

S 〜〜〜〜〜〜〜〜〜〜〜

漢語拼音	正體	簡體	課序-課文-生詞序
sàishì	賽事	赛事	5-2-15
sǎluò	灑落	洒落	3-1-35
sàn	散	散	3-2-39
sècǎi	色彩	色彩	6- 摘 -8
shàn	扇	扇	3-2-4
shàn(yú)	善（於）	善（于）	10-1-38
shāndòng	山洞	山洞	9-1-2
shàngdì	上帝	上帝	3-1-42
shànggōng	上工	上工	1-1-14
shàngyǎn	上演	上演	5-2-45
shǎnrén	閃人	闪人	7-1-23
shè	設	设	6-1-30
shèlì	設立	设立	6-2-28
shēn'Ào (shēnqǐng Àoyùn)	申奧＝申請奧運	申奥＝申请奥运	8-1-7
shèngdà	盛大	盛大	8-1-9
shènghuì	盛會	盛会	8-1-11
shēngjí	升級	升级	1-1-23
shēngpíng	生平	生平	3-1-32
Shēngshēn Bùxí	生身不息	生身不息	3- 專 1-1
shēnhòu	深厚	深厚	5-2-28
shénjīng	神經	神经	10-2-9
shénjīng dàtiáo	神經大條	神经大条	7-2-19
shēnkè	深刻	深刻	4-2-27
shēnqiè	深切	深切	4-2-4
shēnshì	身世	身世	9-2-7
shēnshǒu	伸手	伸手	4-3-3
shēnwéi	身為	身为	1-1-7

漢語拼音	正體	簡體	課序-課文-生詞序
shēnxiàn	身陷	身陷	5-1-7
shēnzài	身在	身在	5-1-31
shìdé qífǎn	適得其反	适得其反	4-2-23
Shīdúzhèng	失讀症	失读症	10- 專 2-1
shīgēn	失根	失根	9-1-35
shīgōng	施工	施工	8-1-29
Shìjièbēi zúqiúsài	世界盃足球賽	世界杯足球赛	8- 專 1-3
shìlì	視力	视力	2-1-27
shǐmìng	使命	使命	7-2-5
shìnèi	室內	室内	2-2-16
shìwú bùchéng	事無不成	事无不成	10-2-60
shīxiào	失效	失效	4-2-17
shíyàn	實驗	实验	10-1-31
shìyě	視野	视野	10-1-20
shízhàn	實戰	实战	10-1-4
shǐzhě	使者	使者	6- 摘 -6
shìzì	識字	识字	10-2-3
shǒubǎi jiǎodòng	手擺腳動	手摆脚动	5-1-6
shōuchǎng	收場	收场	8-2-3
shǒucì	首次	首次	6-2-8
shōují	收集	收集	9-2-20
shòunüè	受虐	受虐	10-2-47
shóuxī	熟悉	熟悉	3-2-40
shǒuxí	首席	首席	3-1-23
shōuyì	收益	收益	6-2-22
shú	孰	孰	10-1-7
shù	樹	树	9-1-45
shuāibài	衰敗	衰败	1-2-19
shuāngbāotāi	雙胞胎	双胞胎	6-1-6
shuāngbiān	雙邊	双边	6-1-25
shuǐguǒtān	水果攤	水果摊	5-1-2
shūjí	書籍	书籍	5-2-32

漢語拼音	正體	簡體	課序-課文-生詞序
shùkē	術科	术科	3-2-17
shùnjiān	瞬間	瞬间	3-2-26
shuōhuà bú suànhuà	說話不算話	说话不算话	7-2-31
shuōlǐ	說理	说理	7-2-21
shùwèihuà	數位化	数位化	6-1-10
shǔyì	屬意	属意	9-2-12
shūzhōng zìyǒu huángjīnwū	書中自有黃金屋	书中自有黄金屋	10-1-1
sìchù	四處	四处	5-2-17
Sìchuān Wòlóng zìrán bǎohù qū	四川臥龍自然保護區	四川卧龙自然保护区	6- 專 2-14
sìde	似地	似地	4-1-28
sīkǎoshù	思考術	思考术	10-1-37
sìnián yídù	四年一度	四年一度	8-2-31
sīshēngzǐ	私生子	私生子	7-1-33
sīwéi	思維	思维	10-1-27
sìyǎngchǎng	飼養場	饲养场	6-1-27
Sòng Měilíng	宋美齡	宋美龄	6- 專 1-8
sōngshǔ	松鼠	松鼠	9-1-46
suànji	算計	算计	9-1-12
suíhòu	隨後	随后	4-2-20
Sūlián	蘇聯	苏联	6- 專 1-10
sǔnyì pínghéng	損益平衡	损益平衡	8-2-19
suǒzài	所在	所在	9-2-34

T 〰〰〰〰〰〰〰〰〰〰〰

漢語拼音	正體	簡體	課序-課文-生詞序
tàchū	踏出	踏出	4-1-10
tàibàn	泰半	泰半	9- 摘 -4
Táikēdà	台科大	台科大	10- 專 1-1
Tángcháo/dài	唐朝 / 代	唐朝 / 代	6- 專 1-5
tàngshǒu shānyù	燙手山芋	烫手山芋	8-2-7
tánlùn	談論	谈论	4- 摘 -3

漢語拼音	正體	簡體	課序 - 課文 - 生詞序
táotài	淘汰	淘汰	5-2-5
tāxiāng	他鄉	他乡	9-1-9
tǎzhù	塔柱	塔柱	8-1-30
tèdì	特地	特地	3-1-12
téngài	疼愛	疼爱	3-1-43
tèshū	特殊	特殊	2-1-3
tiāncháng dìjiǔ	天長地久	天长地久	9-2-39
tiānfù	天賦	天赋	10-2-16
tiāntáng	天堂	天堂	3-2-30
Tiántián	甜甜	甜甜	6- 專 1-1
Tiānwǔ tiānhuáng	天武天皇	天武天皇	6- 專 1-7
tiàocáo	跳槽	跳槽	4-3-11
tiàoháng	跳行	跳行	10-2-6
tiáokòng	調控	调控	10-2-48
tiàowǔ	跳舞	跳舞	3-2-18
tídào	提到	提到	1-2-1
tiēbǔ jiāyòng	貼補家用	贴补家用	2-2-8
tǐhuì	體會	体会	7- 摘 -5
tímù	題目	题目	10-2-52
tǐnèi	體內	体内	3-2-38
tīngjiào	聽教	听教	4-1-27
tíqǔ	提取	提取	10-2-29
tǐtiē	體貼	体贴	9-2-35
tíwèn	提問	提问	4-1-31
tízǎo	提早	提早	7-1-40
tòngkū liútì	痛哭流涕	痛哭流涕	3-2-9
tónglǐxīn	同理心	同理心	7-2-26
tóngzhuō	同桌	同桌	4-1-25
tóurù	投入	投入	1-1-18
tóutiáo	頭條	头条	6-1-9
Tǔěrqí	土耳其	土耳其	5- 專 1-2
túfā qíxiǎng	突發奇想	突发奇想	2-1-5

漢語拼音	正體	簡體	課序 - 課文 - 生詞序
tuōgōu	脫鉤	脱钩	10-1-15
Tuǒruìshì zhèng	妥瑞氏症	妥瑞氏症	10- 專 2-3
tuōtáo	脫逃	脱逃	10-1-3
tuōyǐng érchū	脫穎而出	脱颖而出	8-1-6
túrán zhījiān	突然之間	突然之间	8-2-6

W

漢語拼音	正體	簡體	課序 - 課文 - 生詞序
wǎ	瓦	瓦	2-2-28
wài	外	外	1-2-16
wàngjì	忘記	忘记	7-2-29
wàngjiàn	望見	望见	9-1-42
wǎnhūn	晚婚	晚婚	7-2-1
wéi	唯	唯	1-3-8
wèibì	未必	未必	2-1-1
wěidà	偉大	伟大	10-2-8
wéièr	唯二	唯二	8-2-8
wèihūn	未婚	未婚	7-1-3
wēilì	威力	威力	4-2-25
Wēilián Zhānmǔshì	威廉‧詹姆士	威廉‧詹姆士	4- 專 2-1
wéimiào	微妙	微妙	7-2-38
wéiqí	為期	为期	6-2-15
wéirén chēngdào	為人稱道	为人称道	8-2-12
wéirén chǔshì	為人處世	为人处世	10-1-33
wěisuō	萎縮	萎缩	7-1-26
wèiyǔ chóumóu	未雨綢繆	未雨绸缪	10-2-32
Wēndì Wēilún	溫蒂‧威倫	温蒂.威伦	3- 專 1-10
wénfǎ	文法	文法	5-1-9
wēnhé	溫和	温和	7-1-41
wěnluàn	紊亂	紊乱	5-1-20
wénmáng	文盲	文盲	2-2-37
wénpíng	文憑	文凭	1-1-8

漢語拼音	正體	簡體	課序 - 課文 - 生詞序
wénziguǎn	蚊子館	蚊子馆	8-2-27
wǒxíng wǒsù	我行我素	我行我素	7-1-2
wú	無	无	3-1-17
wúbù	無不	无不	8-1-12
wǔdàojiā	舞蹈家	舞蹈家	3-1-1
Wǔdòng Shìjì	舞動世紀	舞动世纪	3- 專 1-4
wǔjīn	五金	五金	1-3-2
wùlì	物力	物力	2-2-22
wǔmǎ	舞碼	舞码	3-1-5
wǔmù	舞目	舞目	3-1-22
wúqù	無趣	无趣	7-1-20
wǔqǔ	舞曲	舞曲	3-1-30
wǔtái	舞台	舞台	3-1-4
wǔtuán	舞團	舞团	3-1-14
wǔxīng	舞星	舞星	3-1-24
Wǔzétiān	武則天	武则天	6- 專 1-6
wǔzhě	舞者	舞者	3-1-3

X

漢語拼音	正體	簡體	課序 - 課文 - 生詞序
xì	係	系	9-2-4
xiá	呷	呷	9-2-29
xiàdìng juéxīn	下定決心	下定决心	3-2-13
xiǎng gànma jiù gànma	想幹嘛就幹嘛	想干嘛就干嘛	7-1-18
xiāngchóu	鄉愁	乡愁	9-1-8
xiāngduì	相對	相对	2-1-10
xiāngfǔ xiāngchéng	相輔相成	相辅相成	10- 摘 1-4
xiāngguān héchù	鄉關何處	乡关何处	9- 摘 -1
xiàngmù	項目	项目	8-1-10
xiànrù	陷入	陷入	8-2-29
xiāntiān	先天	先天	10-2-4
xiànyú	限於	限于	5-2-10

漢語拼音	正體	簡體	課序 - 課文 - 生詞序
xiǎokàn	小看	小看	4-2-24
xiāomiè	消滅	消灭	1-2-24
xiàoróng	笑容	笑容	4- 摘 -7
xiāoshòu	銷售	销售	4-1-4
xiàozhǎng	校長	校长	5-1-23
xiàshǔ	下屬	下属	4-2-18
xǐdí	洗滌	洗涤	9-2-43
xié'è	邪惡	邪恶	7-1-45
xiējiǎo	歇腳	歇脚	9-2-45
xièyì	謝意	谢意	6-1-20
xìjié	細節	细节	7-2-18
xījīn	吸金	吸金	6-2-2
xìmǎ	戲碼	戏码	5-2-46
Xǐmǎlāyǎ Shānqún	喜馬拉雅山群	喜马拉雅山群	2- 專 2-4
xīnài	心愛	心爱	9-2-15
xīnfǎ	心法	心法	4- 摘 -2
xìnggé	性格	性格	4-2-11
xīngjiàn	興建	兴建	8-1-22
xīngkōng	星空	星空	9-1-43
xínglǐ	行李	行李	9-2-42
xìngmìng jiāoguān	性命交關	性命交关	10-2-35
xíngtài	形態	形态	9-1-18
xǐngwù	醒悟	醒悟	7- 摘 -4
Xīngxīng	興興	兴兴	6- 專 2-5
xíngzǒu	行走	行走	10-1-28
xìnì	細膩	细腻	7-2-17
xīnjí	心急	心急	5-2-2
xīnkǎn	心坎	心坎	4-2-1
xīnxiě	心血	心血	3-1-26
xīnxīng	新興	新兴	1-2-7
xīnyí	心儀	心仪	7-2-3

漢語拼音	正體	簡體	課序-課文-生詞序
xīshōu	吸收	吸收	3-2-15
xìtǒng	系統	系统	2-2-33
xiūliàn	修練	修练	10- 摘 1-1
xīxì	嬉戲	嬉戏	9-1-48
xíyǐ wéicháng	習以為常	习以为常	2-2-3
xīyǒu	稀有	稀有	6-1-26
Xǔ Fāngyí	許芳宜	许芳宜	3- 專 1-2
xuānchēng	宣稱	宣称	8-1-14
xuānchuán	宣傳	宣传	8-1-8
xuāngào	宣告	宣告	6-2-13
xuànlì	絢麗	绚丽	8-1-17
xùdiàn	蓄電	蓄电	2-2-30
xuékē	學科	学科	3-2-20
xuéshù	學術	学术	10-2-22
xúnzhǎn	巡展	巡展	6-2-16
xūqiúliàng	需求量	需求量	2-1-31

Y

漢語拼音	正體	簡體	課序-課文-生詞序
Yǎdiǎn	雅典	雅典	8- 專 1-1
Yǎlìshāndà	亞力山大	亚力山大	9- 專 1-2
yánfā	研發	研发	1-1-19
yǎnglài	仰賴	仰赖	1-2-18
yǎnglǎo	養老	养老	9-1-31
yànhuì	宴會	宴会	4-1-18
yǎnjiàn	眼見	眼见	5-2-1
yǎnjìng	眼鏡	眼镜	2-1-9
yánzhèn yǐdài	嚴陣以待	严阵以待	1-1-4
yāoqǐng	邀請	邀请	3-1-19
yāoyuē	邀約	邀约	3-1-15
yěfàng	野放	野放	6-2-34
yěshēng	野生	野生	6-2-25
yěshòu	野獸	野兽	10-1-18
yěwài	野外	野外	6-2-31

漢語拼音	正體	簡體	課序-課文-生詞序
yìdì	異地	异地	9-1-10
yíjì zàishēn	一技在身	一技在身	1-1-9
yíjiù	依舊	依旧	9-1-37
yìlì	毅力	毅力	3-2-22
yílù	一路	一路	8-1-33
yīn'ér	因而	因而	6-1-35
Yīngbàng	英鎊	英镑	8- 專 1-6
yíngdé	贏得	赢得	4-2-30
yìngduì	應對	应对	10-1-22
yíngjiē	迎接	迎接	6-2-7
yǐngxiàng	影像	影像	2-1-29
Yíngxīn	迎新	迎新	6- 專 2-11
yíngyè'é	營業額	营业额	1-3-13
yíngyú	盈餘	盈余	8-2-15
yìngzhe tóupí	硬著頭皮	硬着头皮	3-1-34
yǐnrén shēnsī	引人深思	引人深思	10-1-9
yípiàn kòngbái	一片空白	一片空白	7-2-15
yíqì	儀器	仪器	2-1-24
yǐrán	已然	已然	9-1-34
yīshī	醫師	医师	2-1-7
yìtǐ	液體	液体	2-1-20
yìtǔ wéikuài	一吐為快	一吐为快	4-1-30
yìwèi	意味	意味	8-2-10
yìyǎn	一眼	一眼	3-2-6
yìzhàn	驛站	驿站	9-2-41
yǐzhì (yú)	以致（於）	以致（于）	4-1-24
yǒnggǎn	勇敢	勇敢	7-1-32
Yǒngyǒng	永永	永永	6- 專 2-10
yǒu/wúfú xiāoshòu	有／無福消受	有／无福消受	8-2-32
yǒuhǎo	友好	友好	6- 摘 -5
yǒulì kětú	有利可圖	有利可图	6-2-18
yōumò	幽默	幽默	10-1-36

漢語拼音	正體	簡體	課序 - 課文 - 生詞序
yǒusǔn	有損	有损	2-2-10
yǒusuǒ	有所	有所	10-2-20
yóutǐng	遊艇	游艇	1-3-1
yǒuyàng xuéyàng	有樣學樣	有样学样	10-2-38
yǒuyú	有餘	有余	8-1-37
yōuyù	憂鬱	忧郁	10-2-49
yù	愈	愈	1-2-3
yù	欲	欲	6-1-23
yǔ	予	予	4-2-26
yuánlǐ	原理	原理	2-1-6
yuánróng	圓融	圆融	10-1-35
yuánshǐ	原始	原始	2-1-22
yuǎnxíng	遠行	远行	9-1-1
yuányuán bùjué	源源不絕	源源不绝	5-2-23
Yuánzǎi	圓仔	圆仔	6- 專 1-4
yuànzhǎng	院長	院长	10-1-11
yǔbìng	語病	语病	7-2-34
yúdì	餘地	余地	4-1-23
yuè'ěr	悅耳	悦耳	4-1-11
yuèdú	閱讀	阅读	10- 摘 2-4
yùgū	預估	预估	8-1-32
yùjiàn	預見	预见	10-2-30
yùndòng chǎngguǎn	運動場館	运动场馆	8-1-23
yǔyán fānyìjī	語言翻譯機	语言翻译机	3-2-24

Z

zàicì	再次	再次	3-2-35
zàizhě	再者	再者	8-2-24
zànměi	讚美	赞美	4- 摘 -5
zànzhù	贊助	赞助	8-1-13
zàoyǐng	造影	造影	10-2-42
Zēng Xìnzhé	曾信哲	曾信哲	1- 專 3-2

漢語拼音	正體	簡體	課序 - 課文 - 生詞序
zèngsòng	贈送	赠送	6-1-15
zèngyǔ	贈與	赠与	6-2-4
zérèngǎn	責任感	责任感	4-2-19
zhàiwù	債務	债务	8- 摘 -4
zhànfàng	綻放	绽放	8-1-18
zhānrǎn	沾染	沾染	6- 摘 -7
zhànzhàn jīngjīng	戰戰兢兢	战战兢兢	3-2-32
zhàoliàng	照亮	照亮	2-2-17
zhàomíng	照明	照明	2-2-2
zhāoshāng	招商	招商	8-2-14
zhēnchéng	真誠	真诚	4- 摘 -4
zhèng	正	正	4-3-5
zhēngbiàn bùxiū	爭辯不休	争辩不休	7-2-36
zhēngfú	征服	征服	6- 摘 -3
zhèngquán	政權	政权	6-1-22
zhēngxiāng	爭相	争相	1- 摘 -7
zhēngyǎn	睜眼	睁眼	6-1-7
zhěngzhěng	整整	整整	4-1-21
zhēnqiè	真切	真切	4-2-10
zhēnxīn	真心	真心	4-2-5
zhēnzhuó	斟酌	斟酌	7-1-21
zhéxué	哲學	哲学	4-1-8
zhì	至	至	6-1-12
zhī qírán	知其然	知其然	10-2-23
zhíbò	直播	直播	6-1-4
zhīchēng	支撐	支撑	8-2-20
zhídào	直到	直到	7-2-2
Zhījiāgē	芝加哥	芝加哥	6- 專 1-13
zhījiān	之間	之间	7-2-12
zhíjué (de)	直覺（地）	直觉（地）	4-3-7
zhīlèi	之類	之类	9-1-26
zhīqí suǒyǐrán	知其所以然	知其所以然	10-2-24

漢語拼音	正體	簡體	課序-課文-生詞序
zhīshēn	隻身	只身	3-2-16
zhīshì fènzǐ	知識份子	知识份子	7-1-37
zhīwài	之外	之外	5-2-12
zhìxiàng	志向	志向	7-1-5
zhíxiào	職校	职校	1-摘-1
zhīxiǎo	知曉	知晓	5-2-33
zhíyán	直言	直言	1-1-5
zhìzàoshāng	製造商	制造商	2-1-25
zhìzàoyè	製造業	制造业	1-1-13
zhízhèng	執政	执政	10-2-18
zhōng	終	终	3-1-41
zhōng, xiǎo xíng qìyè	中、小型企業	中、小型企业	1-1-17
zhōngchéng	忠誠	忠诚	4-3-10
zhòngdiǎn	重點	重点	5-2-36
Zhōnggòng	中共	中共	6-專1-9
Zhōngjīnghé jítuán	中經合集團	中经合集团	10-專1-3
zhòngsuǒ jiēzhī	眾所皆知	众所皆知	3-1-10
zhōngyú	忠於	忠于	7-1-25
zhǒngzhǒng	種種	种种	3-2-25
Zhōu Ēnlái	周恩來	周恩来	6-專2-3
zhòuméi	皺眉	皱眉	5-1-27
zhōuzāo	周遭	周遭	8-1-24
Zhū Yǒngguāng	朱永光	朱永光	10-專1-4
zhuǎndòng	轉動	转动	5-摘-2
zhuānjīng	專精	专精	2-摘-3
zhuānshǔ	專屬	专属	8-1-39
zhuǎnxiàng	轉向	转向	1-2-12
zhǔbàn	主辦	主办	8-1-1
zhūduō	諸多	诸多	9-2-5
zhuījiù	追究	追究	9-2-9
zhuīsù	追溯	追溯	6-1-11

漢語拼音	正體	簡體	課序-課文-生詞序
zhúnián	逐年	逐年	1-2-10
zhùsuǒ	住所	住所	9-1-40
zìcǐ	自此	自此	6-1-21
zìdà	自大	自大	5-2-43
zǐdì	子弟	子弟	1-3-7
zìdiǎn	字典	字典	5-2-40
zìgùzì (de)	自顧自（地）	自顾自（地）	4-1-19
zìmiàn	字面	字面	7-2-35
zìwǒ	自我	自我	7-摘-1
zìxiàn	自限	自限	1-2-13
zìxíng	自行	自行	2-1-15
zìxǔ	自詡	自诩	7-1-35
zìyǐ wéishì	自以為是	自以为是	7-1-28
zìzhùcān	自助餐	自助餐	9-1-4
zǒnggòng	總共	总共	8-2-22
zòngguān	綜觀	综观	10-1-23
zǒngjīnglǐ	總經理	总经理	10-1-24
zòngshǐ	縱使	纵使	7-1-34
zǒngyào	總要	总要	1-1-3
zuìzhōng	最終	最终	8-1-44
zūjiè	租借	租借	6-摘-12
zūjīn	租金	租金	6-2-17
zuòbà	作罷	作罢	6-1-36
zuòpǐn	作品	作品	3-1-28
zuòrén	做人	做人	4-摘-1
zúyǐ	足以	足以	8-1-42
zúzú	足足	足足	8-1-35

英 - 中 Vocabulary Index (English-Chinese)

英文解釋	正體	簡體	課序 - 課文 - 生詞序
to ascend to (prominence)	登上	登上	6-1-8
to ask a question	提問	提问	4-1-31
aspiration	志向	志向	7-1-5
to assess, to evaluate	評量	评量	10- 摘 2-1
at a time when	當下	当下	7-1-10
at first	當初	当初	1-2-14
at most	頂多	顶多	7-2-9
Athens	雅典	雅典	8- 專 1-1
atmosphere, ambiance	氛圍	氛围	8-2-5
to attend	參與	参与	8-1-36
to be attentive to contexts	察言觀色	察言观色	7-2-20
to attract investment	招商	招商	8-2-14
to be attracted	心儀	心仪	7-2-3
aunt (on one's father's side)	姑媽	姑妈	9-1-3
Austria	奧地利	奥地利	1- 專 1-4
authentic, genuine	地道	地道	9-2-1
awkward	尷尬	尴尬	7-1-24

B

英文解釋	正體	簡體	課序 - 課文 - 生詞序
background	底蘊	底蕴	5-2-27
backyard	後院	后院	9-1-44
ballet	芭蕾	芭蕾	3-1-7
banquet	宴會	宴会	4-1-18
base number	基數	基数	8-2-23
battery	電池	电池	2-2-31
to be	係	系	9-2-4
beast, wild animal	野獸	野兽	10-1-18
to beat around the bush, equivocate, evade, not be direct	拐彎抹角	拐弯抹角	7-2-33
to become invalid	失效	失效	4-2-17
before	面前	面前	5-1-19
behind	背後	背后	7-2-37

英文解釋	正體	簡體	課序 - 課文 - 生詞序
Beijing	北京	北京	6- 專 2-2
to belittle	小看	小看	4-2-24
beloved, treasured	心愛	心爱	9-2-15
Berlin	柏林	柏林	5- 專 1-1
bilateral	雙邊	双边	6-1-25
bitter	苦	苦	7-1-44
bitter; bitterness	苦澀	苦涩	7- 摘 -6
black hole	黑洞	黑洞	8- 摘 -1
a blank, draw a blank (mentally)	一片空白	一片空白	7-2-15
block	區塊	区块	5-2-42
blood and sweat, painstaking effort	心血	心血	3-1-26
books, reading material	書籍	书籍	5-2-32
boring, dull, vapid	無趣	无趣	7-1-20
both parties	雙邊	双边	6-1-25
to be bound to, to be guaranteed to	必	必	8-1-40
to boycott	抵制	抵制	6- 摘 -9
to brag that you are	自詡	自诩	7-1-35
brain	腦子	脑子	5-2-41
brain, cerebrum	大腦	大脑	7-2-14
brand	品牌	品牌	1-2-6
Brazil	巴西	巴西	1- 專 2-2
break even, lit. losses and profits balance out	損益平衡	损益平衡	8-2-19
break your word, untrustworthy, go back on your word	不守信用	不守信用	7-2-30
to breed, to reproduce, reproduction	繁殖	繁殖	6- 摘 -10
a bright future, a future, promise	出息	出息	10-2-2
brilliant, colorful	爛漫	烂漫	9-1-6
to bring in (revenue)	吸金	吸金	6-2-2

英文解釋	正體	簡體	課序-課文-生詞序
British Broadcasting Corporation	BBC	BBC	6- 專 1-2
British pounds	英鎊	英镑	8- 專 1-6
to build, to construct	興建	兴建	8-1-22
to burn	燃燒	燃烧	2-2-12
to burst into tears, cry your heart out	痛哭流涕	痛哭流涕	3-2-9
business card	名片	名片	4-3-4
business without competitors	獨門	独门	4-1-2
by means of	憑	凭	3-2-21
by means of	藉著	借着	4-2-31

C

英文解釋	正體	簡體	課序-課文-生詞序
cafeteria style restaurant	自助餐	自助餐	9-1-4
to calculate	算計	算计	9-1-12
to call home	安身	安身	9- 摘 -7
to call it quits	作罷	作罢	6-1-36
to call on	呼籲	呼吁	6-2-26
to be called	稱為	称为	1-3-5
cannot help but (do s/t), involuntarily	不由自主	不由自主	7-2-23
cannot possibly	何嘗	何尝	3-2-36
to care for in one's old age, to live out one's retirement or old age	養老	养老	9-1-31
case	案	案	1-1-16
to cast ballots on a referendum	公投	公投	1-2-11
to catch, to capture	捕捉	捕捉	6-2-24
to be caught in, to fall into	陷入	陷入	8-2-29
to cause damage to	有損	有损	2-2-10
cause you to ponder, thought-provoking	引人深思	引人深思	10-1-9
(mountain) cave	山洞	山洞	9-1-2
ceremony	典禮	典礼	8-2-18

英文解釋	正體	簡體	課序-課文-生詞序
to change directions	轉向	转向	1-2-12
to change into	化為	化为	3-1-27
to change jobs, go job-hopping	跳槽	跳槽	4-3-11
changes	變換	变换	9- 摘 -6
character	性格	性格	4-2-11
Chicago	芝加哥	芝加哥	6- 專 1-13
child	孩童	孩童	2-2-11
children	子弟	子弟	1-3-7
choreographer	編舞家	编舞家	3-1-20
Christopher Wheeldon (an English international choreographer of contemporary ballet, 1973-)	克理斯多福・惠爾敦	克理斯多福．惠尔敦	3- 專 1-8
chrysanthemum	菊花	菊花	9-2-27
circumstances	境地	境地	5-2-13
citizen	國民	国民	10-2-25
citizen, (below) referendum (lit. vote by the citizens)	公民	公民	9-2-11
to claim, to assert	宣稱	宣称	8-1-14
to cleanse	洗滌	洗涤	9-2-43
close	緊密	紧密	1- 摘 -5
close relatives	近親	近亲	6-2-30
closing (ceremony)	閉幕	闭幕	8-2-17
coined on the basis of 人力, referring in this lesson to (heavy) equipment	物力	物力	2-2-22
cold war	冷戰	冷战	8-2-4
to collect	領取	领取	6-1-33
to collect	收集	收集	9-2-20
college of management	管理學院	管理学院	10-1-10
colors, hues, flavor, character, slant	色彩	色彩	6- 摘 -8

英文解釋	正體	簡體	課序 - 課文 - 生詞序
Columbia University, Department of Architecture	哥大建築學系	哥大建筑学系	9- 專 2-1
to come over	前來	前来	5-2-21
to come to one's senses	醒悟	醒悟	7- 摘 -4
commentary	評論	评论	3-2-29
to commit to	定下	定下	4-2-29
to be committed to	認定	认定	9-1-17
common point, something in common, common ground	共同點	共同点	7-2-40
common, universal	共通	共通	5-1-1
Communist Party of China (CPC)	中共	中共	6- 專 1-9
compassion, loving heart	愛心	爱心	4-2-12
competition	賽事	赛事	5-2-15
to complement each other	相輔相成	相辅相成	10- 摘 1-4
composition	作品	作品	3-1-28
to comprehend	辨識	辨识	10-2-5
concrete, in actual fact	具體	具体	9-1-49
condition	境地	境地	5-2-13
condition, precondition, prerequisite	前提	前提	9- 摘 -9
to conduct oneself, to behave	做人	做人	4- 摘 -1
to confess (one's love)	表白	表白	7-2-4
to confuse things	混為一談	混为一谈	10-2-1
in confusion	錯亂	错乱	5-1-21
to connect (with)	接	接	2-2-19
connect with, get to know better, bring people closer together, close the gap between people	拉近距離	拉近距离	4- 摘 -10

英文解釋	正體	簡體	課序 - 課文 - 生詞序
to connect, connection	連接	连接	10-2-56
connections to great opportunities	機緣	机缘	4-3-1
to conquer, to subdue, to vanquish	征服	征服	6- 摘 -3
conservative scholar, i.e., somebody who is stuck in the past intellectually and unwilling to let new things change him/her	老夫子	老夫子	7-1-39
to conserve, conservation	保育	保育	6-2-27
to consider, to think about	斟酌	斟酌	7-1-21
considerable (amount of), substantial	可觀	可观	6-2-21
considerate, thoughtful, loving	體貼	体贴	9-2-35
construction	施工	施工	8-1-29
contribution	貢獻	贡献	2-1-34
to correct, to straighten out (a deformation), correction	矯正	矫正	2-1-26
to count	算計	算计	9-1-12
courageous	勇敢	勇敢	7-1-32
to create	開創	开创	2- 摘 -4
crowd, the masses (people)	人群	人群	2-1-37
the crowds	群眾	群众	2-2-35
crowds	人潮	人潮	8-2-25
cruel, brutal	殘酷	残酷	7-1-9
cultural, (below) the humanities	人文	人文	5-2-25
currency, money	貨幣	货币	6-1-29
the Czech Republic	捷克	捷克	5- 專 2-1

D

英文解釋	正體	簡體	課序-課文-生詞序
Dale Carnegie (an American writer and lecturer and the developer of famous courses in self-improvement, salesmanship, corporate training, public speaking, and interpersonal skills, 1888-1955)	卡內基	卡内基	4- 專 1-2
to dance	跳舞	跳舞	3-2-18
dance music	舞曲	舞曲	3-1-30
dance program	舞目	舞目	3-1-22
dance star	舞星	舞星	3-1-24
dance troupe, dance company	舞團	舞团	3-1-14
dancer	舞者	舞者	3-1-3
dark green, verdant	碧綠	碧绿	9-1-38
darn thing	鬼東西	鬼东西	7-1-12
Dave Irvine-Halliday (a Canadian photonics specialist, his Light Up the World (LUTW) project is to bring affordable lighting to the developing world through the introduction of solid state lighting (SSL) based on light emitting diodes (LEDs))	爾文‧哈樂戴	尔文. 哈乐戴	2- 專 2-1
days ahead, time ahead	來日	来日	9-1-16
to dazzled by	沖昏頭	冲昏头	3-2-28
to deal with, to tackle, to handle	應對	应对	10-1-22
dean of a college	院長	院长	10-1-11
debt	債務	债务	8- 摘 -4
to decline, deteriorate	衰敗	衰败	1-2-19
deep, heartfelt	深切	深切	4-2-4
deep, profound	深刻	深刻	4-2-27

英文解釋	正體	簡體	課序-課文-生詞序
deep, solid	深厚	深厚	5-2-28
to depend on	仰賴	仰赖	1-2-18
depressed	憂鬱	忧郁	10-2-49
to deprive (of)	剝奪	剥夺	2-2-36
to describe	描述	描述	3-1-2
despite the rain	冒雨	冒雨	6-2-6
details	細節	细节	7-2-18
to determine to become, to resolve to become, to aspire to be	立志	立志	7-1-4
developing nation	開發中國家	开发中国家	2-1-30
dictionary	字典	字典	5-2-40
difference	差別	差别	10-1-13
digital, to digitize	數位化	数位化	6-1-10
diligently and conscientiously	勤奮	勤奋	5-2-34
to diligently study	勤讀	勤读	5-2-31
diploma	文憑	文凭	1-1-8
to disburse, mobilise	動用	动用	2-2-20
to disconnect, to break away from	脫鉤	脱钩	10-1-15
to discover	發覺	发觉	3-2-7
to discuss	談論	谈论	4- 摘 -3
disease	病症	病症	2-2-15
in disorder	錯亂	错乱	5-1-21
to disperse	散	散	3-2-39
to disperse, to dissolve, to disband	解散	解散	3-1-13
to display without reservation	揮灑	挥洒	3- 摘 -3
to distinguish	辨識	辨识	10-2-5
to distinguish (between)	區分	区分	10-2-26
to do (with one's hands, personally)	動手	动手	10-2-57
do things your own way	我行我素	我行我素	7-1-2

英文解釋	正體	簡體	課序-課文-生詞序
to do what you want, to be self-indulgent	想幹嘛就幹嘛	想干嘛就干嘛	7-1-18
to do, to engage in, to undertake	幹	干	7-1-19
doctor	醫師	医师	2-1-7
doorplate (house number)	門牌	门牌	9-2-14
dose, measure for medicinal dosage	劑	剂	8-2-28
drama	戲碼	戏码	5-2-46
to draw	畫上	画上	10- 摘 2-2
dream (as in 'a dream job')	夢寐以求	梦寐以求	4-3-6
to drift aimlessly	飄泊	飘泊	9-1-13
to drink (literary)	呷	呷	9-2-29
to drive	驅策	驱策	4-2-3
driving force	驅動力	驱动力	4-2-32
to dump (products)	傾銷	倾销	1-2-23
dust (from travel), travel fatigue	風塵	风尘	9-2-44
Dwight D. Eisenhower (the 34th President of the United States from 1953 to 1961, 1890-1969)	艾森豪	艾森豪	4- 專 2-2
Dyslexia	失讀症	失读症	10- 專 2-1

E

英文解釋	正體	簡體	課序-課文-生詞序
(with) each other, mutual (literary)	互	互	6-1-31
eagerly	爭相	争相	1- 摘 -7
early, ahead of time	提早	提早	7-1-40
earnings	收益	收益	6-2-22
economic entity, economy	經濟體	经济体	1-2-8
ego-centricity	自我	自我	7- 摘 -1
e-language translator	語言翻譯機	语言翻译机	3-2-24
electric cable	電纜	电缆	2-2-24

英文解釋	正體	簡體	課序-課文-生詞序
electric power	電力	电力	2-2-4
electric power storage	蓄電	蓄电	2-2-30
elephant	巨象	巨象	8-2-33
to eliminate (through competition), weed out	淘汰	淘汰	5-2-5
to be eliminated, displaced	消滅	消灭	1-2-24
emerging	新興	新兴	1-2-7
empathy	同理心	同理心	7-2-26
Emperor Temmu (the 40th Emperor of Japan, 631-686)	天武天皇	天武天皇	6- 專 1-7
to employ	聘請	聘请	1-1-20
empress, queen	女皇	女皇	6-1-14
to end up in	歸於	归于	8-1-19
to end up with, fix the situation, (below) what are you going to do now?	收場	收场	8-2-3
(engineering) project, engineering	工程	工程	2-2-25
enlightened	開明	开明	7-1-36
enough to, be sufficient to	足以	足以	8-1-42
to enter	步入	步入	10-1-17
to enter nighttime, at nightfall	入夜	入夜	2-2-6
enthusiasm	熱忱	热忱	4-1-12
envoy, emissary	使者	使者	6- 摘 -6
equation	等號	等号	10- 摘 2-3
to erect	架設	架设	2-2-23
to escape from	脫逃	脱逃	10-1-3
to establish	定下	定下	4-2-29
to establish	設	设	6-1-30
to establish	設立	设立	6-2-28
to estimate	估計	估计	2-1-13
to estimate	預估	预估	8-1-32

英文解釋	正體	簡體	課序 - 課文 - 生詞序
even if	就算	就算	6-2-35
even though, even if	縱使	纵使	7-1-34
eventually	終	终	3-1-41
eventually	最終	最终	8-1-44
ever-present, beloved	不離不棄	不离不弃	9-2-24
everybody loves, loved by all	人見人愛	人见人爱	6- 摘 -2
everyday, from day to day	平日	平日	9-2-19
everywhere	比比皆是	比比皆是	1-1-11
everywhere	四處	四处	5-2-17
evil, bad	邪惡	邪恶	7-1-45
exactly	正	正	4-3-5
example	典範	典范	1- 摘 -8
to exceed, to surpass	超越	超越	10-2-14
exclusive characteristic	專屬	专属	8-1-39
exhibition tour	巡展	巡展	6-2-16
expansive, vast	遼闊	辽阔	5-2-11
to experience, to go through, to have been through	歷經	历经	8-1-4
experiment	實驗	实验	10-1-31
expert	達人	达人	1-3-3
to be exposed to	暴露	暴露	10-2-41
to express appreciation to	道謝	道谢	5-1-18
extensive	廣	广	10-2-27
extremely	極	极	2-1-32
eyesight	視力	视力	2-1-27
eyesight (prescription), (degree to which one's vision needs correction)	度數	度数	2-1-16

F

英文解釋	正體	簡體	課序 - 課文 - 生詞序
face (literary)	臉孔	脸孔	3-2-41
face, real nature of things	面貌	面貌	7- 摘 -3

英文解釋	正體	簡體	課序 - 課文 - 生詞序
to be faithful to	忠於	忠于	7-1-25
faithful; faithfulness, fidelity	忠誠	忠诚	4-3-10
familiar	熟悉	熟悉	3-2-40
familiar with, proficient in	知曉	知晓	5-2-33
faulty wording, bad choice of words	語病	语病	7-2-34
feast	宴會	宴会	4-1-18
to feel	感到	感到	3-1-37
FIFA World Cup	世界盃足球賽	世界杯足球赛	8- 專 1-3
to fight with, to quarrel with	幹架	干架	7-1-42
filled with	充滿	充满	2-1-19
filled with the fragrances and beauty of various types of fruit	瓜香果豔	瓜香果艳	5-1-3
financial status	財務	财务	8-1-21
to find oneself in (a bad situation)	身陷	身陷	5-1-7
first chair (e.g., first cello), leading, chief position	首席	首席	3-1-23
fixed, invariable, by routine	固定	固定	3-2-43
flaw, hole (in logic, etc.), fault	破綻	破绽	7-1-30
to flip through	翻	翻	5-2-39
to flow (time, etc.), to go back and forth between, to shuttle between	流轉	流转	9-1-25
to focus	聚焦	聚焦	10-1-19
folk dance	民族舞	民族舞	3-1-40
folk, folklore	民俗	民俗	3-1-31
follow-up	後續	后续	8-2-21
footstep, pace, approaching	腳步	脚步	9-1-11
for example, for instance, like	比如	比如	9-2-31

英文解釋	正體	簡體	課序 -課文 -生詞序
for instance, like, such as	好比	好比	4-1-14
for the first time	首次	首次	6-2-8
force	威力	威力	4-2-25
to force into	迫使	迫使	1-2-15
to force out, to realise	逼出	逼出	7-1-43
foreign citizens of Chinese ancestry	華裔	华裔	9-2-2
forest	叢林	丛林	10-1-16
forestry, forest industry	林業	林业	6-2-23
forever, here: enduring, everlasting, eternal	天長地久	天长地久	9-2-39
to forget	忘記	忘记	7-2-29
be fortunate enough to enjoy, not have the fortune of enjoying	有／無福消受	有／无福消受	8-2-32
foundation	底蘊	底蕴	5-2-27
foundation (organization)	基金會	基金会	2-2-18
French window	落地窗	落地窗	9-1-41
friendly, amicable, cordial	友好	友好	6-摘-5
to frighten awake, to jolt awake, to wake with a start	驚醒	惊醒	9-1-33
to be from	出自	出自	2-1-23
from the bottom of one's heart, one's heart of hearts	心坎	心坎	4-2-1
from then on, thereupon	自此	自此	6-1-21
in front of	面前	面前	5-1-19
to frown	皺眉	皱眉	5-1-27
fruit stand	水果攤	水果摊	5-1-2
full marks, a perfect score	滿分	满分	3-1-9
be full of yourself	自以為是	自以为是	7-1-28
fully	整整	整整	4-1-21
fully	足足	足足	8-1-35

英文解釋	正體	簡體	課序 -課文 -生詞序
FWS: United States Fish and Wildlife Service	美國聯邦漁業和野生動物管理局	美国联邦渔业和野生动物管理局	6-專 2-13

G

英文解釋	正體	簡體	課序 -課文 -生詞序
games	賽事	赛事	5-2-15
Garelli	葛瑞里	葛瑞里	1-專 1-3
to gather	收集	收集	9-2-20
gene, genes	基因	基因	10-2-45
general manager	總經理	总经理	10-1-24
gentle, good-natured, mild-mannered	溫和	温和	7-1-41
genuinely	真心	真心	4-2-5
to gesticulate, talk with your hands (and feet)	手擺腳動	手摆脚动	5-1-6
to get (glasses), to fill (a prescription), to mix and match (clothes) etc.	配	配	2-1-8
to get into magnificent display	綻放	绽放	8-1-18
gift, talent, innate abilities (lit. given by heaven)	天賦	天赋	10-2-16
to give (as a gift)	贈送	赠送	6-1-15
give a sharp warning, give a wakeup call, wake you up	當頭棒喝	当头棒喝	7-1-27
to give birth to	產下	产下	6-1-5
to give to	贈與	赠与	6-2-4
to give, to bestow with (classical Chinese)	予	予	4-2-26
glasses	眼鏡	眼镜	2-1-9
global perspective	國際觀	国际观	5-1-29
go out of one's way, make it a point to, specially	特地	特地	3-1-12
to go to (literary)	赴	赴	6-2-3
God	上帝	上帝	3-1-42
to be good at	善（於）	善（于）	10-1-38

英文解釋	正體	簡體	課序-課文-生詞序
good-looking man and/or woman	俊男美女	俊男美女	7-1-13
gorgeous, dazzling, magnificent	絢麗	绚丽	8-1-17
grammar	文法	文法	5-1-9
grand event, huge gathering	盛會	盛会	8-1-11
gratitude	謝意	谢意	6-1-20
great; greatness	偉大	伟大	10-2-8
be greatly surprised, taken aback, caught off guard	吃了一驚	吃了一惊	4-3-9
to grind, to shred	攪碎	搅碎	5-2-38
group of	群	群	2-1-4
Guangdong (Canton)	廣東	广东	9- 專 2-2
a guardian angel	貴人	贵人	3-2-5
gum, chewing gum	口香糖	口香糖	4-2-13

H ~~~~~~~~~~~~~~~~~~~~~~~~~~~~~~~~~~~~~

英文解釋	正體	簡體	課序-課文-生詞序
half one's life	半生	半生	7-2-10
happiness, joy	歡喜	欢喜	7-1-14
hardware (as in a hardware store and things found in a hardware store)	五金	五金	1-3-2
be harmful to	有損	有损	2-2-10
harmoniously, smooth and without corners or edges (in one's dealings with others)	圓融	圆融	10-1-35
has always been; all along	從（來）	从（来）	3-2-1
to have a skill	一技在身	一技在身	1-1-9
to have finalized on the selection of	決選出	决选出	8-2-9
to have one's heart set on, to be partial to	屬意	属意	9-2-12
to have to	總要	总要	1-1-3
have to	不得不	不得不	3-1-33
to have ulterior motives, have a less than respectable agenda	別有居心	别有居心	4-2-22

英文解釋	正體	簡體	課序-課文-生詞序
to have unintended results, backfire, be counterproductive	適得其反	适得其反	4-2-23
head count	人次	人次	6-2-11
headline	頭條	头条	6-1-9
heaven	天堂	天堂	3-2-30
heavy, thick (e.g., accent, nasal sound)	濃重	浓重	5-1-10
hell	地獄	地狱	3-2-31
to help out with family expenses	貼補家用	贴补家用	2-2-8
high level, advanced	高階	高阶	1-1-21
higher (education)	高等	高等	1- 摘 -4
highly	極	极	2-1-32
highly, to a great extent	高度	高度	1-2-17
Himalaya Mountains, the Himalayas	喜馬拉雅山群	喜马拉雅山群	2- 專 2-4
to hire	聘請	聘请	1-1-20
to hit (the mark)	命中	命中	4-2-8
to hit upon an extraordinary idea, have a flash of inspiration	突發奇想	突发奇想	2-1-5
to hold the reins of government, to run the government	執政	执政	10-2-18
homesickness	鄉愁	乡愁	9-1-8
Hong Kong and Macao (Macau)	港澳	港澳	6- 專 2-7
honor, glory	榮耀	荣耀	8- 摘 -2
to host	主辦	主办	8-1-1
a hot potato, something nobody wants	燙手山芋	烫手山芋	8-2-7
hotel (modern, especially in Taiwan)	飯店	饭店	4-3-2
household things, household	家用	家用	9-2-17
how you conduct yourself in society, how you get along with others	為人處世	为人处世	10-1-33

英文解釋	正體	簡體	課序-課文-生詞序
Hsi-Peng Lu (Distinguished Professor of department of Information Management, NTUST, 1962-)	盧希鵬	卢希鹏	10- 專 1-2
huge	龐大	庞大	8-1-15
huge amount, a large sum	巨額	巨额	8-1-41
humbly refer to oneself, modestly say (about oneself)	謙稱	谦称	4-1-6
humor	幽默	幽默	10-1-36
hurriedly, in a hurry	急忙	急忙	5-1-14

I

英文解釋	正體	簡體	課序-課文-生詞序
idea, desire	念頭	念头	9- 摘 -8
idea, ideal, belief	理念	理念	10-2-19
illegitimate child, child born out of wedlock, love child	私生子	私生子	7-1-33
the illiterate	文盲	文盲	2-2-37
to illuminate	照明	照明	2-2-2
image	影像	影像	2-1-29
imaging	造影	造影	10-2-42
to imitate someone's example	有樣學樣	有样学样	10-2-38
to impart, to pass on knowledge	傳授	传授	4-1-1
implicit, implied, hidden	內隱	内隐	10-2-40
impoverished, destitute	窮困	穷困	2-1-11
in addition to	之外	之外	5-2-12
in between, among	之間	之间	7-2-12
in excess of	有餘	有余	8-1-37
in recent years	近年	近年	6-2-32
in the capacity of	名義	名义	6- 摘 -11
in the end	終	终	3-1-41
in the end	最終	最终	8-1-44
in the world, society (i.e., real life)	江湖	江湖	10-1-29

英文解釋	正體	簡體	課序-課文-生詞序
in uninterrupted flow, in continuous stream	源源不絕	源源不绝	5-2-23
inattentive, "not all there"	漫不經心	漫不经心	7-2-28
income	收益	收益	6-2-22
to increase or improve exponentially	倍增	倍增	5-2-9
to incur debt	舉債	举债	8-1-26
indoor	室內	室内	2-2-16
influential/important women, used in the phrase "Woman of the Year"	風雲女性	风云女性	6-1-2
initially	當初	当初	1-2-14
to innovate	創新	创新	1-2-21
inside a person, inside the body, from within	體內	体内	3-2-38
inspired by, stirred up by, aroused by	激發出來	激发出来	7-1-16
to install	安裝	安装	2-2-34
instant, moment, in the twinkling of an eye	瞬間	瞬间	3-2-26
to instigate, to implement, to promote	發揮	发挥	7-1-46
instrument	儀器	仪器	2-1-24
to integrate with (another entity), to get in step with, (lit. connect rails)	接軌	接轨	5-1-30
intellectual, learned person	知識份子	知识份子	7-1-37
to interact	互動	互动	4-2-28
to internalize, to be acquired	內化	内化	10- 摘 2-5
interpersonal	人際	人际	4-1-3
interpersonal popularity	人緣	人缘	4-2-7
(oral) interpretation; to interpret	口譯	口译	5-1-16
interpretation; to interpret	詮釋	诠释	10- 摘 1-3

英文解釋	正體	簡體	課序 - 課文 - 生詞序
to interrupt, get a word in edgewise	插嘴	插嘴	4-1-22
to interview; interview	訪問	访问	6-1-32
intuitively	直覺（地）	直觉（地）	4-3-7
invariably, without exception, (lit.) not one (he) doesn't	無不	无不	8-1-12
to invent; invention	發明	发明	2-1-14
to invest, to throw oneself into, carried away with	投入	投入	1-1-18
to investigate, gain insight into	洞察	洞察	2- 摘 -1
to investigate, to track	追究	追究	9-2-9
invitation	邀約	邀约	3-1-15
to invite	邀請	邀请	3-1-19
island	島嶼	岛屿	5-2-16
isolated	孤立	孤立	5-2-14
items, events (of competitions)	項目	项目	8-1-10

J

英文解釋	正體	簡體	課序 - 課文 - 生詞序
Jiuru, a village in Pingtung	九如	九如	1- 專 3-4
John Hei (the Greater China Group Leader of Carnegie training, who introduced Carnegie training to Taiwan in 1987, 1940-)	黑幼龍	黑幼龙	4- 專 1-1
journey	旅程	旅程	9-1-20
just	單單	单单	2-2-14
just	正	正	4-3-5

K

英文解釋	正體	簡體	課序 - 課文 - 生詞序
Keelung (the city of northern Taiwan)	基隆	基隆	9- 專 1-1
kerosene lamp	煤油燈	煤油灯	2-2-9
key point	重點	重点	5-2-36
the key to, key	關鍵	关键	1-1-15

英文解釋	正體	簡體	課序 - 課文 - 生詞序
to know from experience, to truly understand	體會	体会	7- 摘 -5
to know the what (classical)	知其然	知其然	10-2-23
to know the why (classical)	知其所以然	知其所以然	10-2-24
knowledge brings wealth, lit. there are gold houses in books (used to encourage youngsters to study)	書中自有黃金屋	书中自有黄金屋	10-1-1
knowledge obtained from seeing and hearing (e.g., when traveling)	見聞	见闻	10-2-28

L

英文解釋	正體	簡體	課序 - 課文 - 生詞序
landscape	景觀	景观	5-2-26
lasting a period of, lasting, for a period of	為期	为期	6-2-15
late marriage	晚婚	晚婚	7-2-1
Latin America	拉丁美洲	拉丁美洲	1- 專 2-4
Lausanne Institute (for Management Development)	洛桑管理學院	洛桑管理学院	1- 專 1-2
lazy	懶惰	懒惰	9-2-37
to lease	租借	租借	6- 摘 -12
for lease; leasing	出租	出租	6-2-1
to leave, to escape, to get out of the way	閃人	闪人	7-1-23
Lee Kuan Yew (Prime Minister of Singapore from 1959 to 1990, 1923-2015)	李光耀	李光耀	10- 專 2-2
lens	鏡片	镜片	2-1-18
to let something get to your head, let your head swell from (praise, pride, etc.)	沖昏頭	冲昏头	3-2-28
level of demand (- 量 , -liàng, N, quantity)	需求量	需求量	2-1-31
life is short and tough	人生苦短	人生苦短	10-2-58

英文解釋	正體	簡體	課序 - 課文 - 生詞序
(over) one's life time	輩子	辈子	3-2-10
in one's life time, life, life story	生平	生平	3-1-32
light emitting diode	發光二極體（LED）	发光二极体（LED）	2-2-32
to light up, to illuminate	照亮	照亮	2-2-17
like	似地	似地	4-1-28
likeability, affinity	親和力	亲和力	4- 摘 -6
to limit oneself to, confine oneself to	自限	自限	1-2-13
limited to	限於	限于	5-2-10
Ling Ling（貓熊名）	玲玲	玲玲	6- 專 2-4
to link	連接	连接	10-2-56
linking; to link	連結	连结	1- 摘 -6
liquid	液體	液体	2-1-20
to listen (somebody's "preaching", advice, etc.), be read the riot act	聽教	听教	4-1-27
literal meaning, surface	字面	字面	7-2-35
to be literate	識字	识字	10-2-3
to live broadcast	直播	直播	6-1-4
livestock or poultry farm	飼養場	饲养场	6-1-27
living place, residence	居所	居所	9-1-28
(of a person) located, to be (somewhere)	身在	身在	5-1-31
location, venue	場所	场所	2-2-1
location, where (something is at), (below) where you find	所在	所在	9-2-34
London	倫敦	伦敦	3- 專 1-6
long awaited, long anticipated, looked forward to for a long time	期待已久	期待已久	3-2-42
long-winded speech, lengthy lecture	長篇大論	长篇大论	7-2-25

英文解釋	正體	簡體	課序 - 課文 - 生詞序
look back	回頭	回头	10-1-30
to look down on	小看	小看	4-2-24
looking to, looking toward	放眼	放眼	1-1-1
Los Angeles	洛杉磯	洛杉矶	6- 專 2-8
to lose money	虧錢	亏钱	8-2-1
to lose money, at a loss	虧本	亏本	8-2-2
to lose one's roots	失根	失根	9-1-35
to lose weight, weight-loss, on a diet	減肥	减肥	7-1-6
to love dearly	疼愛	疼爱	3-1-43
low price, discount	低價	低价	1-2-22
low season, off season	淡季	淡季	4-3-8
luggage, suitcase, belongings	行李	行李	9-2-42
to lump together	混為一談	混为一谈	10-2-1

M ~~~~~~~~~~~~~~~~~~~~~~~~~~~

英文解釋	正體	簡體	課序 - 課文 - 生詞序
main point	重點	重点	5-2-36
to maintain	保有	保有	1-2-20
to maintain	抱持	抱持	4-1-7
make one's fortune	起家	起家	1-3-11
manpower	人力	人力	2-2-21
manufacturer	製造商	制造商	2-1-25
manufacturing industry（製造, zhìzào, V, manufacturing; - 業, -yè, N, industry）	製造業	制造业	1-1-13
many, numerous	諸多	诸多	9-2-5
Mark Tseng (the chairman of ARITEX, specializes in the manufacturing of hardware accessories for luxury yachts)	曾信哲	曾信哲	1- 專 3-2
mark, logo, marking, sign	標識	标识	5-1-28

英文解釋	正體	簡體	課序-課文-生詞序
Martha Graham (an American modern dancer and choreographer, one of the earliest founders of modern dance, 1894-1991)	瑪莎‧葛蘭姆	玛莎．葛兰姆	3- 專 1-5
Martha Graham Dance Company, New York	葛蘭姆舞團	葛兰姆舞团	3- 專 2-2
the masses	群眾	群众	2-2-35
to master	駕馭	驾驭	5-2-35
master, great master	大師	大师	3-1-11
match	賽事	赛事	5-2-15
matter of life and death, critical moments	性命交關	性命交关	10-2-35
maze	迷宮	迷宫	5-1-8
to mean	意味	意味	8-2-10
measure for (bad) attitudes, (high-brow) appearances, glasses	副	副	2-1-17
measure for achievement	番	番	10-2-11
measure for doors	扇	扇	3-2-4
measure for paintings	幅	幅	9-2-38
mechanism	機制	机制	10-2-37
to meet up, to confront	會	会	3-1-25
to meet with guests	見客	见客	6-2-9
Mei Xiang（貓熊名）	美香	美香	6- 專 1-3
to memorize	背	背	5-2-7
memory	記憶	记忆	10- 摘 1-2
Mencius' mother moved three times to better his education	孟母三遷	孟母三迁	10-2-39
mental cultivation methods	心法	心法	4- 摘 -2
to mention, to bring up	提到	提到	1-2-1
merely	單單	单单	2-2-14

英文解釋	正體	簡體	課序-課文-生詞序
in a mess, in chaos, all mixed up	紊亂	紊乱	5-1-20
meticulous, sensitive to detail	細膩	细腻	7-2-17
Miami	邁阿密	迈阿密	6- 專 1-12
might as well, there's no harm in	不妨	不妨	4-1-13
migrating	遷移	迁移	9- 摘 -5
to mimic, to imitate	模仿	模仿	10-2-36
Ministry of Education	教部（＝教育部）	教部（＝教育部）	1- 專 3-1
minute details	點點滴滴	点点滴滴	7-2-16
mirror neuron (a neuron that fires both when an animal acts and when the animal observes the same action performed by another)	鏡像神經元	镜像神经元	10- 專 2-4
mission	任務	任务	2-1-12
mission	使命	使命	7-2-5
mistakes made by those who came before, lessons from history, instructive precedents	前車之鑑	前车之鉴	8-1-20
mixed blood, mixed race	混血	混血	9-2-3
model	典範	典范	1- 摘 -8
moment, instant	剎那	刹那	3-1-36
monkey	猴子	猴子	10-1-12
monologue, soliloquy	獨白	独白	5-2-44
Montreal, Canada	蒙特婁	蒙特娄	8- 專 1-4
more, even more	更為	更为	10-1-34
most, the majority of (泰＝大)	泰半	泰半	9- 摘 -4
motivation, impetus	動力	动力	7-2-6
to move (forward)	前移	前移	9-1-21
multiple	多重	多重	9-2-8
must	不得不	不得不	3-1-33
mystery	謎	谜	10-2-46

英文解釋	正體	簡體	課序-課文-生詞序
N			
nation	國度	国度	9-2-6
national debt	國債	国债	8-1-3
national power, national strength	國力	国力	8- 摘 -3
National Taiwan University of Science and Technology, Taipei	台科大	台科大	10- 專 1-1
nature	本性	本性	10-2-15
nature, real self	本質	本质	4-2-2
Nepal	尼泊爾	尼泊尔	2- 專 2-3
nerve	神經	神经	10-2-9
New York City Ballet	紐約市立芭蕾舞團	纽约市立芭蕾舞团	3- 專 1-9
North Korea	北韓	北韩	6- 專 1-11
to not hinder, to not obstruct	不礙	不碍	10-2-10
to not keep your word, your word means nothing	說話不算話	说话不算话	7-2-31
not necessarily	未必	未必	2-1-1
to not take away from, to do no damage to	不損	不损	10-2-7
nothing can stop you, you will succeed in everything, you will be ever-victorious	攻無不克	攻无不克	10-2-59
nothing will be impossible, stick to it and you will succeed	事無不成	事无不成	10-2-60
O			
to obtain, to draw essence from	提取	提取	10-2-29
often	不時	不时	9-1-14
Olympic Committee	奧會＝奧林匹克委員會	奥会＝奥林匹克委员会	8- 專 2-1
Olympic Games	奧運會	奥运会	6- 專 2-9
Olympic Games	奧林匹克運動會	奥林匹克运动会	8- 專 1-2

英文解釋	正體	簡體	課序-課文-生詞序
once every four years	四年一度	四年一度	8-2-31
to one's heart's content, without restraint	盡情	尽情	3- 摘 -2
by oneself, on one's own	自行	自行	2-1-15
only	唯	唯	1-3-8
only thinking about yourself, without taking others into consideration	自顧自（地）	自顾自（地）	4-1-19
only two	唯二	唯二	8-2-8
to open one's eyes	睜眼	睁眼	6-1-7
to open up, to unlock	開啟	开启	9- 摘 -2
opening (ceremony)	開幕	开幕	8-2-16
openly	公開	公开	3-2-11
be opinionated	自以為是	自以为是	7-1-28
opportunity	契機	契机	2- 摘 -5
original idea	創見	创见	2-1-21
original, primitive, primeval	原始	原始	2-1-22
originate from, from, s/t finds its source in	發自	发自	4-2-15
one's origins, personal background	身世	身世	9-2-7
the other party, the other person	對方	对方	4-1-17
other people	人家	人家	5-1-22
other than	之外	之外	5-2-12
others	其餘	其余	3-2-19
outward, external, foreign, to the outside (formal)	外	外	1-2-16
over the course of, whilst	期間	期间	6-2-14
over the entire duration of	全程	全程	6-1-3
to overcome	克服	克服	3-2-23
over-expenditure	超支	超支	8-1-38
owing to	憑	凭	3-2-21
Oxford University	牛津大學	牛津大学	2- 專 1-1

英文解釋	正體	簡體	課序-課文-生詞序

P

英文解釋	正體	簡體	課序-課文-生詞序
pace	步調	步调	5-2-29
painting	畫作	画作	9-2-21
panda	貓熊	猫熊	6- 摘 -1
paradise	天堂	天堂	3-2-30
paragon	典範	典范	1- 摘 -8
to participate in	參與	参与	8-1-36
to pass down, to pass along	傳承	传承	3-1-18
to pass, satisfactory, meet the grade	及格	及格	3-1-8
to pay a bill, to foot the bill	買單	买单	8-1-45
to pay an official visit to a friendly foreign country	出訪	出访	6-1-1
pay off (a debt)	還清	还清	8-1-28
peaceful, serene	寧靜	宁静	9-1-39
the people	群眾	群众	2-2-35
people	人士	人士	8-1-34
to perform, to put on (a performance)	上演	上演	5-2-45
to permeate	散	散	3-2-39
personality	性格	性格	4-2-11
personally, first-hand	親身	亲身	7-2-39
phase, stage, time, period	階段	阶段	10-1-6
philosophy	哲學	哲学	4-1-8
Pingtung, southern Taiwan	屏東	屏东	1- 專 3-3
piping hot, steaming hot	熱騰騰	热腾腾	9 2 26
to place	安放	安放	9-2-18
a place other than one's own hometown	異地	异地	9-1-10
plan	規劃	规划	3-1-29
play	戲碼	戏码	5-2-46
to play (like children)	嬉戲	嬉戏	9-1-48
pleasant climate	氣候宜人	气候宜人	9-2-32

英文解釋	正體	簡體	課序-課文-生詞序
pleasant sounding, pleasant to the ears	悅耳	悦耳	4-1-11
please, I beg you	拜託	拜托	4-2-21
to point out	點出	点出	1-1-10
political power, regime	政權	政权	6-1-22
potted plant, bonsai	盆景	盆景	9-2-23
power	力道	力道	4-2-14
power	威力	威力	4-2-25
to praise	稱讚	称赞	3-2-12
to praise; praise	讚美	赞美	4- 摘 -5
to be praise-worthy	為人稱道	为人称道	8-2-12
to predict, to foresee	預見	预见	10-2-30
to be prepared against eventualities	未雨綢繆	未雨绸缪	10-2-32
principal (primary, secondary school), president (university)	校長	校长	5-1-23
principle	原理	原理	2-1-6
(lit.) prior to birth, what's given at birth	先天	先天	10-2-4
to proceed from	出發	出发	2-1-2
to produce no results	失效	失效	4-2-17
production	作品	作品	3-1-28
professional and accomplished dancer (家 , -jiā, N, -er, -ian, -ist)	舞蹈家	舞蹈家	3-1-1
Professor Joshua Silver (a UK physicist whose discoveries have included a new way to change the curvature of lenses, and the chief executive of the Centre for Vision in the Developing World at the University of Oxford)	喬許・席爾佛	乔许．席尔佛	2- 專 1-2
profit, earnings	盈餘	盈余	8-2-15
profitable, promise to be profitable	有利可圖	有利可图	6-2-18
program of a dance	舞碼	舞码	3-1-5

英文解釋	正體	簡體	課序-課文-生詞序
progress, to progress	進展	进展	6-2-29
to promote	升級	升级	1-1-23
to promote	促進	促进	6- 摘 -4
promotion, propaganda	宣傳	宣传	8-1-8
to prompt, to make, to impel, to drive	促使	促使	10-2-55
property, family possessions	家當	家当	9-2-16
to provide relief to, relief	救濟	救济	6-1-19
be prudent, careful	謹慎為之	谨慎为之	8- 摘 -5
pu'er (fermented tea from Yunnan, China)	普洱	普洱	9-2-28
Pu'er city, Yunnan, China, where Pu'er tea is grown	普洱	普洱	9- 專 2-3
publicly	公開	公开	3-2-11
to publish	出版	出版	1-1-2
to puff up, to swell up, self-complacent	膨脹	膨胀	7- 摘 -2
to be punished by being made to stand	罰站	罚站	4-1-26
pure	純粹	纯粹	9-2-10
to pursue further studies	進修	进修	1-2-9
to push yourself, last	撐	撑	7-1-7
to put on weight	發福	发福	7-1-17
pylon, pillar	塔柱	塔柱	8-1-30

Q

quality product	精品	精品	1-3-6
to quarrel incessantly	爭辯不休	争辩不休	7-2-36
(test) question, problem	題目	题目	10-2-52

R

race	賽事	赛事	5-2-15
to raise (funds)	籌措	筹措	8-1-27
raised in pens	圈養	圈养	6-2-33
rare	稀有	稀有	6-1-26

英文解釋	正體	簡體	課序-課文-生詞序
rating, ranking, assessment	評比	评比	1-2-5
rational, logical	理性	理性	7-2-22
to reach out one's hand	伸手	伸手	4-3-3
to reach, up to	達	达	6-2-10
read and travel a great deal, i.e., knowledge is found both in books and in travelling	讀萬卷書、行萬里路	读万卷书、行万里路	10-1-2
reader (of books and newspapers)	讀者	读者	4-1-9
reading comprehension; to read	閱讀	阅读	10- 摘 2-4
be ready for, be standing by, lit. wait in full battle array	嚴陣以待	严阵以待	1-1-4
realization	領悟	领悟	10-1-32
to realize	發覺	发觉	3-2-7
to realize, to reach	達成	达成	5-1-17
to reason, to rationalize things	說理	说理	7-2-21
to receive	領取	领取	6-1-33
to record, to put down in writing, records	記載	记载	6-1-16
to recover one's initial costs	回本	回本	8-1-43
referendum	公投	公投	1-2-11
regard as	當作	当作	3-2-33
region, area	區域	区域	10-2-54
regular customer	常客	常客	5-1-4
relatively, by comparison	相對	相对	2-1-10
to release into the wild	野放	野放	6-2-34
to rely on	仰賴	仰赖	1-2-18
relying on	憑	凭	3-2-21
relying on	藉著	借着	4-2-31
the remaining	其餘	其余	3-2-19
remember	記住	记住	4-1-16

英文解釋	正體	簡體	課序-課文-生詞序
to renew	更新	更新	8-1-25
to rent; rental	出租	出租	6-2-1
rental money, leasing fees, rent	租金	租金	6-2-17
to research and develop, research and development, R&D	研發	研发	1-1-19
to reside	居留	居留	9-1-15
residence	住所	住所	9-1-40
to resolve to do, determined to do, make up one's mind	下定決心	下定决心	3-2-13
respectively	分別	分别	6-1-28
respiratory tract	呼吸道	呼吸道	2-2-13
to respond	回覆	回复	5-1-11
results	成效	成效	1-2-2
to retain	保有	保有	1-2-20
revenue	收益	收益	6-2-22
review	評論	评论	3-2-29
to revolve	轉動	转动	5-摘-2
Richard Nixon (the 37th President of U.S.A, 1913-1994)	尼克森	尼克森	6-專 2 1
riddle	謎	谜	10-2-46
riddled with mistakes	錯誤百出	错误百出	5-2-19
rise above the crowd, distinguish yourself	出類拔萃	出类拔萃	10-1-5
rival in love	情敵	情敌	7-1-1
Robert Altman (an American film director, screenwriter, and producer, five-time nominee of the Academy Award for Best Director, 1925-2006)	勞勃·阿特曼	劳勃.阿特曼	3-專 1-3
Romanization, spelling	拼音	拼音	5-2-18
room for, opportunity to	餘地	余地	4-1-23

英文解釋	正體	簡體	課序-課文-生詞序
Ross Parkes (formerly a principal dancer for the well-known Martha Graham Dance Company in the United States, 1940-)	羅斯·帕克斯	罗斯.帕克斯	3-專 2-1
a round of	輪	轮	8-1-5
routine	慣性	惯性	7-2-24
Russia	俄國	俄国	1-專 2-1

S

英文解釋	正體	簡體	課序-課文-生詞序
sadness, sorrow	悲傷	悲伤	7-1-15
San Francisco	舊金山	旧金山	6-專 2-12
to say	講	讲	4-1-20
say goodbye, bid farewell	告別	告别	4-1-15
to say thank to	道謝	道谢	5-1-18
scene	景象	景象	8-2-30
scencry	景觀	景观	5-2-26
secret (of success)	祕訣	秘诀	4-摘-9
to see	望見	望见	9-1-42
to sce the light, to start to understand properly, to be enlightened	開竅	开窍	10-2-12
seeing that, to observe	眼見	眼见	5-2-1
to seem	彷彿	仿佛	9-1-19
a see-saw (battle), a close contest	拉鋸	拉锯	6-2-20
be self-righteous	自以為是	自以为是	7-1-28
to sell well, best seller	暢銷	畅销	4-1-5
to sell; sales	銷售	销售	4-1-4
sense of presence, sense of existence	存在感	存在感	3-1-38
sense of responsibility	責任感	责任感	4-2-19
to set up	架設	架设	2-2-23
to set up	設	设	6-1-30
to set up	設立	设立	6-2-28

英文解釋	正體	簡體	課序-課文-生詞序
to set up one's home	安家	安家	9-2-30
to settle down	定下來	定下来	7-1-8
to settle down	安身	安身	9-摘-7
to settle down, to settle in	安家	安家	9-2-30
severely, viciously	狠狠	狠狠	8-2-34
to share entire life together	共度一生	共度一生	7-2-8
Sheu Fang-yi (a famous female dancer and artist from Taiwan, 1971-)	許芳宜	许芳宜	3-專1-2
to shift	轉向	转向	1-2-12
shine forth in glory, have a great ray of light (in the text, it is a play on words)	大放光明	大放光明	2-1-28
short term	短期	短期	8-2-26
to show (gratitude, etc.)	表	表	6-1-18
to shrink	萎縮	萎缩	7-1-26
Sichuan Wolong National Nature Reserve	四川臥龍自然保護區	四川卧龙自然保护区	6-專2-14
sickness	病症	病症	2-2-15
sight	景象	景象	8-2-30
sincere	真切	真切	4-2-10
sincere, sincerity	真誠	真诚	4-摘-4
sincerely	真心	真心	4-2-5
to sit at the same table	同桌	同桌	4-1-25
situation	境地	境地	5-2-13
to skip a line (when reading)	跳行	跳行	10-2-6
small and medium-sized enterprises (SMEs)	中、小型企業	中、小型企业	1-1-17
smile	笑容	笑容	4-摘-7
so that, as a result	以致（於）	以致（于）	4-1-24
soiled with, tainted with, stained with	沾染	沾染	6-摘-7
solar panel（日光，rìguāng, N, sunlight；板，bǎn, N, board）	日光板	日光板	2-2-29

英文解釋	正體	簡體	課序-課文-生詞序
solid state lighting（SSL）	固態光源（SSL）	固态光源（SSL）	2-2-26
to some degree	有所	有所	10-2-20
soon, immediately	即	即	7-2-27
Soong May-ling (Madame Chiang Kai-shek, 1897-2003)	宋美齡	宋美龄	6-專1-8
source	根源	根源	2-1-35
sparrow	麻雀	麻雀	9-1-47
to speak	講	讲	4-1-20
to speak bluntly, to state outright	直言	直言	1-1-5
speak without hesitation, speak your fill	一吐為快	一吐为快	4-1-30
special	獨門	独门	4-1-2
special, extraordinary	特殊	特殊	2-1-3
specialized, as an expert	專精	专精	2-摘-3
spectacular, grand	盛大	盛大	8-1-9
to spend; expenditures	花費	花费	8-1-31
spit it out, get something off your chest	一吐為快	一吐为快	4-1-30
spokesperson	代言人	代言人	1-3-4
sponge	海綿	海绵	3-2-14
to sponsor; sponsorship, financial support	贊助	赞助	8-1-13
sprinkled, scattered (leaves, petals), flooded, inundated (light)	灑落	洒落	3-1-35
squirrel	松鼠	松鼠	9-1-46
stadium, venue for sports	運動場館	运动场馆	8-1-23
stage (theatrical)	舞台	舞台	3-1-4
stagnated	凝滯	凝滞	4-1-29
stand out from (the rest)	脫穎而出	脱颖而出	8-1-6
starry sky	星空	星空	9-1-43

英文解釋	正體	簡體	課序-課文-生詞序
to start work, to work independently without supervision	上工	上工	1-1-14
starting point	起點	起点	10-2-51
State Department (US)	國務院	国务院	6- 專 1-14
to be stationed at, to be assigned to	派駐	派驻	9-1-24
stay long in a strange place	羈旅	羁旅	9-2-40
to step into	步入	步入	10-1-17
still the same, as ever, as before	依舊	依旧	9-1-37
(bus, train, etc.) stop, post, stop (along the way)	驛站	驿站	9-2-41
a strange land, a place far from home	他鄉	他乡	9-1-9
strength	力道	力道	4-2-14
strongest encouragement, 'a shot in the arm'	強心釗	强心针	8-1-2
student who lives on campus, student who lives in a campus dormitory	寄宿生	寄宿生	9-1-5
to study abroad	留洋	留洋	7-1-38
stunned, astounded, taken aback	愕然	愕然	9-1-32
stupid, not smart	笨	笨	10-2-13
subordinate	下屬	下属	4-2-18
subsequently	隨後	随后	4-2-20
successor	傳人	传人	3-1-6
suddenly (之間 , N, among, between)	突然之間	突然之间	8-2-6
summon up the courage to do something, brace yourself to do something, force yourself to do something	硬著頭皮	硬着头皮	3-1-34
superior	精良	精良	5-2-20
supervise and urge	督促	督促	5-2-6

英文解釋	正體	簡體	課序-課文-生詞序
supply cannot keep up with demand	供不應求	供不应求	2-1-33
to support	支撐	支撑	8-2-20
surrounding, periphery	周遭	周遭	8-1-24
Sweden	瑞典	瑞典	1- 專 1-5
Switzerland	瑞士	瑞士	1- 專 1-1
system	系統	系统	2-2-33

T

英文解釋	正體	簡體	課序-課文-生詞序
tailor-make, specially made for, custom design	量身打造	量身打造	3-1-21
Taipei Hwa Kang Arts School	華岡藝校	华冈艺校	3- 專 1-11
take a break, stop on the way for a rest	歇腳	歇脚	9-2-45
to take a comprehensive view of	綜觀	综观	10-1-23
to take a long trip, go on a long journey	遠行	远行	9-1-1
take a step forward	踏出	踏出	4-1-10
to take a step forward	邁進	迈进	9-1-22
take as a matter of course, take for granted, naturally think of as	理所當然	理所当然	9-1-36
to take lightly, dismiss, adopt a casual attitude towards	掉以輕心	掉以轻心	10-2-50
to take precautions, to guard against, to prevent	防範	防范	10-2-31
talent	才華	才华	3-2-8
talent, people with specialized skills	人才	人才	1-1-22
to talk	講	讲	4-1-20
talk about	談論	谈论	4- 摘 -3
Tang Dynasty (618-907)	唐朝/代	唐朝/代	6- 專 1-5
teapot	茶壺	茶壶	9-2-25

英文解釋	正體	簡體	課序-課文-生詞序
technical and vocational career	技職	技职	1- 摘 -2
technical subject	術科	术科	3-2-17
temporary, impromptu	臨時	临时	5-1-15
thankfulness	謝意	谢意	6-1-20
the authorities	當局	当局	6-2-12
The Company (name of a movie, 2003)	舞動世紀	舞动世纪	3- 專 1-4
the more… (the more)	愈	愈	1-2-3
the same the world over, universally true	放諸四海皆準	放诸四海皆准	10-2-21
the Soviet Union	蘇聯	苏联	6- 專 1-10
the years, age	年歲	年岁	9-1-7
theory	理論	理论	1-1-12
theory	原理	原理	2-1-6
(literary) thereby	藉此	藉此	6-1-24
therefore, as a result	從而	从而	2-1-36
therefore, as a result	因而	因而	6-1-35
thereupon	從此	从此	10-1-14
(Tw Mandarin) thick-skinned, insensitive	神經大條	神经大条	7-2-19
thinking	思維	思维	10-1-27
(literary) this, these	此	此	4- 摘 -8
through, via, by way of	經由	经由	8-2-13
Tian Tian（貓熊名）	甜甜	甜甜	6- 專 1-1
tight	緊密	紧密	1- 摘 -5
timeless (name of a dance program)	生身不息	生身不息	3- 專 1-1
timid with anticipation, trembling, jittery	戰戰兢兢	战战兢兢	3-2-32
tired, tiring	勞累	劳累	5-1-25
to redo, to relive, to start over	重來	重来	7-1-11
to the utmost	極致	极致	7-1-47
to, up to	至	至	6-1-12
torn, ruined, dilapidated	破敗	破败	9-2-36

英文解釋	正體	簡體	課序-課文-生詞序
to toss, to throw, cast aside	拋	抛	5-2-4
in total, altogether	總共	总共	8-2-22
Tourette syndrome	妥瑞氏症	妥瑞氏症	10- 專 2-3
town	城鎮	城镇	9-2-33
to trace back to	追溯	追溯	6-1-11
traditional, local	家傳	家传	5-2-30
to train	培訓	培训	3-1-16
to transform into	化為	化为	3-1-27
tree	樹	树	9-1-45
tricky, delicate (situations, etc.)	微妙	微妙	7-2-38
to trigger, to initiate	促發	促发	10-2-33
trip	旅程	旅程	9-1-20
trip, travels	旅途	旅途	5-1-24
Turkey	土耳其	土耳其	5- 專 1-2
to turn (the pages of), crack a book	翻	翻	5-2-39
to turn into	化為	化为	3-1-27
turnover, business volume	營業額	营业额	1-3-13
twins	雙胞胎	双胞胎	6-1-6
two-dimensional	二度空間	二度空间	10-2-53

U

英文解釋	正體	簡體	課序-課文-生詞序
be ubiquitous	比比皆是	比比皆是	1-1-11
ulterior motives	企圖	企图	4-2-16
ultimately	終	终	3-1-41
unchanging, permanent	恆常不變	恒常不变	9-1-29
unconsciously, without realizing it	不自覺	不自觉	3-2-37
to underestimate	小看	小看	4-2-24
to undergo training in order to achieve a goal	修練	修练	10- 摘 1-1
by unfortunate coincidence, unfortunately	不巧	不巧	9-1-23
unfortunately	不幸	不幸	7-2-32
unhurriedly, calmly	從容	从容	10-1-21

英文解釋	正體	簡體	課序-課文-生詞序
unique	獨門	独门	4-1-2
University of Calgary, Canada	卡加利大學	卡加利大学	2-專 2-2
unmarried, single	未婚	未婚	7-1-3
unprecedented, like never before	前所未有	前所未有	3-摘-1
to unravel, to unlock, to solve	解開	解开	10-2-44
until, up to, to date	直到	直到	7-2-2
to update	更新	更新	8-1-25
to upgrade	升級	升级	1-1-23
to urge	督促	督促	5-2-6
US dollars	美金	美金	8-專 1-5
be used to, accustomed to, no stranger to	習以為常	习以为常	2-2-3

V

英文解釋	正體	簡體	課序-課文-生詞序
to vacation, spend one's holiday	度假	度假	9-1-27
various kinds of	種種	种种	3-2-25
version	版本	版本	5-2-22
very (classical Chinese)	頗	颇	10-1-8
very common	比比皆是	比比皆是	1-1-11
to veto	否決	否决	6-1-34
view	景觀	景观	5-2-26
view, landscape, scenery	景致	景致	9-2-13
vigorously	蓬勃	蓬勃	8-1-16
village	村落	村落	2-2-7
vision	視力	视力	2-1-27
vision, view	視野	视野	10-1-20
to visit	訪問	访问	6-1-32
to visit	訪問	访问	6-1-32
visitor	訪客	访客	5-2-24
vocabulary	單字	单字	5-2-8
vocational high school	高工	高工	1-3-9
vocational school	職校	职校	1-摘-1

W

英文解釋	正體	簡體	課序-課文-生詞序
wait, wait for (formal)	等候	等候	4-3-12
to wake up (to reality), awakening	醒悟	醒悟	7-摘-4
to walk on, to gain experience from	行走	行走	10-1-28
to be wandering, roaming	浪遊	浪游	9-摘-3
to want to, to wish to, to desire to	欲	欲	6-1-23
to wash	洗滌	洗涤	9-2-43
Washington (the capital of U.S.A)	華盛頓	华盛顿	6-專 2-6
watt	瓦	瓦	2-2-28
a wave of	波	波	6-2-19
wave, trend	浪潮	浪潮	5-2-3
way of, status quo	形態	形态	9-1-18
way, mode	模式	模式	7-2-13
weak point, flaw, failing	缺點	缺点	10-1-26
weak, soft, (here) passive	軟弱	软弱	7-2-7
to wear away	磨損	磨损	5-2-37
to weigh	秤	秤	5-1-5
to welcome	迎接	迎接	6-2-7
well-known, known by all	眾所皆知	众所皆知	3-1-10
Wendy Whelan (a principal dancer with the New York City Ballet and is a guest artist with The Royal Ballet and the Kirov Ballet, 1967-)	溫蒂·威倫	温蒂.威伦	3-專 1-10
Whatever for?	幹嘛	干嘛	7-1-29
when, whenever	何時	何时	7-1-22
Where is home? (lit.) Where is the road to my hometown?	鄉關何處	乡关何处	9-摘-1
where it has been successful, achievement	成功之處	成功之处	1-摘-3

英文解釋	正體	簡體	課序 - 課文 - 生詞序
white elephant, i.e., government projects on which huge amounts of money are spent, but after they are completed or used for a certain purpose, they are not used again. They are populated only by mosquitos.	蚊子館	蚊子馆	8-2-27
who, what, which (classical Chinese)	孰	孰	10-1-7
WI Harper Group (a pioneer in cross-border investments with offices in Beijing, Taipei, and San Francisco)	中經合集團	中经合集团	10- 專 1-3
wide, expansive	開闊	开阔	5- 摘 -1
wife of a prominent figure, lady, madam	夫人	夫人	6-1-17
wild, feral	野生	野生	6-2-25
wilderness	野外	野外	6-2-31
William James (an American philosopher and psychologist, and one of the leading thinkers of the late nineteenth century, while others have labeled him the "Father of American psychology", 1842-1910)	威廉・詹姆士	威廉・詹姆士	4- 專 2-1
will-power, determination	毅力	毅力	3-2-22
to win over	贏得	赢得	4-2-30
windowsill	窗台	窗台	9-2-22
with one look, with one glance, instantly	一眼	一眼	3-2-6
without interruption	不間斷（地）	不间断（地）	3-2-2
without, not have (classical Chinese)	無	无	3-1-17
word	單字	单字	5-2-8
work	作品	作品	3-1-28

英文解釋	正體	簡體	課序 - 課文 - 生詞序
work (that gets your hands dirty, like car mechanic)	黑手	黑手	1-3-10
work hard, struggle; -史 , -shǐ, N, history	奮鬥（史）	奋斗（史）	1-3-12
work unflaggingly, slog away, keep your nose to the grindstone, lit. chisel away incessantly	鍥而不舍／捨	锲而不舍／舍	2- 摘 -2
to wrinkle one's eyebrows	皺眉	皱眉	5-1-27
Wu Zetian (the only female monarch of China, 624-705)	武則天	武则天	6- 專 1-6
X			
Xing Xing（貓熊名）	興興	兴兴	6- 專 2-5
Y			
Y. K. Chu (managing director, oversees WI Harper's venture capital business in Taiwan)	朱永光	朱永光	10- 專 1-4
yacht	遊艇	游艇	1-3-1
year, annual	年度	年度	1-2-4
on a yearly basis, yearly, by the year	逐年	逐年	1-2-10
yet again	再次	再次	3-2-35
Ying Xin（貓熊名）	迎新	迎新	6- 專 2-11
Yong Yong（貓熊名）	永永	永永	6- 專 2-10
your true (negative) self, look at yourself!	德性	德性	7-1-31
Yuan Zai（貓熊名）	圓仔	圆仔	6- 專 1-4
Zhou Enlai (the 1st to 4th prime minister of the People's Republic of China, 1898-1976)	周恩來	周恩来	6- 專 2-3
Z			
zigzag, full of twists and turns	曲折	曲折	10-1-25

课文一

放眼全球 瑞士职校毕业生最有竞争力（Ⅰ）

洛桑管理学院每年出版的世界竞争力报告，让各国政府、媒体总要严阵以待。负责这项报告廿五年的世界竞争力中心主任葛瑞里，谈到教育与竞争力关系，他直言，瑞士教育制度成功之处，在于产业和高等教育的紧密合作与连结。

葛瑞里指出，目前全球最有竞争力的是职校毕业生。他分析欧洲目前几个较有竞争力的国家，包括瑞士、德国、奥地利和瑞典，都具有技职教育的传统，如今成为各国争相学习的典范。

葛瑞里开玩笑说，自己身为大学教授，但也清楚这个时代，大学文凭比不上一技在身，技职学校的毕业生往往比硕士、博士更快、更容易找到工作。他点出，在瑞士，即使公司管理阶层，没上过大学的比比皆是，很多只懂得理论的人，对企业运作不见得了解。

经常和各国大、小企业接触的他，很清楚不管是制造业还是服务业，都发现职校、商业学校的学生，通常一毕业就可上工，反而是光会念书的大学生，还需要经过一段时间训练。

身为洛桑管理学院里唯一的瑞士籍教授，葛瑞里更认为，高等教育需要政府和企业共同合作，瑞士教育制度成功之处，关键在于和产业有紧密合作与连结，尤其是科技大学与产业的合作。

他说，不只大企业和各大学、研究中心都有合作计画案，即使是中、小型企业，没有能力像大企业投入大笔资金研发、聘请高阶研究人才，仍可透过和学校合作，让产业不断升级、维持竞争力。

课文二

放眼全球 瑞士职校毕业生最有竞争力（Ⅱ）

葛瑞里提到，法国、义大利、西班牙都想学瑞士的技职教育制度，如果缺乏企业的加入，便难有成效。

面对全球愈来愈快的变化，葛瑞里说，廿五年前的世界竞争力年度报告，根本没把俄国、中国大陆、巴西这些国家列入评比，如今愈来愈多新的国际品牌从这些新兴经济体产生。以前到洛桑管理学院进修的学生几乎全来自欧、美，如今，来自亚洲、非洲、巴西等地的人逐年增加。

葛瑞里说，瑞士在廿一年前公投决定不加入欧盟，并因此将出口产业目标转向亚洲、拉丁美洲等国家，不再自限于欧洲市场，如今证明当初决定正确，因为拒绝加入欧盟，迫使瑞士更开放对外发展，证明了「危机就是转机」。

总是有危机感的瑞士和台湾一样，都是高度仰赖出口的国家，这几年也都是全球经济衰败的牺牲者。对瑞士而言，愈高等的教育机构，和企业合作愈紧密，让企业永远保有不断创新的高阶技术，才能维持不受新兴经济体低价倾销的冲击与消灭。

课文三

游艇五金达人 教部技职教育代言人

被称为「游艇精品五金达人」的曾信哲，是来自屏东九如乡下的农村子弟，家里五个兄弟姐妹，唯有他没考上大学。高工毕业后靠黑手起

家，奋斗三十年，成功打造年营业额超过六亿元的企业。他不但担任技职教育代言人，而他的奋斗史也成为技职教育典范。

第二课

简单科技改变人类生活 （I）

科技改变人类的生活，有时未必是科学上的大发现或大突破。科学家从他的专精领域出发，观察到某些特殊的社会现象，了解到某一群人的需求，常能突发奇想，以基础的科学原理，加上简单工具，就能解决一些社会问题。

如果我们眼睛看不清楚，会去看眼科医师或去配眼镜，这事情看似简单，但对住在地球上相对穷困地区的人来说，却是一项困难的任务。他们不是根本找不到眼科医师，就是负担不起。而这样的人，全球估计有五亿之多。

有个聪明人想到一个办法，英国牛津大学的乔许·席尔佛（Dr. Joshua Silver）教授，发明了一种「可自行调整度数」的眼镜。这副眼镜的镜片内充满液体，使用者自行调整镜片内的液体量，便能将眼镜调整到适合自己的度数。

这个发明并不是席教授的创见，原始的想法其实是出自十八世纪德国的一位科学仪器的制造商，但席尔佛博士把这个简单的想法实际运用在制造上，让原本看不清楚，也不知道可以使用眼镜矫正视力的人，多年来第一次「大放光明」，看到清楚的影像。他成立了一家公司，每天要制造两千副这种眼镜，由于开发中国家需求量极大，仍供不应求。

席教授的贡献，在于他能洞察问题根源，利用简单科技找到解决问题的方法，从而改善人群

的生活，这是很值得我们学习的。

简单科技改变人类生活 （II）

我们白天在学校、工作场所开着灯工作，回到家里也开着灯，晚上出门到任何地方，也都靠着灯光来照明……我们对「灯」习以为常。但你知道吗？世界上有多少人没有办法享受到电力，晚上没有灯光？答案是大约有二十亿人，那是全世界人口的三分之一。

那这些人入夜之后怎么过日子，没有灯怎么办？加拿大人尔文·哈乐戴（Dr. Dave Irvine-Halliday）是卡加利大学的教授，有一次他到尼泊尔喜马拉雅山群爬山，看到村落居民的生活状况，吓了一大跳。尤其是小孩子，白天多半需要去工作来贴补家用，晚上是唯一可以进修功课的时候，但却只能用煤油灯来照明。而煤油灯除了有损孩童视力，容易引起火灾之外，最大的问题是，燃烧煤油带来的空气污染造成小孩呼吸道的疾病。单单在二〇〇〇年一年之内，就有两百万儿童死于呼吸道病症，估计其中百分之十是因为室内的空气污染。

哈乐戴教授和他的太太感同身受，回家之后成立了「照亮世界基金会」（Light Up the World Foundation）。他知道要在全世界这些偏远地区接上电力，要动用惊人的人力、物力，架设电缆的工程也会对环境造成冲击和破坏。于是，哈教授想到固态光源（solid state lighting 简称SSL）可能是解决这个问题的办法。他利用了一个五瓦的日光板（solar panel），一个蓄电电池，再加上两个只有一瓦的白色发光二极体（WLED），组成一套照明系统。

一九九七年「照亮世界基金会」成立，到二○○○二年，哈教授已经在全球四十三个国家的偏远村落，安装上他发明的照明设备。

哈教授认为，「照明」对这些弱势群众的社会、经济、身体甚至精神状态，都有深远的影响。特别是孩童与女性，缺乏照明，等于是剥夺他们受教育的权利，更夺走了他们藉由教育，脱离贫穷和文盲的机会。

由于席、哈两位教授能以锲而不舍的精神与执行力，而产生了这些发明，不仅让这些弱势者能向上提升，同时也开创了改变世界的新契机。

第三课

课文一

舞蹈家许芳宜「生身不息」的演出（Ⅰ）

大导演劳勃．阿特曼几年前拍了一部电影叫「舞动世纪」，这电影是描述女舞者梦想能在舞台上尽情表演，尽情挥洒。这部电影让我想到「生身不息」舞码。

「玛莎．葛兰姆的传人」

这舞码是由许芳宜演出，她是一个芭蕾只考三分的学生。结果这个不及格的学生，竟然在现代舞这块得满分，成为众所皆知的现代舞大师「玛莎．葛兰姆的传人」。

为这次表演，许芳宜特地做了一些改变，她去年解散自己的舞团，以个人身分接受国际邀约，并且开始培训一些年轻的舞者，让她舞蹈的梦想可以无限制地传承下去。

此外，她特别邀请伦敦奥运编舞家阿喀郎．汗及克理斯多福．惠尔敦，量身打造这「生身不息」新的舞目，她还邀请纽约市立芭蕾舞团首席舞星温蒂．威伦，来个现代舞大会芭蕾舞，许芳宜希望自己二十多年来的心血，能化为最好的作品。

没有预期的人生

她从来不知道自己的命运会有这么大的改变，在她的人生规划里，原本是没有这段舞曲的人生，没想到国小四年级一场表演，改变了她，改变了她的未来。她说：「那年参加民俗舞蹈比赛，是生平第一次上台，所以很紧张，但又不得不硬着头皮上去。上去后就在灯光洒落的刹那，自己感到前所未有的自在，我好像在另一个世界，感觉是在演别人，可以很自在大方。」

这种舞台感觉，让她发现过去所没有的快乐，也让她找到存在的价值。这个存在感让她冲动地去报考华冈艺校，没想到芭蕾只考三分。许芳宜说：「去考试时我才发现，舞蹈不是只有民族舞，还有芭蕾及其他，还好努力的小孩终会被上帝疼爱的，最后我考上学校了。」

课文二

舞蹈家许芳宜「生身不息」的演出（Ⅱ）

考上学校后，三年来从不间断地练习，毕业后她又顺利保送上大学。

大学这扇门让她碰上她的贵人——现代舞老师罗斯．帕克斯，罗斯老师一眼就发觉她的才华。她感动到痛哭流涕，这辈子没人对她有期待，今天竟然有人公开称赞她，且还说她有潜力，这给了她极大的鼓励，她因此下定决心，不能让老师失望，她要做一个职业舞者。老师的话，让许芳宜的四年过得比别人认真，她就像海绵一样不断吸收，毕业后她考上葛兰姆舞团，只身前往美国。

葛兰姆舞团的首席舞者

许芳宜在大学时只有术科跳舞成绩好，其余学科很不好，所以她出国时不会英文，但她凭毅力克服一切，靠着语言翻译机，在三年后成为葛兰姆舞团的首席舞者。

种种的称赞在瞬间全都加诸在她身上，但许芳宜没有被这冲昏头。她很清楚：「拿笔的人随时都在笔下对你做不同评论，今天可以让你快乐

上天堂，明天或许就是让你痛苦下地狱。」

她随时都战战兢兢，珍惜每次上台的机会，并且把每次当作是最后一次演出，所以，每一场表演是自己给观众的信任及给自己的肯定。

「我是许芳宜，我来自台湾」

「生身不息」让我再次想到「舞动世纪」的舞者，舞是一场接一场地跳，舞者挑战不可能的动作，不为什么，只为他们想做舞者。许芳宜又何尝不是？

记得她在纽约一次表演时，不自觉从嘴里说出「我是许芳宜，我来自台湾」，这声音不大，但它从她体内散出来。当时台下的观众都是不熟悉的西方脸孔，现在她再站在舞台上，为自己人跳，看的人是她期待已久的家乡熟悉的脸孔。

「我是许芳宜，我来自台湾」，许芳宜上台固定的第一句，这句话终于可以改成，「我是许芳宜，我回来了。」

第四课

课文一

黑幼龙传授4大独门做人心法（Ⅰ）

与人拉近距离的技巧是可以培养的，人际沟通专家黑幼龙与你分享他的秘诀。

写过许多有关沟通、销售、人际关系畅销书，对于做人，黑幼龙谦称自己还在学习，并抱持着「努力，是不够的；练习，才能成功」的哲学。

至于，要如何学做人，他提供4个小习惯，供读者练习：

1. 记得别人的名字

想想看，当你跟人一起拍团体照，拿到照片，你会先看谁？答案一定是先看你自己。

黑幼龙指出，人通常只对自己感兴趣，只关心自己。

要踏出关心的第一步，就先从记得别人的名字开始，因为沟通大师卡内基曾说过：「一个人的名字，是他耳朵所能听到最悦耳的声音。」

记得别人名字，最关键的就是你要对别人感兴趣，有热忱，再加上一些方法。当我们说话时，不妨将别人的名字带到话的内容里，好比与别人告别时，你可以说：「再见！」也可以说：「×××再见。」

尽量将别人的名字带到你们的对话中，那么你记住别人名字的可能性就高很多了。当你下次再见到时，能直接喊出对方的名字，不知他会有多高兴！

2. 多谈别人感兴趣的事

半年前，黑幼龙与一位在美国念书认识的老朋友见面，只见宴会桌上那位70多岁的老先生，自顾自地讲自己的事，整整2个钟头，完全不让人有插嘴的余地，以致于同桌的朋友，像被罚站听教似地，气氛一片凝滞。

黑幼龙指出，若要让自己成为受欢迎的人，记得要引发别人的谈话兴趣，也就是要能多谈对方感兴趣的事，并让他能有一吐为快的机会。

他进一步提醒，鼓励他人谈论他感兴趣的话题，最好的方法就是提问，而且要真诚。

课文二

黑幼龙传授4大独门做人心法（Ⅱ）

3. 赞美要到心坎里

真诚的赞美，更是一种做人的魅力，人的本质里最大的驱策力，就是让他觉得自己很重要。

现代心理学家、哈佛大学教授威廉·詹姆士（William James）说：「人内心深切的渴望，就是得到肯定与赞美」，若你能掌握真心赞美的能力，可想而知，你的人缘与影响力一定是最大的。

关于赞美：

首先，想一次命中核心，就赞美他的成就，若想再更真切，就赞美他的性格与特质，譬如，「你好关心别人」、「我觉得你好真诚、热心」。

其次，若要让赞美的力量更强，就多增加一些证据，例如当你称赞别人「你好有爱心」时，可以加上「因为有天我在百货公司前面，看到你向一个老太太买口香糖，给了 100 元，没让她找钱。」有了事件描述，自然就会多了一些力道。

不过，赞美必须发自内心，不能预先有企图、目的，否则以后的赞美都会失效。

例如，若你对下属的赞美是「你是同事之中，最有责任感的人。」随后加上「我今天晚上有事，拜托你今天晚上留下来加班！」即使你加了证据，这样别有居心的赞美，就会适得其反。

4. 保持笑容与热忱

可别小看笑容的威力！

前美国总统艾森豪予人印象深刻的是他的笑容。笑容不但让同事更愿意接近，让你更有亲和力，别人常以此来决定要不要跟我们在一起，要与我们互动到什么程度。

要笑得真心，靠的就是内心的热忱。要培养热忱，不妨定下一些小的承诺，按照时间完成，鼓励自己，也赢得别人的鼓励与赞美，借着小事情的累积，变成一种强大的驱动力，让自己真正热情起来。

课文三

好态度　带来好机缘

我有个朋友原是某饭店的会计。有天一位先生进了电梯，她就很礼貌地跟那人打招呼问好，想不到那位先生伸手给了她一张名片，对她说：「你若愿意，可以来我公司工作。」

她看名片，那正是她梦寐以求的大公司，但她连想都没想，就直觉地回答：「现在不行，旺季是最忙的时候，要走也要等到淡季。」那人吃了一惊说：「好，我等你。」

后来她过去那家公司做事，一直做到退休。退休时，老板告诉她，服务业最重要的是热情和忠诚——她主动和客人打招呼，是有服务的热情；没有因为高薪而立刻跳槽，等旺季过了再走，这是忠诚。一个热情而忠诚的人，值得等候。

第五课

课文一

在欧洲 英文不等于「国际共通语言」（Ⅰ）

我柏林家的隔壁是一家土耳其人开的水果摊，瓜香果艳，我是常客。柏林观光客多，水果摊老板说德文与土耳其文，但不说英文，面对各种国籍的旅客秤斤算钱时，手摆脚动取代语言，英文、西班牙文、中文、德文、法文、日文都出现过，水果摊每天都非常「国际化」。

一次我来买菜，前面的客人与土耳其老板正身陷语言迷宫里，客人说着文法乱、有浓重口音的英文，老板则一直以德义回复，客人的焦急，都快把手中的绿芒果给催熟了。老板看到我，急忙请我帮忙，有我这个临时口译当桥，两人终于达成买卖。

这位说英文的客人向我道谢，接着问我：「为什么他们都不会说英文呢？好奇怪。」我答：「因为你在德国。这里，人们说德文。」

其实，我面前这位买水果客人，本身英文也紊乱，口音浓重，文法错乱，但他却觉得在德国柏林卖水果的老板应该要会说英文，这逻辑很奇怪，自己都不太行的事，怎么会要求人家一定要做到呢？我想，这位先生大概就是觉得「英文是国际共通语言」，而忘了去尊重每个国家对于自己母语的保有与使用。

几年前，我在柏林采访台湾某知名大学校长，他或许是旅途劳累，态度有些傲慢。问他这几天在柏林的经验，他皱眉抱怨：「怎么德国英

文标识这么少？这样谁看得懂啊？」那时我才发现，原来我们一直重视英文教育，到最后却培养出了只以英文为世界中心的人才，他们把英文当做是唯一合理的外语想象。来到柏林看不懂标识，却没想过，这些标识其实主要是给本地人看的。

我不禁想，学外语，不是为了培养大家一天到晚强调的「国际观」吗？不是为了跟国际接轨吗？不是为了让自己世界更开阔吗？怎么这位校长，身在德国，心中却只剩下了英文？

课文二

在欧洲 英文不等于「国际共通语言」（ II ）

大学时打工赚生活费，我当英文家教，也在补习班教儿童美语，因此眼见许多心急的家长，担心自己的小孩英文学不好，会被全球化浪潮给远远抛在后，长大后一定会被彻底淘汰，因此督促小孩努力背英文单字。

学英文当然很重要，英文的普遍性不用多说，英文学好，可以读的书倍增，听到的声音也不会只限于母语，世界可能会因此更辽阔。如果拥有英文能力，就能自己主动去了解这世界正在如何转动。

但是，外语，并不等同于英文。这世界上，还有许许多多的语言，影响力不见得比英文小。若有机会学习英文之外的外语，一定会发现不同的语言会有不同的境地与角度。

台湾是个岛国，政治位置孤立，对于「国际观」，我们有一定的焦虑。我们努力申请举办国际赛事，全民学英文。岛屿四处都有英文标识，但拼音紊乱，错误百出。我们一直努力拼观光，英文标识堆迭，但就算全岛都有精良正确的英文标识，就会吸引大量的国际观光客前来吗？

我记得我拜访过的义大利的海边小镇、法国南部的小山城、还有捷克湖边小村，当地没有任何英文标识，菜单没有英文版本，居民说着自己当地的语言，但，却还是有源源不绝的访客前来。因为这些地方有惊人的人文景观，文化底蕴深厚，他们根本不用急着「国际化」，照自己生活步调过日子，煮家传的菜，唱奶奶教的歌。

其实不见得一定英文好才会有所谓的「国际观」，我身边就有几位柏林或台湾朋友，真是没天分学外文，学英文等于被抓去撞墙。但他们勤读翻译书籍，知晓世界。

所以，勤奋学习但却依然无法驾驭英文，其实不是悲剧。重点是好奇心没被磨损搅碎，不懂没关系，还可以翻字典或读翻译。不是英文考一百分，脑子就会长出「国际观」区块。「国际观」是让我们学习从他人的角度来看世界，于是我们不自大，因为耳朵里不是只有自己的独白。

隔壁的水果摊依然每日上演语言戏码，他继续说着德文或者土耳其文，回答各国旅客。问他要不要学英文？他说：「英文不是问题，西瓜甜不甜才是问题！」

第六课

课文一

猫熊出访角色　由政转商（ I ）

猫熊「甜甜」当选 2011 年 BBC 选出的十大风云女性，今年美国全程直播猫熊「美香」产下双胞胎，台湾「圆仔」睁眼登上新闻头条，可见猫熊人见人爱。英国媒体认为，这将成为数位化时代的「新猫熊外交」。

猫熊外交可追溯至唐朝

无论何时何地，猫熊总是征服人心的大明星。中国「猫熊外交」的历史可以追溯到西元685 年唐代女皇武则天时期，当时武则天赠送二只猫熊给日本天武天皇，是历史记载最早的「猫熊外交」。

从西元 685 年到 1982 年，中国一共向国外赠送了约 40 只猫熊。1941 年，当时的总统夫人

宋美龄赠送美国一对猫熊，以表救济中国难民的谢意，猫熊自此开始以外交使者身分，被赠送到各国。

1949 年中共取得政权后热衷于「猫熊外交」，将猫熊赠送给各个友好、或欲建立友好关系的国家，这时期「出访」的猫熊，相当具有政治意义。从 1957 年至 1982 年，共有 23 只猫熊被赠送给苏联、北韩、美、日、法、德等九个国家，藉此促进双边的友好关系。

1956 年至 1957 年，美国迈阿密稀有鸟类饲养场以及美国芝加哥动物园，分别向中国大陆表达希望以货币或动物交换一对猫熊的想法，中国大陆在 1957 年同意，但设下「双方互派人员到对方动物园访问并领取交换的动物」的条件，遭美国国务院以「不同意直接与中国进行动物交换」否决，因而作罢。

课文二

猫熊出访角色　由政转商（II）

出租吸金　不再为政治送猫熊

1972 年 2 月 21 日，美国总统尼克森访问中国大陆，当时大陆安排尼克森赴北京动物园参观，也看了猫熊，在之后的一次宴会上，大陆总理周恩来表示将赠与美国二只猫熊。

1972 年 4 月，「玲玲」与「兴兴」抵达美国华盛顿国家动物园时，约 8,000 名美国民众冒雨迎接，首次见客就吸引了 2 万名游客，第一个月，参观者就达 100 多万人次。

但到 1982 年，中共当局宣布开始停止赠送猫熊，改由「租借」或「科技交流」方式让猫熊出国，传统的政治性「猫熊外交」时代宣告结束。不过，1982 年后，大陆政府还是先后赠送台湾与港澳猫熊。

1984 年美国洛杉矶奥运会期间，中国大陆将猫熊「永永」和「迎新」临时租借给洛杉矶动物园，进行为期三个月的巡展。在洛杉矶奥运会结束后，「永永」和「迎新」又被租借给旧金山动物园三个月，这项租借契约让旧金山动物园付出高额的租金，有利可图下，这也从此打开猫熊商业租借的大门。

猫熊在沾染商业租借色彩后，国际关于动物保护的另一波拉锯又再开始。由于租借猫熊对出租方及租借方都带来可观的资金收益，中国大陆的林业部门和动物园不断地在保护猫熊的名义下，大量捕捉野生猫熊。

观光和商业收益惊人　多国租借猫熊

1990 年代初，许多环境保护团体开始呼吁抵制猫熊租借。在压力下，美国联邦渔业和野生动物管理局禁止商业目的的猫熊租借，中国大陆之后也宣布停止商业目的的猫熊出租，各国动物园改以「繁殖」或「保护」的名义向大陆租借猫熊。

目前，主要为保育猫熊设立的四川卧龙自然保护区经过多年研究，在保育猫熊方面取得明显进展，不过为了避免猫熊过度近亲交配，也希望增加野外猫熊数量，大陆近年积极研究将圈养猫熊野放，但就算经过训练，至今圈养猫熊仍然无法适应野外生活，是目前猫熊保育的一大难题。

第七课

课文一

感情世界最大的情敌　是「自我」（I）

Dear 文华：你成家了吗？这句话通常是你妈问你，现在我来问。

我行我素的一个人生活，有什么不好？

如果你还未婚，我不是要你立志在今年结婚。这种志向跟减肥和上健身房一样，很难撑过两个星期。喔，不对，这种志向比减肥和上健身房更难！因为你可以一个人减肥，但不能一个人

结婚。

我只希望你想想这个问题。

不结婚的原因

20 岁时没结婚，因为美女太多，定下来可惜。结果现在别人娶了适合你的老婆，生出来的可爱女儿叫你叔叔，而不是爸爸。一生只有一两次真爱，你浪费了一次。你浪费后的确碰到其他美女，但她们觉得和你定下来可惜。

30 岁时没结婚，因为工作太多，没时间爱别人。结果你现在事业上又了不起到哪里去呢？

人生很残酷，我们总无法在人或事出现的当下，了解那人或事真正的重要性。总要经过一段时间，才醒悟过来。但醒悟时，已错过了重要的人或事。

真正重要的人或事，不会重来。生像死，没有第二次机会。

「自我」这个鬼东西

那 40 岁时没结婚，又因为什么呢？应该是「自我」太多吧！

你想得没错。在任何感情中，最大的情敌不是另一个俊男美女，而是「自我」这个鬼东西。

「自我」怎么会是鬼东西？个人的成功失败、欢喜悲伤、甚至爱人和被爱的原因，不都是「自我」激发出来的吗？

「自我」当然重要。只不过它跟甜点一样，实际的营养价值没有看起来高，而且吃多了只是让你膨胀发福，看不到自己的脚，和人与事真正的面貌。

你一定记得：你很多所谓自由的夜晚，并不是「想干嘛就干嘛」，而是一个人坐在电脑前，什么都没干。或是在一个无趣的 party，斟酌着何时闪人才不会尴尬。

你很多所谓「忠于自我」的选择，忠于的其实是膨胀或萎缩的自我，或只是社会眼中的你。如果有一个真心的伴，她可以当头棒喝，指出你的盲点，叫你别再自以为是。「自我」太多的人，

看不到盲点。

有伴很好，干嘛结婚？

不过你一定看得出我逻辑的破绽：是啊，有伴很好，但干嘛要结婚？

因为我知道你想养小孩，而看你这德性，没勇敢到能接受别人说你有私生子。纵使你自己能接受，也不希望别人这样叫你孩子。你自诩为开明的知识份子，其实只是留过洋的老夫子。

但这不是最重要的原因，最重要的是：你想体会「承诺」的美好与苦涩，那是一种难得的人生经验。

婚姻，都在解决问题。谈恋爱，只是在「实习」如何解决问题。

为什么要去解决问题，因为在过程中，会激发出你身体和心理上，最好和最坏的一面。你可能发现：哇！我爱玩，竟会为了孩子提早回家。哇！我温和，但会跟老婆干架。Surprise 你自己，好事或坏事。逼出每一种感觉，甜的或苦的。你像大部分人一样，既善良也邪恶。走这一趟，你总希望把自己善良和邪恶的潜力都发挥到极致吧！

课文二

感情世界最大的情敌　是「自我」（II）

Why Now？

如果成家对你来说很重要，接下来的问题是：Why now？

你一直以为晚婚无所谓，直到你对心仪的女子表白时，她竟然说：「你不是同志吗？」

42 岁，你的精子跟你一样，对任何使命慢慢失去动力。很多方面，你都变得软弱了。

你这辈子已经不可能找到一个人跟你共度一生，你顶多只能找到一个人跟你共度「半生」。

重点加码：

到底男女之间的沟通模式，有哪些重要的差异？

1. 男生看未来，女生想的是过去

男生永远是向前看，在男性的大脑里，过去是一片空白。但是女性记得过去的点点滴滴，某年某月某日、在某个地点、发生了某件事。

此外，女人天生就敏感细腻，喜欢注意细节，男人却是神经大条，缺乏察言观色的能力。

2. 男人爱说理，女人要的是安慰

男人是理性思考的动物，在职场上的训练就是要成为一个problem-solver（问题解决者），面对任何事情便不由自主地开始分析、找原因、提出解决方法，早已成了惯性。

但是女人要的是安慰与理解，她一点也不想听男生的长篇大论，只要男生的同理心，并和她站在同一阵线。

3. 男人说过即忘，女人却认真看待

男人常常漫不经心，忘记自己说了什么，女人却是认真看待，因此总觉得男人不守信用、说话不算话。

男性的一举一动，女性都看在眼里，男性说的一字一句，女性全部记得清清楚楚。如果你无法百分之百保证，最好不要说出来；如果不幸说了，就要百分之百要做到。

4. 男人喜欢直接，女人喜欢拐弯抹角

男人喜欢抓语病，在字面上和女人争辩不休。事实上，女人说了什么并不重要，真正重要的是字面背后的意义。

男女之间的互动其实相当微妙，需要亲身去体会。

不论是在婚姻或是爱情关系中，理解与欣赏彼此的差异，找出并经营其中的共同点，这段关系才有收成的可能。

课文一

主办奥运是经济的强心针
还是国债的大黑洞（1）

在历经两轮投票之后，日本东京脱颖而出，成为西元2020年夏季奥运的主办城市。这也是东京自1964年之后，再次举办夏季奥运会，也是亚洲第一个以及世界第五个举办过两次夏季奥运会的城市（伦敦、雅典各三次，洛杉矶以及巴黎也有两次举办夏季奥运的纪录）。

日本申奥宣传影片

奥林匹克运动会（Olympic Games）以及世界杯足球赛（FIFA World Cup）一直是世界上最盛大的运动赛事。而奥运会，因为比赛的项目以及参赛国家的数量之多，更是吸引全球观众目光的盛会，世界各国城市，也无不把主办奥运会当成一个极大的荣耀。一个城市举办奥运，不但是一个极好的城市行销机会，也可以促进当地旅游业的发展，更因为各种不同企业公司的赞助，会获得极大的经济发展；同时，主办奥运一直以来可以视为一种国力的展现。

然而，主办奥运会真的能够带来媒体上所宣称的庞大经济利益吗？在奥运会过后，该国的运动会持续蓬勃发展，还是像一场绚丽的烟火，在绽放后归于平静呢？历史上有许多前车之鉴可以让人参考。

1976年的蒙特娄（Montreal）奥运恐怕是历史上财务负担最重的一次奥运会。为了兴建奥运运动场馆以及周遭街道更新，蒙特娄政府大幅举债以筹措资金，后果即是花了30年，直到2006年蒙特娄政府才把15亿美金的债务还清。而所兴建的奥运运动场，更因为财务上的困难以及施工时间不足，直到1980年代才把主要的塔柱完成——远在奥运会结束之后。

2012 年的伦敦奥运则恐怕是近五十年来花费最多的一次奥运会，从奥运会前预估的 24 亿英镑预算，一路提升至 93 亿英镑。到了奥运会该年，已有人士预估此次奥运会所举办的代价恐怕会花费 240 亿英镑，足足比当初参与竞选奥运主办城市时所提出的预算多了十倍有余。花费超支恐怕不是伦敦奥运会的专属，而是每届奥运会必会传承的传统，2004 年的雅典奥运也是由事前的 60 亿美金，到最后共花了 150 亿美金。而这些巨额的花费，只靠着赞助商、门票收入还有游客所产生的经济利益，似乎是不足以回本的。最终，还是需要纳税人来买单。

课文二

主办奥运是经济强心针
还是国债的大黑洞 （II）

主办奥运不一定只能亏钱

当然，也并不是每一届奥运会都是以亏本收场，历史上还是有些成功的例子。1984 年的洛杉矶奥运的行销模式以及资金来源，成为当时城市主办奥运会的典范。八〇年代的冷战氛围，以及前几次奥运会巨额的债务，使 1984 年的奥运会突然之间成了烫手山芋，没人想举办，洛杉矶以及纽约成为了唯二有兴趣的城市。由于一个国家不能有两个城市参与竞选奥运主办城市的规定，美国奥会决选出由洛杉矶代表美国参加奥运主办城市的竞选，也就意味着洛杉矶会接下 1984 年奥运的主办权。

此次奥运为人称道的是，举办奥运会的资金完全没有花到纳税人的钱，全部经由招商而来。而在奥运会结束之后，还有约两亿五千万美金的盈余，可以拿去补助残障运动会以及洛杉矶的一些公共建设。然而，近几届奥运随着参与的国家数目增多，以及追求华丽的开幕、闭幕典礼，想要损益平衡似乎成了件难事。

而该国的运动风气，以及产业是否足以支撑运动场馆的兴建和后续的维护，也是一个极需考量的议题。

一次奥运会总共有 28 项的运动，如果没有一定的人口基数，很难有足够的市场去发展每一项运动。再者，奥运会所带来的人潮以及经济利益只能说是短期的，维持运动场馆的维护费用却是长远的，如果没有持续地使用，那所兴建的场馆只能维持一个月的使用期，之后就将变成蚊子馆了。

因此，这次日本申请到 2020 年的奥运主办权，值得好好观察。有了前次奥运的举办经验，以及日本本身运动产业的发达，能否为日本的经济打入一剂强心针，而不会陷入其他国家被债务拖垮的景象，我相信日本人是有机会做到这点。举办奥运这个四年一度的盛会，可能不是世界上每一个国家都有福消受，一个不小心，所兴建的各种大型运动场馆以及之后庞大的维护费用，会像头白色巨象，狠狠地拖垮该地的经济发展，不可不谨慎为之。

第九课

课文一

乡关何处（I）

小时候喜欢远行，经常坐火车过山洞去基隆的姑妈家看海；上了中学离开家乡去了台北念书，成了一个经常吃自助餐的寄宿生；大学毕业不久，带着好奇与梦想开启了浪游的人生，烂漫的年岁都不知乡愁，他乡异地脚步愈走愈远。算计起来，泰半生活是在迁移变换之中，过半的时间是在家国之外，似乎已经习惯了这样的飘泊，以致到了中年，不时谈起或被人问起：会在此地居留多久？来日可有何打算？

习惯了这样的话题，心里似乎也认定了这样的生活形态，不知不觉中失去了所谓「家」的观

念以及所谓「安身」这样的念头。仿佛生活是一段又一段的旅程，日子就随着脚步前移迈进，家在哪里？乡关何处？不巧，生活里的朋友泰半是这类随工作派驻各地，在城市与机场之间流转的「国际人士」，大部分人的家都是地球上临时居住的某个城市，只有在义大利南部或瑞士山间之类的度假居所或伊媚儿，才是比较恒常不变的地址。

以致，不小心问了一个已经在亚洲住了二十多年的朋友亚力山大：将来打算在哪里退休养老？对方有点愕然地回答：香港，当然在香港，这是家。这一回答才惊醒梦中人，原来，自己已然成了失根之人，心里从来没有一个理所当然的「家」，心里的家依旧是在梦想中：一个有碧绿湖水或者可从窗外看着蓝天大海的宁静住所，落地窗前可以望见夜晚的星空，后院的老树下有松鼠、麻雀嬉戏……这样的地方具体是在哪里？如果有人问，实在也没有确定的答案，也许是在旅途中偶然发现的无名村落？

课文二

乡关何处（II）

亚力山大在纽约出生，地道是个纽约人，但父母早年在上海与香港长期居住过，哥大建筑学系毕业后，很自然就想到父母不时提起的亚洲生活。来了香港，认识同样来自纽约的记者妻子，一个华裔美籍的第三代移民，两人一起学广东话，结了婚生下的混血孩子，习惯以流利的广东话介绍自己：「我系香港人。」

朋友里诸多这样在不同国度、不同城市工作或生活的国际人士，他们的婚姻以及子女甚至身世都是多重混血、多元文化，已经很难追究一个纯粹的血统或国族。大部分人虽然有家国的概念，但更习惯是世界的公民，地球的居民。

都已经如此习惯在一个完全陌生的城市里，找到一个属意的空间，欢喜的景致。借用一段门

牌地址，把心爱的家当、必要的家用一一安放在合适的位置，在空白的墙壁挂上平日收集的各类画作，在书房的窗台摆放绿色盆景……然后，拿出不离不弃的老茶壶，在厨房里泡一壶热腾腾的菊花普洱，生活就从呷一口茶的温馨中，新鲜又熟悉地开始。

安心永远比安家重要，在哪里居住已经不再是问题，在哪里好住似乎才是前提。比如一个空气不受污染的环境，一个气候宜人的地方，一个人们友善热忱的城镇，一个蔬菜水果新鲜丰盛的所在……我们所拥有的，只是一个被称为「家」的房子，那里有一张孤单却永远体贴的床，一张破败却纵容你懒惰的躺椅，一个陪你一起老旧的茶壶，几幅天长地久的画作……生活之中选择一个地方，或是被一个地方所选择，就如羁旅中的驿站，家，真是一个安放行李、洗涤风尘的歇脚地。

第十课

课文一

当街头智慧遇上读书智慧

古人说，「书中自有黄金屋」，也鼓励「读万卷书、行万里路」；在地球村的现代，人们常说「读万卷书不如行万里路」，尤其中外有不少创业家曾由学校教育中「脱逃」，却能在实战中出类拔萃。因此，究竟「读书智慧」与「街头智慧」在人生的不同阶段孰轻、孰重，如何相辅相成？颇引人深思。

前台科大管理学院院长卢希鹏就点出，我们的教育比较强调「读书智慧」，读书因而成为现在学生唯一的目标，但学校很少教的「街头智慧」，其实才是离开学校后融入社会最重要的技巧。

换个角度看事情

卢希鹏说，「人类与猴子主要的差别之一，

在于人类发明了『学校』，从此人类的学习开始与现实脱钩。你看，猴子从小在丛林中学习，很快地就能独立生存。人类从小在校园中学习，受教育 20 年后，步入社会丛林，却什么也不懂，好像随时都会被野兽吃掉似的。」

他认为，戴眼镜的人类优点是能「聚焦」，解决核心问题 不戴眼镜的猴子则因「周边视野」开阔，机会与风险都能从容应对。 卢希鹏希望学生读书的同时也能综观大环境，因为核心与周边同样重要。

美商中经合集团总经理朱永光表示，读书智慧跟街头智慧都是人生中不可缺少的修练。学校教育重点往往放在「避免危险」，毕竟前人的经验可让后人少走很多曲折路，但只走熟悉的路，缺点是不敢突破，长期下来在不知不觉中失去了应变、创新思维，偏偏这是行走江湖时很重要的能力。

朱永光认为，「当生活中遇到困难，有时我们也会回头在书中找答案……，这是读书智慧；街头智慧某种程度来说，是书中读到那些技巧的实验。」

不同阶段新领悟

卢希鹏认为，「读书智慧」靠的是读书和记忆；「街头智慧」要的是观察与诠释，两者都很重要。朱永光也指出，两者若能相辅相成，在关键时刻发挥互补的效果，将能让个人在职场、创业过程或为人处世上更为圆融。

卢希鹏幽默地说，「关于思考术，你认为是人（读书智慧）强还是猴子（街头智慧）强？我只能说，人类爱看书，猴子善观察…，如果你天生是猴子，就要多学学人；如果你本来就是人，不妨多学学猴子，或许有所突破。」

读书能力 ≠ 做事能力

我们常把读书的能力和做事的能力混为一谈，认为书读不好，就没有出息。其实这两种能力，在本质上有很大的差别。

读书识字有先天上的条件限制。有一种人很聪明，识字却很慢，甚至不能辨识字。阅读时眼睛会跳行，也有写字上的困难，这就是「失读症」（dyslexia）。政治家丘吉尔、李光耀皆为此症所苦，但都不损其伟大。

其他神经上的疾病，如「妥瑞氏症」，也有阅读困难，但也都不碍患者成就一番事业。所以，对于读书慢、开窍晚的孩子，我们动不动骂他笨、是猪，是非常不对的。这两种能力，不能画上等号。

教育的精神在使人类超越动物的本性，使天赋的能力得以发展出来。教育的做法，每个国家因其财政情况、或执政理念而有所不同，但此精神应该是放诸四海皆准。

学术上已有无数论文在谈 knowing that（知其然）和 knowing how（知其所以然）的差别。我们在此只问，如何提升国民的执行力。

我们必须区分出读书能力（考试力），和获得知识的能力（学习力）。因为前者仅是评量后者的方式之一，不是唯一、也不是最好的方式。

要有好的执行力，这个人必须知识广、见闻多；同时他的知识必须是有组织的，使他能立即提取。重要的是，这个人须有预见未来的能力，而且能事先防范、未雨绸缪。

这个预见能力不用教，但必须靠经验促发。对动物来说，凡是性命交关的事，一次就学会。其他的，只要眼睛看到，也自然就学会。因为，模仿这个最原始的学习机制——镜像神经元，已经在人和猴子的大脑中找到了。

模仿的学习，就是有样学样。所以孟母要三迁，它本身是个内隐的学习，不用特别教，只要暴露在这个环境下，自然就会。

现在脑造影技术的精进，已经逐渐解开基因和环境互动之谜。环境竟然可以改变基因的展现，令科学家非常震惊。

最近发现，童年受虐会改变大脑中情绪调控的机制，使这孩子十五年后，容易有焦虑症、忧郁症，甚至反社会的行为，更令我们对孩子的教养，不敢掉以轻心。

研究也显示，父母对孩子的态度，决定了他的命运；而大人观念的改变，是孩子成功的起点。

大人需把考试和做事能力分开（其实考试题目出得好坏，跟成绩很有关系），也需了解成长和开窍需要时间，更要知道知识和经验不能画上等号。

二度空间和三度空间的学习，在大脑上动用到的区域不同。经验是促使神经连接最好的方法，所以教学应该尽量鼓励学生动手做。

人生苦短，我们无法经验到世界上所有的东西，但可以透过阅读，把别人的经验内化为自己的。阅读和经验是培养执行力最好的方法，若再加上毅力，则攻无不克、事无不成了。

照片来源 Photo credit

p.21　　《聯合報》高培德／攝影

p.50, 60　　《聯合報》王惠琳、胡經周、陳俊吉、林承樺、趙文彬／攝影

Linking Chinese

當代中文課程 6 課本

策　　劃	國立臺灣師範大學國語教學中心		出 版 者	聯經出版事業股份有限公司
主　　編	鄧守信		發 行 人	林載爵
顧　　問	Claudia Ross、白建華、陳雅芬		社　　長	羅國俊
審　　查	葉德明、劉　珣、儲誠志		總 經 理	陳芝宇
編寫教師	王文娟、洪秀蓉、陳靜子		總 編 輯	涂豐恩

執行編輯　張莉萍、張雯雯、張黛琪、蔡如珮
英文翻譯　范大龍、Katie Hayslip

校　　對　伍宥蓁、陳昱蓉、張雯雯、張黛琪、
　　　　　蔡如珮
編輯助理　伍宥蓁

技術支援　李昆璟
封面設計　桂沐設計
內文排版　楊佩菱
錄　　音　王育偉、許伯琴
錄音後製　純粹錄音後製公司

副總編輯　陳逸華
叢書主編　李　芃
地　　址　新北市汐止區大同路一段 369 號 1 樓
聯絡電話　(02)8692-5588 轉 5305
郵政劃撥　帳戶第 0100559-3 號
郵撥電話　(02)23620308
印 刷 者　文聯彩色製版印刷有限公司

2018 年 12 月初版・2023 年 10 月初版第三刷
版權所有　・　翻印必究
Printed in Taiwan.
ISBN　　　978-957-08-5218-9 (平裝)
GPN　　　1010702039
定　　價　1000 元

著作財產權人　國立臺灣師範大學
地址：臺北市和平東路一段 162 號
電話：886-2-7734-5130
網址：http://mtc.ntnu.edu.tw/
E-mail：mtcbook613@gmail.com

感謝

知名作者、專欄作家、報紙雜誌等相關人士，將文章作品授權予本教材課文內容及教學使用

《聯合報》
授權提供本教材之相關照片

國家圖書館出版品預行編目資料

當代中文課程 6 課本/國立臺灣師範大學國語
教學中心策劃．鄧守信主編．初版．新北市．聯經．
2018年12月（民107年）．328面＋44面作業本．21×28公分
（Linking Chiese）
ISBN　978-957-08-5218-9（平裝）
[2023年10月初版第三刷]

1.漢語　2.讀本

802.86　　　　　　　　　　　　　　107008080

當代中文課程

A Course in Contemporary Chinese

Workbook 作業本

6

國立臺灣師範大學國語教學中心 策劃
Mandarin Training Center National Taiwan Normal University

主編／鄧守信　編寫教師／王文娟、洪秀蓉、陳靜子

|目次|
Contents

LESSON 1

職校教育

一 閱讀理解

( ) **1.** 洛桑管理學院的報告，讓各國政府、媒體嚴陣以待。意思是：
 A. 各國政府、媒體對洛桑管理學院的報告要求很嚴格。
 B. 各國政府、媒體等待洛桑管理學院的報告等得很久。
 C. 各國政府、媒體面對洛桑管理學院的報告充分做好準備。

( ) **2.** 公司的管理人員，沒上過大學的比比皆是。意思是：
 A. 公司裡的管理人員比一比，看看誰沒上過大學。
 B. 公司裡的管理人員比一比，很多人都上過大學。
 C. 公司裡的管理人員比一比，很多人都沒上過大學。

( ) **3.** 懂得理論，對企業運作不見得了解。意思是：
 A. 因為懂理論，所以也懂企業運作。
 B. 雖然懂理論，可是卻不懂企業運作。
 C. 雖然不懂理論，可是卻懂企業運作。

( ) **4.** 瑞士不再自限於歐洲市場。意思是：
 A. 瑞士已經不在歐洲市場裡面了。
 B. 瑞士被歐洲市場限制在裡面了。
 C. 瑞士不把自己限制在歐洲市場裡面了。

( ) **5.** 危機就是轉機。意思是：
 A. 有了危機，就要趕快轉變。
 B. 有了危機，卻是轉變的機會。
 C. 有了轉變的機會，就是危機。

二、選出合適的詞語填入短文

> 精品　進修　技職　仰賴　子弟　迫使　產業　爭相
> 高等　成效　上工　理論　創新　高工　稱為　逐年
> 黑手　機構　危機　開放　職校　提到　放眼　營業額
> 比不上　對……而言

　　根據調查，即使支持 ＿＿＿＿＿＿＿＿ 去念高農、＿＿＿＿＿＿＿、高商等 ＿＿＿＿＿＿＿＿ 的家長，有 ＿＿＿＿＿＿＿＿ 增加的趨勢，但在傳統的華人觀念中，＿＿＿＿＿＿＿＿ 孩子念職業學校，還是有 ＿＿＿＿＿＿＿＿ 念普通高中的感覺。

　　因為 ＿＿＿＿＿＿＿ 一般人 ＿＿＿＿＿＿＿＿＿＿，＿＿＿＿＿＿＿＿ 教育似乎不能 ＿＿＿＿＿＿＿＿「正式」教育或 ＿＿＿＿＿＿＿ 教育，尤其像＿＿＿＿＿＿＿＿ 這樣的技術，好像根本不用什麼 ＿＿＿＿＿＿＿＿ 基礎，只要實際操作或練習一下，便可 ＿＿＿＿＿＿＿＿，哪裡需要到學校或研究＿＿＿＿＿＿＿＿ 去 ＿＿＿＿＿＿＿＿ 呢？

　　也因此 ＿＿＿＿＿＿＿＿ 台灣的 ＿＿＿＿＿＿＿，在年輕人＿＿＿＿＿＿＿＿ 擠進服務業的情況下，出現嚴重缺工的 ＿＿＿＿＿＿＿。雖然這種現象 ＿＿＿＿＿＿＿ 政府 ＿＿＿＿＿＿＿ 外國工人來台，不過台灣出口 ＿＿＿＿＿＿＿ 的 ＿＿＿＿＿＿＿ 成長，高度 ＿＿＿＿＿＿＿＿製造業的技術 ＿＿＿＿＿＿＿，只靠外國工人，解決問題的＿＿＿＿＿＿＿＿ 還是相當有限。

三. 運用括弧內的詞語完成對話

1. A：為何瑞士、德國等幾個歐洲國家，較有競爭力？（技職　分析　典範）

   B：洛桑管理學院認為，_____

2. A：現代社會怎麼樣才能更容易地找到工作？（文憑　理論　迫使）

   B：在昨天的演講中，王教授點出，_____

3. A：企業界認為，職校學生和大學畢業生就業的表現有何不同？（直言　階層　關鍵）

   B：我常跟各國大小企業接觸，他們_____

4. A：怎麼樣才不至於在競爭激烈的市場中被打敗？（升級　評比　品牌）

   B：缺乏創新的企業，早晚會被消滅，所以_____

Memo

科技與生活

一 閱讀理解

( )**1.** 能改變人類生活的科技，有時未必是科學上的大發現。意思是：
A. 有時候因為不是科學上的大發現，這種科技能改變人類的生活。
B. 有時候因為是科學上的大發現，所以這種科技能改變人類的生活。
C. 有時候不一定是科學上的大發現，這種科技就能改變人類的生活。

( )**2.** 科學家常能突發奇想，加上簡單工具，就能解決一些問題。意思是：
A. 因為科學家常常突然發生幻想，加上簡單工具，就能解決一些問題。
B. 因為科學家常常突然想奇怪的事，加上簡單工具，就能解決一些問題。
C. 因為科學家常常突然有特別的想法，加上簡單工具，就能解決一些問題。

( )**3.** 公司每天製造兩千副眼鏡，仍供不應求。意思是：
A. 公司每天製造兩千副眼鏡，別人不提出需求就不供應。
B. 公司每天製造兩千副眼鏡，還是來不及供應實際上的需求。
C. 公司每天製造兩千副眼鏡，要提供但是別人不答應這種需求。

( )**4.** 我們到任何地方都靠著燈光來照明，我們對燈習以為常。意思是：
A. 我們到任何地方都靠著燈光來照明，我們的燈是很平常的東西。

B. 我們到任何地方都靠著燈光來照明，我們習慣上認為燈是平常的東西。

C. 我們到任何地方都靠著燈光來照明，我們平常對有燈這件事已經習慣了。

(　) **5.** 哈樂戴教授和他太太感同身受，回家之後就成立了基金會。意思是：

A. 哈樂戴教授了解他太太的困難，回家之後就成立了基金會。

B. 哈樂戴教授和他太太了解別人的困難，回家之後就成立了基金會。

C. 哈樂戴教授和他太太了解困難的地方是身體，回家之後就成立了基金會。

 選出合適的詞語填入短文

提升	特殊	入夜	單單	不僅……也	貧窮	專精	人群
文盲	洞察	群眾	出自	藉由	自行	開創	鍥而不捨
剝奪	感同身受	契機	突發奇想	根源	習以為常		未必
突破	照明						

　　社會 ＿＿＿＿＿ 生活的發展與科技創新的 ＿＿＿＿＿，彼此的關係 ＿＿＿＿＿ 緊密 ＿＿＿＿＿ 相當有趣，有時 ＿＿＿＿＿ 是科學家 ＿＿＿＿＿ 人們的需求，＿＿＿＿＿ 而 ＿＿＿＿＿ 發明，也可能是 ＿＿＿＿＿ 某些社會 ＿＿＿＿＿ 現象的壓力，使人 ＿＿＿＿＿，迫使科學家利用 ＿＿＿＿＿ 技術，＿＿＿＿＿ 地解決問題的 ＿＿＿＿＿。

　　不過，即使 ＿＿＿＿＿ 像 ＿＿＿＿＿ 這樣，我們 ＿＿＿＿＿ 的發明，對弱勢 ＿＿＿＿＿ 而言，也是 ＿＿＿＿＿ 生活的 ＿＿＿＿＿。

因為他們可以 ＿＿＿＿＿＿ 照明，避免 ＿＿＿＿＿＿ 後，受教育的權利被 ＿＿＿＿＿＿ ，而脫離 ＿＿＿＿＿＿ 和 ＿＿＿＿＿＿ ，＿＿＿＿＿＿ 生活品質。

三. 運用括弧內的詞語完成對話

1. **A**：什麼樣的人可以稱為專家？（原理　領域　專精）

   B：一般來說，專家是指

   ＿＿＿＿＿＿＿＿＿＿＿＿＿＿＿＿＿＿＿＿＿＿＿＿＿＿＿＿

2. **A**：最近我常看不清楚老師寫在黑板上的字，我懷疑我可能得了近視了。（矯正　儀器　調整）

   B：我覺得你應該去看眼科醫生，

   ＿＿＿＿＿＿＿＿＿＿＿＿＿＿＿＿＿＿＿＿＿＿＿＿＿＿＿＿

3. **A**：聽說貴國有些偏遠村落沒有電燈，是真的嗎？（工程　架設　安裝）

   B：是啊！不過我國政府已經計畫

   ＿＿＿＿＿＿＿＿＿＿＿＿＿＿＿＿＿＿＿＿＿＿＿＿＿＿＿＿

4. **A**：你認為什麼是幫助弱勢者最好的辦法？（根源　提升　脫離）

   B：很多弱勢者都是文盲，我認為

   ＿＿＿＿＿＿＿＿＿＿＿＿＿＿＿＿＿＿＿＿＿＿＿＿＿＿＿＿

Memo

舞蹈藝術

一、閱讀理解

( )1. 生平第一次上台，很緊張，但又不得不硬著頭皮上去。意思是：
    A. 這輩子第一次上台，很緊張，可是因為頭很硬，所以沒辦法不上台。
    B. 這輩子第一次上台，很緊張，可是沒辦法不上台，所以雖然勉強也得上去。
    C. 生下來很平安，但第一次上台很緊張，可是因為頭很硬，所以沒辦法不上台。

( )2. 這種舞台感覺，讓她發現前所未有的自在，也找到存在的價值。意思是：
    A. 在舞台上表演，讓她感覺到從來沒有過的輕鬆，也讓她找到活在世界上的意義。
    B. 在舞台上表演，讓她感覺到從來沒有過的輕鬆，也讓她找到自己現在在這裡的意義。
    C. 在舞台上表演，讓她發覺以前不知道自己在哪裡，也讓她找到自己現在在這裡的意義。

( )3. 她沒被種種稱讚沖昏頭，拿筆的人，隨時都在筆下對你做不同評論。意思是：
    A. 沒有稱讚讓她頭腦不清楚，因為寫評論的人，不管什麼時候，都可能改變對你的評論。
    B. 各種稱讚沒讓她頭腦不清楚，因為寫評論的人，不管什麼時候，用筆寫的評論都不一樣。
    C. 各種稱讚沒讓她頭腦不清楚，因為寫評論的人，不管什麼時候，都可能改變對你的評論。

（　　）4. 舞者挑戰不可能的動作，不為什麼，只為他們想做舞者，她又何嘗不是？意思是：

A. 舞者想要試著跳出很難的動作，只有一個理由，就是他們想當個舞者，而她也是一樣的。

B. 舞者想要試著跳出很難的動作，不知道為什麼，就是他們想當個舞者，而她也不是一樣的。

C. 舞者想要試著跳出很難的動作，只有一個理由，就是他們想當個舞者，而她也不是一樣的。

（　　）5. 她再站在舞台上，為自己人跳，看的人是她期待已久的家鄉熟悉的臉孔。意思是：

A. 她再一次在舞台上跳舞，是跳給自己人看的，而她看到的人，都是她等了很久的來自故鄉的人。

B. 她再一次在舞台上跳舞，跳的人都是自己人，而來看她跳舞的人，是她等了很久的來自故鄉的人。

C. 她再一次在舞台上跳舞，是跳給自己人看的，而來看她跳舞的人，是她等了很久的來自故鄉的人。

二、選出合適的詞語填入短文

作品	舞團	及格	體內	海綿	期待已久	首席	邀請
潛力	種種	當作	描述	肯定	發覺	前所未有	或許
硬著頭皮	固定	存在感	熟悉	舞蹈	眾所皆知	再次	
舞碼	揮灑	才華					

對喜歡藝術的人而言，_____藝術的活動或演出，都是_____的饗宴，然而並不是每個人都_____藝術的領域，更別說能_____興趣，對藝術_____感到新鮮、有趣或_____的好奇了。

像我室友小尤，雖然她的阿姨是某 ＿＿＿＿＿＿＿ 的 ＿＿＿＿＿＿＿ 舞星，但小尤自己對跳舞、舞曲、＿＿＿＿＿＿＿、舞目等這些有關 ＿＿＿＿＿＿＿ 的 ＿＿＿＿＿＿＿，是完全不 ＿＿＿＿＿＿＿ 的。你 ＿＿＿＿＿＿＿ 她唱歌，她 ＿＿＿＿＿＿＿ 能盡情 ＿＿＿＿＿＿＿，一首接一首地唱，展現 ＿＿＿＿＿＿＿。不過 ＿＿＿＿＿＿＿，正如她常說的，她 ＿＿＿＿＿＿＿ 並無舞蹈細胞，即使 ＿＿＿＿＿＿＿ 站上舞台，也得不到觀眾的 ＿＿＿＿＿＿＿。

＿＿＿＿＿＿＿ 提醒大家，我們都有像 ＿＿＿＿＿＿＿ 一樣的吸收 ＿＿＿＿＿＿＿，每天 ＿＿＿＿＿＿＿ 的生活作息之外，留些時間接觸藝術，可能會 ＿＿＿＿＿＿＿ 某種其他領域無法給自己的 ＿＿＿＿＿＿＿。

三. 運用括弧內的詞語完成對話

1. **A**：昨天那場現代舞的演出，聽說很精彩，你去看了嗎？（首席　舞碼　傳承）

   B：我去了，＿＿＿＿＿＿＿＿＿＿＿＿＿＿＿＿＿＿＿＿

2. **A**：你覺得自己這輩子的命運好嗎？（貴人　才華　生平）

   B：這輩子我覺得自己 ＿＿＿＿＿＿＿＿＿＿＿＿＿＿＿＿

3. **A**：你對自己未來的規劃是什麼？（克服　毅力　隻身）

   B：出國留學，因為 ＿＿＿＿＿＿＿＿＿＿＿＿＿＿＿＿

4. **A**：如何才能發揮潛力呢？（價值　挑戰　熟悉）

   B：要發揮潛力，我認為首先 ＿＿＿＿＿＿＿＿＿＿＿＿＿

Memo

做人心法

（　）**1.** 如果我們不要求自己，人通常只對自己感興趣。意思是：
A. 一般來說，人只關心自己，除非我們刻意地告訴自己，要對別人感興趣。
B. 一般來說，人只關心自己，除非別人刻意地告訴自己，要對別人感興趣。
C. 一般來說，別人只關心自己，除非我們刻意地告訴自己，要對別人感興趣。

（　）**2.** 當我們說話時，不妨將別人的名字帶到話的內容裡。意思是：
A. 在我們說話時，內容中提到對方的名字，這樣是可以的，是沒關係的。
B. 在我們說話時，內容中提到對方的名字，這樣是不可以的，是有關係的。
C. 在我們說話時，內容中提到對方的名字，這樣雖然沒有關係，但是是不可以的。

（　）**3.** 當你直接喊出對方名字，不知他會有多高興。意思是：
A. 當你直接叫出對方名字時，你真的不知道他高不高興。
B. 當你直接叫出對方名字時，你真的可以想像他高興的程度。
C. 當你直接叫出對方名字時，你真的沒辦法知道他高興的程度。

（　）**4.** 他自顧自地講自己的事，完全不讓人有插嘴的餘地。意思是：
A. 他講自己的事時，完全不管別人，讓別人完全沒辦法插嘴。
B. 他講自己的事時，自己照顧自己，讓別人完全沒辦法插嘴。
C. 他講自己的事時，完全不管別人，讓別人站在那個地方，沒辦法插嘴。

(　　) **5.** 別有居心的讚美，就會適得其反。意思是：

    A. 如果你讚美的背後是很用心的，這樣的讚美就會得到相反的效果。

    B. 如果你讚美的背後是有其他的目的，這樣的讚美反正就是剛好的。

    C. 如果你讚美的背後是有其他的目的，這樣的讚美就會得到相反的效果。

二. 選出合適的詞語填入短文

1.

可想而知	互動	人緣	拉近距離	人際	親和力
祕訣	特質	掌握	本質	命中	

　　俗話說，做事容易，做人難，＿＿＿＿＿＿＿，＿＿＿＿＿＿＿ 關係是多麼難以 ＿＿＿＿＿＿＿。雖然 ＿＿＿＿＿＿＿ 好壞跟我們的性格 ＿＿＿＿＿＿＿ 有關，換句話說，有人就是有 ＿＿＿＿＿＿＿ 的 ＿＿＿＿＿＿＿，能與人 ＿＿＿＿＿＿＿。但專家指出，日常生活與人 ＿＿＿＿＿＿＿ 時，仍有一些 ＿＿＿＿＿＿＿ 是可以直接 ＿＿＿＿＿＿＿ 核心，幫助我們建立良好的人際關係。

2.

贏得	力道	真心	別有居心	真誠	企圖	深刻
熱忱	心法	適得其反	心坎	魅力	記住	予

　　要注意的是，絕對不能為做人而做人，你的 ＿＿＿＿＿＿＿ 容易使人誤會你 ＿＿＿＿＿＿＿，效果恐怕 ＿＿＿＿＿＿＿，不僅無法

_____ 好人緣，反而是 _____ 人 _____ 的負面印象。

只要 _____ ：發自 _____ 的聲音 _____ 最強。因此，別小看 _____ 讚美的威力，另外，培養 _____ 以及態度 _____ ，都是最具 _____ 的做人 _____ 。

三. 運用括弧內的詞語完成對話

1. **A**：他做人成功的哲學是什麼？（特質　熱忱　互動）

   B：我認為他 _____

2. **A**：他的人緣怎麼這麼糟呢？（餘地　引發　插嘴）

   B：那是因為他 _____

3. **A**：讚美的技巧是什麼？（真誠　祕訣　核心）

   B：最重要的 _____

4. **A**：你對他的印象如何？（親和力　深刻　渴望）

   B：我覺得他 _____

5. **A**：如果有知名的大公司主動來找你，你會馬上跳槽嗎？（機緣　伸手　等候）

   B：現在是旺季，_____

Memo

國際語言

一、閱讀理解

( )1. 客人與土耳其老闆，正身陷語言迷宮裡。意思是：

A. 客人與土耳其老闆，兩個人用語言溝通迷宮遊戲怎麼走。

B. 客人與土耳其老闆，兩個人都走到迷宮裡去，玩語言遊戲。

C. 客人與土耳其老闆，兩個人語言不能溝通，好像走到迷宮遊戲裡去。

( )2. 客人的焦急，快把手中的綠芒果給催熟了。意思是：

A. 客人很著急，好像手裡的綠芒果不夠熟。

B. 客人很著急，好像快要把手裡的綠芒果給弄熟了。

C. 客人急著催老闆，趕快把手裡的綠芒果給弄熟一點。

( )3. 這位校長人身在德國，心中卻只剩下了英文。意思是：

A. 這位校長到德國去的時候，因為是在德國，所以把英文放在心裡。

B. 這位校長雖然到了德國，可是心裡認為，德國人當然應該都會說英文。

C. 這位校長雖然到了德國，因為不會德文，所以把心裡所有的英文都說出來。

( )4. 英文學好，聽到的聲音不會只限於母語，世界可能會因此更遼闊。意思是：

A. 英文學得很好，就不會受到母語的限制，對世界的了解就會更多。

B. 英文學得很好，就不會聽到母語的聲音，對世界的了解就會更多。

C. 把英文學好，就不會聽到媽媽說話的聲音，這時候你的世界就會變得更大。

（　　）**5.** 台灣是個島國，政治位置孤立，對於「國際觀」我們有一定的焦慮。意思是：

A. 台灣是個島國，在位置上很偏僻，所以國際上很擔心我們的政治。

B. 台灣是個島國，在國際上很孤單，所以我們很擔心自己不夠政治化。

C. 台灣是個島國，在政治上很孤單，所以我們很擔心自己不夠國際化。

 選出合適的詞語填入短文

1.

面前	底蘊	淘汰	標識
浪潮	手擺腳動	書籍	知曉

　　在台灣，有一定的學外語人口，大家認為面對 ＿＿＿＿＿＿＿ 的外國人，不必 ＿＿＿＿＿＿＿ ，能一吐為快，便是具國際觀的 ＿＿＿＿＿＿＿ ，否則即使文化 ＿＿＿＿＿＿＿ 深厚，勤讀 ＿＿＿＿＿＿＿ ，＿＿＿＿＿＿＿ 世界，也會被國際化 ＿＿＿＿＿＿＿ 拋在後，被徹底 ＿＿＿＿＿＿＿ 。

2.

遼闊	單字	源源不絕	自大	駕馭	島嶼	孤立	轉動
翻	前來	步調	邏輯	共通	開闊	要求	版本	腦子

　　學外語可以更了解這個 ＿＿＿＿＿＿＿ 的世界如何 ＿＿＿＿＿＿＿ ，跟上其 ＿＿＿＿＿＿＿ ，讓自己的思想更 ＿＿＿＿＿＿＿ ，避免 ＿＿＿＿＿＿＿ 、傲慢。只是外語並不等同於英語，千萬不能讓自己身陷

＿＿＿＿＿＿＿＿ 迷宮，＿＿＿＿＿＿＿＿ 錯亂，＿＿＿＿＿＿＿＿＿ 所有的外國人都能 ＿＿＿＿＿＿＿＿ 英文，而且自己也只背英文 ＿＿＿＿＿＿＿＿，＿＿＿＿＿＿＿＿ 英文字典。

尤其台灣是個 ＿＿＿＿＿＿＿＿，期待四處 ＿＿＿＿＿＿＿＿ 的觀光客 ＿＿＿＿＿＿＿＿，更不該誤解國際 ＿＿＿＿＿＿＿＿ 語言的意思，自限於一種外語 ＿＿＿＿＿＿＿＿，讓自己 ＿＿＿＿＿＿＿＿。

三. 運用括弧內的詞語完成對話

1. **A**：如果有觀光客向你問路，可是你聽不懂他的口音，怎麼辦？（濃重　焦急　取代）

   B：我想這個時候 ＿＿＿＿＿＿＿＿＿＿＿＿＿＿＿＿＿＿＿＿＿

2. **A**：沒想到這位知名大企業家的邏輯這麼紊亂！（傲慢　尊重　本身）

   B：他不但邏輯紊亂，＿＿＿＿＿＿＿＿＿＿＿＿＿＿＿＿＿＿

3. **A**：聽說這家兒童補習班，是台灣最知名的一家。（國際觀　浪潮　淘汰）

   B：沒錯！那是因為 ＿＿＿＿＿＿＿＿＿＿＿＿＿＿＿＿＿＿

4. **A**：為什麼他最近這麼焦慮？（步調　駕馭　孤立）

   B：這跟他的工作有關，因為 ＿＿＿＿＿＿＿＿＿＿＿＿＿＿＿

Memo

LESSON 6　貓熊角色

一　閱讀理解

（　　）1.　傳統的政治性貓熊外交時代宣告結束。意思是：

  A. 傳統的貓熊就是政治動物，所以進行外交工作時，貓熊就過去了。

  B. 在傳統上的做法是，讓貓熊在政治上負有外交任務，這種時候已經過去了。

  C. 貓熊在傳統上就是跟政治有關，可是這種時候已經過去了，現代貓熊只負責外交工作。

（　　）2.　舊金山動物園付出高額租金，從此<u>打開貓熊商業租借的大門</u>。底線處的意思是：

  A. 貓熊就把大門打開了。

  B. 打開大門讓貓熊走出去。

  C. 開始了租借貓熊的商業行為。

（　　）3.　在沾染商業租借色彩後，保護動物的另一波拉鋸又再開始。意思是：

  A. 因為租借的商業問題是有顏色的，保護動物問題的另一次衝突又開始了。

  B. 因為租借而有了金錢的問題以後，保護動物的問題就是動物之間的衝突。

  C. 因為租借而有了金錢的問題以後，保護動物問題的另一次衝突又開始了。

（　）**4.** 在保護貓熊的名義下，大量捕捉野生貓熊。意思是：

A. 捕捉了很多生長在大自然的貓熊的意思，就是保護貓熊。

B. 捕捉了很多生長在大自然的貓熊的目的，就是為了保護貓熊。

C. 保護生長在大自然的貓熊的名字是有意義的，所以捕捉了很多貓熊。

（　）**5.** 為了避免貓熊過度近親交配，積極研究將圈養貓熊野放。意思是：

A. 為了不要讓血統太近的貓熊交互繁殖，所以努力研究把人工飼養的貓熊放到野外去生活。

B. 為了不要讓血統太近的貓熊太親近、太合作，所以努力研究把人工飼養的貓熊放到野外去生活。

C. 為了不要讓血統太近的貓熊交互繁殖，所以努力研究將來貓熊可以人工飼養，也可以放到野外去生活。

二、選出合適的詞語填入短文

睜	近年	停止	圈養	飼養	拉鋸	友好	可觀	數位化
促進	呼籲	當局	頭條	難題	登上	人見人愛		何時何地

「公寓裡是否可以 _____ 寵物」的議題，_____ 來形成 _____ 戰，贊成與反對雙方各有 _____ 的支持者，成為 _____ 管理公寓的一大 _____ ，有時引起的糾紛甚至 _____ 媒體 _____ 。

　　台灣在公寓興起的早期，人們為了表示態度 _____，對鄰居的寵物不論 _____ 地亂叫吵人或汙染環境等問題，都 _____ 隻眼閉隻眼，但隨著重視居住品質和言論自由的意識高漲，愈來愈多人希望 _____ 這種把寵物 _____ 在自己所住公寓裡而打擾別人的行為，但 _____ 時代的人們需要 _____ 的寵物陪伴也是事實，因此只能 _____ 大家，除了保障自身權益，也要尊重他人權益，才能 _____ 社區和諧。

三. 運用括弧內的詞語完成對話

1. A：這是總統第一次出訪大陸，媒體將會怎麼報導？（直播　頭條　全程）

   B：因為這是七十年來的第一次，所以 _____

2. A：貴國的外交政策是什麼？（雙邊的　交流　友好）

   B：我國的外交政策是 _____

3. A：某些學校以研究的名義，提出捕捉、繁殖野生動物的申請，政府的態度如何？（保育　否決　意義）

   B：政府認為 _____

4. A：為什麼貴校決定停止與本校的合作計畫？（沾染　明顯　作罷）

   B：因為我們發現 _____

Memo

感情世界

一、閱讀理解

（　）1.　我行我素的一個人生活，有什麼不好。意思是：
　　A. 我一個人生活，什麼都不好，想去吃素卻不能去吃素。
　　B. 我自己一個人生活，自己走、自己吃素，這種生活很好啊！
　　C. 我自己一個人生活，想做什麼就做什麼，這種生活很好啊！

（　）2.　工作太多，沒時間愛別人，結果現在事業又了不起到哪去？意思是：
　　A. 工作太忙，沒時間談戀愛，結果現在工作上的成就，也沒什麼了不起的。
　　B. 工作太忙，沒時間談戀愛，結果現在工作上的成就，到哪裡都很了不起。
　　C. 工作太忙，別人不愛你沒時間，結果現在工作上的成就，也沒什麼了不起的。

（　）3.　如果有一個真心的伴，她可以當頭棒喝，指出你的盲點，叫你別再自以為是。
　　意思是：
　　A. 如果有一個好對象，她可以拿棒子打你頭，表示你的眼睛有看不見的黑點，告訴你不要再認為自己是對的。
　　B. 如果有一個好對象，她可以在重要的時候提醒你，讓你看到自己看不見的問題，也讓你不要再認為自己是對的。
　　C. 如果有一個好對象，她可以在重要的時候提醒你，表示你的眼睛有看不見的黑點，不要大聲叫你的時候就是對的。

（　）4. 女人喜歡注意細節，男人卻是神經大條。意思是：

A. 女人常會注意小地方，可是男人卻是對事情沒什麼反應。

B. 女人常會注意小地方，可是男人卻是只有精神看大的條件。

C. 女人常會仔細地看小節，可是男人卻是只有精神看大的條件。

（　）5. 男人常常漫不經心，女人卻是認真看待，因此總覺得男人說話不算話。意思是：

A. 男人常常馬虎、不專心，可是女人對事認真，所以女人常覺得男人沒信用。

B. 男人常常馬虎、不專心，可是女人對事認真，所以女人常覺得男人不會說話。

C. 男人常常做事很慢，又不用心，可是女人對事認真，所以女人常覺得男人沒信用。

 二. 選出合適的詞語填入短文

1.

| 表白 | 拐彎抹角 | 斟酌 | 鬼東西 | 殘酷 |
| 心儀 | 俊男美女 | 當下 | 當頭棒喝 | 看待 |

　　如果說真愛是個 ＿＿＿＿＿＿＿，那麼對認真 ＿＿＿＿＿＿＿ 感情，終身期待真愛的 ＿＿＿＿＿＿＿ 而言，像 ＿＿＿＿＿＿＿ 似的，實在太 ＿＿＿＿＿＿＿ 了。尤其是流行「速食愛情」的現在，許多人在見到 ＿＿＿＿＿＿＿ 對象的 ＿＿＿＿＿＿＿，即 ＿＿＿＿＿＿＿ 如何＿＿＿＿＿＿＿，絕不 ＿＿＿＿＿＿＿。

2.

勇敢	面貌	彼此	模式	思考	苦澀
不論	事實上	點點滴滴	激發出	親身	長篇大論

＿＿＿＿＿＿＿＿，感情世界裡，愛情的 ＿＿＿＿＿＿＿＿ 相當多變，

＿＿＿＿＿＿＿＿ 更是多元，任何 ＿＿＿＿＿＿＿＿ 都能 ＿＿＿＿＿＿＿＿ 地

描述，愛情微妙的 ＿＿＿＿＿＿＿＿ 與甜蜜，只有 ＿＿＿＿＿＿＿＿ 的人才願

意鍥而不捨地 ＿＿＿＿＿＿＿＿ 去體會。

　　然而，＿＿＿＿＿＿＿＿ 悲傷或歡喜，愛情還是有一定的魅力，

能 ＿＿＿＿＿＿＿＿ 人一定的動力，如果你想談戀愛，只能建議你，尊重

＿＿＿＿＿＿＿＿ 不同的 ＿＿＿＿＿＿＿＿，才能把真愛發揮到極致！

三. 運用括弧內的詞語完成對話

1. A：聽說你現在每天上健身房運動減肥。（發福　殘酷　當下）
   B：是啊！因為 ＿＿＿＿＿＿＿＿＿＿＿＿＿＿＿＿＿＿＿＿＿＿＿

2. A：你離婚後會想要再結婚嗎？（心儀　微妙　苦澀）
   B：目前我沒有再婚的想法，因為 ＿＿＿＿＿＿＿＿＿＿＿＿＿＿＿

3. A：如果對方曾經是位同志，想要追求你，你能接受嗎？（開明　尷尬　理解）
   B：我認為自己 ＿＿＿＿＿＿＿＿＿　＿＿＿＿＿＿＿＿＿＿＿＿

4. A：為什麼你決定要離婚？（模式　縱使　醒悟）
   B：因為這些年來 ＿＿＿＿＿＿＿＿＿＿＿＿＿＿＿＿＿＿＿＿＿＿

Memo

奧運黑洞

閱讀理解

( ) **1.** 世界各國城市，無不把主辦奧運會，當成一個極大的榮耀。意思是：

    A. 世界上各個國家城市，都把主辦奧運會，當成是不光榮的事。

    B. 世界上各個國家城市，都把主辦奧運會，當成是非常光榮的事。

    C. 世界上各個國家城市，沒有人把主辦奧運會，當成是什麼光榮的事。

( ) **2.** 許多運動場館如今早已成為蚊子館。意思是：

    A. 很多運動場地，現在早就變成了沒人使用的地方。

    B. 很多運動場地，現在早就變成了不能使用的地方。

    C. 很多運動場地，現在早就變成了有很多蚊子的地方。

( ) **3.** 這些巨額花費，只靠贊助、門票、遊客所產生的經濟利益，似乎是不足以回本的。意思是：

    A. 這些龐大的支出費用，只靠贊助、門票、遊客所帶來的收入，好像是不夠的。

    B. 這些龐大的支出費用，只靠贊助、門票、遊客所帶來的好處，好像是沒辦法賠錢的。

    C. 這些龐大的買花費用，只靠贊助、門票、遊客所帶來的收入，好像是　定不會賠錢的。

（　）4. 畢竟如果沒有一定的人口基數，很難有足夠的市場去發展。意思是：

A. 事實上如果基本的人口總數不夠多，這個市場有發展空間但是困難的。

B. 事實上如果基本的人口總數不夠多，這個市場是沒有足夠的發展空間的。

C. 事實上如果一定沒有基本的人口總數，這個市場是沒有足夠的發展空間的。

（　）5. 日本申奧，能不能為經濟打入一劑強心針，不會被債務拖垮？意思是：

A. 日本申辦奧運會，不知道能不能為經濟帶來強大活力，而且拖欠的債務不會垮掉？

B. 日本申辦奧運會，不知道能不能為經濟帶來強大活力，而且拖欠的債務不會拖累經濟？

C. 日本申辦奧運會，不知道能不能給強大的經濟心理打針，而且拖欠的債務不會拖累經濟？

二. 選出合適的詞語填入短文

1.

之間	專屬	參與	維護	陷入	一路	黑洞
風氣	人士	賽事	舉債	損益平衡	興建	
宣傳	後續	項目	花費	超支	贊助	

提到培養運動 ＿＿＿＿＿＿＿ 與 ＿＿＿＿＿＿＿ 運動場館 ＿＿＿＿＿＿＿ 的關係，很容易 ＿＿＿＿＿＿＿ 雞蛋與雞，誰先誰後的爭辯，各界 ＿＿＿＿＿＿＿ 皆各有看法。

有人認為得先有 ＿＿＿＿＿＿＿ 場所，才能 ＿＿＿＿＿＿＿ 推動發

展各種運動 ＿＿＿＿＿＿＿＿ ，舉辦 ＿＿＿＿＿＿＿＿ ，盛大 ＿＿＿＿＿＿＿＿ ，
進而吸引全民 ＿＿＿＿＿＿＿＿ ；有人則認為興建場館的 ＿＿＿＿＿＿＿＿ 驚
人，財務若 ＿＿＿＿＿＿＿＿ ，就必須 ＿＿＿＿＿＿＿＿ ，且 ＿＿＿＿＿＿＿＿
數十年的 ＿＿＿＿＿＿＿＿ ，像 ＿＿＿＿＿＿＿＿ 似的，單單靠廠商
＿＿＿＿＿＿＿＿ 或門票收入，不足以 ＿＿＿＿＿＿＿＿ ，更無助於納稅人的
運動習慣。

2.

| 前車之鑑　　最終　　蓬勃　　榮耀　　平衡　　基數　　國力 |

　　當局對是否興建運動場館也是左右為難，＿＿＿＿＿＿＿＿ 不遠，
＿＿＿＿＿＿＿＿ 可能變成蚊子館的場館數量，與運動人口的 ＿＿＿＿＿＿＿＿
成長毫無關聯，運動場館的大小也無法視為 ＿＿＿＿＿＿＿＿ 或
＿＿＿＿＿＿＿＿ 的展現。運動風氣是否能 ＿＿＿＿＿＿＿＿ 發展，得仰賴
社會上教育、經濟、政治等各方面的 ＿＿＿＿＿＿＿＿ 與進步，是難以藉由施
工興建場館獲得的。

三. 運用括弧內的詞語完成對話

1. **A**：為什麼貴國也想申奧？（盛會　宣傳　榮耀）

   B：因為主辦奧運 ＿＿＿＿＿＿＿＿＿＿＿＿＿＿　＿＿＿＿＿＿＿＿＿＿＿

2. **A**：那家大企業為什麼關門倒閉了？（債務　籌措　拖垮）

   B：這幾年那家大企業 ＿＿＿＿＿＿＿＿＿＿＿＿＿＿＿＿　＿＿＿＿＿＿＿

3. **A**：貴公司認為旅遊業應該如何行銷呢？（贊助　煙火　更新）

   B：本公司認為 ＿＿＿＿＿＿＿＿＿＿＿＿＿＿＿＿＿＿＿＿＿＿＿＿＿＿

4. **A**：聽說市政府打算將這個廢墟興建為運動場？（盈餘　超支　補助）

   B：那得需要一筆龐大的花費，＿＿＿＿＿＿＿＿＿＿＿＿＿＿＿＿＿＿＿

Memo

鄉關何處

一. 閱讀理解

（　）1.　到了中年，不時談起或被人問起：會在此地居留多久？意思是：
A. 到了中年，不會談起或被人問起：會在這個地方住多久？
B. 到了中年，時常談起或被人問起：會在這個地方住多久？
C. 到了中年，沒有時間談起或被人問起：會在這個地方住多久？

（　）2.　生活在遷移變換之中，不巧生活裡的朋友，泰半都是國際人士。意思是：
A. 生活在遷移變換之中，剛好生活裡的朋友，大部分都是國際人士。
B. 生活在遷移變換之中，剛好生活裡的朋友，有一半都是國際人士。
C. 生活在遷移變換之中，不一樣的是生活裡的朋友，大部分都是國際人士。

（　）3.　亞歷山大在紐約出生，地道是個紐約人。意思是：
A. 亞歷山大在紐約出生，知道他是個紐約人。
B. 亞歷山大在紐約出生，當然是個標準的紐約人。
C. 亞歷山大在紐約出生，到了紐約這個地方就是紐約人。

（　）4.　已經習慣了漂泊生活的人，來日可有何打算？意思是：
A. 已經習慣了漂泊生活的人，未來有什麼計畫？
B. 已經習慣了漂泊生活的人，明日有什麼計畫？
C. 已經習慣了漂泊生活的人，來的那一天有什麼計畫？

（　）5. 在哪裡居住已經不再是問題，在哪裡好住才是前提。意思是：

A. 住在什麼地方已經不會是個問題，前面就是個好地方。

B. 住在什麼地方已經不會是個問題，條件是那必須是個好地方。

C 住在什麼地方已經不會是個問題，以前提到的就是個好地方。

 選出合適的詞語填入短文

1.

追究	安放	所在	門牌	景致	純粹
地道	家當	羈旅	泰半	風塵	前提
歇腳	屬意	已然	天長地久	不離不棄	

　　二十一世紀的地球村，＿＿＿＿＿＿＿很難＿＿＿＿＿＿＿一個

＿＿＿＿＿＿＿的血統或＿＿＿＿＿＿＿的文化，儘管如此，人們

＿＿＿＿＿＿＿仍＿＿＿＿＿＿＿一個＿＿＿＿＿＿＿的概念、一個

＿＿＿＿＿＿＿的空間——家。

　　安家後才能安身，安身後自然安心，家，不僅僅是個＿＿＿＿＿＿＿

心愛＿＿＿＿＿＿＿或洗滌＿＿＿＿＿＿＿的＿＿＿＿＿＿＿地，

找到有宜人氣候、歡喜＿＿＿＿＿＿＿的＿＿＿＿＿＿＿，借用一段

＿＿＿＿＿＿＿地址，彷彿是在人生＿＿＿＿＿＿＿中，安心好住的

＿＿＿＿＿＿＿。

2.

| 年歲　　理所當然　　流轉　　不時　　念頭　　變換　　恆常不變 |

歲月在遷移 ＿＿＿＿＿＿＿ 的生活中 ＿＿＿＿＿＿＿ ，

＿＿＿＿＿＿＿ 在不知不覺中增加，＿＿＿＿＿＿＿ 有退休歸於平

靜的 ＿＿＿＿＿＿＿ ，鄉關何處已無所謂，有 ＿＿＿＿＿＿＿ 的養

老住所才是 ＿＿＿＿＿＿＿ 。

三. 運用括弧內的詞語完成對話

1. **A**：貴國人民大都是單一血統嗎？（身世　混血　地道）
   B：我國人民 ＿＿＿＿＿＿＿＿＿＿＿＿＿＿＿＿＿＿＿＿＿＿＿

2. **A**：你理想中的生活形態是什麼樣的？（飄泊　異地　恆常）
   B：我想要過的生活是 ＿＿＿＿＿＿＿＿＿＿＿＿＿＿＿＿＿＿＿

3. **A**：你夢想中的家是什麼樣的？（溫馨　寧靜　歇腳地）
   B：我夢想中的家是 ＿＿＿＿＿＿＿＿＿＿＿＿＿＿＿＿＿＿＿＿

4. **A**：如果有時間，你想到什麼地方去度假？（景致　碧綠　彷彿）
   B：我想去度假的地方 ＿＿＿＿＿＿＿＿＿＿＿＿＿＿＿＿＿＿＿

5. **A**：聽說你收集了很多的藝術品。（純粹　前提　認定）
   B：我收集藝術品 ＿＿＿＿＿＿＿＿＿＿＿＿＿＿＿＿＿＿＿＿＿＿

Memo

智慧與能力

 閱讀理解

( )1. 人類發明了學校，從此人類的學習開始與現實脫鉤。意思是：
  A. 人類發明了學校，從那個時候開始，人類就學習和現實社會脫離。
  B. 人類發明了學校，從那個時候開始，人類就脫離現實社會去學習。
  C. 人類發明了學校，從那個時候開始，人類的學習就脫離了現實社會。

( )2. 不敢突破，則失去創新思維，而這卻是行走江湖很重要的能力。意思是：
  A. 不敢改變現狀，就會失去創新的思路，但這卻是進入社會工作時，很重要的能力。
  B. 不敢改變現狀，就會失去創新的思路，但這卻是在社會上走路時，很重要的能力。
  C. 不敢改變現狀，就會失去創新的思路，但這卻是走在江上、湖上時，很重要的能力。

( )3. 不戴眼鏡的猴子，因視野開闊，機會與風險都能從容應對。意思是：
  A. 不戴眼鏡的猴子，因為在野外，眼睛打開，碰到機會和風險時，都很容易去應付。
  B. 不戴眼鏡的猴了，因為看到的範圍廣闊，碰到機會和風險時，都能不慌不忙地應付。
  C. 不戴眼鏡的猴子，因為看到的範圍廣闊，碰到機會和風險時，都能從容易方面來反應。

（ 　 ）**4.** 我們常把讀書能力和做事能力混為一談。意思是：

A. 我們常把讀書能力和做事能力混在一起談一談，結果就變成相同的了。

B. 讀書和做事這兩種能力是不同的，但是我們談一談的時候，就把它們混在一起了。

C. 讀書和做事這兩種能力是不同的，但是我們常把它們混在一起，當作相同的事物來談論。

（ 　 ）**5.** 教育的精神應該是放諸四海而皆準的。意思是：

A. 教育的精神應該是：真理在全世界，都是很標準的。

B. 教育的精神應該是：把標準放到各處去，都是很普遍的。

C. 教育的精神應該是：具有普遍性的真理，到處都能適用。

（ 　 ）**6.** 對動物來說，凡是性命交關的事，一次就學會。意思是：

A. 對動物來說，只要是會危及性命的事，經驗過一次就學會了。

B. 對動物來說，平凡的是跟性命有關的事，經驗過一次就學會了。

C. 對動物來說，只要是性命和交通關係的事，經驗過一次就學會了。

（ 　 ）**7.** 模仿是個內隱的學習，只要暴露在這個環境下，自然就會。意思是：

A. 躲在裡面學習就是模仿，只要在大自然的環境下，就能學會。

B. 模仿不是一種外在形式的學習，只要與環境接觸，自然就會從過程中學會。

C. 模仿是一種內在隱藏的學習，只要在大自然的環境下，自然就會從過程中學會。

（　　）8. 童年受虐，會改變大腦中情緒調控機制，因此對孩子的教養不
能掉以輕心。

意思是：

A. 孩童時期受虐待，會改變大腦中控制情緒相互作用的系統，
所以對孩子的教育一定要重視。

B. 孩童時期受虐待，會改變大腦中控制情緒調整作用的基本制
度，所以對孩子的教育一定要重視。

C. 孩童時期受虐待，會改變大腦中控制情緒相互作用的系統，
所以對孩子的教育不能丟掉輕視的心。

二、 選出合適的詞語填入短文

閱讀	出息	得以	提取	畫上等號	天賦	融入	應對
書中自有黃金屋		出類拔萃		未雨綢繆	理念	見聞	綜觀
時刻	內化	核心	開竅	番	江湖		

　　一直以來，華人重視讀書，不僅僅是因為 ＿＿＿＿＿＿＿＿＿，

＿＿＿＿＿＿＿ 有助於立即 ＿＿＿＿＿＿＿＿ 他人的 ＿＿＿＿＿＿＿，

＿＿＿＿＿＿＿ 成有系統的知識，＿＿＿＿＿＿＿＿ 自己的思維，使人

＿＿＿＿＿＿＿。華人也尊敬讀書人，認為他們既能 ＿＿＿＿＿＿＿＿ 天下，

也能聚焦 ＿＿＿＿＿＿＿，為人處事皆可從容 ＿＿＿＿＿＿＿。

　　然而二十一世紀的社會多元，有 ＿＿＿＿＿＿＿ 的不單單是讀書，凡是

有一技在身，或是能 ＿＿＿＿＿＿＿，能預見或辨識 ＿＿＿＿＿＿ 中的

曲折，＿＿＿＿　＿＿＿＿，某種程度來說，便與成功 ＿＿＿＿＿＿＿ 了。

從此，＿＿＿＿＿＿＿ 不同的現代人，皆 ＿＿＿＿＿＿＿ 按照

＿＿＿＿＿＿ 發展，生命中的任何 ＿＿＿＿＿＿＿，皆可發光發熱，成就一

＿＿＿＿＿＿ 事業。

三・ 運用括弧內的詞語完成對話

1. **A**：他最近的心情一直不太好，我真的很擔心！（憂鬱　情緒　預見）

   B：＿＿＿＿＿＿＿＿＿＿＿＿＿＿＿＿＿＿＿＿＿＿＿＿＿＿

2. **A**：怎麼辦？我兒子的學習能力，好像比他的同學都差。
   （開竅　出息　天賦）

   B：＿＿＿＿＿＿＿＿＿＿＿＿＿＿＿＿＿＿＿＿＿＿＿＿＿＿

3. **A**：你覺得出國留學，對一個人到底有什麼幫助？（視野　應對　善於）

   B：＿＿＿＿＿＿＿＿＿＿＿＿＿＿＿＿＿＿＿＿＿＿＿＿＿＿

4. **A**：他剛進入我們公司沒多久，但是大家一點都不覺得他是新來的。
   （融入　幽默　圓融）

   B：＿＿＿＿＿＿＿＿＿＿＿＿＿＿＿＿＿＿＿＿＿＿＿＿＿＿

Linking Chinese

當代中文課程 6 作業本

策　　劃	國立臺灣師範大學國語教學中心	出 版 者	聯經出版事業股份有限公司
主　　編	鄧守信	發 行 人	林載爵
顧　　問	Claudia Ross、白建華、陳雅芬	社　　長	羅國俊
審　　查	葉德明、劉 珣、儲誠志	總 經 理	陳芝宇
編寫教師	王文娟、洪秀蓉、陳靜子	總 編 輯	涂豐恩

執行編輯	張莉萍、張雯雯、張黛琪、蔡如珮	副總編輯	陳逸華
英文翻譯	范大龍、Katie Hayslip	叢書主編	李 芃
校　　對	伍宥蓁、陳昱蓉、張雯雯、張黛琪、蔡如珮	地　　址	新北市汐止區大同路一段 369 號 1 樓
編輯助理	伍宥蓁	聯絡電話	(02)8692-5588 轉 5305
		郵政劃撥	帳戶第 0100559-3 號
		郵撥電話	(02)23620308
技術支援	李昆璟	印 刷 者	文聯彩色製版印刷有限公司
封面設計	桂沐設計		
內文排版	楊佩菱	2018 年 12 月初版・2023 年 10 月初版第三刷
錄　　音	王育偉、許伯琴	版權所有　・　翻印必究
錄音後製	純粹錄音後製公司	Printed in Taiwan.

著作財產權人　國立臺灣師範大學
地址：臺北市和平東路一段 162 號
電話：886-2-7734-5130
網址：http://mtc.ntnu.edu.tw/
E-mail：mtcbook613@gmail.com